西语名家选读

Pío Baroja y Nessi

巴罗哈小说散文选

[西班牙] 皮奥·巴罗哈——著　戴永沪——译　王菊平——校

漓江出版社

图书在版编目 (CIP) 数据

巴罗哈小说散文选 / [西] 皮奥 · 巴罗哈著；戴永沪译 .— 桂林：漓江出版社，2017.8
(西语名家选读)
ISBN 978-7-5407-8145-3
Ⅰ. ①巴… Ⅱ. ①皮… ②戴… Ⅲ. ①文学 - 作品综合集 - 西班牙 - 现代 Ⅳ. ①I551.15
中国版本图书馆 CIP 数据核字 (2017) 第 150325 号
The publication of this book, Selected Stories and Articles by Pío Baroja, is made possible thanks to a Publication Subvention from Southern Arkansas University, USA, 2015.
Esta edición de relatos y artículos por Pío Baroja se realizó gracias a una subvención de publicación que el traductor recibió de la Southern Arkansas University, EEUU, 2015.
本书翻译出版得到了美国南阿肯色大学 2015 年教师研究基金会的出版赞助

BALUOHA XIAOSHUO SANWEN XUAN
巴罗哈小说散文选
[西] 皮奥 · 巴罗哈 著
戴永沪 译 王菊平 校

责任编辑：张 谦
助理编辑：谢青芸
书籍设计：石绍康
责任印制：杨 东

出版人：刘迪才
漓江出版社有限公司出版发行
广西桂林市南环路 22 号 邮政编码：541002
网址：http://www.lijiangbook.com
全国新华书店经销
销售热线：0773 - 2583322 010 - 85893190
北京大运河印刷有限责任公司印刷
[北京市通州区潞城镇大营工业区 邮政编码：101117]
开本：960㎜ × 690㎜ 1/16
印张：20 字数：368 千字
2017 年 8 月第 1 版 2017 年 8 月第 1 次印刷
定价：40.00 元

如发现印装质量问题，影响阅读，请与承印单位联系调换
[电话：010 - 80584262]

28 de desembre és un dia especial
A una colectividad se la engaña siempre
mejor que a un hombre
Pío Baroja

巴罗哈漫画像　佚名作

西班牙纸币上的巴罗哈　佚名作

巴罗哈画像　毕金·索罗利亚作

巴罗哈的母亲、妹妹卡门和两个外甥在依策亚

巴罗哈　毕加索作画

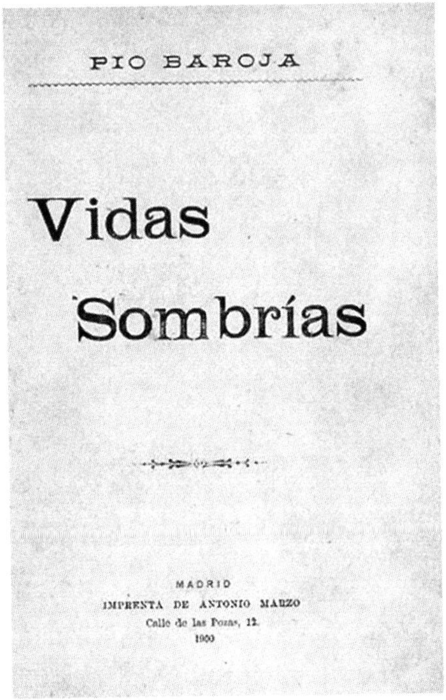
PIO BAROJA
Vidas
Sombrías
MADRID
IMPRENTA DE ANTONIO MARZO
Calle de las Pozas, 12.
1900

《阴郁的生活》初版封面

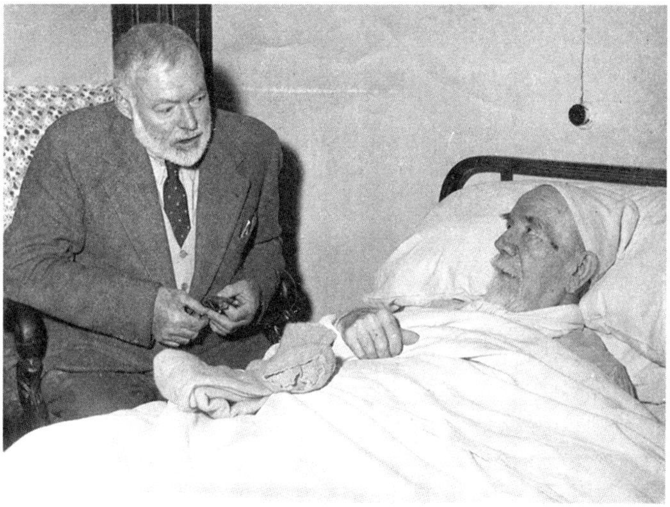

海明威拜访巴罗哈

依策亚别墅

作家·作品

一天我在杂志上读到一篇陌生作者的文章，是一篇故事，情节记不住了。此时此刻我依然清晰地看到，仿佛那份刊物就在眼前，故事里有一种悠远，一种朦胧，梦幻的朦胧，一种无限之感。我被深深地吸引了。我看到一种不定性。它当时为我启示的是艺术里某种尚不为我所知的东西……故事的作者就是皮奥·巴罗哈。

极端的简约和对未知的渴望是巴罗哈的特点。今日西班牙找不出一个更加简约的作家。巴罗哈的笔触异常流畅。艺术感觉干净利索地由艺术家传给读者，没有复杂的修辞，没有题外话，没有不必要的形容词。这正是作家的最高品质：清晰和准确。这正是代代相传，长久为人所津津乐道的艺术。长盛不衰的拉布吕耶尔，永葆青春的蒙田。

——阿索林（"九八年一代"著名作家，巴罗哈终生密友）

在伦敦或马德里，日内瓦或罗马
那天真的漫游者阅尽人间百态，
听众声喧哗，是同样的生之倦怠
看多少面具，是同样的虚无浮华

——安东尼奥·马查多（西班牙著名诗人，"九八年一代"成员）

……许多短篇里，也尽多风格特异的佳篇…… 但以本领而言，恐怕他还在伊本纳兹（今作伊巴涅斯）之上，即如写山地居民跋司珂族（Vasco）的性质，诙谐而阴郁，虽在译文上，也还可以看出作者的非凡的手段来。

——鲁迅

就诚实和忠于自我的渴望而言,我不知道在西班牙内外有谁能和巴罗哈相比。

——奥尔特加·伊·加塞特(西班牙著名哲学家)

他的伟大使命是测试现存体制的酸碱值,并撕开它们的面具。我不想隐喻巴罗哈是带着社会意识创作的。这是不至于的,因为他是个十足的小说家,对人本身深感兴趣。

——约翰·多斯·帕索斯(美国作家)

请允许我向您表示敬意。您对我们这些年轻时想当作家的人教益良多。遗憾的是您还没有得到诺贝尔奖,尤其是考虑到它给了那么多不怎么配的人,比如说我。我只是一个冒险者。

——海明威(美国作家)

(短篇)或许是他的最佳创作。

——卡彭铁尔(古巴著名作家)

我们唯一的欧洲作家。

巴罗哈的哲学简单而具体。他的两项式:真理/独立一直陪他到死。

"对于刚刚去世的堂皮奥,有些人不但不会高度评价他,而且会动真格地瞄准他。而我们也确实不但不会忘记他,而且会一直缅怀他。我会更加记得他活着的时候,而不是他的死亡。伟大作家永垂不朽那种说法看来是对的,虽然这种说法乍一听是蠢话,套话,是陈词滥调。"

——何塞·塞拉(西班牙作家,诺贝尔文学奖得主)

我惊喜地发现,巴罗哈还是一位当代作家,他的书在书店的"叙述文学"甚至是"新书"架上久居未去,没有被移到更有尊严却少了点生气的"经典"架上。这就是说非专业的读者还在读巴罗哈的书。在西班牙的古代和不那么古代的作家中间,这是一种特权。如果我没弄错的话,和巴罗哈的叙述作品能够平分这种特权的只有克拉林的《庭长夫人》。

——爱德华多·门多萨(当代西班牙作家)

目　　录

译者前言

作家生平

本书作者巴罗哈是西班牙文学史上“九八年一代”的著名作家。这一流派得名于1898年爆发的美西战争。新兴强国美国轻易击败老牌殖民帝国西班牙,夺取了古巴、波多黎各、菲律宾、关岛等西班牙海外殖民地。战争结局刺激西班牙知识界反思西班牙的前途命运,探讨诸如传统与现代化、欧化和民族身份等问题,情形与我国五四新文化运动有些类似。“九八年一代”的大作家除了巴罗哈还有乌纳穆诺、安东尼奥·马查多、阿索林、巴列·英克兰等几位。这些人擅长的文类各有不同,巴罗哈是“九八年一代”的小说家。

皮奥·巴罗哈(1872—1956)出生在西班牙北部的圣塞巴斯蒂安。他的父亲是一个爱好文艺的矿业工程师,母亲笃信宗教,性格严肃。全家因父亲的工作变动而频繁搬家,而这对未来的小说家也不无裨益。巴罗哈在出生地生活到7岁,以后在马德里和潘帕罗纳上完小学中学。少年时期的巴罗哈喜欢阅读,读的书包括凡尔纳、斯蒂文森、笛福的冒险故事,以及大量的法国和西班牙连载小说。这些书影响了他日后的小说风格。大学里他选择医学专业,先后在马德里和巴伦西亚上过大学。他看不上当时西班牙与欧洲相比而显得陈旧落后的教研水平,反感某些教授没有真才实学而夸夸其谈的作风。这种态度使他与老师产生冲突,从而使他的医学训练道路颇为不顺利。求学经历和对教育制度弊端的批判集中反映在被认为是他代表作之一的长篇小说《知善恶树》里。他的博士论文题目是《疼痛的生理学和心理学研究》。作者从科学角度探讨人生痛苦:知识越多越痛苦,身体和心灵越敏感越痛苦。这一时期影响他思想的主要来源是《圣经》、叔本华、佛教、实验医学的先驱法国生理学家克洛德·贝尔纳,还有达尔文。他的研究兴趣和他的成名作,即本书第一部分《阴郁的生活》的精神氛围是一脉相承的。

巴罗哈毕业后在巴斯克地区的滨海小村塞斯托纳当了一年多一点的乡村医生。病人少、收入低、人际关系矛盾等原因促使他一有机会就放弃了本业。这段经历时间虽短,却对作家的创作生涯至关重要。首先,一直辗转于都市的他在乡村找到了自己的种族之根和民族认同感,全身心爱上了巴斯克地区的山山水水。此后,巴罗哈研究巴斯克历史文化的兴趣终生不衰。巴罗哈自认为是一个种族作家。他说:“虽然今日大多数人类学家倾向于强调文化而几乎不看重种族,我倒是认为种族因素,哪怕再遥远,对个人的性格构成都是极其重要的。祖先的血源使我成为巴斯克人和伦巴第人的混血:八分之七的巴斯克和八分之一的伦巴第人。”①对乡土的热爱在本书所选的篇目里有足够的反映。其次,塞斯托纳的重要性还在于他的成名作《阴郁的生活》有很多篇都是在此创作的,这里是巴罗哈文学世界的起点。作家在被接纳为西班牙皇家学院院士时(1935)的演说词中说:“…… 在这个小村我学会了观察自己,看到我的精神中如何有着一种依然沉睡未醒的种族元素。那时候我整天在一个记录医疗合同金的笔记本里写故事和印象记。”对自己本民族文化的张扬集中体现在本书第二部分《巴斯克风情》中。

巴罗哈从塞斯托纳来到马德里,经营一家从母系亲戚继承的面包店。他之所以弃医从商,一是希望能有稳定收入,专心写作,二是为了接近马德里的文艺圈子。照他自己说法,写作似乎是唯一不让他讨厌的工作。从 1896 年到 1902 年,他做了七年的面包点老板。这些年头遇上美西战争战败,市面不景气,生意每况愈下,这个店最后关门大吉,终于也没有使他发财。但是七年的商业生涯使作家有机会更加深入地了解社会人生。描写马德里的杰作,长篇小说三部曲《为生存而斗争》,显示巴罗哈对贩夫走卒、乞丐无赖、妓女赌棍、社会主义者、工会成员、无政府主义者等三教九流无不了如指掌。本书第一部分有若干篇反映了作者的马德里经历,如《面包师傅》《悲哀之家》《拾荒者》等。对马德里底层社会这一特殊人群的文学描写,除了现实主义小说家加尔多斯,就要数“九八年一代”的巴罗哈。

短暂的行医和经商之后,巴罗哈基本上成了一个毕生写作的自由职业者。他生活非常自律,每天写作、散步、淘书、文艺圈社交、阅读,安排得有条不紊。他的创作生涯持续了 60 年,作为自由职业者的有规律的生活节奏只有因西班牙内战(1936—1939)导致作家流亡法国而被暂时打断。1912 年,巴罗哈在西班牙和法国边境的贝

---

① 他的作品中对种族问题有大量的表述,有不少话按现在标准属于政治不正确。1936 年内战爆发不久,利用他的人就寻章摘句弄了一本反共反犹的宣传册子。

拉市买了一座别墅。作家每年夏天从马德里到边城贝拉这幢名叫依策亚[①](Itzea)的大房子来隐居写作,亲近故乡的山水。稳定生活和敬业精神使他成为一名多产作家。

巴罗哈热爱旅行,游历广泛,足迹遍及西班牙全境。他去过法国多次,也到过英国、意大利、瑞士、丹麦等地。文化传统上使他最亲近、对他的创作最重要的外国是法国,特别是首都巴黎。不少小说的故事都被安排在法国发生。

作家的性格思想

巴罗哈孤独内向,为人低调,少年老成,因为太敏感而显得“病态”(参见《巴罗哈自画像》一文中“感性”一节)。他的气质和思想最突出之处在于激进个人主义、独立精神和批判精神。骑士风度的家庭教养和价值观使他对待生活中的任何一个女性都彬彬有礼,他的作品中也从来没有任何露骨的色情描写。他的个性和道德观念使他不但排斥婚姻,终身未娶,而且促使他厌恶并谴责卖淫。他选择自我压抑,也亲口把偏激和易怒的性格归结于此,并不掩饰。

他有相当深厚的哲学修养,先受叔本华影响,由后者而发现康德,继而又比较系统地购买阅读了其他哲学家的著作。对他影响明显或者他比较欣赏的还有笛卡尔、费希特等几位。后来通过他的好朋友,瑞士作家和西班牙语学者保罗·施密特,巴罗哈又系统了解到尼采的思想。总的来说,叔本华对他的影响最持久。他对世界人生抱有很深的悲观主义,同时又有从小来自家庭影响的工作伦理,所谓抱着悲观的思想乐观地生活。他觉得世界没有意义,生活只是痛苦和荒诞,人类使他失去信心。这种观点当然也没有什么特别意外之处,不过,爱强调种族因素的巴罗哈也许会把因悲观怀疑而来的嘲讽、激愤、无可奈何归因于自己的巴斯克人出身。

他对社会底层和弱势人群有着无限的同情,这一点在《阴郁的生活》里最为明显。而悲观虚无以及对人生的失望,在本书里集中体现于第三部分《世事挽歌》。

---

① 依策亚现在成了巴罗哈家族博物馆,是西班牙一个著名的文化地标。巴罗哈祖上在圣塞巴斯蒂安市经营印刷出版业,发行报纸,出版过梯也尔多卷本的《法国大革命史》。他的哥哥里卡尔多是画家和作家,在蚀刻画上被认为是戈雅的继承人。里卡尔多·巴罗哈和毕加索一起创办过刊物,为小说家弟弟画过很多插图,著作里有一本为学者所重的《98年代同人》。里卡尔多和皮奥的妹妹卡门是人种学家和作家,妹夫是出版家。卡门的两个儿子,胡里奥·卡罗·巴罗哈是世界著名的人类学家,皮奥·卡罗·巴罗哈是电影导演。在这个西班牙的著名文化家庭里,小说家和他的人类学家外甥名气最大。

他的伦理道德信条是绝对真诚，绝不撒谎。拒绝骗人，也不愿被骗。这种严格的“诚”为他招致了不少日常生活中以及教会中和文坛上的敌人。他的直率使得他对自己的无神论和对天主教会的厌恶一览无余，也使他在褒贬文艺界人物的时候不留情面。作者自述，贝拉镇上的孩子把他叫作“依策亚”的坏蛋，教会学校的修女不让孩子们朝那幢大房子张望。内战一开始，他在贝拉被叛军逮捕关押了一夜，差点因为宗教因素而被枪毙。叛军其实知道他对共和国的乱象早就强烈不满，政治态度上可能是像乌纳穆诺那样倾向于佛朗哥一派的。幸亏当时住在位于边境的别墅里，他才得以被释放后徒步流亡到法国境内。追求绝对真诚的伦理观当然也深刻地影响了他的写作和人们对他文学作品的评价。对历史人物的评价和同代人的无所顾忌的褒贬尤其使他显得与众不同。① 他那种实录式的文风使得晚年所作的多卷回忆录具有特殊价值而为世所重。

巴罗哈对社会进步的希望随年龄而与日俱减，他却一直向往西班牙人所谓的行动者（hombre de acción）的人生，以不拘约束的即兴发挥和生命力来对抗黯淡乏味的资产阶级生活。西班牙人有所谓的男子气概和冒险精神，还有宗教的热情。譬如说，他们敢于远涉重洋去发现一个完全崭新的新大陆，或者有堂吉诃德那样一往无前的闯劲。巴罗哈这位埋头书斋的幻想家在大量的著作里投射了这一崇尚行动的理想，不过大部分小说里的行动者最终都会落得一个挫折、失败、幻灭的结局。他欣赏十九世纪前半叶的英雄主义和浪漫主义色彩，认为那时的欧洲有贝多芬、拜伦、巴尔扎克等文化英雄，有拿破仑，有抵抗拿破仑侵略西班牙的游击战争的史诗气概，是一个伟大有力的时代。而他自己生活的时代，在他看来却平庸无聊，毫无激动人心之处（见本书最后一篇《末章快板》）。其实他是敏锐地感到了现代性带来的文化困境和精神危机。他和叔本华、陀思妥耶夫斯基等人一样，从根本上对启蒙理性和现代性是持深刻的怀疑态度的。他对整个十九世纪以及自己时代的理解，他对中产阶级价值观的

---

① 他的某些观点非常醒目，显出他决不盲从的独立精神。他的某些好恶现在看来也许不一定都对。譬如说，他认为乔治桑是一位力量型的艺术家，而她的情人作曲家肖邦不算什么。他认为最好的绘画就是他年轻时熟悉的印象派，印象派以后的一切，包括毕加索那样的先锋派，都不算什么。他认为他最钟爱的狄更斯的最佳作品是早期的《匹克威克外传》。他反复阅读、一生佩服的陀思妥耶夫斯基的最佳作品也是处女作《穷人》，等等，不一而足。他和哲学家何塞·奥尔特加·伊·加塞特的关系也很能说明他的性格。奥尔特加·伊·加塞特承认巴罗哈是一位思想型小说家，有作为艺术家的强大的原创性和想象力，但是他认为巴罗哈的小说都写得不好。这是因为他们的小说理念背道而驰。面对主要来自奥尔特加的负面评论，巴罗哈多次为自己的小说理念辩护。即便如此，他始终以为奥尔特加是西班牙最好的作家和哲学家。同时，他也直陈自己看不惯奥尔特加自以为是文坛领袖的权威派头。

批判都可以在本书压卷的《末章快板》里体会到。

巴罗哈热爱乡村，厌恶城市，以小国寡民巴斯克乡村来逃避日益扩张的现代化文明，以理想化的热烈有趣的巴斯克人来补救平庸而无生气的城里人。本书关于巴斯克人的故事里，我们可以读到形形色色有趣的人物，他们中有人好酒，有人好恶作剧，好说大话，有人藐视天主教而行为上却善良有德，有人喜欢流浪、不善言辞却心藏纯洁爱情，甚至也有小偷小摸、玩世不恭却也幽默可爱、反对假正经的巴斯克乡下老人。巴罗哈像中国作家沈从文那样描写了一个边城世界。他的乡土文学张扬巴斯克民族，这一点也和沈从文拿湘西和发达的沿海都市，拿少数民族和汉族来相对立不无相似之处。当然，见仁见智的事情，我们不必都同意的①。我们知道，在现代中国文学中，沈从文和鲁迅的乡土文学是完全不同的两个世界。后面我们会提到巴罗哈对鲁迅的影响。和鲁迅的小说世界气氛相近的不是巴斯克的牧歌（本书第二部分），而是弥漫在《阴郁的生活》中的那种生之痛苦和悲哀。巴斯克乐土似乎给悲观虚无的巴罗哈带来了某种内心的平衡②。

在政治见解上，可以说他是一个激进自由主义者。但是他不相信人类能进步，或者世界能变好。年轻时他相信过无政府主义（本书第一部分中的《虚无》《烧炭人》等篇有所体现），但是他强调的是张扬个人，看重的是思想独立而已。在行动上，他是社

---

① 一位学者研究显示，巴罗哈笔下的人物，当巴斯克人和别的人在一起时，前者往往是好人。当城里人和乡下人在一起时，后者往往是好人。

② 生活在比利牛斯山西段西班牙和法国境内的巴斯克族是唯一没有被罗马帝国彻底同化的古老民族。他们讲自己的民族语言巴斯克语。他们不是雅利安人，语言也不属于印欧语系，对于它的来龙去脉，语言学家们还没有取得一致。有人说巴斯克人来自非洲，也有说他们来自高加索地区。今天他们的地盘包括西班牙境内的四个省（巴斯克自治区的比斯开、吉普斯夸、阿拉瓦三个省加上东边的纳瓦拉省）和法国境内的三个省（拉布尔、巴斯纳瓦尔、苏勒）。照他们自己的说法，那就是四加三等于一。他们祖祖辈辈不是山里的农人猎手，就是海上的渔民和冒险家，古老而强悍。说他们强悍，是因为历史上前赴后继的人口移动，像罗马人、西哥特人和摩尔人的入侵或路过比利牛斯山，都没能把他们怎么样。法兰克人的大英雄，中世纪法国史诗《罗兰之歌》里的骑士罗兰，就是在撤退时中了巴斯克人的埋伏而一命归天。巴斯克人产生过很多有名的历史人物，如本书《巴斯克地区》一文所自豪地罗列的。巴罗哈喜欢说巴斯克人比任何欧洲人更欧洲人（archi-europeo）。他强调巴斯克远古墓葬石碑上有太阳崇拜图像和万字符（佛教和纳粹符号），在某些作品中营造一个前基督的异教巴斯克传统，认为与其要外来的迷信，还不如恢复本地本民族的迷信。他对乡土文化的兴趣启发了外甥胡里奥·卡罗·巴罗哈的人类学研究。皮奥·巴罗哈是受过现代科学训练的无神论者，他张扬巴斯克宗教传统之目的是反对基督一神教的影响。他和乌纳穆诺同为巴斯克人历史上最有名的作家，并且两人都有比较强烈的种族自豪感，但是他们都既不相信巴斯克民族主义，也不认为巴斯克语可以成为一种文学语言。巴罗哈发掘古代宗教，美化故乡山水和人物，是为了造就一个田园牧歌的理想世界，这种理想就是思想开放而又有无政府主义色彩的小国寡民。他和某些通过宣扬异教来反对基督教普世主义的白人至上主义者却是不一样的，这一点我们应该注意。

会观察者，是个勤奋工作不知疲倦的资产阶级的一员，和无政府主义者有明显距离。到了晚年，他对人生的悲观和虚无感益发加深。他排斥尼采的超人哲学，又从崇尚行动的角度同意尼采对力量的强调。共和国时期的混乱使他最终相信一种能者的专制，或者说，聪明者的专制。内战一爆发，叛军方面便从他的著作里寻章摘句，把他塑造成希特勒或墨索里尼的某种文学先驱。共和派也试图出版他们自己版本的进步的巴罗哈。在流亡到法国后出版的著作里，巴罗哈却宣称："西班牙有两个敌人，而不是一个。红军和白军。他们都试图以自己的方式把我们投入监狱，成全我们的幸福。"他的复杂性使得他难免被党人所利用。这方面，他和鲁迅也不无相似。战后不久，佛朗哥政府曾经全面禁止巴罗哈的著作。

著作概述

从1900年出版短篇小说集《阴郁的生活》和对话体长篇小说《艾斯戈里之家》开始，巴罗哈以大致上平均一年两本书的速度写了上百本书。巴罗哈的创作以长篇小说为主。他创作的高峰是二十世纪的头两个十年。他喜欢把小说组合成三部曲，前后共写了11个三部曲（其中两个其实是四部曲）。著名的系列有写巴斯克民族的《巴斯克土地》四部曲（本系列包括流传广泛的代表作《冒险家萨拉卡因》），带自传和幻想色彩的《幻想的生活》（包括代表作哲理小说《完美之路》），描写马德里底层生活、带有流浪汉小说特点、在英美产生较大影响的三部曲《为生存而奋斗》，以一位无政府主义者刺杀西班牙国王的历史事件为契机的三部曲《种族》（本系列包括代表作《知善恶树》），描写航海生活的《海洋》四部曲等。巴罗哈因为《海洋》系列而与梅尔维尔和康拉德同为航海文学的重要写手。这一系列中的《商蒂·安迪亚闯世界》也是广受欢迎的代表作。最后一个三部曲《农神》[①]描写西班牙内战，由于审查制度和别的原因，这个系列的最后一本《命运弄人》直到2015年底才面世。除了这些三部曲，巴罗哈还写有长达22部的长篇历史小说《一个行动家的回忆》。贯穿这部卷帙浩繁的文学巨著的中心人物是以作家的一位祖先欧亨尼奥·阿维拉内塔为原型的同名人物。这位历史人物是个自由派阴谋家，足迹遍布欧洲各地，从事过许多政治冒险活动。他的生平经历包括和诗人拜伦一起从事希腊的解放运动。巴罗哈的历史小说只在意于忠实再现时代氛围而不作理想化叙述，营造社会和心理的灰色现实而不拔高，

---

① 《农神》这一题目显然指涉古罗马神话，并使人轻易联想到戈雅的名画《农神吞噬其子》。农神（Saturno）一词派生的形容词在西方语言里有"纵情狂欢""阴沉忧郁"等意思。

强调主要人物无穷无尽而漫无目的的流浪，而不赋予他从叙事角度说得上有结构的冒险事业。欧亨尼奥·阿维拉内塔往往只是讲故事的借口。文学史上可以与这一巨著相媲美的只有加尔多斯描写十九世纪西班牙生活的多卷本历史小说《民族演义》，巴罗哈的历史小说却没有加尔多斯笔下的英雄主义和史诗气魄。巴罗哈为这部巨著的创作深入研究了十九世纪的历史，调查了大量档案材料，以期达到他所追求的社会心理和纪录片价值。这种努力其实也就是由乌纳穆诺所理论化的"内历史"书写。1936年西班牙内战爆发以来创作的长篇小说尚有7部没有被合成三部曲。算起来巴罗哈总共写了60多部长篇小说。本书的《巴斯克风情》和《世事挽歌》）这两个部分有若干篇什节选自长篇小说。

作家生前结集出版的短篇小说除了《阴郁的生活》（1900），尚有《巴斯克牧歌》（1902）和《牧歌与幻想》（1918）。后面两本都收了《阴郁的生活》中若干获得好评的巴斯克故事。相对于他洋洋大观的长篇小说，巴罗哈为人所知的短篇故事总数不算多。另一方面，有不少长篇小说其实都是若干相互独立的故事汇集，本书所选的《磨坊人家》来自《人心似谜》（1948）一书，即是这类的代表。此文描写巴斯克地区的一种身世神秘的贱民阿哥特人，作者前后写过三个版本，在别的文章中也反复提到过这一贱民现象，反映了他的人类学兴趣①。

西班牙语世界在巴罗哈生活的时代曾经流行一种叫小长篇（novelita）的文类。按照他们对文类的理解，它在结构上好像不能算短篇，又比长篇短小许多，读起来容易上手，也许有点我们说的中篇小说的意思。巴罗哈也写过不少这类作品。本书所选的《乌尔杜庇家的贵小姐》《八音盒》属于此类。前者是带有浪漫主义色彩的历史小说，描述巴斯克地区曾经盛行的巫术，反映了作者对本民族历史和非基督教异端思想的兴趣。本书还有几篇故事同样涉及巫术和秘密宗教②。《八音盒》一文的故事发生在巴黎，从中我们可以欣赏作者引人入胜的叙述才能。

此外，巴罗哈也写了大量的散文和论文，统称为《最后的归程》的八卷本回忆录、三四本历史人物传记、若干短剧、一本诗集。他的散文成书出版的有二十本（只据一种分类），大大小小的作品选集种类也不在少数。被翻译成英语而曾经流行一时的是自传体的《青春自我崇拜》一书。《孤独的时光》是另一本获得好评的集子。这些书

---

① 鲁迅先生也写到过浙东曾经有过的堕民，即贱民。鲁迅的视角是启蒙和国民性，和巴罗哈不尽相同。见《准风月谈》中《我谈"堕民"》一文。

② 巴斯克地区曾经发生的审巫案在欧洲是人们印象深刻的历史事件，曾经被不止一次拍成电影。最新的是2014年的西班牙电影《苏镇巫婆》（Las brujas de Zugarramurdi）。作者的外甥胡里奥是研究巴斯克巫术的第一权威。

各有其价值。譬如说，巴罗哈的实话实说（包括对自己的无情解剖）和叙述能力使他的回忆录成为同类著作的典范。有人不爱读他结构散漫、仿佛显得他“不会写作”的长篇小说而喜欢读他很显文化底蕴的散文随笔①。这些书里以及从报刊上收集的散篇中都有文章可以被称作短篇小说，数目也颇不小。我们酌情选择了几篇。

本书第三部分的《告别文艺生涯》和《末章快板》也许可以算作短剧。《告别文艺生涯》本来是处女作《阴郁的生活》中的一篇短小对话，原题《堕落者》。作者受到一位音乐家的邀请，把文章改成西班牙轻歌剧（Zarzuela）的韵文剧本，结果大获成功。《告别文艺生涯》如今已是西班牙轻歌剧的经典剧目②。同一个故事总共有四个版本，本书所选的是扩写后的非韵文版。《末章快板》有一些巴罗哈在长篇中经常使用的手段，如靠每个时代的流行音乐来烘托重造时代氛围。这篇故事是作家创作的若干短剧里比较成功的作品，能很好总结作者的思想和艺术。

作品特点

巴罗哈的小说叙事紧凑，节奏轻捷，章节设计短小，力求吸引读者。这种力求通俗性是受了欧仁·苏一类连载小说的影响。他的小说因此与奥尔特加·伊·加塞特提倡的慢节奏背道而驰。现代主义把慢节奏发展到了极致，如《追忆逝水年华》。

巴罗哈小说结构上只求开放，随意，多变，如《奥德赛》《堂吉诃德》《匹克威克外传》那样，“好事连连”地不断讲故事。故事性、可读性也是巴罗哈和不少现代主义作家的分野。而随兴所至地让人物进进出出，事件起起落落，又使他的小说显得凌乱而没有结构。这与奥尔特加·伊·加塞特强调的经典小说，一般读者的阅读期待，都是相悖的。巴罗哈认为生活本身就是盲目流动，没有结构的，所以他的小说可以从任何一个点开始，到任何一个点结束。他用了一个比方，说别人的小说也许是池塘小说，截下来，不流了，精雕细作成结构，比如说被认为是最高明的福楼拜。他自己的小说是河流小说，无始无终地流动。他又说小说是一种没有格律的艺术。巴罗哈的众多人物只是漫无止境地漫游，他们的漫游却不是建立丰功伟绩的冒险之旅，而且结局都是失败和幻灭。以奥尔特加·伊·加塞特的理解，流浪和冒险的意义大不相同。巴

---

① 巴罗哈主要以小说家闻名。因为他不在学术界，也不像他的巴斯克同胞乌纳穆诺那样是知识领袖，所以人们意识不到这个行事低调、以乡野村夫自诩的巴斯克人，就视野、写作题材、思想深度、哲学和科学修养等方面而言，他其实是西班牙最博学的一个人。他的散文直到现在仍然有很强的可读性。

② 轻歌剧《告别文艺生涯》1933 年于马德里首演，作曲家是巴勃罗·索罗萨瓦尔。

罗哈可谓否定了小说这一资产阶级史诗(卢卡奇语)的宏大叙事结构。有些论者认为,巴罗哈在这一点反映出来的散片化和无结构化正是现代性和主体性的危机表征。也有人看到他的作品和后现代主义不无相似之处。

巴罗哈的小说中会出现许多人物,但是他不塑造典型,有大量的人物只是匆匆而过,有些甚至只出现一次而不再露面。如果有人指责他这种做法,他的回答是:“难道生活中不是这样的吗?”美国作家约翰·多斯·帕索斯推崇巴罗哈的这种写法,他的群像小说如《曼哈顿中转站》也受了这位西班牙作家的影响。明显受到这种影响的还有后来的诺贝尔奖得主西班牙小说家何塞·塞拉,比如在他的长篇小说《蜂巢》中。另一方面,巴罗哈通过大量对话塑造人物推动情节,而且追求对话语言的平白简约,这些特点则在海明威和塞拉等人身上得到了继承。

巴罗哈意识到自己在文学手段上的某些短处,也很早就确信自己的强处在心理洞察能力上。所以他采取一种防御策略,说自己的小说好处不在文学价值,而在于它的心理学价值和记录意义上的价值;不在于美,而在于真。作家对人类心理世界的观察和洞见大概是他受读者和同行喜欢的一个重要原因。遵循这种对小说的知识价值而非纯粹审美价值的追求,巴罗哈在吸收前辈作家时也目标明确,“为我所用”地选择性学习研究。他追认到的文学先驱,先是狄更斯、巴尔扎克和陀思妥耶夫斯基,后来他又发现了司汤达。对后两位的兴趣主要在于他们的心理洞察力,而狄更斯则是他最早发现并终身学习的幽默家和讲故事能手。

巴罗哈的文学手段成功之处包括独特的语言风格,简洁而能烘托故事情节的印象主义描写,唤起回忆的旧日音乐在故事中的安插,抒情散文或散文诗在某些叙述时刻的出场,等等。他的语言与现实主义和自然主义小说里从句套从句的长句子、老套的修辞腔调截然不同。他自称自己的语言是小调,不是高调。尽管他不否认自己的语言有语法错误,后来的学者们对一些短篇小说成书前的多个版本所做的细致的比较研究显示,他的写法并不是因为粗心或者语法力所不逮,而是努力经营的笔法效果。他的作品中不再有现实主义那种冗长乏味的人物和环境描写。《阴郁的生活》的不少故事里都有寥寥几笔却很能烘托情节的印象式的景物描写。这一能力显然得益于作家的视觉艺术修养。对于抒情和诗歌元素在小说中的运用,他也有自己的理论。他说小说是生活中平淡无奇的街道,而小说中的抒情和旧日的歌曲就仿佛是广场中间供行人短暂观赏的喷泉。音乐的安插在本书一两个长一点的故事里可以看到。而本书后面两个部分里某些脍炙人口的抒情散文就是来自长篇小说的片段,它们经常被收入各种选集。

总而言之,巴罗哈的小说在当时的创新是显而易见的,它作为对传统十九世纪小说的反动，走出来的“通俗”路子却与同为现实主义反动的高级现代主义迥异。巴罗哈是西班牙最有欧洲视野的作家，塞拉说他是“我们唯一的欧洲作家”。他熟悉欧美文学，也了解赫胥黎、毛姆、多斯·帕索斯和海明威等人在风格和内容上与他相似。他认为这是时代潮流所致，反过来说明他的写法并不荒唐或者出格。萨尔瓦多·马达里亚加的一段评论成功捕捉到了巴罗哈的叙述风格：

> 巴罗哈的风格对于小说的传统风格就是当代音乐的风格对于古典音乐的风格。时至今日，通过主题发展和持续交织而达到的古典构曲法已经让位于一种通过从一堆和声中探出、一旦完成使命又马上缩回原地的乐句而达成的更加直接的表现形式。巴罗哈也是这样的，他写的小说是一系列短小松散的插曲轶事，没有节奏，也没有特殊形式，以任何方式开始，以任何方式结束，除了共同的人物没有别的关联，除了时间的朦胧持续和随着积累而逐渐成形的小说氛围，没有更多的统一。（何塞·卡洛斯·迈纳尔《皮奥·巴罗哈》，第266页）

在当代西班牙语文学界，继承他文学遗产的颇有人在。阿根廷长篇小说拓荒者罗伯特·阿尔特深受巴罗哈影响。在西班牙国内，受他影响的人更多，著名的如卡米洛·何塞·塞拉，还有爱德华多·门多萨、女作家索莱达·普埃托拉斯等人。

关于本书

本书作为短文集，不易见出以上所说的大部头小说中缺乏宏大结构的不足。相反，这些短章可能集中了巴罗哈文风中更容易为人接受的优点。第一部分《阴郁的生活》基本保持原版的篇什。第二部分《巴斯克风情》在作者第三部短篇小说集《牧歌与幻想》的基础上，加选了散见于全集中的同类主题的单篇和片段，主要目的是比较全面地展示作者对巴斯克风土人情的抒情处理和民俗学兴趣。第三部分的头几篇来自长篇小说，它们像美文，也经常被包括在各种短篇小说或散文诗选集里。我们顺着怀旧和人生感悟这样的思路编成这一部分。从情绪格调上看，全书三个部分可以看作慢—快—慢三个乐章。

短篇小说被研究最多的主要是《阴郁的生活》。书一出版就得到了乌纳穆诺和阿索林等同龄人的激赏，也获得了老一辈的加尔多斯的肯定。阿索林在其中看到的是当时的西班牙完全崭新的一种文学感性，他提炼出来“不确定性”这一说法来强调此书总体的朦胧效果，而且认为这种特性在当时西班牙文坛引起的是文学价值观的变化(阿索林在《巴罗哈全集》序里表达的意见)。乌纳穆诺尤其欣赏描写巴斯克的抒情篇章如《黑玛丽》《晚祷》《路边客栈》等。其实吸引这两位同代人的都是巴罗哈的抒情品质。此书的归类有一定困难,难说它到底是短篇小说、论文①、散文诗,还是笔记。唯一可以说得准确的是,它的文章都是片段。这种即兴创作的半成品的片段状态在一位批评家看来正是它的艺术魅力之所在:

> …… 巴罗哈数量可观的一部分作品只是停留在不成形状态,一种正经可算是艺术之前的状态,笔记状态。他的散文、论文、回忆录都是笔记。他的书任何一页使我们产生的巨大好感都来自这一特点。每页纸上的巴罗哈都是随意自然的。文学材料保持着它的纯粹状态,因为有意识的艺术家尚未以智慧之手将其玷污。(贡萨洛·托伦特·巴列斯特尔,转引自马里亚诺·巴克罗·格亚内斯所著论文《巴罗哈的短篇小说》)

从《阴郁的生活》的风格来源来看,书的技法在总体上是不统一的,因为这三十几篇短文,有些体现自然主义原则,如《昏蔽的良知》《面包师傅》;有些因袭现实主义描写手段,如《一位义人》《女郎爱才》;有些是引人入胜的浪漫主义风俗画,如《路边客栈》②《流浪之家》;有的用了最古老的民间故事叙述方法,如《鬼》;有的学习哥特小说,如《通灵人》和《万丈深渊》;有的用了类似意识流的心理描写,如《秋日的海滩》;有不少篇章是象征主义散文诗,如《钟》《晚祷》③《高烧》《原子的生命》《海中的尖叫》。

至于具体对《阴郁的生活》产生影响的作家,除了作家自己指出的魏尔伦,乌纳穆诺所说的陀思妥耶夫斯基,我们觉得还可以举出《巴黎的忧郁》的作者波德莱尔。巴罗哈自称,教会他运用语言的是法国诗人魏尔伦。从总体看,巴罗哈的书中大量使用诗歌手段,遣词造句迥异于同时代的散文,叙事追求他所谓的“小调”,这恐怕应归于他对魏尔伦的学习。乌纳穆诺认为书中有陀思妥耶夫斯基《穷人》的痕迹,他应该是

---

① 1900 年的原版有一篇《浪荡汉病理学》,而且初次发表时署名巴罗哈大夫。

② 此文和中国作家李广田的散文《野店》在形式、内容和精神气质上惊人相似。他们写了同样的在现代化进程中渐渐消失的客栈野店,用了同样的第二人称的抒情笔法,同样强调了主人让客人感到的“如归”的舒适,通篇洋溢的是同样乐观的气氛。鲁迅所译的集子《山民牧唱》里包括巴罗哈此文。

③ 我们以为法国画家米勒的著名油画《晚祷》启发了巴罗哈的同名文章。它们有很多共同处,题名同,情节同,同为劳动场景。同一时期的长篇小说《完美之路》以画家为主人公,巴罗哈对绘画的理解更详尽地见于此书。

在泛指两位作者对底层穷人苦难生活的共同关注以及对人类博爱的渴望。陀思妥耶夫斯基着重描写的贫穷带来痛苦以及穷人之间相互同情这两大主题,巴罗哈的《黑影》《终极的慈悲》《悲哀之家》和《流浪之家》等篇近之。我们也认为《比凯特》里的同名女主人公即将与黑暗现实同流合污的开放结局和《穷人》的故事结尾也有某些相似。虽然巴罗哈没有直接提到波德莱尔对《阴郁的生活》的影响,但是波德莱尔在巴罗哈全集中是出现频率最高的诗人之一。《阴郁的生活》中若干篇里观察社会的流浪汉和波德莱尔诗文中的游荡(flâneur)相近。巴罗哈可以说是西班牙语文坛对《巴黎的忧郁》最早的一个回应。《阴郁的生活》和《巴黎的忧郁》气质上最相近的可以举出《疲惫的良知》《拾荒者》《穿黑丧服的女人》《浪子》等篇。这些文章和波德莱尔的共同之处是多方面的,比如对资产阶级道德的愤世嫉俗,叛逆精神,对人性现实的洞察,对社会底层的边缘人的兴趣,当然还有浪子的形象。所以说,在书的整体设想上,波德莱尔的集子作为现代散文诗开山之作的启发意义应该是重大的。

《阴郁的生活》虽然受到这样那样的影响,但是它的新颖和独特也是显而易见的。首先,和十九世纪的短篇小说相比,巴罗哈的书明显淡化情节,故事常有开放结局(阿索林说的“不确定性”),而且不少只是速写和片段。据一位英国学者的意见,这种倾向可以看作是詹姆斯·乔伊斯《都柏林人》中无情节的心理速写和印象描写的前驱。我们在乔伊斯的短篇集里可以看出他糅合印象主义、象征主义和自然主义,逐渐向现代主义推进的尝试;而这种努力在巴罗哈的作品中也很容易体会到。巴罗哈在以后的作品中反而不再以此类的形式探索为目的,此处不论①。

《阴郁的生活》中所隐含的文类理念的超前性也是显而易见的。巴罗哈的处女作既像它前面的《巴黎的忧郁》,也像它之后的鲁迅的《野草》,这是我们阅读后的第一个直觉反应。三者都介于抒情与叙述之间,而巴罗哈书中的叙述和抒情元素同样突出。他的抒情性主要是通过某些韵文手段和富于象征和暗示的印象式描写而达到的。但是,与波德莱尔和鲁迅的文本被看作散文诗不同,巴罗哈的书基本上还是被人们认为是小说。它先后被翻译成多种语言,是他众多的作品中流传最广泛的一本。

一般理解的现代短篇小说意义上的文章,巴罗哈的集子里有若干篇堪称杰作,如《阿格达》《烧炭人》《未知》《万丈深渊》《墓地菜园》,以及来自第二部分短篇集《巴斯克风情》里的爱情故事《浪子埃利萨比德》。特别是这最后一篇被认为可以跻身世界最佳爱情短篇小说之列。我们在这里仅举《万丈深渊》一例,来侧面说明作家讲故事

① 古巴著名魔幻现实主义作家卡彭铁尔说自己的文学起步是模仿法朗士和巴罗哈而写的小故事。他认为短篇也许是巴罗哈写得最好的作品。

的才能。乌纳穆诺在为自己朋友坎迪多·比尼利亚写的一篇序里提到了这篇故事的魅力：

> ……我为坎迪多以及那些牧羊人和庄稼汉念皮奥·巴罗哈的《阴郁的生活》里的故事。我这位巴斯克同胞作家一定想象不出《万丈深渊》这篇故事在那些牧羊人中产生的印象有多么深。我们不得不回城的时候，那些乡下人中的一个走过来求我把书留下。他们借了一年，还我的时候书完好无损。换了一位城里的公子哥儿肯定不会这么干的。而且我发现这篇故事他们几乎会背了。（何塞·卡洛斯·迈纳尔《皮奥·巴罗哈》，第103页）

关于巴罗哈的短篇小说对后世的影响，我们所知道的有鲁迅和海明威。鲁迅先生是巴罗哈最早的中国译者，他的《山民牧唱》包括将近二十篇短篇。鲁迅和巴罗哈有不少相似处，比如同样学医，同样弃医，同样悲观虚无，同样敏感尖刻，同样特立独行，同样毫不留情地批评与自我批评，同样受叔本华和尼采影响，同样关心乡邦文献，同样写乡土和社会底层，等等。关于弃医从文，巴罗哈也有过类似鲁迅的心路历程。他说："我关心病人的思想感情和关心病症一样多，甚至更多。"鲁迅在翻译巴罗哈时写过几则短小的作者介绍，也指出了巴斯克故事里某些文章技巧上的高明手段。

至于巴罗哈对鲁迅的影响，纵观《阴郁的生活》和《野草》，我们以为鲁迅受到的最大启发应该是某些特殊的文学手段。这主要指通过叠句而达到的诗歌化效果。鲁迅翻译过的巴罗哈文章有四篇使用了叠句。《野草》中粗粗看去，《影的告别》《求乞者》《复仇》《希望》《这样的战士》《好的故事》等几篇明显运用了这种技巧。这些文章都会被读者看作散文诗。《野草》也有好几篇用了"我梦见……"这一故事缘起套式。这种幻想文学的手段不能说一定就是从巴罗哈那里学来的，但是两者的相似是显而易见的。《野草》中这样的文章有《死火》《好的故事》《狗的驳诘》《失掉的好地狱》《墓碣文》《颓败线的颤动》《立论》《死后》等几篇。巴罗哈书中的幻象和梦境则集中在《钟》《高烧》《原子的生命》《海中的尖叫》等几篇。而从主题和内容来看，《黑影》对《颓败线的颤动》的启发最为可信。两者都描写了妓女以及世人对她们的残酷。已有论者研究过鲁迅的《野草》和波德莱尔的《巴黎的忧郁》之间的关系，而鲁迅和他亲自动手翻译过的巴罗哈的文学关系，似乎还没有人注意到。

最后，我们简单提一下巴罗哈和海明威的文学关系。海明威受巴罗哈影响，对巴罗哈怀有敬意，是美国和西班牙文学界耳熟能详的掌故。作为巴罗哈的首位文学继承人，海明威受其影响主要在于对一种平易低调文风的追求和以对话推动情节这两个方面。在思想上，他们同为虚无主义者。巴罗哈对海明威的影响应该说主要在于长篇小说的创作上。但是本书中也有三个故事可以和海明威对照着阅读。巴罗哈的《夜诊》《未知》《末章快板》，分别对应海明威的《印第安营地》《山如白象》《一个明净的地方》等三个短篇名作。《夜诊》和《印第安营地》写女人分娩，都侧重于分娩的痛苦，其中有不少细节相同。《未知》和《山如白象》写男女关系和现代婚姻的危机。这两篇可以和本书中《秋日的海滩》和《阿格达》联系起来，而且和《都柏林人》中的《伊芙琳》也有几分相似。这些文章都探索女性心理，特别是她们和男人的紧张关系，她们和男人之间的分合去留问题。《未知》和《伊芙琳》的结尾是乔伊斯所说的"顿悟"时刻，《秋日的海滩》和海明威的《山如白象》设计的都是开放式悬念结尾，我们只知道里面的女主人公和她们的男人都有了隔阂，但是作者只让我们看到冰山的一角。巴罗哈的《末章快板》和海明威的《一个明净的地方》写的都是得不到家庭幸福和人情温暖的资产阶级老年男性的人生虚无。两者的共同情节是主人公夜出吃饭喝酒。海明威的故事里有一段非常有名的《天主经》和《圣母经》。作者先连着四遍用西班牙语写下虚无(Nada)一词引出经文，然后在祷告中该说到天主、圣母、面包等主要名词的地方把它们一律换成西班牙语的虚无一词，在经文中共达 17 次之多，然后三呼用英文写出的虚无(nothing)而结束祷告文。巴罗哈的《末章快板》安排的是一个死亡结局。纵饮而死的主人公在死亡过程中脑海里放起电影。他在回光返照中所窥见的人生真谛，是屏幕上的布娃娃分别以西班牙语、意大利语、法语、拉丁语、俄语和德语打出的虚无一词。这位死者从别人口中得到的墓志铭是"没什么，他完蛋了"。

1956 年 10 月 9 日，也就是巴罗哈临终前几天，海明威终于有机会造访这位巴斯克人。据说在后者的病榻前他们是这样交谈的：

"这家伙来干吗?"

"我是来告诉您，您比我更配得诺奖，甚至乌纳穆诺、阿索林或者堂安东尼奥·马查多也比我更配。"

"行了，行了，"堂皮奥对他说道，"您再这么把奖分下去，咱就更悬了。"

阴郁的生活

昏蔽的良知

山上触目皆是高高的、黑乎乎的垃圾堆；被封死的矿洞口随处可见，山被弄得千疮百孔；许多地方掘出的深沟把山切割得伤痕累累。矿工们砍光了山上的树木，挟带着铅矿石的水毁掉了整个植被。曾经郁郁葱葱、橡栎成林的地方只剩下乱石累累的荒原，一派凄苦悲哀的景象。

矿渣堆里连一株狼萁草、一株卑微的荆豆树都长不出来。从地下长出来的不是树，而是伸着幽灵似的胳膊、僵硬而威严的电线架。

山顶上有很大一片台地，平滑如手掌。台地上就是矿业公司，一间古堡式的石砌房。墙上的瞭望孔和带格栅的窗户使它看起来像一座监狱。

矿业公司对面是矿工住房。这些单层土坯房看起来破破烂烂，简陋不堪。房子的窗眼是那么小，仿佛当初造房子的人恨不得把空气也省掉了。

石房里住着普雷维西翁矿业公司的经理。此人整个就是工业界绅士的架势，也没人知道他的来历。这个自以为是的老头子染头发，染胡子，活脱脱一个流氓。他以为自己是魅力难挡的情场老手，这是他最大的虚荣。为了赢得并维持这一声誉，他从城里随便找了一个风尘女子来同居。他还以安达卢西亚人的幻想情调，把她想象成一位不但爱他爱得死去活来，而且还走极端抛弃家庭来追随他的大家闺秀。

那爱出风头的家伙虽然被女色迷得稀里糊涂，却生就一副铁石心肠。他知道怎样严厉地让自己手下的那群矿工干活，知道怎样从他们尚未被铅灰毁坏的肌肉纤维里榨出力气，来挖掘并敲碎矿石。

他亲自监督早晚六点的两次换岗，看有没有人偷懒。哨子一吹，脸色苍白、神情憔悴的矿工们就慢慢从巷道里钻出来。有些人的身体在发抖，所有人都弯着腰，低着头。他们一队队爬上通往台地的一道旧坡，走进自己的破屋里吃饭休息。没过多久，又有另外几组矿工走出屋来，消失在矿洞底下。

男人们干活时把篮子顶在头上装运矿石；女人们白天到很远的一座山上斫回来一捆捆木柴；穿着破衣烂衫，几乎衣不遮体，邋里邋遢的孩子们在自家门口吵吵闹闹地玩耍。而就在这悲惨的环境里，她，胡利娅小姐，因一个男人的心血来潮而成了太太的来自大都市的娼妇，却在矿业公司门前由女仆陪着懒洋洋地散步，炫耀着她的薄纱衣，居高临下地和矿工们打招呼，仿佛一位君临臣下的女王。

她看都不看他们一眼，甚至懒得认出他们的脸来。男人们把她作践得够厉害，现在轮到她踩在他们头上了。

胡利娅名声不好。

她的仆人常说："世上也有好心肠的失足女人。但是这个女人……这个女人坏透了，全世界找不出第二个。"

所有的人都这么说，说她是个坏女人，一个没心没肺的娘们儿……

那年春天，附近一个小镇上出了几起天花。病被一位打眼工带到矿上，并很快传染开来。特别是孩子们，几乎全病倒了。那群衣衫褴褛、邋里邋遢、在家门口玩的孩子不见了。

胡利娅也得知了病情，因为工人委员会的人来找过她，求她给正在外地的经理写信，看能不能预支两个礼拜的工钱，来对付流疫造成的花费。她一口回绝。那些借口可糊弄不了她。一帮不要脸的恶棍！就想着拿钱去喝个烂醉，可是付给他们的工钱本只是用来让他们像养狗一样养孩子的。

一天里头死了两个孩子。第二天大清早，离这里最近的一个镇上的医生不经通知就来了。胡利娅从窗口看见他来。他是个身材矮小的黑发男人，留着一把浓浓的大胡子，骑着一匹灰色的瘦马，动作敏捷。他把马系在矿业公司的栅栏上，直奔病人而去。胡利娅出于好奇走到楼下。她打开窗户，藏身在栅栏后。半个钟头以后，她听到医生有力而严厉的声音，还听到工头每每隔好久才回答他的问话。

"这样草菅人命，无论如何说不过去啊，"医生说道，"孩子们会像臭虫一样死掉。他们两三个人猪猡一样滚在同一张床上，这条件也实在太差劲了。"

工头低声回答，说经理在外，他们已经给公司写信了，而公司并不理睬。

"可是这里难道就没有一个人可以求助吗？"医生反过来问他，"那家伙的老婆或者相好不就住在这屋里吗？"

"是的，"工头回答道，"但是那是一个坏女人，什么都不能指望她的。"

胡利娅再也听不下去了。她怒气冲冲地回到房内，简直怒不可遏。她在脑子里想出了千百种开除那个工头的办法，又把怒气撒到家具上，最后，她伤心地哭开了。她就这样委屈地哭了整整一天，心里惦记着那个素不相识的医生将会对她抱有什么样的看法。

第二天，胡利娅穿上一套最不起眼的衣服，开始到矿工们的屋里去探望。女人们看到她来，很是吃惊。她们把她引进屋里。房间窄小凄凉，既不透光，也不通风，充满燥热的空气里夹杂着种种令人作呕的味道，其中有从得天花的病人身上散发出来的刺鼻的焦面包味。病孩子、康复中的孩子和健康的孩子挤在同一张床上；父母亲和衣卧在地上，野兽一样张着嘴，鼾声如雷。

在一户人家屋里，一个满脸结痂、长相非常可爱的金发小姑娘向胡利娅伸出细瘦的小胳膊。她把孩子抱在怀里轻轻摇晃，并在她长满脓包的红兮兮的额头上亲吻了一下，居然一点也不怕被传染上。这是一个传遍她内心的神秘之吻，就像那些变罪人为圣徒的亲吻一样。

探望结束时，她感觉自己心里对世间万物、对所有人充满了慈悲。她想要在公司的石屋里收留并照顾病孩子。她真这么做了。整整几个礼拜，她照料他们，为他们清洗。出于不懈的行善渴望，出于怜悯众生苦难的博大的母爱，她为他们彻夜不眠，做着自我牺牲。

主人回来，两个人大吵了一通。那男的火冒三丈，要她把那些孩子统统从屋里弄走。她有力而温和地反对他。他抬起手掌，却在她那双黑眼睛里看到了什么东西，这奇怪的东西使他住手了。他什么也没说，后来也没有再提起。孩子们就继续住在公司的石屋里，直到彻底痊愈。

胡利娅继续去看望工人，亲眼所见的每桩不幸她都努力加以弥补。她迫使自己男人为矿工涨工钱，并且把公司商店里卖的劣质而昂贵的日用品的价钱降下来。

“可是，亲爱的，”他说道，“如果我这么做，公司就要不高兴了。”

“这样做不公平吗？”她问道。

他让步了。姑娘充满激情的话使他屡屡让步，虽然他知道得很清楚，在这种处境下，他们渐渐面临的是怎样的危险。

就这样过了整整几个月，他们一直被改善工人状况的努力所引导着。他已经不在乎暴露自己的年老体衰，也不再染发了。雪白的头发胡子使他脸上多了某种宁静和慈祥。

不久，工人们开始得寸进尺地不老实起来。经理无力弹压他们挑起的事端。传闻公司对他的管理很是不满，然而他已经在这慈善的洪流中丧失了精明人的本能，他只能继续他的慈善事业，眼睁睁看着自己倒台的日子一天天临近。

一天下午天色将晚的时候，公司总经理没有预告就来通知他，说已经找到一个合适的人来顶他的位置，他的职务就此结束，而且要马上搬离。这是他出于慷慨之心而采取的一项荒诞措施的直接后果。

他并不吃惊，胡利娅也没有吃惊。天黑时，两个人离开了矿业公司。他们手拉着手下山，一直走到大路上。在钉满星光的黑色的天空下，面对那黑暗、沉默、悲伤的田野，在慈善中再生的风尘女子和老冒险家一路前进。他们追寻着未知，或许对天意充满了信心。

通灵人

我为人沉着,我也会紧张,很紧张。但是我没有疯,看过我的医生却都认为我是疯子。凡事我都要分析钻研一番,活得不太平哪。为什么?我还没有搞明白。

老早以来我就很能睡,睡得沉,却不做梦;至少醒来时我不记得是否做过梦。但是我一定是做了梦的,我搞不懂为什么我认为自己一定做过梦。除非我现在说话也在做梦。可是我睡得多,这正是我没有疯的一条明证。

我的骨髓一直在跳动。我的精神之眼不干别的,只会注视某个未知之物。某个随着我大脑血脉跳动的节奏而动的灰不溜秋的未知之物。

我的脑子并不想什么,但是它却处于紧张之中。也许它在想,可是实际上什么也没想。……啊!你们笑了,你们是怀疑我说的话吧?那么好,是的。你们猜对了。我的灵魂里有个精灵在跳动。我来讲给你们听。

童年是美丽的,对吧?对我来说,那是一辈子最可怕的时光。我小时候有个朋友,叫罗曼·哈德逊。他的父亲是英国人,母亲是西班牙人。

我是在学校里认识他的。他是个好孩子,对,肯定是个好孩子;很友好,很善良。而我小时候孤僻内向,又不懂礼貌。

尽管我们有这样那样的区别,我们竟成了形影相随的好朋友。他是个好学生,而我既不听话,也不用功。可是因为罗曼是个好学生,所以他把我带到他家,给我看他收集的邮票,不觉得这有什么问题。

罗曼家很大,在拉斯·巴尔加斯广场边上一条很窄的小巷子里。这附近一间房子里杀过人,当时在巴伦西亚传得满城风雨。

我还没说,我的童年是在巴伦西亚度过的。他家的屋子很悲哀,非常非常悲哀,没有比这屋子更悲哀的了。屋后有一个很大的菜园,墙上覆盖常青藤,开满白色和紫色的钟铃花。

我和朋友就在花园里，在那布满常青藤的花园里玩。我们常到一个开阔的铺着石板的露台上，露台的围墙上摆满大花盆，花盆里种着剑麻。

有一天，我们两个突发奇想，从屋顶上摸过去，靠近那间杀过人的屋子。它的神秘吸引着我们。当我们回到露台的时候，一个女仆告诉我们，罗曼的妈妈叫我们去。

我们走下露台，然后被领进一间很宽敞又很凄凉的客厅。靠近阳台坐着我朋友的母亲和姐姐。母亲在阅读，女儿在绣花。不知为什么，我怕她们。

母亲声音严厉，教训我们不要乱跑，然后，她开始没完没了地问我问题，问我的家，问我的学习。母亲说话时，女儿一直在微微笑；可是她笑得好怪，好怪……

"要好好学习。"母亲算是说完了。

我们离开了房间，然后我就回家了。整个下午，整个晚上，我就没干别的，心里一直想着那两个女人。

从那天开始，我就尽量避免到罗曼家里去。一天，我看到他母亲和他姐姐服丧似的穿着一身黑衣从教堂走出来。她们看了我一眼。看到她们，我感到浑身冰凉。

学期结束后，我就没有再见到罗曼。我过得平安无事。但是有一天他家里来人通知我，说我朋友病了。我一去就见他躺在床上。他流着泪低声告诉我，他恨他的姐姐。可是，他的姐姐安赫莱斯却对他照顾得精心体贴。不过她脸上的笑，她笑得好怪，好怪……

有一回，我抓罗曼的胳膊，他痛得做了一个鬼脸。

"你怎么啦？"我问他。

他让我看他手上的瘀青，大大的一圈，像一个戒指绕着胳膊。

然后，他的声音很低：

"是我姐姐搞的。"

"啊！是她……"

"你不知道她力气有多大，她手指可以戳破玻璃。还有更怪的事情：她不碰到任何东西就可以把它移动。"

几天以后他和我说话，而且边说边吓得发抖。他说大约一个礼拜前，夜里十二点楼梯的门铃响了，他打开门，可是谁也没看到。

罗曼和我反复试了许多回。我们守在门边……敲门……我们开门……什么也没有。为了可以马上开门，我们留着门半掩半闭……敲门……什么也没有。

最后我们卸掉了门铃的按钮，可是门铃还是响啊响啊……我们两个吓得面面相觑。

"是我姐姐，是我姐姐。"罗曼说。

一旦确信之后,我们到处找两个护身符,我们在他房间里镇上一个马蹄铁,祭起一个五角星和几张用三角形字母写出来的咒符,上写“阿布拉卡达布拉”(abracadabra)[1]。

没用,什么都没用。东西都跳离了原来的位置,墙上显出没有脸庞没有轮廓的黑影。

罗曼一直病恹恹的。他母亲给他买了一架漂亮的相机,逗他开心。每天我们都一起去散步,而且带着相机上路。

一天,那母亲忽然想到叫我给他们三人照合影,好把相片寄给英国的亲戚。罗曼和我在露台上支起一个帆布凉棚,母亲和她两个孩子就在棚下。怕万一效果不好,我聚焦后拍了两张。罗曼和我马上就去冲洗底片。效果很好,但是我朋友姐姐头上有一片黑斑。

我们让底片晾干,第二天,我们把底片放在印板里,拿到太阳下去晒,好取得正片。

罗曼的姐姐安赫莱斯和我们一起来到露台上。一看到第一张照片,罗曼和我就吃惊得面面相觑,说不出话来。安赫莱斯头上有一个白影,是个面貌和她相似的女人。在第二张照片上可以看到同样的一个影子,但是身姿不同:那影子向安赫莱斯倾斜,仿佛在她耳边说话。我们大为恐惧,罗曼和我目瞪口呆,简直吓瘫了。安赫莱斯看到照片就笑,笑了又笑。这事儿太离奇了。

我离开露台,走下屋子的台阶,磕磕碰碰,跌跌撞撞。一到街上,我撒腿就跑。安赫莱斯的微笑在脑海中对我紧追不舍。一进家门,我从镜子前过,一眼就看到她在月亮里冲着我微笑,一直在微笑。

谁说我疯了?胡扯!因为疯子是不睡觉的,而我睡觉……啊!你们以为我不知道这个吗?疯子不睡,我睡。自从我生下来,我还没有醒来过呢。

---

① 变魔术或念咒时的咒语,类似“变!变!变!”或者“芝麻开门!芝麻开门!”

黑玛丽

你独立于昏暗的庄屋门里，伶俜无依，怀抱小弟。你望见青山隐隐，苍天茫茫，此时此刻，黑玛丽啊，你可有什么心事？

人家叫你黑玛丽，黑皮肤的玛丽，是因为你出生那天是东方三圣节，并不为其他什么缘故。他们叫你黑玛丽，你却生来白皙，仿佛刚刚洗净的小羊羔，你的金发仿佛夏日里黄澄澄的麦穗……

我从你家屋前骑马经过，你却躲起来在暗中看我。你躲着我，躲着那老医生。在你诞生的那个寒冷的清晨，是我第一个抱起你，欢迎你来到人间。

你哪里会知道，我是多么怀念那个清晨啊！我们就着火光，等候在厨房里。你奶奶烘着你即将要穿的衣裳，眼中噙着泪水。她凝视着火光，神情若有所思。你的叔叔伯伯们，也就是阿里斯东多一家人，在谈论着天气和收成。我不停地在卧室里进进出出，检查你母亲的状况。这是一间很小的卧室，屋顶上挂着串起来的玉米棒子。你的母亲在不停哼哼，而那老好人何塞·拉蒙，你的父亲，一直守在她身边。透过窗户，我望见满山白雪，看到一群群画眉鸟从空中飞过。

让我们大家等待之后，你终于来到了这个世上。你哭得伤心。为什么人一生下来就要哭呢？或许是人离开的虚无界要比呈现在眼前的生命界更加美好？

我常对你说，你是以声嘶力竭的哭号在这世上亮相的。东方三圣看到你降临人间，他们便在你要戴的帽子里放了一枚一个杜罗的银币。也许，那正是他们付给我为你母亲接生的同一枚银币……

可是，如今当我经过时，当我骑着我的老马经过时，你却躲了起来！哦！但是我也在树林里藏起身来看你呢。你可知道是为什么？告诉你，你准要笑了……我是可以当你爷爷的老医生啊。是呀，这是真的。要是我告诉你，你定要笑了。

在我看来，你长得多秀美啊！他们说你的脸被晒黑了，说你没有胸脯。他们或许是对的。但是反过来，你的眼中有秋日曙光之宁静，你的嘴唇有金色的麦田里罂粟花的颜色。

还有，你心地善良，待人热情。几天前，赶集的那个礼拜二，你记得吗？你父母下山到镇上去，你抱着小弟弟在村里漫步。

小家伙发脾气了，你想哄他高兴，你把奶牛指给他看：悠然啃着青草的红牛和白牛。它们一边打着响鼻，一边快活而步履沉重地来回奔跑，一边甩着长长的尾巴抽打大腿。

你对那讨厌的小家伙说：

"看红牛牛……看那头笨牛……看它那两只角。小宝贝，你问问它：'你为什么闭起眼睛来？看你那眼睛那么大，那么呆……尾巴不要乱动。'"

于是红牛朝你走来，它带着反刍动物悲伤的眼神望着你，并且伸过头来，好让你抚摸它长满卷毛的脑袋。

然后你又向另一头牛走过去，你用指头点着它说：

"这是黑牛牛……姆！……真黑！……真坏！……我们不喜欢它。我们喜欢红牛牛。"

小家伙就跟着你重复：

"我们喜欢红牛牛。"

可是他又想起来自己在发脾气，于是又"哇"的一声哭开了。

不知为什么，我也哭了。说真的，我们老年人的心和孩子的心是一样的。

为了让弟弟安静下来，你想尽一切办法。你引他去看吵闹不休的小狗，看跟在风流成性的大公鸡身后满地啄食的母鸡们，看那些来回乱窜的蠢猪。

孩子慢慢安静下来，这时候，你显得心事重重。你抬起眼睛，远眺蓝色群山，可是你什么也没有看见。你看白云从苍茫的空中经过，看落叶满山，看叶子褪尽后光秃秃的枝梢，然而，你的眼中什么也没有看见。

你的眼睛确实看见了一点什么；但是，那是在灵魂深处，在诞生爱和梦的神秘的地方……

今天我路过，我看出了你有满腹心事。

你懒懒地坐在一截树干上，紧张地嚼着一片薄荷叶子。

黑玛丽啊，你望着隐隐青山，茫茫苍天，请告诉我，你可有什么心事？

面包师傅

运尸车沿着隆达街朝普拉多大道方向而去。这是一辆笨重破旧的蹩脚马车。车漆成黑色,四角有四根柱子撑起车顶,车顶上挂着一个十字架。柱子和十字架上各有门卫或者警察制服上那种黄色的流苏边饰。

这车和由头戴羽饰、趾高气扬的骏马所拉的灵车根本不是一回事儿。车上坐的不是脚穿白袜、头戴扑粉假发的马夫。不是的。这是一辆不起眼的可怜的马车;它不炫耀华贵,它的抱负不过是把尸体填埋到东郊的义冢地,并且在斗牛的日子里途经斗牛场时尽量不让尸体散架。

拉车的是两匹步履踉跄、样子邋遢的驽马,衰老得眼看要把灵魂交到马类的上帝手里了。其中一匹醒目地一瘸一拐,直把车晃得如海中一叶孤舟,嘎吱嘎吱的声音听来令人断肠。

高高坐在驾驶座上的马车夫身穿破旧的黑制服,高筒帽压低到眉毛,领带却缩上来碰到了胡子。他一只手捏着缰绳,另一只手握着马鞭。从他高高在上的驾驶座上,马车夫对自己脚下来来往往的人们友善地微笑着。这是六大杯一角五分钱一杯的廉价酒灌落肚中之后能给一个正经而达观的活人带来的全部友善。

这是一个天性快乐而且懂得乐天优点的马车夫。他拉的人肯定不会对他有什么怨言,因为他不是一天醉一天不醉,而是天天喝得有点轻飘飘的。他喝到高处时就会一路为死去的先生唱他的探戈,唱他的安达卢西亚小调。而棺材中的那些好人先生们也就这样一路颠簸却没有感觉地从死亡之港蹦跶到虚无之岸。

送葬队伍由两群工人组成,不是很风光:一群人身上穿的是礼拜天上教堂时才穿出来的当家行头,另一群人身上是平日里穿的衣服和罩衫。看体型,看面部,看上夜班的人才有的特殊的苍白脸色, 个善于观察工人职业特点的人应该看得出来,他们是面包师傅。

他们走在街中央，靴子和裤腿上满是烂泥，也就不必再注意把脚踩到哪里。

紧跟马车走在送葬队伍最前面的是死者的两位表兄弟。他们穿戴整洁，甚至有点优雅，灯芯绒裤子，粗大的怀表链穿过坎肩。其余人跟在他们身后分成两队。分队的原因是“法国人”面包房和“公鸡”面包房之间早就存在的对立。两家店开在同一条街上，离得很近。

米兰德拉早先是“公鸡”面包店的揉面师，后来又是“法国人”面包店的烘焙师。他的葬礼哪边的人都不能不来，而且事实上他们全都到了。

“公鸡”面包店那队人里有绰号“铁匠”的大师傅，有“拉曼查人”——他是店里的老伙计之一，戴着宽舌帽，穿着白衬衣，拿着手杖，仿佛要去扑蝴蝶的样子——有看着像教堂司事的“马拉加台利亚人”，有“黑皮”，还有“美洲佬”巴西里奥。

另一班人里领头的正是“法国人”自己。此人来自法国的奥韦尼亚，肥胖，红皮，嘴里总是叼着烟斗。和他走在一起的是巴雷拉斯两兄弟，他们戴着科尔多瓦式帽子，穿着短衣。这是两个有着安达卢西亚人的本能而且爱好斗牛的加利西亚人。跟在他们后面的是绰号“拉巴基利亚”的巴科，“阿拉贡人”贝尼托和送货员“金发”。两队人中不时冒出一句半句话来，多少带点哲理，或者多少有点嘲讽。“这日子过的，真还不如死了好。”“能怎么样呢？”“这个嘛，你就不能说我不愿意……”

这是个昏暗而悲伤的冬日，因潮湿而发黑的屋子墙上有一道道长长的黑斑。这是雨水一点点留下来的泪珠。地上泥泞不堪，一棵棵光秃秃的树上有干枯的丫杈在空中互相纠缠，树枝上还颤悠悠地挂着几片缩得皱皱巴巴的枯叶……

送葬队伍跟着灵车走下阿多查大街，沿着雷蒂罗公园围墙绕了一圈，这时候，雨慢慢下开了。

右边延伸开去是麦苗青青的宽阔的马德里平原；透过雾霭隐约可见远处矗立在天使山上的修道院；近处，是帕西菲科区逐渐汇入蓬特-德巴列卡斯区的两排房子。

经过雷蒂罗公园在圣婴医院附近的一道门时，有人提议到附近的一家小吃店去喝一杯，大伙儿接受了这个主意。

“为菲雷罗送葬时我们和可怜的米兰德拉就在这里喝了一坛酒。你们记得吗？”“马拉加台利亚人”问道。

那好心的回忆引得每个人都难过地摇了摇头。

巴雷拉斯兄弟中一人又补充道：“可怜的米兰德拉常说，去往炼狱的路上有四万家酒馆，在每家店里都应该喝上一杯。我敢肯定，光喝一下子他是不开心的。”

“真要喝，至少也得四升才够，因为他很爱喝。”“黑皮”补充道。

“能怎样呢？”“铁匠”带着惯常的哲理自问自答，“你回家吧，女人吵，孩子哭，有什么办法呢?”

他们离开了小吃店,没一会儿就到了阿尔卡拉大街。

到那里以后,有人离开了送葬队伍,其余的人进了两辆双轮马车。车夫在不停地吆喝:“嗨!去市东墓园!市东墓园啦,一个雷亚尔!”

灵车开始快跑起来,摇摇晃晃,跌跌撞撞,样子好看得像一个醉酒的水手。尸车后面跟着那两辆双轮马车,一路上也是颠簸不停。

路上偶尔有别的灵车和他们相遇,拉的几乎全是夭折的小孩。他们到了斗牛广场,跨过桥,穿过两旁林立的小吃店,三辆车一辆跟着一辆,直到在墓地门口停下。

葬礼草草收场,没有什么隆重仪式。细雨连绵,寒风凛冽。

可怜的米兰德拉在那里留下,他的伙伴们上了马车。

“活着还不就是这样,”“铁匠”说道,“总是没完没了。这也是意料之中的。最后来一个神父,那又怎么样?什么也没有。我们还能有什么?”

他们到了斗牛广场。有一件要事需要解决:吃喝。吃什么呢?当然要吃点肉。但到底要火腿还是要猪排,他们讨论了一番。结果大家都觉得还是猪排好。

“马拉加台利亚人”负责买肉,一会儿工夫他就回来了,肉包在一张报纸里。

在一个小客栈里人家借给他们一口锅,给了他们一些碎木柴烧火,并且拿了酒出来。“拉巴基利亚”负责煎猪排。

大伙儿围着桌子坐下。两位主持葬礼的死者的表兄弟觉得自己应该显出克制而难过的样子才对,但是他们很快就忘掉了自己的架势,开始狼吞虎咽地大嚼起来。

其他的人也一样。正像“铁匠”说的:“死人入黄土,活人吃五谷。”

他们都用手抓东西吃,把拳头大的面包块塞进嘴里。他们啃着骨头上最后一点肉星子,吃得满嘴油亮。

油污斑斑的桌子上还有最后一杯酒,从一个人手里传递到另一个人手里。随着这劣质酒渐渐灌满肚皮,他们的脸色慢慢红润起来,眼睛也快活地明亮了起来。

大家不再分彼此,“公鸡”面包店的人和“法国人”面包店的人打成了一片。他们用酒淹没了对立情绪,互相问着亲戚朋友的情况,“那个戈依人伦苏埃拉怎么样呢?那么福利斯人佩鲁乔呢?卡斯特罗韦尔德人法鲁科呢?蒙弗特人托罗呢?还有西尔维拉呢?……”

往事、掌故、笑声、拍案声、开怀大笑声纷纷若雨,滔滔如流。突然,“拉曼查人”无缘无故地感到不自在起来,并开始嘲笑加利西亚除了萝卜别的啥也不出产,说加利西亚人连饭都吃不饱,根本不知道酒为何物。

“那可不!那么在拉曼查又有什么呢?”那些加利西亚人纷纷问他。

“世界上最好的小麦和最好的酒！”“拉曼查人”反驳道。

“要说小麦和黑麦，”“马拉加台利亚人”接过话头，“什么地方也比不上我们马拉加台利亚。”

大家愤愤地吵了起来。所有的人都在大声吼着，争着，辩着。每句闹哄哄的争辩的话一结束，就能清晰地听到紧接的一声责问：

“现在你怎么说？”

然后，听者带着嘲弄的反驳：

“那当然啦！”

“铁匠”掏出怀表，发现已经晚了，到了该走的时候了。

天在渐渐变黑，外面看起来一片凄凉。寒风凛冽。一小片红色的云彩出现在马德里的上空，给人天气会好的一丝遥远的希望。

“拉曼查人”还在对着加利西亚人大声嚷嚷。

“见鬼！”一个加利西亚人说，“即便那样，你还不是想把女儿嫁给一个加利西亚人！”

“我？你说我？”他一边反驳，一边带着对自己最好行头的堂吉诃德式的轻蔑把帽子扔到地上，“那还不如让她死了好。”

于是“铁匠”试图以自己的哲学反思使他冷静下来。

“‘拉曼查人’哪，你可要看好了，那些个总督呀，部长啊，还有别的大佬，他们都是什么地方人呢？……他们是加利西亚人，朋友，加利西亚人。有什么办法呢？”

但是“拉曼查人”并不服气。他不但依然怒气冲冲，而且变本加厉地把所有加利西亚人都作践了一遍。

到后来，激动的心情随着寒气渐渐平息了下来。走到埃斯帕特罗①雕像跟前时，“公鸡”面包店的人和“法国人”面包店的人分开了。

当天夜里，在两家面包店昏暗的面案子上，所有的人都在煤气炉闪烁的火光照耀下半睡半醒地干着活。

---

① 埃斯帕特罗（1793—1879），西班牙军人和政治人物。

马丽楚

消息一传十,十传百。埃多拉家的女人马丽楚在生下孩子两三个礼拜以后得了怪病。她喜怒无常,往往一开口就尖声大笑,但是马上又痛哭流涕,伤心欲绝。

谣传风起,说她魔鬼附体。还说曾有个神秘兮兮的家伙经过马丽楚家门口时看过她一眼,对她施了毒眼。

四邻八舍的庄稼汉们的好奇心被大大激发起来,一时间群言汹汹。有些人认为最好是通知神父,另外一些人认为最合乎逻辑的是去叫那个吉卜赛老太婆来。老太婆半是乞丐,半是巫婆。她名声在外,中了毒眼的人和牲口她都能治好。

一天,两个邻居姑娘看到病人后大受触动,结果她们也开始和她一起又哭又笑。因为这个原因,作为第一步措施,人们通知了村里的神父。神父为房子祝福,并驱逐妖魔,把它从中魔者的躯体中赶走。但是他的法力没有起到任何效果。于是他们去叫那吉卜赛老太婆。老太婆一叫即来,并在屋里住下,做好准备工作。她用口袋布缝了一只枕头,里面塞满麦麸,又拗断几根干树枝做成两个火把。

夜里十二点整,她走进病人房间,把她绑在床上,根本不理她大哭大闹。然后她点起那两个火把,让马丽楚把头枕在麦麸袋上,自己则一直念念有词地做着祈祷。有时候她停下来强迫那病人吞下一个盐块,有时候她念念有词地低声呼着东方三圣的名字……

到第二天,马丽楚好了。

又过了七天。马丽楚的婆婆开始心里厌恶儿媳妇,对她做出令人震惊的暗示。她带着一种奇怪的微笑对她说,她痊愈是因为病传到儿子身上去了,也正因为如此,那孩子才一直悲戚戚的样子。果然,从那时候起,长得漂漂亮亮的孩子慢慢失去血色,变得十分苍白,不再开心地笑了。一天夜里,他睁着眼睛,浑身冰冷地蜷缩在母亲怀里。一只非常黑的黑虻在他身边盘旋……

母亲一直在摇着孩子。看他不醒，她便用毯子把他包起来，走出屋子，踏上山路去那讨饭老太婆的家里。

天渐渐亮了。一堆白云在淡蓝的天空中被扯成了丝丝缕缕。微温而尚无力气的太阳开始照亮一座座山峰，山峰上布满黄色金雀花和枯萎后泛红的狼萁草。

爬上山头后，马丽楚停下来歇口气，寒风吹得她直打哆嗦……

老太婆的家在一个山坳里。这是一间遭过火灾的破旧的老屋，吉卜赛老太婆一点点把它修复了起来。马丽楚进去时没有敲门。借着地上烧的一堆火可以看清屋内。屋里只有一个房间，房间深处，一个土堆上放了一张床，床两边墙上各有几根梁木当作架子，上面摆着数不清的从路上捡来的废物，并按大小排列在那里：缺了提耳的陶罐，破沙锅，没有底的瓦盆。

那讨饭老太婆和一个羸弱不堪、佝背偻腰、白发苍苍的老头在火堆旁说着话。

"是你？"乞丐一见是马丽楚便沙哑着嗓子问她，"你来我家干什么？"

"为了让你看看我儿子。"

"死了。"吉卜赛女人把孩子端详一番后说道。

"没有。他睡着了。你开什么价让他醒来？"

"我告诉你他死了。不过呢，你愿意的话，我可以用七种草来煎一锅药。"

那老头于是对她说道："吉卜赛人啊，你的办法根本没用。"他又朝马丽楚转过脸去，紧紧地盯着她，白眉毛下灰色的眼睛闪着亮光。"想要你儿子醒转，只有一个办法：你找到一户人家让你过夜，而且住在屋里的那家人必须是想不出来最近有什么不幸登门的。去吧，去找找看吧。"

马丽楚抱着儿子出来，她一刻不停地走，挨家挨户地走遍了周围人家。一家刚死了父亲。另一家有当兵回来的儿子，他肺里长满结核，成了个废人，还有两个月的命好活。这边一家母亲奄奄一息，要撇下五个无依无靠的孩子。那边一家有个病人要到首都的收容所去，因为他家景良好的兄弟们没有一个愿意收留他。

马丽楚从野外走到村里，从乡村走到城市，从一座城市走到另一座城市。所到之处，主宰人间的都是悲伤和痛苦。每个村庄都是一个挤满病躯的巨大的医院，充斥着疯狂的哭号。

老头的办法不可能派上用场。不幸充斥人寰，到处是疾病，到处是死亡。

没有办法，没有办法。必须痛心地活着，悲伤和痛苦是生命必然的两个伴侣。

马丽楚哭啊，哭啊，她哭了好长时间。然后，她于绝望中平静了下来，回到家，回到了丈夫身边。

秋日的海滩

这是玛利亚·路易莎每年初秋都要进行的一场短途旅行。每当丈夫和某位狐朋狗友一起去比亚利兹或者圣让德吕兹[1]的时候，她就会坐着马车经过吉普斯夸省沿海的一个个小村庄，并在其中的一个村里停下来。

这场旅行对她来说就是前往爱的圣殿朝觐。她在这里重温记忆中的美好往事，使自己再次精神焕发，获得片刻安宁，暂离喧嚣而虚假的生活。

就在那里，在那依海而建的一个村庄的墓地里，长眠着她心爱的男人。布满柏树和月桂树的墓园隐没在青山之中，周围是孤独、鲜花和寂静……

那天下午，玛利亚·路易莎抵达村庄以后，像往常一样在乳娘家里歇脚。因为旅途劳顿，她早早就上床休息，可是后半夜却一直没有睡稳。

她从梦中惊醒，睁开眼睛，卧室里不见一丝亮光。天肯定还黑得很。她试着继续入睡，可是回忆和幻想在她脑中越积越多。为了压制心头的兴奋，她下了床，轻手轻脚地穿好衣服，在黑暗中一点点摸索到窗前并打开窗户。

这是秋天的凌晨。空中浮着一层闪亮的薄雾，没有一点声响，没有一点生命的迹象来打破这黎明前的宁静。远处，是大海在呢喃，缓慢、安宁、悠然自得……

村庄、大海，还有群山，一切都在灰蒙蒙的雾霭的掩盖之中。晨风吹来，雾霭开始散去。

灰暗的浓雾阻挡眼睛看到更远的地方。玛利亚·路易莎若有所思地望着晨雾时心里感到某种平静。渐渐地，她在黑暗中睁大的眼睛看到东西了，这里一团没有轮廓的黑影，那里一片明亮的沙滩。那些形状不定的物影随着大堆大堆晨雾的移动而时隐时现。

---

① 比亚利兹和圣让德吕兹在法国西南滨海地区，接近法国和西班牙边境，是巴斯克人聚集地区。

温湿的风从陆地上吹来，风中洋溢着刺鼻的味道，这是植物散发出来的生命气息。有时候，可以闻到一阵海洋的味道，这说明也有海风吹来。

晨光开始散见于薄布似的灰雾之间；然后，那些没有清晰轮廓的暧昧形体渐渐固定下来，而村庄，那由黑乎乎的庄屋构成的吉普斯夸省的一座座海边小村，也逐渐在山头上显现出来。村庄围着教堂的古塔，斜斜地对着大海。这是北方绿油油的大海，总是巨浪滔天，面目狰狞，喧嚣不停，浪花飞溅。

海岸的风景也慢慢显出轮廓来。左边是乱石岗，乱石之间有大路通过；右边淡淡勾勒出海滩的界线，缓和的曲线尽头，是黑晶晶的大岩石，潮水低落时，它们突显在水面上，仿佛海怪在浪花激出的水云里出没。

村庄开始苏醒。风搬弄教堂的钟声，这是提醒人们晨祷的钟声，沉着而缓慢地在黑暗将尽时的晨曦中扩散。

屋子的门窗开了，庄稼人从牲口棚里牵出牛羊，来到路上，静悄悄的村庄里但闻耕牛哞哞。它们仰着头张开宽阔的鼻子，陶醉地呼吸着清晨的新鲜空气。

面对那些卑微而顺命的百姓的生活，聆听着哀鸣不绝的大海，体验着以钟声向她传达的宗教情感，一种淡淡的疲惫之感向玛利亚・路易莎袭来，只有到了阳光射入房间时她才感到振作起来。她照了照镜子，发觉自己眼睛里有一种带着梦想家的悲哀的甜蜜表情。

出门前她准备停当。她穿上深紫色的短套装，戴上不加装饰的草帽，用一小方布满漂亮细点的白面纱罩住面孔。她出来走到大路上，路面到处是积满黄泥浆水的坑坑洼洼。

她偶尔会遇到一个肩扛棍子的赶牛人。人走在牛前面，牛迈着缓慢的步伐，一路拉着吱吱嘎嘎作响的牛车。

玛利亚・路易莎对和她打招呼的人也都一一作答。

接下去，她朝村里渐走渐近；她穿过空无一人的广场，穿过一道小小的石拱门，走进一条石块铺路的小巷子。石拱门上的石头因潮湿而发黑；小巷子则狭窄而带坡度，路旁可见一些龙骨朝天的半腐烂的废船，它们早已完成旧时的劳作而在此歇息了。

拱门是包围村庄的古堡墙的残余，正中央的拱顶上可见一个雕琢得很粗犷的人像，人像下面是一圈从石头缝隙里长出来的荒草。

小巷尽头可以看见海滩。随着太阳撕裂云层，海雾上升并在空中消散，欢乐的情绪在风景里洋溢开来。

周围的空气变得纯净，一片片蓝色，那种淡淡的苍蓝色，在空中显现出来；山坡上晨岚尽去，这边是一处坐落在绿草场中间的孤零零的庄屋，那边是一小片栎树林或者橡树林;山顶上,是轮廓分明的大石头和零零星星的枯黄的灌木丛。

海滩上热起来了。玛利亚·路易莎加紧步子走到沙滩尽头,到那里以后,她累得在一块石头上坐了下来。

平滑的海面仿佛皱着眉头,要拼命抵抗太阳的爱抚。海面汇集着雾气,然而,终究无用。光明占了上风,旭日的光线开始在掀起绿浪的怪物波动的皮肤上闪亮。

忽然,太阳似乎获得了更大的力量;大海伸延得越来越长,越来越远,最后在天地结合处变成直线。

于是可以看到各种浪头纷至沓来:又暗又圆、坚不可摧的浪;泡沫飞溅的浪;在日光下显露混浊的内部,仿佛炫耀自己真诚的浪。远处的岬角上,海水撞击岩石激起怒涛;海滩上,细浪慵懒得像病后初愈的女人,它缓缓卷来,并且在沙滩上绣着白色的小小花边。海浪退去时,沙滩上留下黑乎乎的海藻和阳光下熠熠生辉的深颜色的水母。

这似乎是一个夏天的清晨,然而,从海的种种颜色里,从海风的叹息声里,在无法说清的孤独的呢喃声响里,玛利亚·路易莎感到了秋天的声音。大海通过朵朵浪花给她传来它那难以捉摸的伟大之感。

随着大海的节奏,她思绪的节奏也使爱的回忆在脑海中浮现。

两个人独处的时光的意象一个浪头接着一个浪头来到。他们躺在沙滩上,不说,不想,心头不起一念,使自己的精神和跳动在浪花中、雾霭中、大海中的精神契合交融。

就在那远处,在那同一个地方,她认识了他。已经是十年前了。十年!见他生病那时节,她就已经对他起了怜悯之心,而一听到他的声音,一和他说上话,她的灵魂最隐蔽的地方就被触动了。冷漠的她竟坠入了情网;满意于无儿女牵挂的她竟对母性感到了嫉妒。欲望之风激怒了她的神经。当两人单独相守之时,当一轮红日坠入地平线,而大海在粼粼红光中跳动之时,他们感到八月盛夏黄昏的壮观映入了他们的精神。过去了十年!十年!也许这是最使她伤怀的痛处。她在未来中看到的是冷漠,是老年的灰色天空。

十年!当年她二十八岁!

"会有更多的春天和更多的夏天,"她绝望地想,"而面对这同样的惊涛连天的咆哮的大海,面对这同样的血色黄昏和同样的星夜,别样的灵魂里将会孕育别样的爱和别样的憧憬,而我也将如同那刹那闪亮的浪花一样飞过。"

玛利亚·路易莎注视着那寂寞而悲伤的海滩。大海在秋日苍茫的天空下呻吟叹息。大海使她看到自己年老色衰时的忧郁变大了,变深了,这种朦胧的感觉从海上传到她的心头。

寓　言

因为虚虚而来，暗暗而去，名字被黑暗遮蔽。
——《传道书》

在锡兰岛上，基督出世之前的第七个世纪，我的灵魂第七次转世。释迦牟尼正于此时四处布道，弘扬大法，那惠泽全人类的大法，就在锡兰岛上……

我悲伤的灵魂投胎到了一个贱民的身体里。沉重的劳役过后，在片刻的休憩里，和我们一样同是奴隶的一个伙伴常常吟诵祈祷经文和圣歌。释家的孤独王子和众弟子写下了这些圣歌。我听到佛陀的戒谕，但是我还没有进入沉思之境，默念痛苦、死亡、悲伤和人类欢乐的虚妄。这种沉思为苦行者启迪神秘的涅槃之城的大门。在这里，空即是色，色即是空；在这里，沉沉睡去的是永恒的寂灭之梦，它远远地，远远地离开了尘世的悲惨和愚言蠢行的虚妄；在这里，清虚入定的境界超越了众生烦恼的苦海。

而我的心惑于虚妄，我的眼不能明道。因为我爱着生之欢娱，即便它虚妄如洞中回音，影中之影。我要倾欢乐之杯一饮而尽，即便它盛满的不过是痛苦和浅薄。

而那启发欲望和激情的精神在我身上注入了对这可恶尘世的热心。

"为了找到幸福，我需要什么？"我想道，"自由，自由足以使我幸福。"

我自由了。然而，悲惨境遇追逼着我，年复一年，我生活在不幸之中。

我没有找到幸福。

"哎呀！"于是我想，"我上大当了！为了幸福，光有自由是不够的。也需要财富。"

一天，我成了一笔可观财富的主人，我的需求和欲望不费力气地得到了满足。

可是我没有找到幸福。

于是我想："如果我的雄心壮志不能实现，财富又算得了什么呢？啊呀！要是我有权势就好了！"

于是我有了权。我统治一个国家，有奴隶，有大象，有金车，有空中花园，有珠光宝气的女人。

可是我没有找到幸福。

当权势令我厌倦，我便试图得到智慧。于是我出门游学，到埃及和巴比伦，到波斯和迦勒底。我测量天体距离，计算太阳高度。然而，我见出博学便是烦恼，科学徒增痛苦。

我没有找到幸福。

于是我周游世界，远抵泰西之地，我看到地中海的煌煌大城，那最精妙细腻的欢乐的摇篮。

可是我没有找到幸福。

我无可奈何地回到锡兰岛上，再次做了一个贱民，再次受苦受难。我静候死亡的时辰。在这甜蜜的时辰里，我将于昔日之黄昏彻忘我执，融入庄严的寂灭之境，如一缕阳光融入蔚蓝的大海。

在查拉图斯特拉的秘籍和希伯来人耶稣·本·西拉的智训里有更深奥精妙的寓言。但是我可以肯定地告诉你们，你们的心惑于虚妄，你们的眼睛为傲慢所遮蔽；而这个在锡兰岛上，我的灵魂第七次投胎而成的一个奴隶的生平故事，对你们的灵魂健康应该是有所裨益的吧。

阿格达

她坐在玻璃窗前,编织蕾丝花边的小垫枕架在阳台的一块木头上,编织棒在她手指间不断跳动。一股股丝线在戳满细针的红纸板上令人眼花缭乱地绕出阿拉伯花纹,小木棒在她手中快速舞动,发出清脆响亮的碰撞声。

织花边累了的时候,她就搬来上面盖着白纸的大绣花绷,开始低着头绣花。

这是一个轮廓分明的金发姑娘,一边肩膀比另一边略高。她的头发黄中透红,五官面目看不太真切。

她所在的房间很大,而且略显阴暗。屋里有一股古旧的气息。大窗帘布已经泛黄,门上和阳台上的画已经剥落,地毯脱了毛,也不再有光泽。

阳台对面可见一片宅基地;地基右边,是一个广场;广场四周是马德里市中心冷冷清清、少有行人的一个居民区。

地基颇大,四角见方,其中两边是若干邻家的后墙,而那些全是造好没几个月就显得陈旧的简陋低劣的新式房子。

另外两边是木板篱笆,雨打日晒,木头已经渐渐腐朽。

广场大而不规则。广场一边是一座修道院的围墙,院中有教堂。另一边是一座老宅子,窗户永远神秘兮兮地紧闭着。广场的第三边就是那废园的木板篱笆。

冬日的废园显得萧瑟凄凉,但是随着春天逐渐来临,百草一一开花,麻雀也飞到房梁和瓦砾堆里来做窝了,白蝴蝶、黄蝴蝶在纯净而颤动的空气中翩翩舞动,流连不去,表达着自己最初和最后的爱的渴望……

那金发姑娘叫阿格达,她还有两个姐姐。

父亲是一个没有精神,没有脾气的人;他收集各色小玩意,收集女演员的照片和火柴盒上的图片。他家境中等,薪水收入不低。

母亲是家里的绝对主宰,分享她统治权的是姑娘的大姐路易莎。

家里受压制的三个人里头，另一个姐姐玛蒂尔德会反抗，父亲躲到他收集的玩意里去，而阿格达则逆来顺受地听人摆布。两个姐姐去参加聚会，去看戏，她从来不去瞎凑热闹。而两个姐姐和母亲反过来却哪里都去。

身体有缺陷，又没有抗争之心，导致了阿格达的羞怯。

她已经习惯了对一切娱乐消遣说不。

“一起来看戏吗？”她们亲切地问她，可是心里希望她说不。

她什么都明白，总是微笑着回答：

“改天吧。”

家里来客人时，一家人异口同声地夸她，这常使她感到惶惑。母亲和两个姐姐齐声肯定，说她是家里的宝贝，讨人喜欢的宠儿。她们让她拿出刺绣来给人看，弹钢琴给人听，而她总是一脸微笑。但是事后一个人在自己房间里，她就不停地哭……

家里有很多亲戚朋友。母亲和两个大女儿一天到晚走亲访友，而最小的姑娘却在家里操持一应事务。这家人的朋友当中有一位年轻的律师，有点才华。小伙子极聪明也极有进取心。他比别的来客更显得亲切，或者说没有别人那么肤浅，因为他喜欢和阿格达说话。别人和她交心，她就尽情显出了自己的本来面目：天真可爱，优雅妩媚。

律师没有注意到，姑娘听他讲话时投入了整个灵魂。而对他来说，和她交谈无非是一种消遣。过了一段时间，家里人开始觉得纳闷，阿格达比从前快活了，她会大清早唱歌，也更爱打扮了。

一天夜里，律师笑眯眯问她，她是否乐意让他成为她家庭一员。听到这话，阿格达不由心慌起来：客厅里的灯光在她眼前旋转并散作了千万道光芒……

“我已经求过你父母把路易莎嫁给我。”律师最后说道。

阿格达一脸煞白，说不出话来。

她锁在自己房间里哭了整整一夜。

第二天，她的姐姐路易莎把事情的来龙去脉给她讲了一遍，讲她的情郎和她如何掩饰两人的恋情，直到他达到他梦寐以求的目的。

婚礼定在秋天，必须开始准备嫁妆了。白婚纱要送交一个绣娘去绣，但是婚床上用的大枕头和床单，却要小妹妹阿格达来绣。

阿格达没有反对，伤心的她动手做起了嫁妆。

在阳台边，她让编织棒在自己手指间跳动，涌上心头的每个念头都是一种痛苦。她看到将来的生活，一种悲伤单调的生活。她也梦想爱情，梦想当母亲的滋味。她看到别人对她漠不关心，可是她却没有哭，因为她不想让眼泪掉到绣绷上落下痕迹。

有时候，一种疯狂的希望使她相信，她冥冥中等待的男人就在那里，在那悲凉的广场上。他是尊敬她的一条强壮汉子，是爱恋她的一个善良男人，是一个前来追求她的情郎，因为他看到了她温柔的珍宝，他将要在她耳边轻声细语地道出不可言传的爱的神秘。

白天的某些时辰，确实有人从悲凉的广场走过。他们是一些从商店里、从办公室里出来的男人。他们低头而行，仿佛倦于生活的痛苦压力；他们一副苍白羸弱的样子，仿佛饱经虐待的家畜。然而，无论阿格达在心里怎么大声高喊，那会尊敬她的汉子，会爱恋她的好男人却没有到来，一直没有到来。

废园里开满了野花，蜜蜂和大苍蝇在瓦砾堆上飞旋。白蝴蝶、黄蝴蝶在纯净而颤动的空气中翩翩舞动，流连不去，表达着自己最初和最后的爱的渴望……

鬼

阿里斯东多客栈的餐厅是我们晚饭后碰头的地方，它在我们这里就相当于大城市的俱乐部。这餐厅是一个又宽又深的房间，有一堵隔墙和厨房分开。厨房的门从来不关，这样就可以随时吆喝，向里头的人要一杯咖啡或者一杯酒。厨房里是和蔼可亲的老板娘马英多妮，或者她的两个女儿。两个姑娘都长得俊俏，一个严肃专心，带着惯看田野的温柔目光，另外一个性格活泼而有脾气。

餐厅墙壁用石灰刷白，墙上唯一的装饰物就是几期《斗牛》杂志。杂志均匀地排在墙上用大头钉钉住，大头钉又黑又油腻，早已没有昔日的金黄。

从这布置里可以看出老板何塞·奥纳的手法。他为人正直，而且和他的姓氏一样善良温和（奥纳在巴斯克语里就是好的意思）。他的性格就反映在这屋里装饰使人产生的有序、匀称和善良的印象里，如果房间可以说善良的话。

餐厅屋顶长而发黑的栋梁上挂着两盏煤油灯。这是厨房里用的那种油灯，冒出来的黑烟比亮光多。屋中央的桌子，我们可以叫圆桌的，倒还照得挺亮堂的；而分散在房间四周的另外那些小桌子就显得昏暗。

每天夜里我们就在那儿喝咖啡，有些人也喝酒。我们这群在此聊天的包括年轻的医生、教师、铸铁厂雇员、邮差巴奇、警察班长，以及身份和社会地位都稍逊的其他几位。

我们既是老主顾，又是头面人物，就坐屋中央的桌子。

那天晚上是赶集前夜，是个礼拜二。阿里戈蒂亚地方的集市每月第一个礼拜三开，这个我想不会有人不知道吧。阿里戈蒂亚归根到底还算得上一个重要的村镇，不计周边的庄屋，也有六十多户人家。因为赶集，客栈里的人比平常多。

医生和教师正在玩着抓四K的时候，胖老板娘马英多妮笑眯眯地进来了。

"喂，大夫先生，铁匠阿斯皮里亚加家的女儿怎么样了？"

"还能怎样？不好呗，"医生回话时有点不自在，"疯透了。小的是个典型的歇斯底里，前天夜里发作了。两个姐姐见她无缘无故地哭笑，她们也开始如法炮制。这简直就是一个神经传染的病例。仅此而已。"

"我说，大夫先生，"老板娘继续问道，"听说她们找了埃利萨比德的巫医，这是真的吗？"

"我想是真的。那个女巫也是个疯子，她竟对人家说，家里一定有鬼，结果他们得出结论，鬼就是邻居家一只时不时现身的黑猫。这种蠢货，你去当他们的医生试试看！"

"要是您在加利西亚，那才有好戏看呢，"铸铁厂雇员插话了，"我们在蒙弗特曾有一个女仆。要是她菜烧煳了，或者锅里盐撒多了，她就说是鬼闹的。我妻子责备她不小心，她却说自己听到了鬼在一旁角落里发笑。"

"但是，那边的鬼总归没有这边的鬼凶，这是人尽皆知的。"医生说道。

"噢，您可别信。各种各样的鬼都有。至少我们来自蒙弗特的女仆是这么说的。有些鬼是好的，会从仓库里偷麦子和玉米运回家，会照顾你的田地，甚至还会帮你把靴子刷干净。另外一些鬼是坏的，邪的。它们从墓地里掘小孩的尸体。最后，还有一些鬼是纯粹喜欢捉弄人的。它们把你储藏室里整瓶整瓶的酒喝光；或者把锅里的饭菜一片片切下来偷吃掉，然后用石头放回去掩饰；或者在夜里自得其乐地弄出很大响动，胳肢你，拧你，不让你睡觉。"

"真的？"邮差天真地问。

邮差脱口而出的妙问惹得我们哄堂大笑。

"有些人说是真的。"铸铁厂雇员照着同一个玩笑开下去。

"而且可以举出有名有姓见过鬼的人。"一个人插话道。

"对，"医生打起一副见多识广的腔调，"这太常见了。你问一个人：'您见过吗？'他就说：'我倒是没有，但是某某大婶的儿子见过。他在某某地方放羊时确实见过。'最后结果就是，谁也没见过的事，每个人都说得有鼻子有眼。"

"先生，恐怕还真不好这么说。"一个卑谦的声音在我们旁边低声道。

我们都回头去看是谁在说话。原来是下午就到了镇上的一个小贩，正在我们邻桌吃饭。

"什么？那么说您见过鬼喽？"邮差充满了好奇。

"是的，先生。"

"怎么回事？"那雇员不怀好意地挤着一只眼问道，"来，朋友，您来讲讲，来讲讲，要是您吃完了请这边坐。咖啡和酒我们请客，当然，您得把那事说说。"雇员又挤了一下眼。

小贩一边在我们桌旁坐下，一边说："你看，是这样的，我下午离开一个村庄，上路时天已经黑了。

"夜里很冷，四下寂静无声，空中也没有一丝风。

"那地方的风景令人肃然起敬，我是第一次在阿斯图里亚斯走山路，说实话，我有点发怵。

"我肩背着大背篓走长路，走得很累，但是我不敢停下来。我的心告诉我，正在经过的这片地方不安全。

"忽然，我看到一条通体乌黑、样子邋遢的狗，根本不知道它从哪里出来，怎么出来的。那狗跟上了我。

"'那丑八怪是从什么地方钻出来的呢？'我在心里琢磨。

"我走啊走啊，一直不停地往前走。那狗跟在我后面，先是嘟嘟哝哝，然后呜呜叫，尽管声音很轻。

"说实话，我不喜欢狗叫声。那一路陪定了我的狗让我紧张。为了甩开它，我想给它一棍子。可是我手里拿着棍子正要回头打它的时候，却刮来一阵大风，尘土完全刮瞎了我的眼睛。

"同时，那狗在我后面开始笑了。打这以后，我干什么都不利索了。我磕磕碰碰，跌倒爬起，从山坡上朝下滚。而那狗一直在我身边笑啊笑的笑个不停。

"我开始做祷告，我求救苦救难的圣拉斐尔。圣拉斐尔于是把我带出那片山区，把我领到了一个村里。

"一到那村里，那狗就不再跟着我了。它在一座带花园的白房子前面停下来猛叫。

"我在村里走了一遍。这是一个山村，屋顶很矮，屋瓦黑乎乎的，村里只有一条街。所有的屋子都关着门。只有临街一处茅舍有亮光。屋子有一扇大门，屋顶横着栋梁，墙壁用石灰刷白。

"里边一个头戴贝雷帽、穿得破破烂烂的男人，他一边和一个老太婆说话，一边在炉子上烤着火。我走进去，把自己的遭遇讲给他们听。

"'那狗就一直在后面叫吗？'那男的显得很有兴趣。

"'对，就在街口那幢白房子前猛叫。'

"'是鬼，'老太婆说，'鬼来通知死人了。'

"'通知谁？'我吓了一跳。

"'就是那白房子主人。半个钟头前医生在那里。他很快就会回来的。'

“我们说着话，没过多久，我们就看见医生骑马来了，一个仆人在前面打着灯笼。

“‘大夫，病人怎么样了？’老太婆走出茅舍门槛问道。

“‘死了。’一个声音干巴巴地答道。

“‘啊，是鬼。’老太婆说。

“于是她操起一根棍子在自己身边地上画了一个铜板上那样的一个图像，一个五角星。她儿子照着她的样子画咒符，我也依葫芦画瓢。

“‘这样才可以把鬼赶走。’老太婆补充道。

“果然，那天夜里鬼没找我们麻烦，而且我们睡得很香。”

小贩一讲完故事，我们也都起身回家了。

黑　影

凡自高的必降为卑，自卑的必升为高。

《马太福音》23：12

早在圣体节那天她就出院了。未老先衰，形容憔悴，但是她已经痊愈了，于是就回到老鸨那里，继续她的悲惨生活，作为妓女的悲惨生活。她的脸上显露着万分的悲凉，她的心里装着万分的屈辱。

她的脑子里没有任何念想；她只想结束，让她的一把病骨头得到永久的安息。或许她当时更愿意死掉，而不是活转过来。死在那个藏纳罪孽渣滓的肮脏龌龊的医院里。

她手提的小包袱里装着一些破衣烂衫。白日的光明，惊扰了她惯于半明半暗的眼睛。

苦涩的太阳在蓝天上无情闪耀。

突然，女人发现周围到处是人，于是她停下来，看正在街上通过的宗教游行队伍。多久没有看到这个了？在遥远的村庄里，她年轻快乐，也没有人看轻她！但是，那是多么遥远的事啊！

她看着街上通过的游行队伍，忽然，一个男的骂了她，还用胳膊顶了她一下，可是她并没有招惹他。身边别的人也纷纷辱骂她，嘲笑她。

她努力地寻找自己昔日的微笑，侮辱她的话，她想要一笑了之。然而，她只能够抿动着嘴唇做出一个痛苦的表情。她低下头走起来，眼中噙住泪水。

她的脸上显露着万分的悲凉；她的心里装着万分的屈辱。

苦涩的太阳在蓝天上无情闪耀。

灿烂的阳光下，游行队伍中有圣母的绣金袍、银十字架和天鹅绒旗帜上的宝石在一齐熠熠生辉。接下来是披着袍子的神父，达官贵人，穿着亮闪闪的制服的武士们。世间各路伟大人物踏着庄严的音乐节拍纷纷而来，刺刀、宝剑和马刀围着他们，保护着他们。

那女人试图逃走，孩子们跟着她，追着她，冲着她吼。她一路跌跌撞撞，感到自己就要昏倒了。那被众人所损害、所摧残的女人继续往前走，低着头，眼中噙住泪水。

她的脸上显露着万分的悲凉，她的心里装着万分的屈辱。

突然，女人在自己的灵魂里感受到了无限的甜蜜，她回过头来，一脸惊讶。随后她看到了一个庄严的白影跟着她，胸口捧着扎满荆棘的受伤的心。

那庄严的白影闪着炯炯有神的眼睛，脸上的微笑充满嘲讽。他注视着神父、武士、达官贵人，注视着世间各路伟大人物，然后他的目光从他们身上移开，他走近那悲伤的女人，在她的额头上留下一个最最纯洁的亲吻。

路边客栈

在北方省份乘火车旅行,你们一定见过铁路和某条孤零零的大路的交叉口常有一座黑乎乎的简陋的屋子,屋子紧挨着一个黑乎乎的小村庄。

你们定会注意到那屋前停着一辆马车,屋门开着,灯火亮着,门厅宽敞,看起来像商店或者酒家。

你们定会按情理推测,那间屋子就是村子的客栈,而对住在那里,住在这穷乡僻壤的可怜的人们,你们内心深处也就会生出某种同情。

客栈里的人们跑出来到路边看火车,他们怅然若失地望着火车开过,对着它挥动手帕。

留下的人和离开的人相比,幸运的似乎是后者。他们快速地一闪而过,想必要比留在原地的人们更加幸福吧。

那些逃似的飞奔而过,即将进入城市旋涡的人们不了解我们巴斯克诸省的客栈,那世界上最好客、最可爱的小客栈。

你们的足迹踏遍世界;你们这些行走江湖的乞丐、货郎、贩夫、杂耍;你们这些除了脚下所踩的大地更无什么故国家园的流浪者;你们这些除了背上的行囊更无长物的三教九流;你们这些除了拥有旷野和美好自由,心中更无所爱的浪迹天涯的过客。告诉我,我说的对不对?请坦率地说,我家乡的客栈是全世界最美最好最单纯的客栈,对不对?

诚然也有荒凉得全无生气的原野中凄惨悲愁的客栈,但是大部分客栈是快活地对你们笑脸相迎的,它们的窗户似乎在亲切地把你们张望。

那些在黑色的铁家伙里从原野上飞奔而过却对它一无所知的不幸的人们,那些逃似的投向大都市旋涡的人们,他们没有体验过生活中最美妙、最有滋味的印象:长途跋涉之后到了一个客栈。啊!多么美妙!此情此景,美妙是唯一恰当的说法。你们坐了好几个钟头的马车。天下着雨。灰暗的气氛笼罩着冬日赤裸的大地。坑坑洼洼的马路上布满一摊摊污浊的积水。随着马车前行，道路在脱尽叶子的两列树林之间，在雾霭中伸向远方，时而沿着因涨水而混浊的河流蜿蜒，时而贴着布满枯萎的金雀花和荆棘丛的山腰盘旋。

你们冻得昏头昏脑，你们想要找到一种姿势，可以睡上哪怕一小会儿，然而你们办不到。马脖圈的铃铛在你们耳边单调地响个不停。你们无法排遣心中那挥之不去的寒冷、饥饿和迷惘之感。

途中的你在心里嘀咕，这旅程怕是永远也到不了头。一座座的山，一座座的庄屋，飞流直下的瀑布，十字路口的溪流上寂寞的水帘，从雾气蒙蒙的小玻璃窗内看出去，这些仿佛都是被撇在后面的人群，一步步跟随着前进中的车辆。

到了一个村庄，车轱辘开始在高低不平的石子路上笨拙地颠簸。“我们到了？”途中的你一边从窗口探出脑袋，一边自问。可是车夫并不下车。他把一包信件交给一个男人，把一个篮子交给一个女人，又呼呼挥起了鞭子。车轮又碾过石子路面上的鹅卵石，随之又在积满水坑的大路上轻轻滚动。

历经种种无聊厌倦，你已经困得睁不开眼睛，并且正经纳闷起来，这旅途到底有没有尽头？这时候，马车停了，车夫从驾驶座里跳到了地上。

到了。你下车。你精疲力竭、弓腰曲背，手指几乎拎不住行李。

你走进一家客栈。

“您请进，这边请……这边请……行李由我们来搬，都给您送到楼上您的房间里。”

他们帮你脱了大衣，免了你搬行李之苦，而且问你要不要在厨房里暖暖身子。你走进厨房，一开始，烟刺了你眼睛。

“灶火不怎么畅通，风又大……”

那么，负责烧火的人是谁呢？

然后，一看你讲一口巴斯克语，老妇人极其殷勤地腾出地方给你烤火。你暖着脚，而屋里正张罗着为你做晚饭，这时候，那长着鹰钩鼻，包着头巾的小老太婆和你讲起了她年轻时无足轻重的一桩往事。五十多年前，她在村长家里帮佣。讲起往事，她便笑着露出孩子一样掉光了牙齿的两排牙床。与此同时，老板娘来回忙碌，老板和另外三个人围成一桌，正打着一局奥伯尔牌。桌子和他们坐的凳子一样高，四个人神情严肃地翻着扑克牌，扑克牌已经旧得油迹斑斑，纸边翘起。“我加”“我吃”的声音有节奏地持续，而两对家分别用作筹码的白色和红色的小豆子也越来越多。

灯光下，那村中的滑稽人物，那专职的懒汉、诗人和教堂的歌手，那几乎靠客栈施舍弃口饭吃的家伙，正在和打鳟鱼的猎手吹牛。后者时常提醒别人，他是打猎的，他猎鳟鱼而不是钓鳟鱼，因为他是拿猎枪打的。两人兴致勃勃地说个没完，他们神秘地交谈事关鳟鱼和水獭的习性，事关野猪和刺猬。

“您在这里吃还是在餐厅里吃？”老板娘问道。她知道你是个人物，至少是个行商。

“这里，这里。”

于是他们摆起小桌，铺上白桌布，端来晚饭。伺候你的是一个年轻的姑娘家。名叫马采丽妮亚或依妮亚奇，反正是一个健康标致的姑娘。

大伙儿吃得狼吞虎咽，你把面包在汤汁里蘸湿，不一定有巴黎的法奥伯格圣日耳曼区的一个公爵那么优雅；而且众人同吃一锅菜，这恐怕也不是什么贵族之家的习惯。

你们吃得干干净净，你们又多喝了那么一点儿。马采丽妮亚为你们倒上那美滋滋的烧酒，你们夸她长得很标致，而且……而她看到你们眼睛发亮，鼻子通红，便发出银铃般的笑声，她笑得很开心。

晚餐用毕，你上楼就寝。一个小小的房间，几乎被一张大木床全部占满，四五条被褥，若干软草垫子。你爬上堆得塔一样高的眠床，在散发着草味的床单上大大地伸开手脚。这时候，你听到屋顶雨点嘈杂，风声如吼。你感到温柔感动，你的眼中几乎要流出眼泪来，你从来没有像现在这样相信上界有个慈父般的上帝，他所忙乎的无非是在路边客栈里为风尘仆仆的行人摆上软软的床，端出美美的饭。

终极的慈悲

这是一个慈悲被捧上云天的时代。世界重新找到了光明,黑暗不复存在。

因为人类的灵魂里感到了无限意识,生活的视野越来越开阔,越来越蓝。

人类不再能忍受他人受苦受难的场面,而且日夜为别人操心。富人开始摒弃奢侈,而且愿意和自己的同类分享必需品,而穷人也谦让而不愿受纳。双方都很幸福。

但是,对于人类的慷慨之心来说,这一切还不够。于是,人类试图把幸福也带给动物、植物,一切活物,一切生灵。

因为理念无处不在,一切即理念,而理念就是上帝。

于是人类记得耶和华说过的话:“汝不得杀生。”于是人类避免流人类的血。

于是人类记得《传道书》里写道:“因为世人遭遇的,兽也遭遇。所遭遇的都是一样。这个怎样死,那个也怎样死。气息都是一样。”

于是人类避免流动物的血。

在一片阳光明媚的大草坪上,举世欢庆生命的解放。

动物排着队列从人类面前经过,对人类千恩万谢:马、驴、牛、狗、象、狮、蛇,它们都满怀爱意地看着人类,因为人类不再是它们的刽子手,而是成了它们真正的朋友。

悲哀之家

整个上午他们都在新家里等着搬家的车来。到了下午,约莫五点钟的光景,有车停到了门口。

年轻伙计们飞快地把破破烂烂的旧家具搬上楼,一路东碰西撞,匆忙之中打破了客厅里的柜橱,这个卑微之家最珍惜的家具。

拉车人要三个杜罗,而不是说好的两个杜罗,因为,按照他的说法,小车装不下,而且伙计们也因为拿到手的小费太少而唧唧咕咕。

入夜了。在昏暗的灯光下,夫妻二人摆好家具,孩子一直自己一个人在玩,把填絮从木马的肚子里拉出来。但是那孩子很快就累了,于是开始步步跟着母亲,扯着她的裙子,困倦地叫着妈妈。她拿过一盏酒精灯,把锅里中午剩下的汤热一热,让孩子喝下。一会儿工夫小家伙就甜蜜地进入了梦乡。

她准备继续干活。

"喂!你歇歇吧,"他对她说,"看你这样干活心里真不是滋味。坐下来,咱们说说话。"

她坐下来,发黑的手托住头,满脸汗津津,头发凌乱。

他指望他们不久能给他重新安置工作。要不然,他就答应到百货商店里去记账,也能挣二十个杜罗。这样他们倒也能勉强糊口。房子是有点高,在六层楼,但是正因为如此,它才更有喜气。环顾四周,冰冷赤裸的墙壁却显得悲苦,家具上积满了灰尘,一截截已成废物的短绳扔了一地。它们仿佛在阴郁地笑着他心里的盘算。

妻子百依百顺,丈夫说什么她都同意。

她歇了一会儿以后又站起来。

"我还没来得及做晚饭呢。"她说。

"算了,"他回答,"我不想吃。咱们睡吧,别吃了。"

“不不,我出去找找,看有什么。”

“要去咱们两人都去。”

“那孩子呢?”

“马上就回来。不会醒的。”

女人到厨房里去洗手,可是水龙头不出水。

“没事儿。咱们得去打水。”

她披上一块披巾,提起一个水瓶,他在斗篷下藏起另外一个瓦罐,两人悄无声息地出去了。四月的夜显得冷清而不安。

经过皇家剧院时,他们看到一堆人蹲着挤在地上。马车走在阿雷纳尔大街上,铺了木板的路面发出严肃庄重的声响。

他们在伊莎贝尔二世广场的喷泉上装满两瓶水,从睡成一堆的人们前面经过时,他们又停了片刻,带着看到痛苦场面时自我庆幸的表情。

他们到了家,一言不发地爬上楼梯,然后就睡了。

他还以为,自己这么累,马上就会睡着的。可是他不能成眠。极度的兴奋使他能够听到夜里最轻微的声响。他远远听到严肃庄重的马车声响,于是睡在街头的人们在他眼前出现了。在他的想象中,他们是被抛弃的孤苦伶仃的人类大家庭的一部分。这黑色的思想折磨着他,使他大为震惊。他努力不使自己激动起来弄醒妻子。可怜的女人解除白天的劳累,一定睡得正香呢。然而,并非如此……她在轻声地哭,哭得很轻很轻……

“怎么啦?”他问她。

“孩子。”她啜泣着,声音很小。

“孩子怎么啦?”他大吃一惊。

“另一个孩子……佩比托……你知道吗?……明天就是他下葬两周年了……”

“天哪!我的老天哪!为什么我们的生活这么悲惨呢?”

烧炭人

加莱斯醒来走出茅屋。他从贴着悬崖边的那条小径下来，走到山中一处开阔的荒地。他要在这里造一座烧炭炉。

天开始亮起来，熹微的晨光从东方一点点升起。初生的光芒刺破云层，仿佛阴郁的大海上突显的缕缕金线。

浓密的雾霭在一个个山谷中蔓延，仿佛风中飘动的灰色的裹尸布。

加莱斯开始干起活来。他先从地上成堆的树木里挑出最大的树干，把它们摆成圆圈，中间留出空当来，然后逐次把小一点的树放在大树上，在小树上放更小的树。他一边这样继续着手头的活计，一边用口哨吹出他从来唱不全的一支歌的开头，而对主宰山中的孤独和寂静，他反倒没觉得什么。

这时候，太阳越升越高，雾幕也开始渐渐撕裂。这里显出村庄中间悲愁的心事重重的农舍，那边显出一片已经泛黄的起伏似海的麦田。金黄色的金雀花从山顶的累累岩石中冒出来，仿佛爬山的羊群。极目远眺，是千山万壑组成的迷宫，仿佛被凝固定格的巨大无比的海浪。有些山，仿佛浪花化作了山顶上石灰岩的圆帽；另外一些山，圆、绿、暗，仿佛酝酿在大海内部的暗浪。

加莱斯继续干着活，继续唱着他的歌。这就是他的生活：堆木头，用狼萁草和泥巴盖住木头，然后点火。这就是他的生活，他并不了解别样的生活。

加莱斯烧炭已有好几个年头了。他二十岁左右，尽管不能确知自己的年龄。

当竖立在山巅的铁十字架的影子慢慢移到他干活的地方时，加莱斯就停下活计，到一间小屋里去吃饭。包工头的老婆在这小屋里负责为烧炭工们做饭。

那天，就和平常一样，加莱斯沿路下山，来到小屋所在的山坳。这是一间原始的石屋，有一道门和两个窄小的窗户。

“大家好！”他进门时说。

“你好，加莱斯！”里边的人回答。

他坐到桌边等着。一个女人给他拿来盘子，端起烧在火上的锅，把吃的东西倒在盘子里。那烧炭人开始吃起来，并不说话。他不时把一块块玉米面包扔给在自己脚下乱窜的一条狗吃。

屋里的女人看了他一会儿，然后问他：

“加莱斯，你知道昨天人家在村里怎么说吗？”

“不知道。”

“他们说你的表妹维森塔，就是你那个对象，在城里的那个人，要嫁人了。”

加莱斯无动于衷地抬起眼睛，又继续吃饭。

“人家告诉我的另外一件事情更糟糕。”一个烧炭工又说道。

“什么？”加莱斯问道。

“你和安东的儿子都轮到去当兵了。”

加莱斯不说话，但是他严峻的脸色更显得阴沉了。他起身离开桌子，装满一桶火炭就回工地去了。他从炉顶的洞口把火倒进去，看到开始有烟悠然旋转着冒出来时，便在悬崖边上一屁股坐了下来。

对象出嫁，他不难过，也不生气。他不。他无所谓。使他恼火的，使他心中暗暗充满怒气的是这个念头：那些平原上的人要把他从他的大山上拉走了。他不认识他们，但是他恨他们。

他在心里纳闷：为什么？为什么要强迫人离开呢？既然没有谁来保护他，那为什么要他去保护别人呢？他不由得心中怒火暗生，就从悬崖边一脚一脚地把大石头踢下去。他看着石头从空中跌落，东撞西滚，扯起灌木，直到消失并跌落到悬崖底部。

当火苗穿破挡住它们的草和泥巴的盔甲时，加莱斯操起铁锹，用泥巴将火烧出来的洞一一补上。

时间流逝，永远不变，永远单调。夜晚临近，太阳在红云之间逐渐下沉，傍晚的风开始吹得树冠晃动起来。

风中传来吆喝声，那是牧羊人在赶羊群入圈，听起来像是含着嘲讽的悠长而且刺耳的大笑。树叶和风对起话来。泉流激石的声音在沉寂的山中听着就像管风琴在空荡荡的教堂大殿里轰鸣。

夜色越来越深，大团大团的黑暗从山谷里上升。烧炭炉里冒出一团团浓烟，有时候还溅出一堆堆火星。

加莱斯脸色阴沉、一声不响地注视着在他前面伸展开去的万丈悬崖，对那个操纵他命运而他却不认识的敌人挥舞着拳头。为了表示自己的仇恨，他不停地从悬崖边上把大石头朝平原投去。

牢笼的主人

在教堂里，他合掌跪在地上，急切地向上帝祷告："我的上帝啊！我的上帝啊！要死也要让我死在白天，死在太阳下，我害怕黑夜。"

祭坛上一盏油灯冒出的火星在他心里成了上帝对他的许诺……

那一年，可怜的年轻人没有被允许返回首都去继续他的学业，因为他病得很重。遵照医嘱，他每天都陪着父亲到乡间去。

那天下午，等到干完活，装满一车干葡萄藤，病人就吃力地爬到那堆干葡萄藤上去。然后，疲惫的母骡就慢悠悠地往回走了。

白天眼看就要走到尽头，锁住视野的峰峦被夕阳抹了一层金黄。太阳已经隐蔽起来，它身后的云层翻卷成一个个火的旋涡。

黑暗渐渐战胜了光明。

不知为何，那年轻人的内心深处感到了一种奇怪的困惑。黑压压的乌云悲伤沉重地遮蔽了他的灵魂。他的目光追踪着从红铜色的天空中穿过的片片乌云。他多么想和它们一样逃到太阳藏身的神秘而遥远的地方啊。

黑暗渐渐战胜了光明。

病人的父亲吹着口哨，总是那支单调的歌，音色随着风景的变化而略有不同。轻捷的微风席卷着从树上飘下的落叶；有时候，一阵更大的风也能吹得黑色的树枝摇晃。

黑暗渐渐战胜了光明。

远处的一座山峰上，两株痿痿羸羸的小树在红铜色的天空下唱着它们悲凉见弃的哀歌；一间茅屋边上烧着一堆草，笔直的烟拧着螺旋上升，仿佛一根所罗门式的廊柱。

病人内心体验到种种朦胧和混沌的感觉，这些感觉的冲撞生出一种巨大的悲伤，一种令人压抑的忧郁，就像拂晓时河面上升起的雾霭。

黑暗渐渐战胜了光明。

在那样一个时辰，面对着太阳垂死挣扎地落山的场面，年轻人感到一阵冰凉，感到了自己末日将近的不安。

“我的天父啊！我的上帝啊！”他大声喊。

黑暗渐渐战胜了光明，黑暗落在心头，如一片沉重如铅的乌云……

星星在高空眨着眼睛；暗淡的星光照着路面，使路上有了一道幽幽银光；原野延伸，漆黑而悲伤，如同一片没有波浪的海洋，充满呢喃和不安。

“我的上帝啊！我的上帝啊！别忘了你答应过的事情。”

黑暗渐渐战胜了光明，黑暗落在心头，如一片沉重如铅的乌云……

西天还有一丝太阳的光亮。

“我的上帝啊！”病人拼着他微弱的嗓音又大喊一声，随即气绝而亡。

一颗星星从天上飞过，留下一道灿烂耀眼的光束……

曾几何时，我们天福齐全，那大写的他能听到我们，圣母和圣徒的形象常常在山洞里，在海浪上向我们显灵。但是，因为我们必定走向颓废，走向毁灭，他也就不再理睬我们。

人类被囚在牢笼里，他们哀鸣过，他们祈祷过。他们号叫得太厉害，他们把主人，把那牢笼的主人耳朵吵聋了，所以他听不见我们。

流浪之家

天黑了,他们只好停下来不再赶路。他们停在突兀高耸的两山之间的一个涧底。两个山头靠得很近,仿佛在接吻,只留出布满星星的长长的一线天空。

在那两仞极高的峭壁下,一条大路沿着任意曲折的河流蜿蜒而行。附近的一个拦水坝使得涧面变得宽阔,河水深广,缓而不流。

黑魆魆的夜里,水面黑而平滑,两旁是高大的树木,使这河流看似一个巨大的地洞口,一个巨大的深不见底的深壑的入口。而在它黑暗的内部,非常非常黑的内部,是岸边高大的黑杨树和从两山之间漏下来的天光的倒影。

一道逼仄的山阙里嵌着一间避风雨的茅舍,茅舍附近有一道斜坡,不断有石头从坡上滚下来。这家人就在那茅舍里歇脚。

这是北方省份那种供旅人歇脚的简陋的路边小屋。常到那里过夜的尽是些吉卜赛人啦,锅匠啦,乞丐啦,小贩啦,等等,全是那些在路上奔波的三教九流,无业游民。

这家人有妻子、丈夫和一个儿子。妻子骑着一匹老马,她下马进屋,在石凳上坐定,给抱在怀中的婴儿喂奶。

丈夫和儿子卸下老马背上的行装,把马拴在一棵树上,捡了几抱柴禾,拿到小屋里,就在地上点起火来。

夜里很冷,在那由两道悬崖峭壁合成的峡谷里,风挟带着雨丝和极细的雪花使劲地吹个不停。

女人一直在奶着孩子,这时候,男的赶紧为她揭下肩头湿透的披巾,放到火上去烘烤。接着他随手削尖两根木桩,把木桩插在地上,然后把披巾搭在上面。这样可以挡风。火早已变大,火光照亮屋内,只见白色的墙上全是过往的流浪者用木炭描画的笨拙的图像和文字。

那男的长得瘦小,脸上没有胡子。他的生命活力似乎全部集中在他那双小而有神的黑眼睛里。

要不是一脸疲倦，那女人应该是俊俏的。她顺从地看着自己的男人。那个男人是半个杂耍，半个江湖骗子。她不理解他，却爱着他。儿子长得像父亲，也像父亲一样活络机灵。两个人话说得飞快，腔调也很怪。他们开心地认读着墙上的涂鸦。

他们开始吃饭。三条沙丁鱼加上面包。吃完以后，男人从包裹里抽出一条破旧的披风盖在妻子身上。父子二人则席地而卧。不久，他们两个就都睡着了。孩子开始哭，母亲就把他搂在怀里，一边哀哀地哄他睡，一边轻轻摇他。

又过了几分钟，在这个临时将就的窝里，那流浪、自由、幸福的一家人安安静静地进入了梦乡。

屋子外面，峡谷中的夜风时而低鸣，时而狂啸。

河流一五一十地自鸣哀怨，坝上的磨坊转得泡沫翻滚，演奏着怪诞而庄严的交响曲……

第二天一大早，女人和婴儿骑马，父亲和儿子步行，一家人开始重新赶路。他们越走越远，直到在大路的拐弯处消失。

虚　无

一

这景象黑暗、凄惨、死气沉沉。这景象是燠热之夜的一场梦魇。空气凝重，瘴气弥漫，颤动如痛苦的神经。

黑影幢幢的夜里，山头上突显着一座垒起雉堞的城堡，城上布满黑魆魆的塔楼；光束如流，从尖拱形窗户里涌出，又在护城河昏暗的水面上反射出血色幽光。

辽阔的原野上可见一座座巨大的砖厂，高耸的烟囱如刺猬张着火刺，滚滚浓烟从烟囱口冒出，仿佛一条条黑蛇缓缓盘旋上升，直到和黑压压的天空混为一色。

工厂车间里，电弧光照亮一群群满头大汗的工人。他们的脸被煤灰染得墨黑，看上去样子吓人。有些人在铁砧上敲打通红的金属，火星四溅。有些人在拖着小货车走，他们相遇，相视，却并不开口交谈，仿佛一群幽灵。

有些人手持铁锹，填着巨人般的机器的炉膛。面对孕育着威胁的黑夜，那些机器的巨人使劲地尖叫狂啸。

城堡灯火明亮的窗前，有白色的影子快速如梦地闪过。

城堡里面有光明，有热闹的生活。外面，是悲伤，是痛苦折磨，是巨大的生之疲惫。里面，毁灭的快乐，雅致的感觉。外面，茫茫黑夜。

他用干草点了一堆火，烤热自己瘦弱的身体。他蹲在地上，身上裹着一件破衣服……这是一个苍白凄惨衰弱无力的老人。他冰冷的目光仿佛对什么都视而不见；他的嘴上露出悲苦的微笑；他整个人呼吸着悲伤的气息，颓唐的气息；他的脸上写着巨大的痛苦；他的眼睛忧郁地凝视着火焰。然后，烟越飘越高，他的眼睛盯住黑色的天空，激动的目光里是令人难解的渴望。

两个蒙面人向他靠近。其中一人白发苍苍，步履蹒跚。另外一人身姿显出青春活力。

“这是一堆什么东西？是一条狗吗？”白发老人问。

“不要紧。是我。”蹲着的人回答。

老头：你是谁？

一人：我是一人。

老头：你没有别的名字吗？

一人：人们各以自己的方式称呼我。有人叫我饥饿，有人叫我贫穷，也有人叫我讨厌鬼。

青年：这个时候你在这里做什么？

一人：我休息。要是我碍你们事儿，那我就走。

老头：不，你可以待在这里。天很冷。为什么你不回去呢？

一人：去哪里？

老头：回你家呀。

一人：我无家可归。

青年：去干活，干活你就会有家可归了。

一人：干活！你们看看我的胳膊！我皮包骨头，我的肌肉萎缩，我的手已经畸形。我没有力气。就算有力气我也不会去干活。图什么呀？

青年：养家糊口呀，难道你没有家人吗？

一人：就和没有一样。我老婆死了。我女儿就在那儿呢。（指向城堡）她们多漂亮！我的儿子也在那儿。他们身强力壮，他们保卫城堡，防备我们这样走投无路的穷人。

老头：你想造反吗？你不知道这是犯罪吗？

一人：我不造反。我认命了。

青年：勉强认命比造反本身还坏。

一人：就算那样，我也认命。

老头：（略作停顿）那么说你不信上帝？

一人：我尽量相信。从前比现在更信。但是自从那些人（指着青年）说服了我，说天堂里空空如也，一无所有，我的信仰就跑得无影无踪了。无论哪里，我再也感觉不到上帝的存在。

青年：对，这倒是真的。我们撕破了你的幻想。但是反过来，难道我们没有给你新的激情吗？人道！你不相信人道吗？

一人：谁的人道？你们的？还是为你们当牛做马的那群人的？

老头：那么祖国呢？难道你可怜到连祖国都不信吗？

一人：祖国！好家伙！那还不是你们为洗清自己的恶名而牺牲我们孩子的祭坛！

青年：你不信科学吗？

一人：我不信。我信亲眼所见。科学是一种知识。知识不是信仰。我渴望的是理想。

青年：生活。为生活而生活。那里你能找到新的激情。

一人：为生活而生活。多么可怜的想法。一滴水落在干涸的河床里。

青年：那么，你到底要怎样呢？什么是你所欲？你的野心大过天！难道你指望科学和生活给你新的力量、新的青春、新的活力吗？

一人：不，我根本不指望那些。我追求的是一种理想。你们已经看到了。你们这些城堡里的人要吃喝，我们为你们提供饮食；你们要穿戴，我们为你们织又好又美的布；你们要找乐子，我们给你们戏子；你们要满足声色之需，我们给你们女人；你们要保护你们的领土，我们给你们士兵。可是作为回报，我们又向你们这些聪明人，你们这些优秀的精英要什么呢？一个幻想，好让我们沉睡；一个希望，好让我们有安慰；一个理想，仅此而已。

老头：（向青年）此人的智力对我们会有用处。（向一人）听着，一人。跟我们来吧。我们不会再拿虚假的诺言来骗你。在我们这里你将无忧无虑，太平安宁……

一人：不，不。一个理想才是我所要的东西。

青年：来吧。你将和我们一道过生机勃勃而激动人心的积极的生活。你将混迹于城市地狱似的旋涡中，就像那片正从树上坠落的树叶加入在风中狂舞的枯枝败叶。

一人：（望着火）一个理想！一个理想！

老头：你可以品味乡居之安宁，体认古风之淳美。你可以领略庙宇之幽寂，享受熏香馥郁的烟雾从银香炉里一口口悠然喷出。你可以亲聆俨然万能上帝之声的管风琴轰然奏响，并在宏伟的大殿上久久回荡。

一人：一个理想！一个理想！

青年：你将拥有同样的权利，获得同样的显赫……

一人：（起身）我不要权利，不要显赫，也不要享乐。我要一个理想，因悲伤而混浊的眼睛可以朝它看齐；我要一个理想，因生活的污秽而受伤的疲惫的灵魂可以在其中休息。你们有吗？没有……那就让我走吧。让我走，我愿意反复咀嚼我思想的苦涩养料，凝视那尽管黑暗却不比我的思想更黑暗的天空；这样子也好过眼巴巴看着你们骄奢淫逸……

老头：他疯了。由他去吧。

青年：就是，只好让他去了。疯了。（离开）

一人：（跪下）啊！黑暗！未知的力量啊！难道没有一个理想可以慰藉我这颗焦渴可怜的灵魂吗？

二

"听我说，"他说道，"不要怕。因为你是我选中的，你必得把我的话传给众人。"

一人问道："你是谁？你叫什么？"

"对有些人来说，我代表公道和正义，"他回答道，"对另外一些人来说，我是毁灭和死亡。"

一人：你好吓人。你的眼睛灼伤我的灵魂，你的衣袍上我似乎看到斑斑血迹。

他：确实不差。那是我众多的牺牲品和刽子手的鲜血。

一人：你想怎样？

他：过来看。

一人看到了一个辽阔无边的大平原，平原上布满一座座的城市、乡镇和村庄。在一片片施了粪肥的田野上，骚动着一群浑身污秽、悲惨不堪的人。他们是淫棍、酒鬼，他们自私自利。

他说道："我的人一直就被关进监狱，被绞死，被枪毙。但是，即使所有的羞耻和污辱都落到他们头上，他们也总归要比那些生活在自己的恶习蠡行的桎梏之下的愚笨的下流坯更高贵，更伟大，更纯洁。"

"为什么你要让我看这些恐怖和悲惨的场景？"一人问，"难道我还不够痛苦可怜吗？"

"胆小鬼！自私自利的家伙！"他回答，"难道你顾影自怜，心里感觉不到他人的痛苦吗？看吧，看吧，哪怕你不愿意。看看那些人，痛苦使他们的灵魂扭曲得如同枯死的树根；无论哪里，煎熬和狂躁主宰着他们；看看那些落到大自然这位晚娘手里的街头弃儿吧；看看那些被男人拖入道德死亡境地的女人吧。你不动心吗？"

一人："我会动心。但是我的心里是恨而不是爱。"

他："你就算是我的人马了，你将以我的名义而劳作，而且不得泄气。你的伙伴们就在那里。"

于是一人看到了阴暗的内部，看到了机工车间和医生的诊所。那里的人们神色忧郁悲伤，而且全都在默默干活。他们所干的没有一点相同之处，然而，一个人的劳动也是所有人的劳动。

“现在你可以走了，”他边说边指着工厂，“到人群里去，告诉他们你所看见的。”

他消失了。一人定定地看着嘶嘶作响的篝火。白影还继续在城堡的窗户里优雅地晃悠。平原上，脸被烟熏得墨黑、满头大汗、看上去样子吓人的人们朝巨人似的机器的肚里填送着煤炭。面对孕育着威胁的黑夜，那些机器的巨人使劲地尖叫狂啸。

于是一人传经布道。思想落入魂灵，如同种子落进处女地里发芽开花。一场闻所未闻的骚动统治着大平原，恐惧震撼城堡。平原上的人们联合起来，所有的穷人，所有的病人，所有的妓女，所有的可怜者，最臭名昭著的匪徒，最卑鄙的流氓地痞。他们揭竿而起，手握斧头锤子铁棍，搬起大石头，汇成一股巨大的人流，群情激昂地向城堡冲去，要终结不义和践踏，要强行慈悲。

而领着那股人流的是一些奇人，他们脸色苍白，神情悲哀，有着诗人和叛逆者的迷离的眼睛。所有的人唱着一支庄严悦耳的颂歌，声若一口青铜大钟。

城堡里的军队和来自平原的人们交战，而且打败了他们，把他们置于屠刀之下。

斩尽杀绝。那么多人里只活下来一个孩子。他是个诗人。

他唱着黄金一样灿烂的诗句，他歌唱死去的叛逆者的光荣，歌唱对胜利者的神圣仇恨，而且他预言，新耶路撒冷的曙光就要在不远的将来从血与火的云彩间辉煌升起。

晚　祷

他们是十三条汉子，惯于同大风大浪搏斗，历经艰险的勇敢的十三条汉子。与他们同行的有一个女人，东家的女人。

这十三个海边人身上有巴斯克人的特征：大脑袋，侧面看很突出的鹰钩鼻，因一刻不停地盯视那妖魔一样吞噬人类的大海而变得全无生气的眼球。

坎塔布连海了解他们，他们对风浪也是了如指掌。

漆成黑色的狭长的渔船叫阿兰恰（Arantza），巴斯克语里“刺”的意思。船头竖着一根短木杆，上面有小小一叶风帆……

这是秋日的午后，懒洋洋的海风，一圈圈温和而恬静的波浪。微风鼓不起风帆，渔船缓缓滑过，船尾在绿色的海水里留下一道银色的尾波。

他们先是驶离了莫德里科港。他们准备好渔网，要和其他渔船会合，然后在圣卡塔琳娜节那天一起出海捕鱼。此时此刻，他们正从德瓦河入海口处的洋面上经过。

满天是棉絮状的铅色的云。云朵之间，透出一线淡蓝。耀眼的阳光从云朵的空当里射出来，这云朵便有红红的嘴颤悠悠地印在海面上。

这十三个严肃的面无表情的汉子很少说话，已经有了年纪的女人拿很粗的棒针和一团蓝色的羊毛线织着袜子。东家脸上也是严厉而不苟言笑的神情，贝雷帽低压到了眼睛，右手握橹把着方向，眼望海面，无动于衷。一条样子邋遢的狗紧挨着东家坐在船尾的一把凳子上，它也像人一样眼望大海，像人一样无动于衷。

渐渐地，红日西沉……天上，是斑斓的红色，如火焰，如红铜；是深浅不一的灰色，是状如巨鲸的铅色的云朵；下界，是大海绿色的皮肤，带着斑斑驳驳的淡红、猩红和紫红的色调。海面上不时激起一圈圈有节奏的波浪……

船来到了依策亚尔前面。风从陆地上吹来，闻着满是山上的气味。一仞仞石崖和森然而立的巉岩所勾画出来的，便是山和海的界线。

突然，在那红日坠海的黄昏时分，传来了依策亚尔教堂报时的钟声。紧接着，提醒人们做晚祷的钟声缓慢、肃穆、崇高地响彻了海面。

东家摘下帽子，众人依样而行。女人放下手头的活计，船上的人一边做祷告，一边庄严而阴郁地望着漾起一圈圈波浪的宁静的大海。

天开始变黑。这时候，风力加大了，风帆随着阵阵大风圆鼓起来。船陷入黑暗之中，黑乎乎的水面上留下一道银色的尾波……

他们是十三个，他们是惯于同大风大浪搏斗，历经艰险的十三条勇敢的汉子。

夜　诊

不知道为什么，那天晚上给我留下的记忆是如此深刻。邻镇的医生做一个手术，叫我去帮他。我是在下午得到口信的。这是一个悲伤而阴沉的秋日午后。

低垂的乌云渐渐化作一场连绵的阴雨，在落尽叶子的丫杈上留下晶亮的水珠。村庄墙壁发黑的房屋在雾霭中似乎变大了。阵阵大风扫掉空中的水汽，这时候，仿佛舞台揭开帷幕，一堆堆民居露了出来，炊烟从家家户户的烟囱里悠然飘出，消散在囊括一切的灰蒙蒙的空中。

来叫我的庄稼汉走在前面，我们开始进山了。我骑一匹老马，一步一个踉跄。道路在有些地方分岔，成为极窄的小径，有时候又没入草丛中。满眼枯黄的草地上点缀着洋地黄开出的紫色的钟铃花。路随着穿过的一个个山峁时上时下地起伏。这些山峁从高处看就像一朵朵巨大的波浪。或许在地球年轻得还是由星云形成的一团流质时它们确实是波浪吧。天黑了，我们还在继续赶路。我的向导点上了灯笼。

偶尔有打牛草的农民唱山歌村调打破肃穆的寂静。路沿着当中有大庄屋的一片片农田和牧场蜿蜒而行。村子近了。

远远望去，村庄就在一座小山上。一堆阴沉沉的房屋里透出两三点亮光，这便是它生命的迹象。我们到了村里，继续往前走一阵，屋子坐落在远处路拐弯的地方。年老的栎树、粗大的橡树和树皮银白而丫杈犹如盘虬卧龙的山毛榉把那屋子遮蔽起来，使得它仿佛低头斜视着路面，要掩藏屋里的贫贱悲哀。

我走进厨房，一个老婆子在晃着摇篮里的孩子。

“另外一个医生在楼上。”她说。

我爬上楼梯。从门通向粮仓的一个房间里，传来因疼痛难忍而发出的粗哑的连声哼哼和定期的一声哎哟。这哎哟的痛叫声虽然有强有弱，却一直没有停歇。

我敲门，我的医生朋友为我开了门。屋顶挂着一串串玉米；白粉墙上可见两幅石印画,一幅是基督,一幅是圣母。一个男人坐在一只木箱上默默流泪;床上,脸色煞白的女人抱着自己的母亲,已经没有力气再哼哼了。风从窗缝里肆意钻进房间,寂静的夜里回响着耕牛大声的哞哞……

朋友把情况解释给我听。我们两个在一边角落里严肃真诚地交谈。我们承认自己无知,我们只想把病人救活。我们做好准备工作。女人躺倒在床上……她母亲吓得逃了出去……

我把产钳在开水中烫过,然后一一递给我的朋友。他轻易把一片器械插了进去,接着插第二片时却费了很大的劲。然后,他收紧器械。于是,痛哭、狂吼、怒骂、咬牙切齿……后来,我的朋友用出大力气,弄得浑身颤抖,满头大汗。他略一停顿,接着,是撕心裂肺的一声惨叫……

折磨结束了。女人成了母亲。她哀哀地问我,仿佛忘记了苦难:

"死了吗?"

"没有,没有。"我答道。

我捧在手中的那团肉是活的,有气息。稍后,孩子尖声哭了出来。

"哎哟。"母亲轻轻叫了一声。这用来表达痛苦的叫声,现在同样包含了她全部的幸福……

我们等了很久才离开那户人家。雨早停了,夜晚湿润,温和。月亮从一片片黑云间露出来,惨淡的月辉照着附近一座山峦。天上走着大团大团的黑云,风在林中抽响,远远听去,仿佛阵阵涛声。

我和朋友一路谈着村里的生活,谈着在我们看来犹如光明中心的马德里,谈着我们的悲哀和欢乐。走到路拐弯的地方,我们分手道别。

"再见!"他对我说。

"再见!"我对他说。我们是两个充满希望的亲密朋友。我们握握手,就各自上路了。

未　知

夫妻二人在车厢里坐定。他放好旅行包，套上一件灰大褂，戴上一顶小帽，点燃一支烟，便漫不经心地看着车顶。她凑到窗口，注视起秋日的黄昏。

从车厢里可以看到海边的小镇，黑乎乎的房子挤作一处，共同抵挡着海风。太阳正从那小镇上节节后撤，在家家户户的玻璃窗上闪烁出金属的光芒，然后爬上因潮湿而变黑的屋顶，再顺着教堂暗淡的钟楼上升，直到被照亮的只剩下钟塔上的铁十字架。在黄昏灰色的背景下，十字架的轮廓呈现出得意扬扬的红光。

“我们等了不少工夫。”他向空中吐了口烟，带着马德里人黏稠的S发音说道。

她迅速地回过头来，注视着丈夫。他一双白皙的手保养得很好，手指上戴满戒指。然后，她又背过身去，朝窗外看。

车站的铃声发出了启动的信号。火车开始缓缓地挪动起来。铁链和铁轨懒洋洋地发出一声叹息。在车站出口处，车轮经过转向轮盘时，笨拙地晃动，发出地狱般的巨响。汽笛使出蛮力一声长鸣。接下来，火车逐渐走得流畅，窗外景物的巡阅开始了。眼前一一经过的是大庄屋、花园、水泥厂、磨坊；后来，令人头晕地飞闪而过的是山峦和树木、护道工的小屋、寂寞的公路，还有在黄昏朦胧的亮光里依稀可辨的黑黢黢的小村庄。

随着夜深，风景也在渐渐变化。火车时不时在那些孤零零的小站停靠。小站就在田野中，田里烧着一堆堆庄稼茬。

车厢里还是夫妻二人，没有其他旅客上车。他已经合上眼睛睡着了。她也想睡一会儿，但是她的大脑似乎非让她想起令人不快的回忆不可，害得她无法入睡。

那是怎样的回忆啊！冷冰冰，毫无情趣可言。

在那个海滨小镇上度过的三个月，留下的不过是视网膜上的无血无肉的形象，心头却没有落下任何强烈的记忆。

她看到夏日黄昏的村庄坐落在宽阔的河口，河水懒洋洋地在绿色的玉米地里流淌。她看到海滩，一处孤独的海滩，面对绿色的大海，任凭懒洋洋的浪花轻抚。她回忆起八月的傍晚，天空布满红云，大海染得猩红。她回忆起高山，山坡上是满眼黄叶的树林。她在想象中看到快乐的晚霞，晨光中的蓝天；看到雾气从沼泽中升起并在空中消散；看到村庄里潇洒的塔楼，倒影在河中的小桥、木屋、弃舍、山坡上隐没的墓地。

她的脑子里响起了小鼓声、赶牲口的种地人悲凉的吆喝声、耕牛有力的哞哞声、牛车的吱吱呀呀、念三钟经时敲响的凄婉而悠扬的钟声。

和她的回忆夹杂在一起的是从梦想的国度纷至沓来的别样的意象：童年的回声、无意识的反映、消逝的幻想，还有死去的热情在灵魂中形成的一道道影子。

如同此刻苍白微茫的星光照亮田野，回忆也照亮她的存在，那是一些只触动眼帘却无法使她刻骨铭心的冷冰冰的形象。

只有一片记忆从她脑中缓缓而下，来到心中，使她甜蜜地感动。有一天黄昏，她独自乘船渡过海湾。划桨的是两个高大强壮的年轻水手，带着巴斯克人特有的无表情的目光。为了协调动作，他们单调地唱着一支歌，这歌的调子奇怪却极其甜蜜。无端感到满心疲倦而百无聊赖的她一听到这歌，就叫他们大声唱，并把船向外海划去。

两个人划着桨，唱着他们的梭齐科①小调（zortzicos），渐行渐远。灿烂的黄昏里，这宁静的歌调流露着悲苦。垂死的落日染得水面通红，血色的光芒在海上颤动、跳跃，悠扬的歌声缓缓落在宁静地卷着圆波的海的幽寂里。

她在心里把这一段记忆和生活中总是千篇一律的种种往事做着比较，想着等在她前面的平淡无奇的未来。一阵强烈的欲望穿透了她的心灵。她要逃离这单调的生活，在随便哪个车站下车，去追寻生命中的未知。

她毅然下定决心，就等着火车停下来。一个车站仿佛在夜里诞生了。她看到它迎面而来，直到在她眼前停止，一盏路灯照着空荡荡的站台。

那女旅客拉下车窗玻璃，并伸出胳膊去开车厢门。

一打开门探出身来，她就立即感到一股寒噤流遍脊背。前面是黑暗，是虎视眈眈地等着她的黑暗。她止步不前了。夜风骤然之间把她送回现实，没有任何过渡。梦幻、回忆、渴望统统消失得无影无踪。

一声信号，列车再次在影影绰绰的夜的田野里疯狂地飞奔起来，机车冒出大大的火星，斑斑点点地从窗前闪过，仿佛闪亮的眼睛被定格在空中……

---

① 梭齐科，一种八分之五拍舞曲，流行在西班牙北部和法国南部的巴斯克人地区。典型的形式是一个艺人一手握吹巴斯克竖笛，一手敲击小鼓。

钟

因为他日日忧虑，他的劳苦成为愁烦。
连夜间心也不安。
——《传道书》

幻想的国度里有美丽的地方，森林叹息，两岸繁花似锦的清溪一路欢歌，流向蓝色的大海。远离这些美丽的地方，离开它们很远很远的地方，有那骇人而神秘的去处，森林朝天高举光秃秃的幽灵的手臂，寂灭和黑暗把阴郁的悲痛和死亡的强光投向灵魂。

在那黑暗王国最凶险不祥的地方有一座城堡，一座黑色的大城堡，城堡里有垒着雉堞的高大的塔楼，有已成断壁残垣的带尖拱的走廊，还有一潭腐朽的死水。

我认识它，我熟悉那个骇人的地方。一天夜里，我陶醉于悲伤和酒精，摇摇晃晃地走在路上，仿佛一条破船随着一支古老船歌的节拍而颠簸。

我唱的是一支小调的歌，原始而狂野的村歌，像路德教派的圣歌一样悲伤。黑暗和巨大苦涩的安宁之歌。那苦涩是高山和森林的苦涩。夜正深，突然，我感到巨大的恐怖。我发现自己到了城堡，于是我进入一个寂寞荒凉的厅堂，一只折断翅膀的燕隼在地上挣扎。

从窗口可以望见月亮，幽灵般的月光照亮僵硬而赤裸的原野；壕沟里躁动不安的水在不停翻涌。灿烂的大角星[①]在天上闪烁，它神秘地眨着眼睛，像是要告诉你什么秘密。远方，是一堆篝火，被风吹得飘忽不定。

偌大的厅堂里，四壁悬挂着黑色的帐幔。我用干狼萁草铺床。大厅里凌乱不堪。

① 大角星是牧夫座的一颗恒星。

一堆松枝在一个小火炉里燃烧照明。大厅的一面墙上有一座巨钟，高而且窄，如同一口棺材。这座黑箱里的钟在悄无声息的夜里带着有力的威胁发出金属质地的滴答。

“啊！我很幸福，”我自言自语道，“我永永远远不会再听到那可憎的人类的声音了……”

而那阴郁的大钟带着它金属质地的滴答，漠然测量着悲伤的时间。

生活已被制服，我得到了清静安息。我的精神喜悦于夜的恐怖相比，胜过明亮的曙光。

啊！我感到安宁，什么也不能打扰我的清静；我可以在那里度过一生，独自一人，而且总是独自一人，在沉默中反复咀嚼我思想的苦涩养料，不怀什么疯狂的希望或者愚蠢的幻想，精神充满灰色的安闲自得，如一道秋之风景。

而那阴郁的大钟带着它金属质地的滴答，漠然测量着悲伤的时间。

万籁俱寂的夜里有一片忧郁的歌声，那是陪伴着我的蛤蟆在吟唱。

“你也生活在寂寞和孤独里，”我对夜的歌手说道，“在你隐蔽的藏身之处，没有谁会来和你对歌，你唯有自己心跳的回响。”

而那阴郁的大钟带着它金属质地的滴答，漠然测量着悲伤的时间。

一天夜里，一个悄无声息的夜里，我感到了恐惧，我感到冥冥之中有什么向我的灵魂压来，朦胧不清，犹如思想的怒海中闪过的一个梦影。我探出窗口。黑黢黢的高天上，繁星在它们寂寞广大的世界里不停地跳动并且哆嗦；黑色的大地上，没有一声喊叫，没有一丝生命的抽动和战栗。

而那阴郁的大钟带着它金属质地的滴答，漠然测量着悲伤的时间。

我仔细聆听，然而我一无所闻。唯有死寂，无处不在的死寂！

我惊恐万分，我语无伦次地起了谵妄；我恳求夜里叹息的森林以它的叹息陪伴我；我恳求枝头呢喃的微风，恳求打在路边落叶上的沙沙雨声；我哀求万事万物，哀求全世界的人类不要抛弃我；我求月亮撕破它乌檀木一般的黑色披巾，我求它以纯洁的、银色的目光来抚摸我的眼睛，抚摸我因死亡的焦虑而混浊的眼睛。

森林、月亮、雨，还有风，它们全都不理不睬，一言不发。

而那漠然测量着悲伤的时间的阴郁的大钟已经永远停了下来。

疲惫的良知

我闷闷不乐地离开戏院，满心悲哀，满脑子黑暗的思想。粗鄙庸俗遍地流行，到处都是人面兽心，实在可恨！我来到街上。这是一个节日的傍晚时分。天空灰蒙蒙，雨水落不停。混浊的思绪仿佛人行道上龌龊不堪的泥泞，在我心中慢慢下沉，聚成黑色的沉淀物，黑如天空和夜晚。

商店已经打烊。一列列满载的电车正朝太阳门方向回驶。礼拜天特有的令人反感的热闹，使我们这些每天外出的人们感到不耐烦。甚至在这一点上，人也是自私的：大大小小的店铺里人群的热闹欢乐使他感到不快。

我拐进窄胡同里游荡，漫无目的，只为逃避人群的喧嚣。我不能从想象里抛开对戏院的回忆；我听到剧中野蛮残忍的笑话。那些笑话经过构成观众的那堆无知群氓空空如也的脑袋，化作一阵阵哈哈大笑。我看到其中的一个喜剧演员，一个长相猥琐，身体僵硬如粗木棍的小丑。他摆出种种姿势，做着种种鬼脸，大呼小叫，声音刺耳。然而，人家告诉我，他是个正派人，是一家之父，体面而有尊严。他的妻子是贤妻良母。他在戏院里献丑，她在那里露大腿，以此谋生。他们把一点点攒起来的钱都存到公典基金①里。不知为何，这在我看来是奇怪的。

我继续乱走，一家棺材店的橱窗引起了我的注意。我从小对这类店极为反感，然而，它们也刺激了我的好奇心。打扮装饰死亡是一项很奇怪的生意，不是吗？棺材店很有意思，仿佛一座档案馆，一座博物馆，里面的东西凄凉而怪诞。店堂内往往可见各式各样和各种尺寸的棺材，仿佛进口货商店里的食品罐头。然后橱窗里有孩子用

---

① 公典(Monte de Piedad)，从中世纪晚期开始一直持续到二十世纪的一种当铺，起源于意大利，在欧洲多国流行。这是一种由天主教教会组织，带慈善性质的储蓄机构，旨在打击高利贷，帮助穷人。一开始它的资金由社会捐款而来，以后通过计划吸收资金。借贷者能得相当于所典当实物三分之二的现金，借期一年。

的白花冠、大人用的黑花冠。古典造型的小天使忧郁地望着写着“纪念品”(Souvenir)的一块招牌,在西班牙连天使都是从法语翻译过来的。还有其他许多有意思的东西:大理石的十字架,煤玉装饰品;此外,门上还有一盏灯。

看过橱窗之后,我的目光转向店内。店堂中央,一个年轻女人坐在桌旁做针线,两个孩子在棺材阵里跑来跑去,玩着捉迷藏。两个人一定是吵架了,因为那个更小的哭起来并走到了女人身边。她在桌上放下针线和布,抱起孩子。我看清了她的脸,一张黝黑的脸,精力充沛,一脸和善。“这个女人怎么能不觉得她的生意可憎呢?”我在心里纳闷。我不能给自己找到答案,继续向前走。

街边的人行道很窄,我不得不为手挽手走来的一对男女让路。擦肩而过时,我认出了他们。这是一对恩爱夫妻,他们的生活是一场持续不断的蜜月。他们开一家小钱庄,财源滚滚。每天上午,他忙完生意,她做好家务,到了下午,他们就手挽手去散步。他们是如此的相亲相爱,根本不会记得那个泥水匠的妻子。他们收了她值六十个雷阿尔的一摞床单做典押,却只当给了她两个雷阿尔。“这号人哪里会感到什么内疚!”我心想,“肯定不会。”

我想到去小饭店吃晚饭。饭店的气氛应该说是冷清的。和我同桌的一个神父凑过来,在我身边喝起了咖啡。他开始和我聊起他在几位女性朋友家里玩奥伯尔牌戏,并最后笑嘻嘻地对我宣称,他是在打那家一个姑娘的主意。“这家伙难道没有一点羞耻之心,没有丝毫的内疚吗?”我心想。

看我心不在焉的样子,神父开始和邻桌的一位攀谈起来。在我对面有两个天天来光顾的女客人刚刚坐下。母亲是个妓女,长得五大三粗;女儿是个蓝眼睛的金发姑娘,眼圈发黑,一脸疲倦。母亲带着出售女儿这个令人同情的目的把她展示在世人面前。即便如此也看得出来,她是爱她的。如果女儿死了,她肯定是会哭的。可是,难道这女人心里没有良知这么一种东西吗?我打开画报,试图忘却思绪中这一令人不快的念头,首先出现在我眼前的却是将军的肖像。

噢!将军!我见过他领着儿孙们一起漫步,于是我的想象中马上出现了下面这个问题:此人把当兵的派到遥远的异国他乡去送死,他的良心会不会内疚呢?从肖像上的笑脸来判断,他一定没有感到什么内疚。

“这地方没有谁会为任何事情悔过。”我气得低声嘟哝了一声。

“哎哟!”神父打断我,“糟了!今天是四旬斋的礼拜五,而我喝的咖啡加了牛奶。这下糟了!”

瞧,已经有人忏悔了。

我心事重重地离开了饭店。喜剧演员、棺材店老板、放债人、将军、神父,这些人在我看来都没有良心。除了他们,还有骗人的律师、偷盗的商人、作假的工厂老板、出卖自己的记者……然而,后来我又想到,这支偷盗、剥削、欺骗、卖良为娼的大军也有他们好的方面,有他们克己的时候,有他们慈善的冲动。人实在是一种很奇怪的动物,一半是天使,一半是野兽。

拾荒者

我以为，在大城市，如果说上帝真存在于什么地方的话，那就是在废园里。那种房屋的丛林之中冒出来的一片荒地令我着迷。在我看来，什么也比不上透过篱笆缝窥见一片废园内部更有意思。满地的破瓦旧盆、洋铁罐、车轱辘……

“这都是从哪里来的呢？”我常常纳闷，我极想要那破砂锅对我讲讲它从阿尔科孔[①]来到这里以后的身世，想要那靠在墙边的旧扫帚和破盆烂罐向我透露它们的秘密。

那些荒芜的宅基地最诱人的时节是在春天。那时候，我极想躺下来晒晒太阳，拿帽子遮住眼睛，整天整天地望着蓝天，看蜜蜂和大黄蜂在眼前翻飞，听它们在耳边扇动空气，嗡嗡乱叫。

挨着我家有一片迷人的废园。如果某天你们碰巧于凌晨四五点钟经过那里，你们就会看到一个老太婆和一个小姑娘从里边推开篱笆的两块木板，并悄悄走到街上。

老太婆身材矮小，满脸皱纹，牙齿尽脱。她肩背空袋，手执铁钩。小姑娘瘦得难看，满脸雀斑，穿着一身破烂。尽管这孩子衣衫褴褛，蓬头垢面，却散发着青春活力。

等到她们走远并在街口拐弯之后，如果你们来寻找她们溜出来的地方，那么你们将会发现，没有钉住的木板用手一推就开，通过木板留出来的空隙可以进入废园。

这废园的地面并不平坦。两幢房子形成的角落上是一片洼地……走进去首先看到一条路，两旁是堆积的瓦砾和乱石，路通向洼地。

洼地上有一间房屋，如果用棍子撑起来的破棚子也可以叫作屋子的话。一扇金属门做了棚顶，就是关商店橱窗用的那种金属门。铁锈斑斑的破门用几块乱石压住。

那破屋不过一个房间。

---

① 阿尔科孔（Alcorcón），在马德里西南。

屋内靠窗有一个小炉子，白灰上有若干煤块，烧得砂锅轻声地咕噜咕噜。

有时候，一股蒸汽怯生生地顶起锅盖，屋里就飘出一阵催人食欲的香气。

我对你们说的正是这样，砂锅煮沸时飘出来的香气催人食欲。

有一天，凌晨五点，我暗中看着老太婆和小姑娘出门。

她们出来。老太婆于街角停下，在一堆垃圾里翻着，扒着，捡出一些纸片和破布，把它们放到袋里。然后，她和那小姑娘继续前行。

每遇一堆垃圾她们就停下来，不停地翻、扒、挖。拾荒者干的事很好玩吧？

一堆垃圾就是一个谜。它里头什么东西没有啊！情书、商业信函、漂亮女人的头发、革命报纸、宗教狂报纸、煽情文章，等等。尤其多的是人类愚蠢的残留物。

老太婆和小姑娘走遍周围的大街小巷，搜寻着纸片、旧靴、破布。然后她们穿过大广场，沿着托莱多大街走去。街上阴暗悲凉。

她们走进拉斯特罗街上的一家小咖啡馆。这条街是汇集马德里最引人注目的五花八门的下九流的地方。

在那个钟点，几乎所有桌子都被乞丐们占据了。他们脑袋压着胳膊趴在桌上睡觉。空气中烟草和油烟的味道弥漫，令人难以呼吸。

老太婆和小姑娘喝了加烈酒的咖啡，一毛钱一杯。她们离开小咖啡馆。冬日的曙光在空中呈现阴郁的色调。

路面在河滨硝皮胡同的两排房子之间缓缓下倾，接着可见的是拉斯特罗街和美洲街的棚户区构成的一堆凌乱的黑乎乎的东西。更远处，在冬日清晨灰色的天空下，原野的地平线在暗中起伏。

她们沿坡而下，然后穿过托莱多大街口的大转盘。老太婆在那里和小贩交谈，和他们讨价还价。他们说的话生动有趣，或雅或俗。成交以后，她便回到马德里去。

七点钟。周围的街道拥挤得无法通行。工人、女仆、咖啡馆的服务员、送货人，你来我往，熙熙攘攘……

老太婆在拉鲁达街上半价买了一个大面包，她把面包交给小姑娘，小姑娘把它放到篮子里，两人于是朝自家方向走去……

她们推开篱笆木板，很快闪进园内。她们或许感到幸福，或许感到满意，有一个贫穷而悲惨的家园，小炉子上还有一个煮开的砂锅轻声地咕噜咕噜，屋里飘着一阵催人食欲的香气。

万丈深渊

这一带地势峻峭逼人。极目远眺，西天的云彩正在夕阳的最后几道光芒里燃烧融化。晚霞似火的天空下，连绵起伏的群山仿佛灰蓝色的高墙，山峰戴着巨大的石冠，下面布满矿脉一样的一道道积雪。

牧羊人和他的孙子在山上放着山羊。他们在拉斯佩德里萨斯①石峰的山顶上。乌鸦峰昂首挺拔，仿佛一位巨大的哨兵。

牧羊人肩披发黄的无袖风雨布衣，膝盖套着皮套裤，头戴一顶山羊皮帽子。黑乎乎的手像鹰爪，握着一根白色的野刺木棍子当牧杖。此人长相粗糙原始，脸上皮肤皱得像老栎树的树皮；他好几天没刮胡子，脏兮兮的花白胡子遮住了小半个脸庞。

小家伙红扑扑的脸上长满雀斑，牧羊犬跟着他东奔西跑。他常把弹弓拉得嗡嗡响，在自己头上令人眼花缭乱地射出一个个圆圈。他会兴高采烈地回答放羊和放牛的人们传来的遥远的声音。他的回答先是一声马嘶般刺耳的吼叫，最后变为一阵嘲弄人的哈哈大笑，银质的音色清澈悠远，在山中久久回荡。

牧羊人和他的孙子从山顶上可以望见光秃秃不长树木的一道道山坡，一座座山冈，一片片荒原。一个个圆圆的黑斑是一丛丛金雀花，是正在开花的紫色的百里香和深紫色的熏衣草……

在山谷底部，紧挨着漂满枯叶的山涧生长着黛绿色的小树、欧石楠灌木丛，还有低矮的栎树和橡树。

天快黑了，晚风吹得轻快；太阳慢慢藏到山峰后面；红色的蛇和龙在带着珍珠光泽的蓝天的大海里游动，等太阳一退，云朵渐渐变白，渐渐失去了颜色，龙蛇又幻化为大鳄和巨鲸。眼前的群山起了褶皱，夕光中的山谷和深涧似乎在延伸，在变大。

---

① 拉斯佩德里萨斯，地处马德里西北，是著名的旅游胜地。这里是瓜达拉马山南坡的一片石岗和石峰，欧洲最大的花岗岩石山，共约32平方公里。

牛群正在穿过牧道，可以听到远处叮叮当当的牛铃声。还有狗吠和风啸。所有这些声响，和田野里无法形容的呢喃天籁混在一起，在那无限荒凉的地方回荡，仿佛是从孤独和沉寂里生出来的神秘话语。

“咱们走，孩子，”牧羊人说，“太阳下山了。”

小家伙急忙地从一头跑到另一头，他不停地挥舞手臂，举起牧杖，敲打地面，高声吆喝，并扔着石头，直到山羊群渐渐汇集到山上的一个角落里。老头安排好羊群，让一头脖子挂着大铃铛的公山羊走在最前面领头，整个羊群开始下山朝平原走去。羊群的轮廓在草地上突显，仿佛一片绿海里掀起的黑乎乎的浪头。欢乐的铃铛整齐而有节奏地一路响起。

“孩子，有没有看见蕾梅迪奥斯大婶的公山羊在羊群里？”牧羊人问。

“看到过的，爷爷。”孩子回答道。

“对那畜生得盯紧点儿，我看着它就讨厌，真见鬼。”

“你为什么这么讨厌它，爷爷？”

“你不知道蕾梅迪奥斯大婶在这一带有巫婆的名声吗？”

“那是真的吗，爷爷？”

“上回我在村里时，教堂司事就是怎么说的。别人还说，无论对人还是对牲口，她都能施毒眼，灌迷魂汤。他们号称亲眼见过她在空中飞，身边是成群结队的飞蛇。”

牧羊人一路上和孙子说着话，把村里人说老太婆的那些事讲给他听。他们下得山来，从小径走上宽阔的山路，从山路转到大路，直到在一道篱笆门前停下脚步。从这里可以看到，下面是山谷里一个很大的沟壑，远处是银带一样闪亮的河流。带子一样的河流旁边隐约可见雾霭笼罩的村庄。不远处的一片山坡上，是从前村里的贵族人家 座古堡的废墟。

“孩子，把篱笆门打开。”牧羊人对小家伙喊道。

孩子移开篱笆门上用作门闩的木棍，羊群开始争先恐后地穿过篱笆门。正在此时，其中的一头牲口受到惊吓而偏离了大路，并飞快地朝山下跑去。

“糟糕！正好是蕾梅迪奥斯大婶的公山羊。”小家伙说道。

“快追，孩子，快去追。”老头一边大声喊道，一边也催牧羊犬去追那头逃走的牲口。

“快去，我的狼狗。快去找找。”

牧羊犬沉闷地叫了一声，飞箭似的窜将出去。

“快点抓住它！就在那里！”牧羊人继续大喊大叫。

公山羊在石丛间蹦蹦跳跳，仿佛一只皮球。它不时回头张望。只见它昂首挺胸，一身黑毛，一把魔鬼般的大胡子。它一路奔跑，一路跳跃，时不时在荆棘丛和金雀花丛里隐身。

紧追在山羊身后的狗找路找得很吃力。小家伙跟在羊和狗后面，他知道这场追击很快就会结束，因为山的陡峭部分在不远处就要到尽头，接下去是有坡度的一片空地。一到那里，小家伙就看到那公山羊被狗追得没命地奔逃；然后他看到山羊跑进一堆乱石滩并消失在其中。石丛附近有一个洞，听说很深。孩子猜测山羊掉到了洞里，便在洞口探头张望。原来那公山羊就在洞壁一个灌木覆盖的石台上。

孩子趴在洞口，试图伸手抓住一只羊角；但是他发现这办法不行，便回到牧羊人身边把经过告诉了他。

"该死的畜生！"老头低声嚷嚷，"孩子，咱们现在回去。咱们得先把羊群赶进羊圈里。"

两人关好羊群。干完这件事后，牧羊人和孙子下坡走向那片空地，来到洞口。那公羊还站在灌木丛里。牧羊犬一直在外面冲着它闷声吼叫。

"爷爷，把手给我，我下去。"小家伙说。

"小心，孩子。我怕你掉下去。"

"爷爷，你放心。"

孩子拨开洞口乱草，在草边坐下，悬着身子转了一圈，直到双手在洞边找到支撑点。然后他的脚沿着石壁伸下去，直到在洞口附近石壁上外凸的石头上站稳。他一只手抓住羊角并把山羊提起来。一看自己被抓，那畜生便猛地向后挣扎，结果腿下一个闪失，直接掉了下去。在身体坠落的过程中，它也拖着那孩子一起落到了洞底。哪怕是一声惊叫，一声哭喊，一声最轻微的响动都没有听到。

老头在洞口探着脑袋张望。

"孩子，孩子。"他焦急万分地大声喊。

什么声响也没有，什么也听不到。

"孩子！孩子！"

似乎听得到从洞底传上来的风声和山羊痛苦的咩咩叫混在一起的声响。

牧羊人急疯了，抓狂了。有那么一会儿，他犹犹豫豫地拿不定主意。最后他才想到去找别的牧羊人求救，于是撒腿朝古堡跑去。

古堡看似只有一步之遥，可是实际上即使越野走捷径也有半个钟头的路程。这是一个带尖拱的城堡，如今已成断垣残壁。城堡矗立在一片开阔的山地上；黄昏的幽暗不但掩盖了它的破败萧条，而且使它暮色里的身姿有了一种奇异之美。

老头走得直喘气。黑夜逐渐降临，天空布满繁星，一颗启明星在一座山头上闪着银光,像是注视着山谷的温柔的梦一样的眼睛。

老头走近城堡,从一条狭窄的小路爬上去。他穿过破败不堪的斜坡,通过一道哥特式大门,来到一个瓦砾遍地的院子。院子由四堵千疮百孔的大墙围成,这便是昔日贵族古宅的唯一遗迹。

通往塔楼的楼梯下面有一个木棍和茅草搭起来的棚子,棚子里边有冒着烟的蜡烛光,只见十来个人围着一堆燃烧的柴火。这些人全是粗野无知的牧羊人。

老头结结巴巴地把事情告诉他们听。那些人站起来,其中一人从地上操起一条绳子,然后他们都从城堡里走了出来。老头领着他们朝山洞所在的那片空地走去。

把孩子拖到洞底的正好是老巫婆家的公山羊,这一巧合使那些牧羊人胡思乱想,疑神疑鬼。

“要是那畜生就是魔鬼呢?”一个人问。

“很有可能啊!”另一个搭腔道。

大家吓得面面相觑。

月亮早已升起,浓密的黑云从天上迅速飘过,仿佛一群群奔突的怪兽;但听得铃铛嘈杂做声,牧羊人的篝火在远处闪亮。

他们来到空地,一点点走近山洞,心头怦怦直跳。其中一人点燃满满一抱干树枝,并把火光凑近洞口。火把照亮凹凸不平的洞壁;受惊的蝙蝠如一片乌云升起并且在空中盘旋起来。

“谁下去?”牧羊人含糊不清地问道。

大伙儿都踌躇不前。最后,一个年轻的表示,没人下去的话,那就他下去。他拦腰系上绳子,他们交给他一个干柴火把。他把火把拿在手里,走近石洞,然后在洞里消失了。上面的人一点点把他放下去。洞想必很深,因为绳子越拉越长,那小伙子却没有已经到底的迹象。

突然,绳子猛烈抖动起来,洞底传来一声声惊叫,上面的人开始收绳子,把那吓得半死的小伙子拉上来。他手上的火把熄灭了。

“你看见什么啦?看见什么啦?”所有的人都在问他。

“我看见了魔鬼,全是红的,浑身血红。”

他的恐惧传到了其他的牧羊人身上。

“谁也不下去,”伤心欲绝的老头喃喃说道,“难道你们眼睁睁看着让那可怜的孩子死吗?”

“你看,老头,这可是个鬼洞啊,”一个人说道,“要想下去,你自己下去。”

老头下了决心,他把绳子系到腰上,走到黑洞边上。

就在此时,下面传上来一阵遥远而朦胧的声响,仿佛是一个超自然的生灵的声音。老头腿软了。

“我不敢……我也不敢啊,”老头伤心得呜呜哭了起来。

默不作声的牧羊人阴沉地看着那老头。回村的羊群路过时,看护羊群的牧人们走近围在洞口的人群,默默祈祷一番,画上好几个十字,然后继续走他们回村的路。

牧羊人身边已经围了一群男女,窃窃私语地讲着正在发生的事情。每个人都满怀着好奇看那黑漆漆的石洞,聚精会神地听着洞里飘出来朦胧、遥远、神秘的声音。

夜渐渐深了。人们还在那里逗留,好奇心使他们欲罢不能。

突然传来一阵手铃声,人们朝高处望去,想要看个究竟。原来是村里的神父正从山上下来。教堂司事打着灯笼陪他走在一起。一个牧羊人在路上遇到他们,把情况告诉了他们。

一见新来的人们,男男女女全都点起火把,跪倒在地。血红的火把照着神父走近深渊。老羊倌哭得抽抽搭搭。神父低下头,开始为亡灵祈祷。男男女女含混不清地齐声答以回应经文。这是一首悲伤的赞美诗。烟雾腾腾的火把不时闪出亮光,爆出噼噼啪啪的声响。有时候,在一个沉默的瞬间,可以听到从石洞里逸出的朦胧、遥远、神秘的呻吟。

祈祷结束了,神父也走了。男人女人等跟在神父身后,搀扶着老头离开那该死的地方。

整整三天三夜,都可以听到从那石洞底部传出来的哭喊和呻吟,朦胧、遥远、神秘。

墓地菜园

村口大路左手边可见一间旧平房，潮湿得发黑的墙上气派地突显着几个黑字，写的是这么个店号：布拉西多酒店。

每个字母都显得大方得体，但是写这牌子的艺术家并不因此而尽兴，他还想要走得更远一点。在大门的门楣上，他画了一只长翎抖擞的公鸡，公鸡脚下踏着一颗心脏，一枚利箭刺穿心脏。这神秘的象形文字到底什么意思，我们一直没有搞明白。

宽敞的门厅两边堆满酒桶，只在中间留出一条狭窄的过道；过了门厅便是店堂，除了可以喝酒，也卖糖果、香烟、文具和一应杂货。屋后葡萄架下有几张桌子。礼拜天下午，酒神的信徒们就聚在那里喝酒，玩九柱戏；而崇拜爱神的人们也到那里，喝提神解渴的黑莓汤来压抑心头的欲火。

要不是老公好吃懒做又贪恋杯中之物，老板娘胡斯塔早发家了。她从柜台上卖出各种成色的酒，而他和它们的关系都很亲密。此外，他还有种马的繁殖力。

“阿拉耶·布拉西多，”朋友们常说，“什么？你老婆又那个了！鬼知道你这家伙怎么那个的……”

“娘的！有什么办法呢？”他答道，“娘们就跟母猪一样。我家那口子……只要闻一闻，就……我把短裤脱下来挂到床铁架上，她就怀上了。土肥，种好，又在时令……”

“酒鬼！猪猡！”女人听到了就这样吼他，“什么时候正经干点活去！”

“干活！娘的，干活！瞧这些娘们，尽说怪话！”

一月里的一天头上，布拉西多烂醉如泥，走着走着一头栽到了河里。尽管朋友们及时把他拉出来，不至于淹死，到家后他却不得不躺在床上，冻得浑身哆嗦不已。他得了双肺炎。卧病期间，他把会唱的梭齐科歌调都唱了个遍。有一天上午，鼓手到酒店来，他便大声喊道：

“乔明,你可以把笛子和鼓拿来吗?”

“好的。”

乔明拿来了笛子和鼓,因为他看重布拉西多。

“我吹什么?”

“奥雷斯库舞①曲。”布拉西多说道。但是,小鼓连击进行到一半的时候,布拉西多回过头来对他说,“快跳到结尾,乔明,到结尾,我不灵了。”

布拉西多转过身,脑袋朝着墙壁死了。

第二天,掘墓人巴奇为自己的朋友挖了一个气派舒适的大坑,足有三尺深。身怀六甲的老板娘胡斯塔继续为七个孩子辛苦操劳,并在丈夫朋友们的惠顾下继续开她的酒店。

这些人里头瘾最大的是被大家叫作巴奇撒拉或者地狱巴奇的那个家伙。要不是这么胖,巴奇应该挺显高的。从后面看他是方的,从前面看他是圆的,从侧面看他的肚子大得像个怪物。他的脸刮得很仔细,很干净,脸色在红色和紫色之间。他的眼睛又小又亮,陷在周边肉嘟嘟的眼眶里。他的鼻子,咱们不得不承认,并不是什么希腊鼻。不过,要不是长得这么大,这么宽,这么红,应该是蛮好看的。他嘴里的牙已经一粒不剩了,但是,就连他的敌人也不禁要说,他张嘴时的笑容灿烂极了。还有,他总是紧扣在脑袋上的大若盘子的贝雷帽也讲究极了。造谣家们和永久的酷评家们都说巴奇年轻时不老实,爱胡闹。有人猜测,修建北方铁路那会儿,巴奇在里奥哈省那边手持短铳抢劫路人;有人看出他是一个逃犯;另外一些人认为他在海盗船上当过水手。推测来推测去,也不是没有人说巴奇要求当掘墓人是为了取小孩尸体上的板油。但是我们尊重事实,不得不说明白,这些猜测都不对。

巴奇在美洲混迹多年,回到家乡时发现山坡上属于他的祖传的地里造了一片坟场。村里人都以为巴奇已经死了。政府看他定要收回产权,就试图买他的地。但是巴奇不接受他们提出的条件,他表示情愿让出产权,条件是让他干掘墓的活,并让他在墓园围墙一角盖一间小屋,好让他和他的贝雷帽和烟斗有个安身之处。

这建议被接受了。巴奇盖起一间小屋住了进去看坟。死人们肯定不会为看坟的是巴奇而不快,因为他种了许多芬芳的花草树木来装点他们的坟墓。

尽管好人巴奇干活尽心尽力,村民看他却像看一个被罚入地狱的坏蛋。这都是因为有些礼拜天他忘了去听弥撒,也因为听到人们夸村里的神父时,他常常挤眉弄眼地说:“艾萨古纳拉古纳。”这话在巴斯克语里意思就是“朋友,我可认识你”。村民们

---

① 奥雷斯库舞,巴斯克人的一种舞蹈。

由此不怀好意地推想,巴奇影射的是一个看似真实的假故事。这故事铁板钉钉地说神父在邻村养下了两三个孩子。

巴奇是这样令人害怕,母亲们就以他来吓唬孩子:“小宝宝,再哭闹,地狱巴奇敲门到,一把拖了你就跑。”

村里的贵人们看不起巴奇,而自作聪明的药房掌柜认为他们嘲弄的人是他这个药房掌柜。

巴奇和年轻的医生合得来。后者去做尸体解剖时,掘墓人就当他的助手。有好奇者靠近解剖桌时露出恐惧或反感之情,巴奇就会挤眼看医生,仿佛对他说:“这些人害怕是因为他们不懂奥妙……嘿! ……嘿嘿!”

巴奇不在乎别人说他什么。在胡斯塔的酒馆里,他开口说话被奉若天谕。对他来说,这就够了。他的听众由下面这些人组成:养路工,他是村里唯一的自由派;代理法官,无可代理时他就编麻鞋;从前的学校老师堂拉蒙,他常常带着晚饭和一瓶酒来酒馆;还有小鼓手、粮仓雇员,再加上另外几个。巴奇说的话对他们有吸引力。

在讲过鬼火以后,他常说,“那没什么好怕的,只是电玩意而已。”听的人全都面面相觑,想要看看自己的伙伴们究竟有没有听出一点那句话的奥妙来。

巴奇多的是话头,不是每个伟大人物都能说出这些话来,而他的妙言警句却和医圣希波克拉底有一拼。他的哲学思想就包含在下面这句话里:“人就像草木,生了也就生了;有的开红花,有的开黄花,就好比有好人,也有坏人;但是要成酒鬼的人,那是天生要成酒鬼的。”

他会用水沾沾嘴唇,仿佛是怕它威力太大,又大喝一口烧酒,因为那掘墓人让把水装在小酒盅里,把烧酒装在大水杯里。纯粹是闹着玩儿。

若论唇枪舌剑,巴奇是实力派人物。一天,有个年轻有钱的矿主大讲特讲自己的风流史,把自己当成了唐璜。

“我在奥洛萨瓦尔村有个儿子,”他说,“在苏维奥雷村有个儿子;在加斯特鲁村也有一个……”

“你老婆生的也是你的孩子,那你就更厉害了。”巴奇反驳他时俨然一个哲学家。

巴奇经常一边让烟斗里冒的烟烤着他红红的酒糟鼻,一边讲他在美洲的冒险经历。他的话会引起一阵阵惊呼,一阵阵开怀大笑。

巴奇在美洲的冒险经历简直有意思极了。他当过赌棍,做过行商,开过牧场,当过兵,打过仗,还有别的种种。当兵时不得不活活烤死过许多印第安人。但是巴奇讲到自己风流韵事的时候是最让人想入非非的。他睡过黑女人、黑黄混血女人、黑白混血女人,还有黄种女人。可以毫不夸张地说,他的爱走遍了女人光谱的全程。

酒馆老板娘生性风风火火，第八个孩子生下两天，她就下了床，满不在意地忙乎开了。但是当夜她就发烧，只好又躺下去。结果她得的是产褥热，这病把她拖进了坟墓。老板娘欠了很多账，酒店一变卖，八个孩子就无家可归了。

“总得为那些孩子做点什么才好。”村长为了人家听不出他的巴斯克腔，说这话几乎带着安达卢西亚人的口音。

“那些孩子总得为他们做点什么才好。”神父仰望天空，细声细气地说道。

“什么也没有，一无所有！我们得为这些孩子做点什么才好！”药店老板坚决地说。

“幼失怙恃……慈悲为怀。”政府秘书补充道。

日子一天天过去，一个礼拜一个礼拜过去。大闺女去了邮差家当用人，她在那里感到心满意足；还在哺乳期的孩子被铁匠老婆不情不愿地领养了。

另外六个孩子，乔明、香第、马第纳乔、何歇、马鲁和加斯帕尔，他们就光着脚在路上奔走行乞。

一天早上，掘墓人拉着一辆小车到了村里，他把六个小家伙抱上车，一手抱起还在哺乳的婴儿。路过药铺时，他为那最小的孩子买了一个奶嘴。他把孩子们都带到了墓地小屋。

“装腔作势！”村长说道。

“笨蛋！”药铺老板低声嘟哝。

神父羞怯地抬头望天，眼睛避开这个悲惨世界。

“早晚他会把他们给扔了”秘书做出了预测。

巴奇没有抛弃他们，而是在把他们一点点拉扯大。要填的嘴有许多张，他戒了酒，并且在墓地里种起菜来。菜越种越多，令人遗憾地占满了整个墓园。如今村里有了市场，巴奇就托家住在墓地附近的一个朋友到广场上去卖他的白菜和洋蓟。

巴奇的朋友卖的白菜在村子的菜场上有味道鲜美的好名声。买菜的人们哪里知道，他们心安理得地吸收的营养正是自己的祖宗。

穿黑丧服的女人

他是个诗人,以孤独为伴,以悲伤为侣。在他生命的灰色日子里,弃绝红尘的欲望变得愈来愈强烈。因为观照马德里周围的景物可以淹没他那被尖锐的忧郁刺伤的心灵,所以他来到雷蒂罗公园,去寻找最美丽甜蜜的印象。公园里有一个圆形小广场,广场中央可见一泓美丽的喷泉,有小爱神骑在一群鱼人①身上。他常常坐在那里的一把长椅上,看天、看云、看树、看泉水从四个铜龟嘴里喷出,落到贝壳里去。

一个欢快的春日,他坐在惯常的地方。风吹得猛。树还没有长叶子,但枝上已满是鼓起的新芽。紫罗兰以它们卑微的颜色装点着小径;三色堇亮出它们天鹅绒般的花瓣,远远看去,仿佛人的脸庞……

一位少女由保姆陪着从诗人身边经过,并在附近的一把长椅上坐下。她还是一个孩子,目光像晨光一样清澈,那挣扎着要远去的难以言状的天真和神秘……

出于好奇,也因为孩子气的顽皮,少女报诗人以嫣然一笑。起身时,她仿佛用眼睛在叫他跟上。

他跟着她……他们到了雷蒂罗公园门口。这时候,他开始犹豫了。最后,他下定了决心。他没有跟在一直对他笑盈盈的美少女身后,而是走了另一个方向,闷闷而去,直到消失。

夏之初,同一个广场,中间还是装饰着小爱神的喷泉。那以孤独为伴、以悲伤为侣的诗人频频注视一个美丽、健康、活泼的少女。他长时间地看着她,却一句话也不敢说,强烈的感觉搅得他心乱如麻。

---

① 鱼人(triton),也直译作特里同,希腊神话里半人半鱼的海上信使,海王波塞冬和海后安菲特里忒的儿子。鱼人手执法螺或三叉戟,他一吹螺号,海上就会掀起大风大浪。

一天，他看准一个机会克服自己的胆怯，和她说话了。他和她说得热情洋溢。这是一个温湿的、沐浴着露珠的清晨。蓝蓝的天空下，阳光在满树闪亮的绿叶上涂抹着金辉，在阴凉的草地上落下一片片黄色的光斑。

“我可以等你吗？”诗人问她。

她不说话，只是用阳伞在沙子上一道一道划着，微微笑着。

一群调皮的孩子从他们身边经过。偶尔有孤单的流浪汉有点儿好奇和妒忌地朝他们观望。麻雀在草上跳，在树上叫。风吹得树叶婆娑，沙沙有声，煞是美妙。

“我可以等你吗？”诗人又问。

她沉默着，抬起眼睛看看他，又微笑着埋头看地面。

远方传来一阵响动，缓慢而忧郁，其中夹杂着卖花人的吆喝、马车和电车的闷响、钟声，还有火车的汽笛。黑乎乎的马蜂和舞姿翩跹的花蝴蝶箭一样飞过，在阳光下熠熠生辉；风卷着地上几片小小的树叶；树上是聒噪不已的知了；一阵遥远、强烈而有节奏的哀叹，仿佛心跳，却不知其从何而来。这哀怨在空中颤动，使你五官迟钝，并产生一种奇怪的、无精打采的痛苦。而风吹播的却是爱和生命的萌芽。

“我可以等你吗？”诗人又怯生生地问。

“明天我会给您一个答案。”她微笑如初。

第二天，诗人没有去雷蒂罗公园。

一天下午，悲伤得难以释怀的他回到心爱的小径上去漫步。他又朝惯常的地点走去。

这是秋日的午后；几天前的雨水湿透了地面；天色苍茫，白云朵朵。树上的叶子已不再茂密，可以让人望见纠缠树巅的黑色枝条。略带红色的干枯的秋叶还残留着一些零星绿斑。盖满草地的落叶所铺成的黄色地毯上，黑黑的树干排着整齐的行列。阳光反射在小径的沙子上，处处闪着白光。

诗人看到小广场的长椅上有两个女人。肯定是母女。两个人都身着一袭黑衣。母亲痛苦；女儿苍白、难过、一副哭相。

乌云随时在空中积聚，然后太阳无力地露面，在地上画下没有轮廓的阴影。风中传来同样的哀叹，遥远、强烈而有节奏，仿佛心跳。但是这哀叹里充满秋声，充满死亡的灵魂所诉说的颓唐之声。火车汽笛在远处长鸣，钟声悠悠，空中有枯叶乱舞。

母亲试图安慰女儿，女儿伤心地哭着。她美得比任何时候都更加动人，因为眼泪和悲伤赋予女人一种神秘的魅力，如同雨雾赋予北国①知性的风景一种朦胧之美。

诗人于疯狂中突然爱上了她，他怀着热烈的渴望跟在她身后，明知这是神秘而不可能的事情。

他一直不断地追寻她；追寻那唯一的爱人。因为这是不可能的，是悲伤的，所以他一直将她追寻……

他睁大疯狂而迷离的眼睛，一直找她，却从未看到她。他从未看到她，因为她也许不过是他自己心灵的一种反照。

① 北国指英、德等靠欧洲北边的国家。

浪　子

他倚靠在太阳门①的路灯柱上，以看过往行人为乐。

他不高不矮，不瘦不胖，既不是金发，也不是黑发。他可能三十岁，也可能有五十岁。他穿得不算体面，但也并非衣衫褴褛。

他在干什么？看什么？等什么？没什么，他什么也不等。他时不时微笑，但是他的微笑不是嘲笑；他也不侧目视人。

他不是蒙泰潘②笔下的恶魔人物。他没有做一个恶魔所需的冷漠的眼睛、冷漠的嘴巴和同样冷漠的鼻子。

他是雇员吗？不是。他有收入吗？没有。他有什么行业吗？哪里！不劳动的生活差不多也可以说是一种行业。

好了，他是个浪子。对，一个浪子。我已经看见进口货商店里那些严于律人的家伙气得用蠢话来抨击他了。这些蠢话也正是为畅销报纸炮制文章的写手们所用的。对所有那些假道学来说，浪子简直就是罪犯。

我说的那人肯定不是罪犯。他目光深沉，嘴角挂着一丝讽刺，举手投足不悲不喜。

看起来他什么东西也不期待，什么人也不期待。

他是生活的观众，而不是演员。他是个知识分子。

一个卖报人走近浪子背靠的灯杆，然后也把身体靠到上面。

一根路灯柱子可以靠两个人。

---

① 太阳门，马德里市中心大广场。

② 格扎维埃·德·蒙泰潘（1823—1902），法国小说家。

身倚灯柱的浪子引人思索。路灯,科学;严格,光明;浪子,疑问;踌躇,阴影。

你们赞美光明吧!但是不要轻视浪子!

有人要说了:“得了吧!做浪子,太容易不过了。”错,大错。成为浪子几乎就是成为哲学家,这比随便成为什么是要略胜一筹的。

浪子多得遍地皆是?怎么会呢!在上流社会里,你们多的是纨绔子弟、花花公子、冒险家。这些人或多或少是优雅的,自以为聪明的,甚至你们可以说,是附庸风雅的。在我们所居住的这个滑稽的地球上,所有这些人全都是笼罩地球的大气层的愚蠢之气里闪亮出彩的原子,但是他们不是浪子。看看他们的模样就行了。他们急急奔走,大步流星,仿佛生活中真有什么东西值得他们奔波。他们总是想着某匹马,某个女人,某条狗,某个朋友,或者诸如此类无关紧要的东西。社会底层则另有那些雇员、学生、乞丐、笨蛋,以及形形色色的乌合之众。但是他们也不是完美的浪子,因为他们和生活过不去,把生命耗在愚言蠢行和鸡毛蒜皮上。他们不像典型的浪子那样有闲情逸致(farniente)。而典型的浪子,除了年富力强就丧失了对劳动的爱好这个小小的弱点以外,是没有什么好被怪罪的。

浪子或许是个小摆设,小人物,但不是渣滓。一个小摆设可能事关重大,而一样事关重大的东西也可能是琐碎的。发明玩具和发明机器一样有才。我和一位朋友合作做过一列有时会动的玩具电车,我就认为自己善于营造,仿佛造了一列真电车一样。

构思一座大教堂是了不起的大事,但是构思一只纸青蛙也不可轻视。

路灯下的浪子和我认识,我们也互相交谈。

他保护我。他不和任何人打招呼。他一定没几个朋友,说不定一个也没有。聪明的标志。朋友越多,在人类愚蠢测力计刻度上的度数就越高。我想,确实是有此一说的。

“论智力?”谁也比不过他。

和他谈政治……他微笑;谈文学……他微笑;谈任何话题……他微笑。

一天,有个家伙说,这人一定是个白痴。

这正是这个口无遮拦的社会里才会发生的事情,有人讲起了正经人的坏话,甚至讲起了浪子的坏话。

高　烧

我感到脑中血脉的搏动，浑身沉重，极其不适。

忽然，我开始穿越阴暗的走廊。通道狭长；随着我的脚步，两边的墙缩得越来越窄；我发现自己到了野外。

这是夏日的午后。明晃晃的太阳把千万枚火镖纷纷射到滚烫干燥的地上。血红的罂粟花点缀着平原上金光闪闪的麦田。吸满浓密水汽的空气在耳边沉闷地嗡嗡作响。

原野一片荒凉；从天而降的热力使地面开裂；沉睡的大地做着一个疲倦不安的梦。

有时候，南风喷出一大口火焰；尘土在空中狂扭，赋予森林、灌木和葡萄园一抹灰暗的色调。

我闭上眼睛，再次睁开时，我感到大吃一惊。天变红了，累累石滩替代了庄稼地和葡萄园。石缝间出现了貌似淋巴结核的奇怪植物，还有被南风灼烧而佝偻的细草；这佝偻的细草悲哀地将黄色的脑袋垂向地面。山由一堆黑而嶙峋的巉岩组成，山的剪影在血色的天空里突兀。

从山顶，从谷地，从洞穴的内部，没有传来一丝声响。寂静，四处一片寂静……太阳射出的目光熔化天空；万物在血色的天空下失去了宁静。

山的黑影洒遍谷中，我一个哆嗦，浑身颤抖……黑暗中有一个影子，那是一个人影，比黑暗本身还要黑暗的影子。

对，是他，就是他。我在另外一些高烧之夜见过他，所以面熟。是他。他在看着我，在对我微笑。我想藏起身来不让他看到我，他也在一株巨大的植物背后努力躲藏。我们微笑着互相注视对方，但是我们的心跳响得像打铁铺里的锤击，而且我们都恐惧得瑟瑟发抖。那人慢慢向我靠拢，定定地看着我。他高大威武，额头开阔，但是他的眼睛没有表情。他穿着黑衣服，上下一身黑，面色如灰。

忽然，我看到他身体正后面还有一个女人；她身穿带黄点的红衣服，脸上是藏红花的颜色，鼻子红如衣服，上面也有脓包似的黄点，犹如斑斑蜡滴。

奇奇怪怪、面目可憎的人物渐渐从四面八方一个个钻出来。我在医院停尸房里见过的一个水肿的女人抬起圆滑如鼓的脸庞望着我；有时候她露出微笑，然后用水鼓鼓的指头点着肚皮上宝石绿的绿斑让我看。拉长了脸、神情严肃的人们在我眼前走动；另外一些人的脸庞非常宽；有些人全是嘴巴，另外有些人则全是耳朵；还有一颗头颅，是我在解剖课上熟悉地解剖过的，它围着我转动，发出蜜蜂一样的嗡嗡声。

浓密的黑烟很快染黑了地平线。上帝用黑刷子涂抹着天空，乌黑的天穹开始有默默跳动的星星闪亮。

我努力要说话，要说服那些人，他们的表现是多么荒唐。但是我的声音熄灭了，连我自己也听不到了。

我一直没有注意到，还有一只蛤蟆。这只背上有一颗星星闪烁的蛤蟆，悲伤而动听地叫了一声。

于是，千万种噪音霎时间闹哄哄地从地里冒了出来；风开始在远处吹响，高高的树巅上发出惊人的呼啸；围着我盘旋的头颅在嗥叫；通过他张开的嘴巴可以看到风景；噪音越来越大，巨大的火车头狂吼着冒出火星从我身边飞驰而过，可怕的大蛇在我耳边咝咝作响。

后来，噪音一点点减弱，于是我的眼前出现了一道灰色的风景。黑而威武、身穿黑衣的人，还有我在解剖室里见识过的头颅，都在空中烟消云散。

一个春日的灰色清晨正透过玻璃窗对我微笑。

一位义人

谁也没有问问,堂贝南西奥是谁,他从哪里来。他富裕、吝啬、笃信宗教。在阿戈依蒂亚这么一个因循守旧的小镇,这些品质足以使他受到人们的善待。

来到镇上不出几个月,他就买下了最好的房子。那是一座古老的深宅大院,非常宽敞。他花费了不多的钱修缮房子,以一个资产者的低级趣味为之配上家具。他不但是个资产者,而且把经济学奉若神明。不久,他家就成了村里有钱人的聚会中心。

天一黑,有钱有势的人们就到堂贝南西奥的家来聚谈。因为后者在那聚成一堆的人里头最有钱,也因为财富对小镇居民来说是唯一的高明之处,所以大家尊敬他,甚至低声下气地拍他马屁。堂贝南西奥在聚谈会上话说得很少。他是一个不由自主地惹人讨厌的家伙。而有些人却是故意要惹人家讨厌的。只有在阿戈依蒂亚这么一个村镇,堂贝南西奥才可算讨人喜欢。在这里,受人尊敬的极致就是令人厌恶。这位可爱的人有一副什么也不能说明的模糊的面容,鼻子短,眼睛亮,嘴巴直,嘴唇不带曲折,仿佛一个伤疤,目光冰冷狐疑。有时候,他的神情有点像狐狸或者貂鼠,但是在正常情况下,两鬓雪白的他有一张年老、痴呆而悲哀的猫脸。

聚会的人们并没有比堂贝南西奥更不令人讨厌。以重要性为序,来得勤的是以下几位:第一,镇长,一条肥得要把自己闷死的鲸鱼,尖尖的肚皮上一堆松弛的肥肉垂到两腿之间。第二,教区神父,此人整个就是一个鼻子,不但嗅觉器官尺寸大,而且嗅觉货真价实的精准。他的鼻子闻到教民们厨房里饭菜的香味比嗅到他们意识里的罪恶更灵光。第三,医生,一个动辄发脾气的小个儿,走路趾高气扬,看谁都是一脸鄙夷。第四,神父的助手马丁,一位眉心窄、脾气坏的教士,恨不得对每个人都要像对待接受其教义训导的孩子那样拍人家的后脖梗子。第五,药剂师,所有使用药典的人里头最自私懒惰的一头动物。

除了这些常客,另外还有一些人时不常地到这家里来。从来不到堂贝南西奥聚会上来的是铸铁厂老板、法官和新来的神父哈维尔。人所共知，前面两位是出于政治原因。谁也说不清的是，为什么哈维尔不去聚会。此人对堂贝南西奥有一种难以抑制的反感。相反，堂贝南西奥却千方百计想吸引年轻的神父到他家来。哈维尔借口没工夫：探视病人，听忏悔，还有其他千千万万的差事占尽了他的时间。

哈维尔非常喜爱到村里去串门，和庄稼汉长时间地拉家常。在来来回回的路上，他采野草，捉昆虫，捡石头，把它们装箱，由马车运送到首都一所研究院的一位教授手里。教授是他的朋友。

听人忏悔对哈维尔来说是一种折磨。他关在那小小的盒子里感到晕晕乎乎，就努力不去听他们对他说些什么。然而，那一口口喷出来的愚蠢、假正经、伪善的顾忌和丑陋的自私还是传到他的耳朵里，使他心烦意乱。

小镇的重要人物都不来找哈维尔做忏悔。镇长老婆到处说，新来的神父在忏悔室里常常心不在焉，这样一来，她就从他手里夺去了教区里那些有头有脸的要人。

在他的伙伴们看来，堂哈维尔有些很大的缺点。首先，他们说他装模作样；还有，他们说他的谦卑是假装的，他摆出来的慷慨无私没有别的目的，只是为了突显教区神父和另外两个助手的贪婪。除了这些缺点，他还有不正直、不是卡洛斯主义①者、拉丁语说得流利、阅读《圣经》等毛病。

哈维尔住在教堂女门卫的家里，距离教堂后门二十米远。镇上人把为教堂管门的女人叫作女司事。

女司事是从前教堂司事的女儿。她和一个很笨的男人结了婚，父亲的职业她也教不会他。女司事说话做事像个大老爷们。她身材不高，长相丑陋，性格果断专横，无论接生还是骑马都是一个作风。

她没有孩子，也不想要孩子。她在家里颐指气使地控制她的丈夫、母亲，还有妹妹。她打钟，并且在菜园里劳动。她坚决拥护教区神父和镇长，就算为他们粉身碎骨也在所不辞。她是一个狂热的卡洛斯分子。

女司事一样控制哈维尔。虽然待他如亲子，却也常常命他看家，或者给他一块铁板，一锅子面糊糊，语带刻薄地对他说，既然神父四体不勤，那就站到炉边烤圣饼吧。哈维尔也不以为忤，他烤出一部分面饼，切成小块后供圣礼上领圣餐用。

镇上的人们简直受不了哈维尔。他常到村庄去走访，日子过得心满意足。镇上

---

① 卡洛斯主义，十九世纪西班牙具有传统主义和保守主义倾向的政治势力所发起的运动。卡洛斯主义引发了一系列的内战，西班牙波旁家族的王位继承问题是其直接起因，传统主义和自由主义的冲突是其本质。

发生一件什么怪事，四邻八舍闹得人心惶惶的时候，他就爬到山上，坐在树干上读福音书。

一个礼拜天的早晨，教堂里正在做大弥撒的时候，来了一个谁也不认识的黑衣女人。可以想象，她是个外乡人。女人只是左右观望，直到看见堂贝南西奥。于是她走到他身边，怒不可遏地抓住他的一条胳膊，连声说道：

“强盗！小偷！流氓！”

堂贝南西奥一见她就晕了过去。四个人把他抬到圣器室里，并叫来医生。教区神父把那黑衣女人领到自己家里，让她暂住几天。他还让自己妹妹照顾她。

在这段时间里，神父没干别的，只是在自家和堂贝南西奥家之间来回跑。堂贝南西奥仍然在病中。三天以后，神父送那女人上了马车并和她告别。他说她是堂贝南西奥的一位亲戚，失去理智发疯了。人们发现，从那时起，神父一刻也没有再离开过病人的家。

一天早晨，哈维尔收到堂贝南西奥的一封信，大为惊讶。信中请求他八点钟到他家花园门口。他不懂搞得这么神秘兮兮的是为什么。哈维尔如约而至。他敲门，有人开门，一位女仆领着他穿过花园，进了屋。他从仆役使用的辅助楼梯爬上楼，穿过一条长廊；在一扇矮门前，女仆让他进去。这是一个很大的房间，看起来像修道院的斋房，嵌在厚重的墙内的一个窗户用细棉布的帘子遮住，窗子透出来的红光照亮房间。房顶很高，房梁漆成蓝色；脚下铺的是打过蜡的很宽的核桃木地板；墙壁涂成淡绿色，墙上挂着几幅宗教油画。画虽然不好，却带给房间一种阴郁的色调。

紧贴着墙有一口沉重的核桃木衣橱，一座很大的老式自鸣钟，钟摆和一分为四的钟面圆盘都是彩瓷质地。床头有一只桃花心木抽屉柜，柜台上放两只玻璃筒，筒里是几束贝壳仿花。这些东西旁边是两个很大的银蜡台，抽屉柜中间放着一个基督受难十字。

这些家具说不上有什么高雅趣味，却给人一种稳重、可敬、明智之感。不过，它们和几把曲背木椅和带金色铜饰的铁床形成了一种奇怪的反差。堂贝南西奥就在床上，胳膊撑压着枕头。他看起来面容憔悴不堪：胡子好几天没刮，眼睛深陷，面庞瘦削，颧骨上烧起两个红点。

“早上好，堂贝南西奥。”哈维尔边进门，边和他打招呼。

“您请过来，神父先生，”病人带着沙哑的声音低声说道，“我想对您忏悔。决没有什么假正经。您请放心。请您把门关起来。我们必须单独谈。”

哈维尔关上门。

“现在您请坐，神父先生。您必须听我说。我是一个坏蛋。想起过去的所作所为就让我心里倍感折磨。我想坦白一切，补救一切，因为哪怕坐牢我也想活下去。而我知道，带着我心中沉重的良心负担，我只有死路一条。”

“您讲吧，堂贝南西奥，我听着。”

“听我说，神父先生；您是个诚实人，不是虚伪之徒；您相信上帝会饶恕一切罪过吗？”

“上帝饶恕一切罪过。”

“也饶恕忘恩负义之罪吗？”

“也饶恕。”

“您或许看出来了，这是压在我心头最沉重的罪孽。”

然后，堂贝南西奥抽泣着断断续续地讲了下面的故事：

“我过去是一家银行的雇员。老板，也就是我的上司，对我悉心关照，全力提携。我有很不错的薪水。我的日子过得太平顺溜，每天无非就是坐在办公室里记记账，与数字打交道。我几乎感到了幸福，也不奢求什么。后来，我上司的资金开始不稳。他对我深信不疑。为了免于破产，他把自己所有的财产都转到了我的名下。我们私下做了一份文件。从那时开始，我就一门心思地想要找到一个办法，把钱据为己有。我的上司去了巴塞罗那，我利用他外出的机会，毁掉了那份文件。这样一来，就没有人可以怀疑我的权利了。事成之后，我又命一位经纪人兑现我的债券，然后我逃到了巴伦西亚。我在那里得知，我的上司被打入牢中，并且自杀身亡了。在马德里，我得知了他家人的下落和命运。他们很惨。这以后，我深感内疚，无法排遣，就来到了这个小镇。在这里，虽然谈不上什么幸福，但是我过得太平，直到那个女人露面为止。她正是那位银行家的女儿。”

听完忏悔，哈维尔的建议是立即把骗来的钱全部还给那家人。堂贝南西奥把哈维尔的手一把抓在自己手中，对他说道：

“神父先生，我会全部还上。我将住到一个济贫院里去。请您今天就写信。那家人的地址就在那里。”

哈维尔从堂贝南西奥家里出来，出门时迎面看到教区神父站在客房门口，仿佛在盯他的梢。哈维尔随即回家并开始写信。他把几封信交给女房东，整个上午和下午都在阅读中度过。

他不是很乐意再去堂贝南西奥家，便于次日命教堂女司事给他捎去一个口信，告诉他委托的事情已经办妥。

过了八天，哈维尔没有收到回信。见此情形，他又到堂贝南西奥家里去。他被告知，病人谁也不想见。第二天再去，还是一样的遭遇。连续四天，他得到的是同样的回答。

于是哈维尔起了疑心。镇上的头面人物沆瀣一气，教区神父、镇长、医生以及其他几位时刻不离病人左右，这让他担心起来。他天性单纯，把发生的情况告诉了教区神父，并把堂贝南西奥的忏悔和他退还不义之财的计划和盘托出。

教区神父不乏嘲讽地微笑着听完哈维尔的陈述。

"这事您就留给我，由我来吧。"

哈维尔不置可否，但是他到家后又给受害的那家人写了信，并把信交给女房东。

不知为何，他突然想到女司事可能骗他。虽然这一想法让他不安，他还是走近玻璃窗前，看那女司事到底往哪里走。她没有去邮局，而是反方向朝教区神父家走去。

哈维尔离家来到邮局对面的药店，看他的房东是否来投信。到十二点钟，哈维尔回家了。房东张罗着他吃饭的时候，他问她：

"信投了吗？"

"投了。"

"您肯定没有忘吗？"

"没有，信是马上就寄走的。"

明摆着，他被骗了。证实这一点使哈维尔感到很痛苦。他又写好信，并亲自到邮局投了。

几天以后，教区神父有整整一天不在镇上。第二天，他由一位耶稣会教士陪着回来了。这位四五十岁光景、看上去一脸谦卑的耶稣会教士就在他家夜宿。

等不到回信，又听镇民传说堂贝南西奥已经病入膏肓，哈维尔决定到首都去。

得知病情消息的第二天，他又去找教区神父商谈。后者像第一次那样回答他，这事留给他去处理。谁也不让进堂贝南西奥家门的指令变得绝对了，包围圈缩小了。

哈维尔听医生说，病人的状态每况愈下，这更加坚定了他上首都的决心。次日清晨，他做完弥撒，就开始等路过的载客大马车。正要上车，却来了一个孩子叫他去一座庄屋，说那里有一个女人正奄奄一息。

哈维尔垂头丧气地跟着那孩子；听过那女人忏悔，赐过她圣餐，他便回镇了。那女人得的是慢性病，而且病情也不严重。黄昏时他又去等马车，蹊跷的是，马车没有像往常一样在广场上停靠，而是径自扬长而去。拿定了主意的哈维尔直接走到有马车出租的客栈里，准备把一个月的薪水孤注一掷地甩出去，但是一辆车也没有。

经过堂贝南西奥家门口时，人们告诉他，堂贝南西奥病情已经非常严重。邻镇的公证员就在病人床头边，同在的还有教区神父、镇长、医生和耶稣会教士。哈维尔意识到事情的严重性，他走到镇上思想自由的市政法官家里，把正在发生的一切告诉了他。

法官是个头发胡子雪白、看上去值得尊敬的老人。他是那种感觉自己是英雄可是一辈子一事无成的人。他的形象令人想起《堂胡安·特诺利奥》[1]里的骑士团团长。他那宽阔的额头下面似乎只能孕育伟大的思想。但是,尽管外表如此,他却是最没出息的一个家伙。

在镇民中间,法官装出自己是一个令人敬畏的人物。只有反对极权主义、愚民政策、专制主义等等大名堂时他才显得勇敢,但是真要是有什么具体的冲突,他就成了一只鸡。

哈维尔明白,法官除了耍嘴皮,根本没有别的能耐。他又去找了两三个在镇上保持独立的富农。但是对那些庄稼汉来说,如果是为了发财,再大的罪行他们也会觉得是符合逻辑的。他们既没有义愤填膺,也不准备反抗。哈维尔一气之下回到家里,天一黑就睡下了。在床上躺了半个钟头,他听到有人轻轻敲门。

"不管你是谁,就进来吧。"他说道。他点起蜡烛,才发现进来的是陪同教区神父到镇上的耶稣会教士。

哈维尔请求那位先生允许他起床以应有的礼节接待他,但是另一位求他不必拘泥。他们有要紧事要说。

"您说吧。"哈维尔低声道。

"您看,是这么回事,"那新来的人说道,"有一位先生坑骗了他的保护人一大笔钱,后者全家不幸悲惨之至,彻底陷入了困顿。骗子坦白了他的罪行,而且在死之前愿意把骗来的钱都归还原主。但是应该还给谁呢?问题在这里。"

"还给被骗者的家人。"哈维尔轻声道。

"那是解决办法之一。但是我认为这钱应该归教会,因为教会用这笔钱会比那陷入困顿的家人用这笔钱更好,更有尊严。这是我们应该讨论的。"

哈维尔不认为这问题有什么好讨论的。但是他的对手从教会的教父著作和注释里引用了一系列的个例,使得哈维尔也不得不在同样的文献里寻找论据。争论渐渐成了一场经院哲学辩论,这两个训练有素的文士发现拉丁文更便于讨论问题,于是讲起这种话来。

教士在房间里踱步,并且兴致盎然地看着哈维尔。

"您的拉丁语很出色。"他对他说。

突然,钟声传来,通知镇民有人已经在弥留之际。

---

① 《堂胡安·特诺利奥》是十九世纪西班牙诗人何塞·索里利亚创作的一部唐璜剧。

“应该是堂贝南西奥快死了。”耶稣会教士一边轻声说着，一边用手指摸着窗玻璃。

“你们犯了一桩罪。”哈维尔轻声道。

“我们回头再讨论这件事，再见，哈维尔！”耶稣会教士轻声说着离开了房间。

堂贝南西奥的葬礼极其隆重。谁也不知道他究竟有多少钱，也没有人知道钱落到了谁的手里。

堂贝南西奥死后一个月，哈维尔被调到了偏僻乡间的一座小教堂去当差。

原子的生命

冬夜,我独自在屋里读书。家中一片静悄悄,唯有两台时钟的嘀嗒声打破了夜的沉寂,一座在我的书房,另一座在走廊里。

我房里的钟要小一点。在一台体面的时钟所惯有的滴答滴答之间,它另外引入两声敲击,仿佛在催:“快点……快点。”

走廊里的那台钟大一点,严肃自尊的时钟所不应有的这种胡闹令它不屑,于是它低声应道:“来了……来了。”

我听着两台时钟吵吵闹闹地互相追逐,打心底蔑视它们你追我赶做那无用功。

我在一本现代化学书里读到过原子理论。我焦虑,甚至愤愤不平。

“原子不能令我信服。”我低声嘟哝。我想,我有权利说,原子不能令我信服。我们不是要实证吗?既然如此,那么……谁亲眼见过原子?谁又掂量过原子有多重?为什么没人敢说它还可以再分呢?为什么?尤其让我烦心的是,这句话我是暗中说的,人们竟然说原子不可切割。

我的黑猫跳上桌(我想,我也有权利说,我有一只黑猫),趴在海克尔的《细胞心理学》上①。它睁着一双黄眼睛看我的一举一动,神情冷漠得令人难堪。我以为自己从它的表情里看出了某种嘲讽。我想,对于一个归我管而且毕竟靠我养活的家伙来说,这是不合适的。我从桌边起身,在壁炉边的一把沙发椅上坐下,点燃烟斗,开始望着火苗。我的狗一声嘟哝,因为从炉火边挪开身体打扰了它。

原子和原子理论在我脑中挥之不去。不可分割!世上还有什么比这更蠢的?

“原子是老古董,”我说,“是一个必须马上摧毁的假设。只有唯一的物质存在。

① 恩斯特·海克尔(1834—1919),德国学者。他是医生、生物学家、博物学家、哲学家、艺术家,在德国倡导并普及达尔文的进化论。他的细胞心理学说在世纪之交曾引起许多艺术家的兴趣。海克尔认为,所谓灵魂或者心理,就是“一系列特殊细胞活动的总和”。

任何一个有科学和哲学头脑的人都会否定原子论。”

我的狗半睡半醒，并且不时带着某种敬意用眼角扫我。

“对，”我对它说，“老掉牙的原子论该抛弃了。我们必须追根究底，到达亚原子，如果我可以这么叫的话。”

我的狗闭起眼睛，像是同意了我说的话。

“时代不同了。那时候我们把金叫作‘Au’，把银叫作‘Ag’，把硫叫作‘S’，等等，这是有点意义的。我们已经不在那个时代了。对。那个时代过去了。”

因为没有人来反驳我，我开始百无聊赖地望着炉火和我烟斗里的灰烬出神。铁架上的木柴被火烧得噼啪作响，柴架的形状是两个黑色的埃及女人。我正看着烟斗，一点火星从炉中蹿了起来，悬在空中一动不动。

面对那违反万有引力的现象，我深感震惊。我操起火钳，试图把火星扑下去。但是它根本就不顾什么物理规律，继续停留在原处，并且开始旋转起来，在空中形成一个个圆圈，直到……啪的一声，仿佛一枚火箭，散作千百点小小的、五颜六色的火星，有的闪亮，有的黯淡。

眼看着那火箭已经散尽了。那些细小的火星慢慢勾勒出隐约模糊的形体，当它们清晰成形的时候，出现了男人、女人、苍蝇、狗、蚊子、蜥蜴的形象。他们开始围着我的脑袋旋转翻舞，使我眼花缭乱。

“呜！呜！”一条金色的小狗在我耳边叫。

“阿嚏！阿嚏！”一位无色无嗅、呆若木鸡的白痴男人在打喷嚏。

蚊子嗡嗡叫个不停，散发出一种强烈的刺鼻味道。

“这是什么乌合之众？”我愤愤地低语，“你们是谁啊？”

于是，其中的一个怪物肆无忌惮地站到了我面前。从它发出的光亮来看，它像一只萤火虫，而且它像蒸汽机一样不停地“呼呼”作响。

“我们是原子。”

“瞎说！”我大声一吼，“原子不存在。”

“咯……咯……咯……”一个白衣夫人发出银质的笑声。

“蠢货，你说我们不存在？”一个发磷光的原子叫道，“你看我们能动，像人类一样相爱。你明明是我们的感性和意志的见证人，却否定我们有生命。”

“意志？”我跳了起来，“笨蛋，难道你不懂，冷酷无情的宿命操纵着你所有的行动？我可以让你结婚，只要我愿意，我也可以随时叫你离婚！”

“啊！啊！”一个氧原子说道，“那样太过分了。”

“嘘……嘘……”硫原子把一根指头放在嘴上，补充道，“让那聪明的原子说话。”

“你说的那个离婚，”萤火虫回答道，“只不过证明了我们比你们先进。哪个有点常识的原子能一辈子受得了一个女人？”

“好，如果你们是爱离婚才离婚，这倒是说得不错的，”我回答它，“但是你们这些不幸的家伙啊，你们并没有人类那样的意志。”

“呸！”他争辩道，“你们自以为自由，那是因为你们不懂自己大脑里原子的工作机制。如果说我们的行为是命中注定的，那么你们的行为也是一样。我们是你们的因，从原子的宿命中不能得出人类的自由意志。”

“那灵魂呢？”我回想起在心理学、逻辑学和伦理学中学到过一点证明灵魂存在的把戏。

“灵魂！啧啧！有我在人脑里，你就会看到那个人的聪明才智；而少了鄙人，你将会看到愚蠢。”

“这样自以为是，你是谁啊？”

“我是一个磷原子。你可看好了。”

那原子扭动身体，把脚放到脑袋上，变成了一枚光灿灿的戒指，并升到空中。然后，它下来说：

“看到了吧？这是一个思想。”

我惊呆了。

趁我错愕不已之际，磷原子又继续做了一些略为粗俗的怪动作。

它变成一个叉形，同时说道：

“这是一个几何思想。”

然后它把自己扭成一个锐角，并说道：

“这是恨的意思。”

然后它劈开腿张开胳膊，说道：

“这是爱的意思。”

我说过，我惊呆了。原子们围着我跳舞，一边齐声尖叫，大吵大闹：

“我们是唯一的物质，看不见，也不能分割！”

一意识到它们说的话，端坐的我浑身为之一颤，我高声说道：

“假的！假的！你们是由部分组成的。”

于是，男人、女人、苍蝇、狗、蚊子、蜥蜴统统炸裂了。一种纤微的灰色物质在空中漂浮……我露出微笑，笑得很开心，很得意……

我看到了唯一的物质，我的原始的X，永恒的、可以无穷分割的物质……

坏了。我的烟斗灭了。

女郎爱才

玛蒂尔德是一位正值二十妙龄的金发女郎。她身材中等,外表优雅。虽然不算漂亮,她却有当万人迷的罕见天赋,说起话来往往使人倾倒。

她的闺密朋友们从来没有搞明白她哪来的这些本事。她们说她的眼睛不大,又不是杏仁眼,她的鼻子不完美,她的嘴太大。她们承认她有一头浓密的金发,可又觉得她的金发黄中透红,高雅虽则高雅,却不能算漂亮的。

至于性格方面,她为人自负、虚荣、爱显摆。女人往往把长相丑陋的同性朋友称作好朋友,把年老的称作可爱的朋友。

所有好心肠的同性朋友闭口不提的是,玛蒂尔德有着强大的吸引力。她的魅力在于她饱含忧郁的谜一样的眼睛和她活泼肉感、笑含嘲讽的嘴巴之间表情的反差。

有一次,父亲的一位朋友告诉玛蒂尔德,她的脸蛋令人想起达·芬奇著名的肖像画《蒙娜丽莎》。看到那位好先生动情的样子,她就问他,那幅肖像是否收藏在马德里的博物馆里。他告诉她,那里确实有一幅,但是最有名、最有表现力的那幅藏在罗浮宫。玛蒂尔德跑去看过那幅画,发现达·芬奇画的那个威尼斯女人奇特的容颜有值得模仿之处;她发觉蒙娜丽莎的目光带着某种朦胧,微笑里有某种调皮的精致细腻。

意大利艺术大师的名画给了玛蒂尔德新的造姿。她审视着自己的新姿态,找到了一种更精致细腻的俏丽和妩媚,一种难以捉摸的微笑。她学会了一种本事:看一眼就能让男人兴奋,然后以一道嘲讽、平静而冷漠的微笑使他仓皇失措。

玛蒂尔德是娇生惯养的独生女,父亲对她百依百顺。

她的同性朋友多极了!有的比她穷,有的比她丑。她请她们到她的戏院包厢,或者请她们坐她的马车遛大街,对她们总是悉心关照,但是这种关心却使玛蒂尔德高出朋友一头的优越感显得欲盖弥彰。

玛蒂尔德看不上平庸之辈,她想要为自己找到一个神秘莫测的大才子,一个才貌双全的男子，大才如拜伦，但是又不像他那样瘸腿。钱她是不在乎的：她一个人的钱就够两个人花了。

一天晚上，在皇家剧院，她看到一个男人，这个男人引起了她极大的关注。这是个身材颀长的年轻人，黑色的杏仁眼，神色忧伤，一头长发乌黑如乌鸦翅膀。

玛蒂尔德含情凝睇地望着意中人，当她发现那浪漫潇洒的年轻人注意到了自己，便施展出她所有的魅力来：她时而突显自己高贵的侧影和带点红色的浓密金发，时而摆弄着折扇魂不守舍地对他暗送秋波。

玛蒂尔德身裹白皮大氅离开了包厢。正要上马车时，她才注意到那忧郁的年轻人睁着悲伤的大眼睛巴巴地望着她。

她很快就打听到，他是来自安达卢西亚的一位画家，叫阿隆索·德古斯曼，刚从罗马回来。此人肯定就是她要找的天才。玛蒂尔德从父亲那里要什么就能得到什么，结果后者派出管家去找阿隆索·德古斯曼，安排他做一些差事。

阿隆索来了。他们商定由他画一幅玛蒂尔德的肖像。她想要一幅前拉斐尔派的肖像，穿蓝袍，秀发中分，如果可能的话，手握一朵百合。这位姓德古斯曼的年轻人并不擅长什么前拉斐尔派，他按自己的手法画了起来。画家是个十足的混混，但是他能说会道，尽讲一些自己放浪形骸的艺术家生涯里的奇闻逸事，逗玛蒂尔德和她的父亲开心。

但是肖像画却没有进展。为了不再画下去，德古斯曼说服了玛蒂尔德，使她相信，她在绘画方面有杰出的才能，然后他开始向她传授阿佩莱斯①的手艺。

玛蒂尔德每天都准备一些诗意盎然的花束，画家一到，她也就开始自己的工作。与此同时，女家庭教师往往在一旁捧着一本布拉顿小姐②的小说读。

那个夏日清晨，当德古斯曼到来的时候，玛蒂尔德正在作画。女家庭教师手里拿着一本书在打瞌睡。两人一见自己不再受到那英国女人的监视，便掏心掏肺地互看起来。

“你画吧，德古斯曼先生，”她说道，“我紧张。”

他操起调色板和画笔，坐到高脚凳上。阿隆索虽然不是什么艺术大师，却有艺术大师的架势。他左手拿着调色板，略微离开身体，右手握着画笔。他把若干颜色混在一起，半眯起眼睛，画了两三刷子，然后火辣辣地盯着玛蒂尔德看起来。

---

① 阿佩莱斯，泛希腊化时期的希腊宫廷画师，约活动于公元前四世纪前后。他被认为是古代最杰出的画家。

② 布拉顿小姐（1835—1915），英国维多利亚时期奇情小说女作家。她是一个多产作家，最著名的有《奥德莱太太的秘密》。

"您为什么这样看我?"她结结巴巴地问。

"因为我爱您。"他叫道,然后从凳子上站起身来。他的声调和唱严肃轻歌剧的男高音一样优美。

"您放过我!"玛蒂尔德一边说着一边伸开胳膊。

"那您自己来告诉我,让我走。"他抓住她的手,在她耳边轻声说道,"我的灵魂,我的星星!"

一把椅子碰倒在地,把英国女人弄醒了。

第二天,父女之间有了一番解释。她是真的爱他。父亲被她说服了。画家再上门对他来说没有什么不便,条件是要先查查清楚他到底是谁,家庭出身如何。管家打听清楚了一切:他带来的消息仿佛扔下一颗炸弹。

首先,德古斯曼并不真姓德古斯曼,他也不叫阿隆索。他的名字是米格尔,他的父姓是佩雷斯。佩雷斯!太可怕了!更有甚者,他一直是个彻头彻尾的恶棍,靠骗女人讨生活,过日子。对玛蒂尔德来说最可怕的是,他从在卡斯蒂利亚大道坐豪华马车兜风的两个放高利贷者手里借了钱,并且答应他们,一和她结婚就还他们钱。

这打击对玛蒂尔德来说是可怕的。她又是哭,又是高烧卧床。等到稍微安静下来,她在和父亲以及父亲那位爱好美术的朋友谈话时承认,她看上的是佩雷斯的才华,而不是他的外表形象。

"才华?"那位朋友微笑着答道,"他从来也没有什么才华。"

"那我的肖像呢?"玛蒂尔德问道。

"那是一钱不值的涂鸦。"

听到这里,玛蒂尔德潸然泪下。

骄傲自大、对别人冷眼相待的她原来发疯般地爱上了那么一个男人,一个以勾引女人为业的楚佬①,这个楚佬竟以兵痞的语言惹得她神魂颠倒。

① 楚佬,专指马德里言谈放肆、衣着随便的下层人。

海中的尖叫

晨间和午后在连绵阴雨中过去了。大滴大滴的雨珠飘落，仿佛从一颗受压迫的心里挤出来的大滴大滴的眼泪，在空中闪亮似钢，落到水坑里，又纷纷溅起水花。白天行将结束。乌云低垂，空中雾气迷蒙。

一片被雾笼罩的风景类似一颗悲伤的心灵。那仿佛包裹一切，轻抚万物的如纱薄雾，为有些人提供了比朗朗白日更多的魅力。幸福追求的是使大地微笑的生命的太阳；痛苦追求黑暗；忧郁，那幸福和痛苦的混合，追求的是阴影，是昼夜晨昏的阴阳交际。

这是雾天。地面浸在水里，闪着暗淡的光芒。大大小小的水洼仿佛某个仙女在寂寞的路途中随手扔下的一片片碎镜。路的左边可见一道山坡，乱石间长满业已衰黄的狼萁草。路的右边是一片绿草如茵的牧场，散发出一股清新健康的青草气息。因为地层断裂，草地戛然而止，形成一道悬崖。这悬崖又和坎塔布连海岸的另一片峭壁紧连，构成一道状如城郭的崇墉，抵挡着大海日夜不停地强力冲击。

湿润的风满载着海的气息从这巨壁里钻出来，仿佛一头沉睡的怪物缓慢而悠长的喘息。巨浪拍石，势若万钧雷霆；浪碎水退，沉闷的低吟也浑欲直上云霄。

坎塔布连海在自得其乐地嬉戏。从山巅俯瞰，心随着眼一起降落；你首先感到恐慌，继而感到敬畏。巨墙脚下的累累大石监视着波浪的运动；大海每次都全力以赴地进攻；这两股敌对力量冲撞不已，泡沫飞溅，升腾如云。

如果地是一位神灵的头颅，那么海就应该是他的大脑。像女人的心思一样幽暗莫测、反复无常的一排排波浪小心翼翼地匍匐前进，然后激扬起来，又仿佛毛骨悚然、火焰四射的野兽，气喘吁吁，扭作一团，折腾得筋疲力尽之后稍作呼吸，又疯狂地飞身跃起，劈头盖脸地朝岩石撞去。那些飞旋得令人眼花缭乱的一圈圈泡沫变幻出黄色、红色、银色；而这纷呈的色彩只是一堆堆被风移动的原子，是溶化在海水中的氯化钠的反光，但是它们看起来就像一个伟人脑子里冲动的激情和如花开放的思绪。

大海仿佛人类反思的心灵；滔滔海流是他的欢乐，海流滔滔是他的悲伤。被文明战胜的大海在暴风雨的日子里发出抗议；大海对弱小者和卑微者也没有同情，海的狂怒粉碎一切……

我坐在一块岩石上，又紧紧抓住另一块石头。我观照着怪兽千姿百态的化身；我睁大眼睛，幸福地看到自己解脱了思想的痛苦烦恼。痴愚的翅膀飞过来甜蜜地轻抚我的灵魂。

雾渐渐变黑，天边出现的一片白云使海面泛起荧光。于是我觉得自己看到了下面，非常下面的地方，在那些混浊的旋涡之间，有一叶覆舟龙骨朝天，波浪不断把它如一枚攻城槌射向岩石，每撞一下，它就发出嘎吱嘎吱的响声，仿佛在甜蜜呻吟。

突如其来的一声尖叫撕破了长空。也许是一只海鸟凄厉的嘶鸣。在我听来，这声音却是从人的嗓子里发出来的。一道悠长、绝望、刺耳的尖叫。那痛苦之声仿佛一粒悲伤的原子消失在无边的夜之悲伤里。大海转成墨色，风吼得更加有力，波浪在持续不停地咆哮。

我走进山里，不无恐惧的心中挥之不去的是一具尸体。它成了大海的玩物，经历了种种可怕遭遇。夜色温和，一种绝对的静谧安详君临大地。月亮开始从大块大块的乌云间露出来；乌云在空中争先恐后地奔突，惨淡的月色渐渐为雾霭涂上银辉。因田野里散发的地气而芬芳湿润的夜风从林中吹来，仿佛大山强有力的呼吸。谷底雾气笼罩，一座村庄依稀可辨。远处，从一间庄屋黑绰绰的剪影里透出一道灯光，仿佛一只目露红光的邪恶的眼睛在不停闪动着观望夜色。

入夜时分，在我赖以偷生的村庄一间孤单的屋子里，我听到树上的枯枝瑟瑟作响，听到破败的门窗在风中抖得吱吱嘎嘎作响，仿佛在发出阵阵嘲笑。对遥远时光的记忆充斥在我脑中。这不是令人快意，使人嘴露微笑的回忆，这是惹人伤怀断肠的往事。但是，在那样一个雨雾天的灰色背景下，所有的回忆中最突出的一幕，是那一声痛苦的尖叫。这尖叫在我耳边回荡，仿佛临终者绝望的呼唤。我看着它于回荡中消失，仿佛无边的夜之悲伤里一粒悲伤的原子。

比凯特

那个高雅的家庭没有去消夏。这是因为经济原因,而不是别的什么。

清晨,马车从位于塞拉诺大道附近一条小街上的宾馆里出来,在雷蒂罗公园紧挨着温室花园的马车道上停下。

车上下来两个小姐,还有一个带着两个四五岁孩子的女家庭教师。这两个小姐和一个女性朋友会合,而这个朋友由一个英国女人陪同而来。这群人在游人稀少的园中小径散步。她们有说有笑,再加上身上的薄纺绸夏衣,造就了一种欢乐的气氛。

她们身后蜂蝶随香似的跟着两个头戴草帽、身穿白裤的小后生。这是两个衣冠楚楚的花花公子,头发梳得油光可鉴,嘴上留着翘得弯弯的小胡子。

她们脸上带着刻薄的微笑,谈话中不断地交换着自己的看法,并乘机看他们一眼。虽然他们轻薄招摇,自命不凡,脑子里琢磨的却是丰厚嫁妆、高级旅馆和豪华马车。

女家教手牵着两个孩子走在英国女人身后。她一头金发,面貌姣好,身材小巧,走路时躯干略微前倾。她的身上有一种难以确定的东西,仿佛一种思想,一种梦幻。她是法国人氏,熟人只叫她比凯特。

两个孩子走累了的时候,比凯特就在长椅上坐下来,让她们在地上堆沙丘玩,而她自己则睁大了蓝眼睛,望着茂密的绿叶出神。

她有心事。前一天有一位年轻的贵族给她写情书,说他爱她,他的一切财富都属于她;如果她不嫌弃他的话,他渴望当面向她表达狂热的爱恋,当夜在宾馆大门口等她。

比凯特收到信就猜出了他的意图。她没有像以往那样生气。这并非因为她对写信人来了兴趣,而是因为她受够了,厌倦了自己单调、可怕的生活。

首先是在那个迷雾连连、令人悲哀的布列塔尼小村度过的童年时光。然后,她又欣慰地回忆起在雷恩①求学的日子，她在那里度过了自己一生中最美好的青少年时期。为了梦寐以求的毕业证书，她发奋攻读。幼年的神秘幻想也一一浮上心头：领过净化心灵的圣餐，她躺在狭窄的学生床上，眼前幻化出一队队一列列的圣徒，圣徒们拥着那神圣的羔羊，一切都充满了爱，一切都显得那么纯洁；还有那些眼珠乌黑、面容憔悴的悲痛圣母；那些手拈白百合、身披蓝袍的处女圣母；还有真福者、殉道者、可敬者。所有这些人都笼罩在天光里，在香烟缭绕的云雾上行走，而状如希腊大理石的白云从悬挂在星星上的巨大的银香炉里一朵朵缓缓冒出。

她的想象中也出现了修女特立尼达的形象，她置身于那些得福的圣徒中间。修女慈眉善目，脸庞白皙如一枚银质徽章。比凯特再次听到了她在谆谆教导女学生，教她们诚实敬神。

她的思绪再一次从学校回到了位于布列塔尼的小村。乳母屡屡给她讲述她生母的悲惨故事。这是不慎失身的女人的故事。她抛下自己爱的果实远走高飞，躲到了大城市里。她想起在乳母家里度过的时光。房子面朝原野，原野上芳草萋萋，蛱蝶纷飞，春花开得万紫千红。与上帝合一的神秘理想在她的灵魂中逐渐隐退，而人类之爱的理想，生活、母爱和工作的理想逐渐生长并最终彻底占据了她的心灵。

“工作，奋斗，”她这样想着，“但是首先要洁身自好，远离罪孽，就像修女特立尼达说的那样。”母亲的例子让她害怕。

当有人建议她去西班牙时，她惊喜得眼睛一亮。西班牙！阳光明媚的国度！橘子花盛开的地方！英雄熙德的国度，浪漫爱情的国度！

然后她到了西班牙，这回忆里却掺进了种种痛苦。小姐们蔑视她，羞辱她作为女人的憧憬；夫人居高临下，时刻提醒她，受的教育再好，她也不过是仆人一个；男主人对她无礼，六十多岁的人还觍着老脸想勾引她；孩子们忘恩负义，既有小孩的残酷，也有同性的恶意。人类的邪恶、愚蠢和胆怯无处不在。

她的美貌害了她，使她在那两位小姐及其朋友们的眼里显得面目可憎；而她的正直是一个缺点，一个真正的缺点。

比凯特等了许多天，许多月。她等着她所服侍的家庭哪怕有一丁点爱的表示；她等着一个虽然清贫但是心地善良而且愿意娶她为妻的普通男人的到来。但是爱的表示没有到来，愿意娶她为妻的男人也没有到来，她收到的只是许她以财物的情书……

女家教一整天心事重重。那天夜里，她已经侍候那两个孩子睡下，小姐们还在花园里与人调笑，这时，比凯特从窗口探出身来，睁大眼睛望着沉闷而满天繁星的黑夜。

---

① 雷恩，法国布列塔尼大区首府。

宾馆的花园里,风在林间发出秋天最初的哀叹。

大门口有一个人等着。

此时此刻,比凯特感到 ·种彻底抑制美德观念的强烈欲望。这种从小习得的美德观在折磨着她。既然她有姿色,为什么就不能加以利用呢?为什么要固守一无用处却只会使她遭人轻贱的名誉呢?

她感到自己变得坚强决断。她走出房间,步下楼梯,穿过花园,来到了大门口。

“噢,比凯特,是您吗?您愿意和我好吗?”等着她的人声音万分激动,并抓住了她的手。

她的手一把缩了回去,她轻蔑地,冷冷地说道:

“我们先讲讲条件。”

巴斯克风情

巴斯克地区

在古老的巴斯克民族居住的比利牛斯山地区，大自然千姿百态，种种景致应有尽有。

有橡栎密布的大山；有狭窄的山谷，谷底是玉米地环绕的零星小村；有昂首蹙眉的石峰；有快乐的绿茵；有掩映林间的极白极白的庄屋；还有澄澈见底而日夜喧哗的溪流。清泉在溪石间奔腾，冲出一道道泡沫的花边，流经平缓的河床，山泉聚成碧潭，在洁净的鹅卵石上安眠。

朝卡斯蒂利亚方向，在埃布罗河两岸，我们巴斯克地区诸省也有广袤的平原，有一望无边的麦田，平原边缘有崔嵬蓝山突兀而起，血红的罂粟花和蓝色的矢车菊点点滴滴溅洒着春绿夏黄的巴斯克麦田。

滨海则有坎塔布连海的海景，大海往往可以从两山之间的鞍部远眺。坎塔布连海日夜惊涛汹涌，气象萧森，颜色变幻不定，令在巴斯克地区生活过的人终生难忘。巴斯克地区是一片可爱的沃土，群山苍翠，谷地温和，气候湿润。

我依然记得在乡间行医时跨马出诊的那些清晨。村庄犹在沉睡，被湿气浸黑的房舍渐渐从黑夜中冒头露面，河上飘着一层蓝色的雾霭，并逐渐散作细条小片。我在雾中沿山间微径信马而行，仰陟而上，脑中一无思绪。有多少次，跻攀到山巅之后，依然可见整个山谷中白雾弥漫，而头上已是旭日辉煌，蔚蓝天空犹如蓝色宝石。又有多少次，山雾随我前行，在光秃秃的林中游走，黑乎乎的枝头宛似一阵烟雾，飘移的晨岚频频将我包围。

那些山中的晨岚对我来说是一种不可磨灭的记忆。别的事情我业已忘怀：仇恨和亲情，青睐与鄙视，它们经我而过，了无痕迹；相反，那些晨岚却永远淹没了我的灵魂，在我心中长驻不去。

对于都市生活，对于报社的编辑部、剧院的小包厢、首演式的观众、政治大事，对那些构成所谓文明的一切东西，我从内心深处对它们嗤之以鼻。

相反，仿佛圣徒前额镶嵌的一枚宝石，我的心中一直珍藏着一个梦想，这梦想天真而英勇，幼稚而粗犷。这是武士之梦，是森林人类的梦想。我想象自己走在吉普斯夸省或者纳瓦拉省的崇山峻岭里，领着一支人马，小心翼翼，随心所欲，进退自如，藏身山林，来去匆匆，纵火骚扰敌人的庄园。

我想象自己是义军头目，腰别军刀，贝雷帽压低到眉毛，于教堂钟声齐鸣之际带着四五十个人跨马开进村镇。然后我想象自己就在神父或者市长的家里，坐在餐桌边悠然讲述一次行动中的冒险趣闻，神父的侄女或者市长的千金带着好奇或者惊恐看我说话。天黑以后，我和镇上最好看的姑娘在广场上随着巴斯克小鼓的节奏翩翩起舞，然后把镇政府的金库洗劫一空。办完这些，我就想到了沿着湿漉漉的小径向深山逃窜的乐趣，预想在用来堆草料的茅屋里铺干草为床安心歇息的乐趣。

而与这种武士精神类似的本能也贯穿了巴斯克人的性格；落实到生活中，工业上，宗教领域里，莫不如此。毕尔巴鄂人控制并且开发西班牙全部矿藏的努力不正是一种武士的作为吗？

我不知如何综合定义巴斯克人的性格，不过我的确知道，他们几乎所有人本质上都是武士。在乡间，他们几乎所有人脑子里都有那么点迷雾。他们不善言辞，更不会天花乱坠地慷慨陈词。他们头脑冷静，忧郁多思，沉默寡言。

有一位圣徒可以代表这些山民的种族意志：圣依格纳西奥①。有一位军人可以代表他们的武士本能：苏马拉卡雷基②。

一位海军战士可以代表他们的英雄气概：丘鲁卡③。一位政治家可以代表他们的精明慎重和外交手腕：莱加斯皮④。一个首次环球航行的人：埃尔卡诺⑤。

这些人没有谁留下一句话，没有谁留下什么宏论；他们都是讷于言敏于行的人

---

① 圣依格纳西奥（1491—1556），即圣依格纳西奥·洛约拉，出生在吉普斯夸省，天主教耶稣会创始人，反宗教改革灵魂人物。

② 苏马拉卡雷基（1788—1835），出生在吉普斯夸省。他是一位带有传奇色彩的常胜将军，在王位战争中属于卡洛斯派，有坚定的政治信念和宗教原则。

③ 丘鲁卡（1761—1805），出生在吉普斯夸省，科学家，海军将领，在法国和西班牙联军对英国的特拉法加海战中阵亡。丘鲁卡为荣誉而战，宁死不降。军舰被英国俘获后，他的船舱被以他的名字命名，英国军人进来时都必须脱帽致敬，以示对这位勇敢敌人的敬意。

④ 莱加斯皮（1502—1572），出生在吉普斯夸省，西班牙征服者，第一任菲律宾总督，马尼拉城的创始人。

⑤ 埃尔卡诺（1476—1526），出生在吉普斯夸省，西班牙航海家，参加首次环球航行。船长麦哲伦死于菲律宾之后，由埃尔卡诺继续完成航行，仅存17人回到西班牙始发港口。

物。他们都是个人主义者,没有谁成就的是社会合作事业;巴斯克人骨子里全是一些无政府主义。

巴斯克人是沉默的反社会者,想要和别人交流的时候,他们就唱歌。

他们中还没有产生过演说家;演说家在他们那里成了音乐家或者诗人,成了朴实的即兴歌手或者大诗人依帕拉基雷[1]。

① 依帕拉基雷(1820—1881),出生在吉普斯夸省,主要用巴斯克语创作的诗人、音乐家,最重要的作品是口占的颂歌《格尔尼卡之树》。

拟民谣体

亲爱的姑娘，我只能为你讲一段小小的谎言。

“谎言！”您要很不屑地说了。您可是一个说话可信的人哪。

“对。一个含有寓意的谎言，借以表达我心目中的真相。不，请您不要摆出一副看不起我的样子。在我们这个地方，我是人们说的‘无根之人’，但是，那不是我的错。我老了，一本正经的外表下还藏了一丁点儿糊涂和疯狂。但是，那也不是我的错。”

“只有一丁点儿吗？”

“只有一丁点儿，我看也足够了。这是天生的。造化弄人啊。就是这一丁点儿糊涂使我有时候失去重心，跌出到支撑力的力场外。”

“你这话说得已经叫人稀里糊涂了。”

“稀里糊涂？那不奇怪。我从来没有感觉自己被您肯定过，被您看上过。您不知道我内心的伤口在怎样流血。这让我好难过。”

“噢，是啊，是啊。我信。”

“您就坚信吧。我早就知道，在您眼里，我就是一个不靠谱的怪人，量没必要量的，称没必要称的……”

“还说没必要说的。”

“对。我看出来了，对您来说，我是个带巴洛克风格的人。不过，我倒希望相信自己是带尖顶风格的。”

“我听不懂您的意思。”

“我的话您连听都不想听吧？”

“想啊，为什么不呢？”

“那就请您留意片刻，让我把我小小的寓言故事给您讲讲。在我家乡附近有一片古老的大森林，常有几个烧炭工在那片老林子里干活。您要想了，亲爱的姑娘，光这开头就不是真的。但是,那又有什么关系呢?在所有那些烧炭工中间,头头是马丁·贝戈里。贝戈里有个女儿,是四邻八乡最好看的姑娘。她名叫格拉西奥莎。巴斯克人就叫她格拉西。您要问我了,她是黑发的呢,还是金发的呢?可是我几乎说不好。看到她时,我觉得她太漂亮了,以至于不知道她到底长什么样子。您要说了,这也是谎言。那我就承认吧。实际上,我觉得那太漂亮以至于我不能知道她到底长什么样子的人正是您。"

"得了吧!"

"且说马丁·贝戈里要嫁女儿。他是个读过古书的罗马式人物,想好了在她女儿命名日那天叫所有的求婚者来,请他们来吃饭,然后在饭桌上挑女婿。您以为父母亲和这种挑选根本无关吗?这倒是真的。不过,那也是我们祖祖辈辈的老传统……贝戈里的宴会请了七个追求者。这是个神秘数字。只来七个是因为其他人没有被邀请。第一个是退役炮兵依格纳西奥·巴斯丹;第二个是阿尔提库萨地方的牧羊人米格尔·加莱斯;第三个是来自富恩特拉比亚的水手多明戈·马钦;第四个,安东尼奥·依巴拉基雷,列萨卡地方的矿工;第五个,胡安·特勒切亚(胡安乔),来自贝拉镇的爱罗塔比德村;第六个,圣地亚哥·萨巴莱塔(依楚亚),来自奥萨的樵夫;第七个,佩约·阿斯科纳,来自奥亚孙村的一位小伙子。如果被追求的人是您,这七个虚构的人物就会变成七百个真人。"

"别傻了!"

"这就像万有引力一样确凿无疑。上甜点的时候,烧炭工马丁·贝戈里开口说话了。他对求婚者说道:'你们都来说说,说说自己的长处。'第一个说话的是当过兵的巴斯丹。他讲自己在非洲的经历,讲他用毛瑟砍刀式刺刀刺死了多少摩尔人,救了多少女人,夜里在摩洛哥的兵营里遇到过多少危险。格拉西不为所动。您要问了,也许她反对军人?"

"不,我什么也不问。"

"不是的,她不反对军人。格拉西她是有一个秘密,一个深藏在心里的秘密。第二个说话的是牧羊人米格尔·加莱斯。加莱斯讲自己浪迹山野的放牧生活,讲他如何照料山羊和初生的小羊羔,夜里观看满天星斗。格拉西不为所动。"

"或许她不喜欢户外生活?您大概要想了。"

"没有,我没有这么想。"

"格拉西她是有一个秘密,一个深藏在心里的秘密。"

第三个说话的是水手多明戈·马钦。他讲波浪滔天的大海上的经历,讲航海的危险、船被潜水艇炮击时害怕沉船的恐惧感。格拉西不为所动。她不是不喜欢水手,她是有一个秘密，一个深藏在心里的秘密。

第四个说话的是列萨卡的矿工安东尼奥·依巴拉基雷。他讲自己在黑咕隆咚的地下矿洞里的工作，讲为了从大地的腹腔里采矿并把矿石从黑暗的深渊送到太阳底下所做的努力。

格拉西不为所动，因为她有一个秘密，一个深藏在心里的秘密。

第五个说话的是胡安乔，爱罗塔比德村的猎人。他讲自己打猎的经历。天寒地冻，他踏雪搜寻野猪的踪迹。他设下圈套，还和那些凶猛的动物肉搏。格拉西不为所动。

“格拉西不喜欢打猎吗？”

“不是的。她是有一个秘密，一个深藏在心里的秘密。”

第六个是奥萨的樵夫依楚亚。他讲林中生活的孤独，讲自己在茂密的林莽里穿行，讲他的小木屋的幽静和安宁……

“格拉西不为所动……”

“她自然是不为所动。但是格拉西她是有一个秘密，一个深藏心里的秘密。”

第七个人，来自奥亚孙村的小伙子佩约·阿斯科纳，必须说话了。但是阿斯科纳不知道讲什么好，也没有什么可说的，他只是满心陶醉、一脸迷惑地看着格拉西。

“那她呢？”

“她看着阿斯科纳微笑，把手伸给他。”

“为什么不说话？”

“就因为不说话，也因为那个秘密。格拉西深藏心里的秘密，就是她爱上了阿斯科纳。”

“亲爱的女郎，我们巴斯克人就是这样的，严肃、沉默、热爱真理，爱的是话不多而感觉强烈的人……”

“不过，您简直是个跑江湖的。”

“那是因为在这个小小的寓言故事里，我代表的是士兵、牧人、水手、矿工、猎人和樵夫，开口讲话，就被人家拒绝。”

“也就是说，您代表的是自负、虚荣、自以为是。”

“也代表幻想和梦想，我亲爱的女郎。”

浪子埃利萨比德

你以为爱情是什么？
是坐那里弹吉他吗？
(Cer zala usté cenuben
enamoratzia?
Sillau is hiri eta
guitarra jotzia.)
——流行歌曲

浪子埃利萨比德在那座荒园里干活时，每每看到马英多妮打教堂回来路过，他就在心里暗忖：

"她在想些什么呢？她活得可满意？"他觉得马英多妮的生活好奇怪！因为对于像他那样从来由着自己的性子满世界乱跑的人来说，太平安宁的村居生活自然是其乐无穷；但是对她这样一个从来没有离开过那个偏僻角落一步半步的人来说，难道她没有赶节看戏或者寻欢作乐的欲望吗？难道她不向往更加风光、更加热烈的别样的生活吗？浪子埃利萨比德无法解开心头这一疑惑，于是就继续若有所思地挥动锄头掘他的地。

"这个女人很坚强，"他随后想到，"她的心情那么平静，想得那么明白，不由人不关注。当然，不过是那种不带情感的科学的关注吧。"浪子埃利萨比德心里肯定，在那种关注里他并没有把自己的感情因素掺和进去。这使他感到满意，于是他就继续在自家的荒园里劳动下去。

浪子埃利萨比德是相当奇特的一个人物。他身上汇集了海滨地区的巴斯克人所有的优点和缺点。他胆大，善嘲讽，懒惰，爱戏弄别人。轻浮和健忘是构成他性格的基础;他什么也无所谓,什么也记不住。他在美洲闯荡时把不多的资金几乎花光了。他在一个地方当记者,在另一个地方做生意,在这里贩牛羊,在那里搞酒类买卖。有好几次他差点儿发财,他没能发财是因为他自己爱发不发的态度。他属于被人事变迁拖着走而从不抗议的那种人。他把自己的生活比作河里漂浮的树木,要是没有人捡起来,到头来也就冲进大海消失了事。

他的懒惰倒更是脑子里的,而并非手脚不勤快。多少次,他曾经思想出神,魂不守舍。注目逝川,远眺白云或者仰观星辰,都足以使他忘掉生活中的头等大事。要是这些还不能让他忘掉人生要务,那么别的随便什么东西也能使他将大事置之脑后,而且往往连他自己也茫然不知,这究竟是什么原因。

埃利萨比德不久前还住在乌拉圭的一座庄园里。他待人有礼,长相也不讨厌。尽管他已经三十八岁,庄园主还是要把女儿嫁给他。姑娘长得相当丑陋,还和一个黑白混血男人有了私情。埃利萨比德觉得庄园里的野性生活也不坏,于是就接受了。婚期将近,他却犯了乡愁,怀念起故乡山上的干草香味和巴斯克人土地上雾霭朦胧的风景。把突生的变故解释清楚不在他的计划之列。因此,一天早晨,天一亮他就对未婚妻的父母说,他要到蒙得维的亚去买婚庆礼物。他先骑马,后乘火车,赶到首都,上了横跨大西洋的航船。亲切地挥别慷慨的美洲大地之后,他回到了西班牙。

他回到故乡。这是吉普斯夸省的一个很小的村镇。他拥抱了在当地开药店的兄长依格纳西奥,前去看望了自己的奶妈,并对她保证以后再也不出逃了。然后他在家里安顿下来。村里人风闻他不但没有在美洲发财,而且失去了一切。这时候,大伙儿才想起来,离开家乡之前他就有愣头愣脑、华而不实、落拓不羁的名声。

这些事随便人家说去,他绝不放在心上。他开辟他的菜园,利用余暇造起一艘独木舟,要到河里去划船。这事叫一村的人都生了气。

浪子埃利萨比德以为哥哥嫂嫂和他们的孩子都看轻他。为此之故,他不过偶尔去看看他们。但是他不久就看出来,自己的哥哥和嫂嫂是看重他的,而且为着他不去走动而怪他。埃利萨比德登兄弟家的门也就开始频繁起来。

药剂师一家住在村头出口处,孤零零一幢房子。朝大路部分是一座花园,院子有围墙保护,深绿色的月桂树枝从围墙上伸出来,稍微挡住一点北风。走过园子就是药店。

房子没有阳台,只有窗户。窗户开在墙里,一点也不对称,这或许是因为有些窗户又被堵死的缘故。

乘坐火车或者马车经过北方省份时,你们没有见过那无缘无故叫你们嫉妒的孤单单的庄屋吗?看起来,屋子里定然生活得很好。可以想见,那种生活甜蜜安详。挂着窗帘的窗子告诉我们屋内几近寺院般的生活：大房间、核桃木做的木箱和衣橱、大得不得了的大木床。一种宁静安详的生活。高高的老式自鸣钟在夜里发出清脆响亮的滴答，测量着在此悠然流逝的时光。

药剂师的家就是这种屋子。花园里种有风信子、天芥菜、蔷薇，还有硕大的绣球花。绣球花高到和底层窗户一般齐。院墙上挂着白色的蔷薇，仿佛一道瀑布。这种单纯的小白花身姿轻盈而且谢落得快，巴斯克语里叫它们疯丫头(chornas)。

浪子埃利萨比德更加自信地去长兄家里那次，药剂师和妻子领着他把干净、明亮、气味好闻的屋子里里外外一一看过。孩子们也跟在后面。接着他们去看菜园，浪子埃利萨比德第一回见到马英多妮就是在这里。她当时头戴草帽，正把摘下来的豌豆放到围裙兜里。

埃利萨比德和她只是淡淡地应酬了一声。

“咱们到河边去，”药剂师的老婆对她妹妹说道，“告诉丫头们把巧克力也带上。”

马英多妮往家里走去，别的人都穿过一个类似长长的隧道的地方，朝下走到临河的一片平地。这隧道由梨树林伸展开的状若扇骨的密枝所构成。平地在树木掩映之间，有一张原始的桌子，有一条石凳。阳光穿透密林，也照亮河底，河床里的圆石清晰可见，悠然自得的游鱼在阳光照耀下似乎是银铸的一般。午后的恬静令人赞叹；天空蔚蓝、纯净、安宁。

太阳下山前，药剂师家的两个小丫头手捧托盘，拿来了巧克力和糕点。孩子们饿虎扑羊般地扑向糕点。浪子埃利萨比德讲了他的旅行见闻，还讲了几件冒险经历，所有的人都听得目瞪口呆。只有她，马英多妮，似乎对那些故事没有什么大兴趣。

“巴勃罗叔叔，明天你还会来的，对吗？”孩子们问。

“对，我会来的。”

浪子埃利萨比德回家思量马英多妮，还梦见了她。他在梦境的想象中看到她是这样的：娇小，苗条，炯炯有神的黑眼睛，侄子侄女们围着她，亲她，抱她。

药剂师家的大孩子上三年级。埃利萨比德教孩子法文，马英多妮也加进来上课。

埃利萨比德开始为兄嫂的妹子感到不安了。她竟是那么的平静，那么的无动于衷。他搞不懂，她心里到底是一个无欲无求的少女呢，还是一个对与自家人不相关的一切概无兴趣的冷漠女人。浪子常常出神地看她。“她在想些什么呢？”他在心里琢磨着。有一回他壮起胆问她：

“您不想结婚吗，马英多妮？”

“结婚？我？”

“为什么不呢？”

“我要是结了婚，那谁来照顾孩子们呀？再说，我已经老了。”她笑着回答。

“二十七岁就老了？那我三十八岁，该是老朽昏聩得可以进棺材了吧！”

马英多妮什么也没多说，她只是微微一笑。

那天晚上，埃利萨比德对自己这么惦记着马英多妮很是吃惊。

“这是个什么样的女人？”他在心里思忖，“说是傲慢吧，一点也没有，说是浪漫吧，也不是，然而……”

河岸边，靠近一个隘口，冒着一泓清泉，那里有一个极深的深潭，水因为静止而显得澄明。“也许马英多妮的灵魂也就是这样，”埃利萨比德对自己说，“然而……”然而，他把人家想成这样，想成那样，自己的心事却并未消停。恰恰相反，他的烦恼竟是与日俱增。

夏天到了，药剂师一家，包括马英多妮和浪子埃利萨比德，常常聚在屋前的花园里。浪子从来没有像那阵子那样准时，从来没有那么幸福而又那么不幸。天一黑，空中布满繁星，苍白的木星在高空闪耀，谈话变得越来越亲密，越来越没有拘束。蛤蟆不断地聒噪助兴。马英多妮变得健谈，话越来越多。到了夜里九点钟，经过村中的马车的铃铛声一路传来，驾驶座的车篷上架着一盏大马灯。这时候，聚会散伙了，埃利萨比德走回家去，一路上想着明天的计划，而这些计划总是和马英多妮有关。

有时候，他泄气地自问：“周游世界就为了投身小村并爱上一个村姑，这难道不傻吗？”可是谁又敢对那个心平气和、无动于衷的女人说什么，表白什么！

夏天渐渐过去，到了一年中欢庆的时节。药剂师准备全家像往年一样到阿纳撒巴尔去赶庙会。

“你和我们一起去吗？”药剂师问他弟弟。

“我不去。”

“为什么不呢？”

“不爱去。”

“好，好，但是我提醒你，姑娘们也会和我们一起去，这样你就剩一个人了。”

“您也去吗？”埃利萨比德问马英多妮。

“对呀，我当然去！我喜欢庙会。”

“别听她的，不是因为那个，”药剂师抢过话头，“她是要去看阿纳撒巴尔地方的医生。人家是个年轻小伙子，去年喜欢上她了。”

“为什么不呢？”马英多妮微笑着喊道。

浪子埃利萨比德脸上白一阵，红一阵，但是他什么也没说。赶庙会前夕，药剂师又问他弟弟：

“到底去还是不去?”

“好吧,我去。”浪子低声应道。

第二天,他们起个大早离开了村庄。他们走大路,然后换山路,循着山路穿过覆盖着高高的绿草和紫色的洋地黄的草茵,终于进山了。清晨湿润温和;田野里是湿漉漉的露珠;几朵小小的白云飘在淡蓝色的天空中,一点点被拉成细条。早上十点,他们到了阿纳撒巴尔。这是一座建在山冈上的村庄,广场上有巴斯克球的球场,村里有教堂,有庄屋形成的两三条街。

他们进了属于药剂师妻子祖宅的庄屋并走到厨房里。屋里的老婆子款待他们,为他们接风洗尘,就是从那里开始的。老婆子放下手中烧火和颠摇篮的活儿,从坐着的炉灶前起身,和所有人一一打了招呼,亲着马英多妮、她姐姐,还有孩子们。老太太瘦得干瘪,头上包着一块黑布。她有一个很长的鹰钩鼻,口中没有一颗牙齿,白发苍苍,满脸皱纹。

“您就是去过美洲的那位吗?”老婆子脸冲着埃利萨比德问他。

“对,我就是。”

钟已敲过十点,大弥撒就要在这个时候开始。屋里只剩下老婆子,别的人都去了教堂。

开饭前,药剂师在小姨子和孩子们的帮助下,从庄屋的窗口放了不知有多少个鞭炮,然后他们下楼来到餐厅。满满一桌有二十多人,包括镇上的医生。医生坐在马英多妮近旁,对她和她姐姐大献殷勤,说不尽的客套话。

此时此刻,浪子埃利萨比德感到难过极了,他动了离开村庄返回美洲的念头。吃饭的时候,马英多妮频频看着埃利萨比德。

“这是为了取笑我。”浪子心想。“她猜到了我喜欢她,却和另一个男人眉来眼去。我只好再次去和墨西哥湾碰面了。”

吃好饭已经四点多了。舞会开始了。医生在马英多妮身边寸步不离,继续对她大献殷勤,而她却一直看着埃利萨比德。

天色将暗,晚会进入高潮时开始跳奥雷斯库舞。年轻人手拉手在广场上转圈,敲击小鼓的人走在前面。其中两个年轻人走出队列,他们互相说着话,似乎有点犹豫的样子,然后他们摘下贝雷帽,手里捏着帽子来请马英多妮当第一舞伴,舞会的女王。她说着巴斯克语努力推辞。她看看姐夫,姐夫笑眯眯的;看看姐姐,姐姐也是笑眯眯的;再看看埃利萨比德,脸色比死人还难看。

“快去,别犯傻了。”姐姐说。

开始跳舞。舞蹈的内容里有三番五次的仪式和致意。这是一个原始的英雄时代的历史记忆。奥雷斯库舞一结束,药剂师拉着妻子,医生请到马英多妮,他们跳起了方丹戈舞。

天黑了。广场上的篝火越烧越旺,人们已经在想着回家了。到庄屋里喝过巧克力之后,药剂师一家和埃利萨比德走上了回家的路。

远方,在群山之间,但听得赶完庙会回家的人们发出一阵阵野马嘶鸣般的巴斯克尖啸(irrintzis)。密林中闪亮的萤火虫如蓝色的星星,而蛤蟆正扯开清澈的歌喉,衬托着夜的宁静和沉寂。

遇到下坡路时,药剂师偶尔会想起来叫大家手拉手唱着歌下山: Aita, San Antoniyó / Urquiyolacua. / Ascoren biyotzeco / santo devotua.

尽管埃利萨比德想离马英多妮远点儿,他们却总是偏偏凑巧碰到一起。浪子正生她的气呢。要拉成圆圈时,她把手给他,这是一只柔软温和的小手。走在第一个的药剂师会突发奇想地停下来,并且把队伍朝后推,于是大家互相挤一个满怀。有时候,马英多妮就到了埃利萨比德的怀中。她一边开心地责怪姐夫,一边看着浪子。他的脸色一直像死人一样难看。

"您为什么这么难过呢?"马英多妮问他,问话声有点不怀好意,黑眼珠在夜里放光。

"我不知道。人真不是好东西,无意之中扫了别人的兴,把别人的欢乐给搅了。"

"可是您并不是坏人呀。"马英多妮说。她的黑眼睛深深地望着他。这让浪子埃利萨比德全糊涂了。他心想,就连天上的星星也看得出来他的迷惑。

"不,我不坏,"埃利萨比德低声嘟哝道,"但我是个愣子,我没用,就像全村人说的。"

"您在意吗?不认识您的人说您的话您在意吗?"

"是的,我在意。我怕那是真的。对一个只好再次远走高飞去美洲的人来说,这是很恐怖的。

"走?您又要走了?"马英多妮难过地低声问道。

"对。"

"那为什么?"

"哎!对您说不出口啊。"

"那要是我猜呢?"

"那我会非常遗憾的。因为你定会笑话我,笑话我这么大一把年纪……"

"哦,那不会的!"

"我穷。"

“那没关系。”

“哎呀，马英多妮！真的吗？您不会拒绝我吗？”

“不会。正相反。”

“这么说……你也会像我爱你那样爱我？……”浪子埃利萨比德用巴斯克语喃喃问道。

“永远，永远……”

马英多妮把脑袋靠在埃利萨比德胸前，他亲了亲她栗色的头发。

“马英多妮！在这里！”姐姐在喊。她丢下他，但是回头看了他一眼。此后她又回头好几回。

大伙儿踏着寂寞的路继续朝村里走去。周围的夜在神秘颤动，星星在天上跳动。浪子埃利萨比德的内心被无法言传的感觉淹没了，被幸福窒息了。他眼睛睁得大大的，望着很远很远的一颗星星，并低声对它说着什么……

肉食铺老板:比达索瓦大帽党人逸闻一则

自称胡安的迪图尔维德约莫于开战前两年出现在贝拉·德·比达索瓦①。在此之前,他在法国服过兵役,在由山地兵组成的一个营里当吹军号的班长。退伍后,他住在阿斯卡因,以打石头为生。贝拉镇上的人们都认识迪图尔维德。碰到某些节日,他就和于尔鲁涅和阿斯卡因②的几个朋友一道从伊巴丁山冈上踏着整齐的步伐走到贝拉来,自己还带着喇叭一路吹奏军乐。

命中注定迪图尔维德要到贝拉镇来继承一位亲戚留下的几块钱遗产,并就此在镇上住下来。亲戚是拉伦山山坡上的一个庄稼汉。迪图尔维德发觉阿佩斯特基和波尔图这两大酒家的酒有某种特殊风味。倒不是比达索瓦河的河水比涅维勒河③的河水好喝,而是贝拉的酒和他家乡的酒使他做出了舍此取彼的决定。

继承遗产得来的几个子儿拿在手里,迪图尔维德心里犹豫了一阵。他在想,到底是把钱喝掉好呢,还是就此在贝拉定居好。从前的石匠最后决定留下来,还开了一爿小店,就是他说的肉食铺。

迪图尔维德在阿尔萨特区租了一家面对海关的小店铺。他就在店堂的柜台里干他那神秘兮兮的活计。他用一架小机器把肉和血块切开,剁碎,一边干活,一边唱着《假正经》④里的一首歌。这歌他是当兵时从一位中尉那里学来的,歌曲开头如下:

---

① 贝拉·德·比达索瓦,西班牙境内濒临比达索瓦河的一个城镇,现在正式只叫贝拉。本书作者巴罗哈在这里有别业,而且长期在此居住。比达索瓦河中下游是西班牙和法国边境西部的界河。

② 于尔鲁涅和阿斯卡因这两个地方都在法国境内。本文提到的法国和西班牙边境西段的地方都是两国巴斯克人的聚居地。

③ 涅维勒河在法国境内,注入比斯开湾。

④ 《假正经》(Mamzelle Nitouche),法国十九世纪的一部流行轻歌剧,后来多次被搬上银幕。

尼姑庵，好地方（Le couvent, séjour charmant）

并以一唱三叹的叠句拖着延长音结束：

Larirette, Larirette, Larire...e...e...tte.

迪图尔维德的男中音嗓子很是优美，他唱的法国巴斯克地区的歌曲使左邻右舍大饱耳福：《查曼加里亚》《白鸽子》《蒙塔尼亚》，等等，等等。

以肉食铺老板更为人所知的迪图尔维德不久就变得家喻户晓。他提着篮子四处走动，说着一口非常柔软的巴斯克语，挨家挨户地推销自己加工的香肠。

不知是因为他的嗓音，还是因为别的什么，反正肉食铺老板在姑娘中间大获成功。对他有好印象的姑娘里头有一个叫坎迪达的，是海关缉私队班长的女儿。这位姑娘身材娇小，黑头发，黑眼睛，活泼机灵，干干净净，但是脾气也很大。坎迪达的父亲是格拉纳达人，母亲是里奥哈①人。人们叫这小妞“七扭”。坎迪达不会讲巴斯克语，她说话带卡斯蒂利亚女人特有的语声，音色清而尖。坎迪达有母亲传给她的爱说脏话的习惯。好多时候，她自己并不确知这些脏话是什么意思。为此之故，趁她在阿尔萨特一条叫商特勒雷加的小溪里浣洗的时候，年轻的缉私兵们就常常去逗她，听她胡言乱语地说脏话。

胡安·迪图尔维德开始和坎迪达说上话，和她结了婚，并继续干他肉食店的营生，一边干活，一边唱他喜爱的歌曲，还有那歌中的叠句：

Larirette, Larirette, Larire...e...e...tte.

战争伊始，迪图尔维德就对坎迪达说，他不得不上前线了。但是她回答他，要是敢这样试一下的话，她就要像他切肉做香肠那样，把他大卸八块。

“一个孩子还小，一个还在肚里，你就丢下我走了？有你这样臭不要脸的吗？你打什么仗啊，法国佬？去那儿还不是图喝个痛快！你算什么老公！你个法国佬！你个混蛋！”

迪图尔维德提到了祖国（patrie），提到了旗帜（drapeau），但是坎迪达说那里没有什么与他们相干的旗帜，他只要在家做香肠就行了。

---

① 格拉纳达在西班牙南方；里奥哈在西班牙北部，靠近巴斯克地区。

迪图尔维德最后留下来，没能上前线。

“这些娘们儿哪懂什么国家大事。”他常说。

尽管老婆盯得紧，肉食铺老板还是频繁夜访阿佩斯特基家的酒铺。在店里，但见他的猫眼睛常常因喝得过瘾而大放光彩，金色的大胡子被酒沾得湿润。他还不停唱他的法国巴斯克歌曲。

他知道，回到家里，坎迪达肯定要对他大吵大闹。但是，他是个通达的哲人，听老婆责难他就当听毛毛雨了。到第二天，他又在柜台里切肉剁血做他的血肠和小香肠了，一边干活一边还要唱着：

Larirette, Larirette, Larire...e...e...tte.

两年前，肉食铺老板做了一件引起轰动的壮举。那年五月份，莱哥羌台奇到了贝拉镇上。伟大的莱哥羌台奇在阿佩斯特基家的酒铺里大发了一通宏论。他煞有介事地说，必须使贝拉和伊伦两地之间已有的纽带更加紧密，为此之故，贝拉人应该实打实地派出一队人马，到伊伦去赶圣马西亚尔节的节庆①。

这个计划被采纳了。莱哥羌台奇接着又说，日后还应该搞一个叫作“比达索瓦大帽党”②的秘密社团，以促进这条大名鼎鼎的河流两岸所有村镇都参加的酒神联谊会的最终建立。

大帽党人以戴古式的大贝雷帽与别的凡夫俗子区别开来。

莱哥羌台奇的计划引起了热烈反响，阿佩斯特基家的酒铺里最引人注目的常客们，包括桑琼、舒杜尔、加尼什、剃头匠、何谢·米格尔、卡帕戈里、普拉斯乔阿、马丁·何塞等人，还有迪图尔维德，他们都信誓旦旦地决定绝不放弃这桩伟大事业。

这伙人派出卡帕戈里到伊伦去租一辆能载十五到二十人的大马车回来。

卡帕戈里在一个个车行里打听过行情以后，和马尼什谈妥了交易。

马尼什是个离奇的车夫。他的马车与众不同，因为他在车夫座位两边各画了一个骷髅和两根胫骨，就像在有些电线杆上能看到的那样，还在画下面写了两行字：

千万别碰

---

① 1522年，伊伦民兵击败了法国侵略者。当地圣马西亚尔节庆典的缘起是为了纪念这次胜利。庆祝活动在6月29日和30日这两天举行。

② 在巴斯克语里，戴大帽的人(Chapelaundis)是思想自由、开放、进步的意思，戴小帽的人(Chapelchiquis)则是死脑筋的意思。这里说的帽子是源自巴斯克人、如今流行全世界的贝雷帽。

小心送命

难道是马尼什的座位上有大功率电瓶，手放上去会电死人吗？不是的。是他藏了一条响尾蛇吗？也不是的。原来是有一回马尼什放在驾驶座上的钱被人偷了，他一气之下就写了这个标语，以死威胁潜在的小偷。

他们定下来，节日前一天，由马尼什赶他的大马车当夜到贝拉，第二天早晨所有出征者一起去伊伦。肉食铺老板卖掉了好几米长的大小香肠，手头正有的是新鲜的现钱。

对这次远征，未来的大帽党人严守秘密，在外人面前决不提起。

迪图尔维德、剃头匠和桑琼三个人用黄杨木枝条把大马车装点一番。剃头匠通文墨，他在车上放了一块大纸板，自己写上两行大字：

贝拉文化人
前往伊伦镇

比达索瓦的大帽党人对比达索瓦地区的首府还能献出比这更别致、更能使人产生联想的馈赠吗？

风雅人士们一大早就离开家，带着一些吃食和满满一酒囊的酒水上了车。

贝雷戈切带着手风琴，使得旅途颇不寂寞；迪图尔维德拿着喇叭吹了好几支听起来有点耀武扬威的军歌。

太阳开始照进比达索瓦河谷，阳光淹没了比里亚杜①的房舍，马车在大路上前进。

他们到了伊伦，去阿雷齐比街上的一家酒馆吃饭。菜谱很棒，可是尽管如此，剃头匠和另一位大帽党人之间却产生了分歧。剃头匠像相信教条一样相信烤乳猪好吃，而另一位对烤乳猪却嗤之以鼻。

狼吞虎咽地吃完七八道菜之后，有人建议登山去访圣马西亚尔庙。

“去干吗？”莱哥羌台奇愤愤说道，“我们不是在庆祝一项世俗活动吗？（正是，正是。）或者你们是由那些从头到脚裹得严严实实、自称慈善学校派来的边防缉私队老兵们教育出来的？（不是，不是。）那么，怎么说？鼓起世俗的勇气来，坚守你们的岗

① 比里亚杜，比达索瓦河对面，法国境内的巴斯克人村庄。

位吧。”

莱哥羌台奇一位以推销鞋袜为业的朋友请求众人允许他退下,因为他正诗兴大发,要写几句诗,对贝拉的文化人朋友表示敬意。作为大帽党头头的莱哥羌台奇允许了他的请求,于是推销商写了那首令人赞叹、值得被收进选集的伟大诗篇。诗开头如下:

> 本诗献给比达索瓦大帽党人
> 先生们,莫以为这是阿谀奉承。

诗的结尾也有力而富于教益:

> 我们手足情深,共庆佳节良辰
> 有朝一日流芳百世千古扬名
> 和华盛顿人竞争也难分输赢。

不知道贝拉、伊伦两地和美国首都之间能存在什么竞争。但是这一想法激起了万丈豪情,这豪情就体现在一杯杯流若江河的多美克[1]白兰地上。

“嗨,贝雷戈切!手风琴呢?你,做香肠的,唱一个。”一桌人大声嚷嚷。

贝雷戈切和迪图尔维德又是弹琴,又是唱歌,但是这音乐会很快就乱套了。桌上一部分人唱起了那支精神十足的马鲛鱼之歌:

> 马鲛鱼嘝马鲛鱼……

另一部分人却唱着《安德烈·马大伦》。一个家伙站在那里紧着喊:“不对!不对!”却并不明白自己到底说哪个不对。

唱《蒙塔尼亚》的建议让所有人安静下来,并使酒会的歌声整齐协调了。唱过《蒙塔尼亚》,唱过歌里的诙谐部分,烟雾腾腾的酒店里音乐声又乱开了。天黑时分,大帽党人一个个叼着雪茄去了圣胡安广场。肉食铺老板和一个来自锡布尔[2]的卡斯

---

① 多美克,西班牙白兰地名牌商标,产地在该国南方。
② 锡布尔,法国境内的巴斯克人城镇。

卡洛塔[1]女人跳着方丹戈舞，这个女人身段少有的好；贝雷戈切紧紧搂着一位卖香烟火柴的女人随着斗牛士进行曲跳舞，就好像他出生在塞维利亚[2]似的；莱哥羌台奇则戴着一顶红纸帽蹦蹦跳跳，活像一个疯子。

吃过晚饭，贝拉的风雅客们又行进到新广场。到了十二点钟，他们就在那里听着鼓声，满街瞎晃荡。他们抓紧几个卡斯卡洛塔女郎和来自富恩特拉比亚、身上鱼腥味很重的渔家姑娘不肯放手，不但又抓又贴，而且乱摸。这种技术在巴斯克语里叫"zirris"。姑娘们多少是情愿的。莱哥羌台奇的特长是吆喝。

"稀迫！稀迫！嘿！"他尖声叫得太滑稽了，惹得姑娘们笑个不停，仿佛有人在咯吱她们似的。

"稀迫！稀迫！……嘿！"莱哥羌台奇连连怪叫。

街逛完了，人群也散了，大帽党人们回到波罗大学（就是那家寻常小酒店）。回去的路上，莱哥羌台奇走得跌跌撞撞。这并不是因为他喝醉了，根本就不是的。关于这一点，他是会和全世界医学院的大牌教授们争辩到底的。上一回使他脑袋晕乎的是一道略有焦味的乳蛋糕。那玩意儿总是很伤他的身体。这次是香烟灰掉到他的咖啡杯里，醉得他上头了。

时间已到凌晨三点，车夫马尼什等着要走。酒馆的两个伙计和几位清醒人士仿佛拖大麻袋一样把贝拉的文化人朝大马车上拽，店老板突然气急败坏地出来说，店里一箱啤酒被人拿走了，恐怕就在车上。果然如此。文化人中有两位扛走了这箱啤酒，准备路上喝。

"这是谁干的？"马尼什在驾驶座上大声质问，"干这事的人败坏了我马车的名声。我再也不能到这里来了。"

"你应该把那破烂车扔进比达索瓦河里去。"街上一个人说。

"扔到比达索瓦河里？谁这么干我就打死他。"

两位文化人，就是顺手牵羊搬了那箱酒的两个矿工，说店老板就是个野蛮人，说伊伦就是个不开蒙昧的地方，因为他们本来想要付钱来着，但是那些家伙想让他们渴死，所以他们也就不吭声了。

这事一摆平，马尼什就动身了。他策马的样子猛得好像他在找什么障碍物要撞上去似的。好奇的人们在心里猜测，他到底是要撞广场上的圣胡安石柱呢，还是要撞

---

① 卡斯卡洛塔人，法国巴斯克省份拉布尔境内来源不明的少数民族，男的打鱼，女的卖鱼。传说他们有阿拉伯人和吉卜赛人血统。

② 塞维利亚，在西班牙南方安达路西亚地区。

向一条长凳子。但是他并没有走前往贝沃维亚镇的那条路，而是一气飞奔地下坡而去。从锦鸡岛前面经过时，马匹方才安静下来。路上有电光灯，河上散着薄薄一层白雾。马尼什车过之处，一路上但听得鼾声一片，还有音乐声，不是贝雷戈切的手风琴声，就是肉食铺老板嘀嘀嗒嗒的喇叭声。

第二天，迪图尔维德起床时，老婆吵翻了天。迪图尔维德带着惯有的平和口气解释说，这都是让朋友们给害的。但是坎迪达不吃那一套。她一手抱孩子，一手托在屁股上，带着卡斯蒂利亚女人的清嗓子大声地骂个不停：

“臭不要脸！放这儿的钱你拿去干什么了？你算什么老公！你个法国佬！你个混蛋！”

他就跟没听见似的，一边切肉剁血，做他的血肠和小香肠，一边唱着：

尼姑庵，好地方。

没过一会儿，她又带着钟表的准确有板有眼地吼他了：

“你说，臭不要脸！放这儿的钱你拿去干什么了？你算什么老公！你个法国佬！你个混蛋！”

而那肉食铺老板就跟没听见似的，一边切肉剁血做他的血肠和小香肠，一边唱着，把声音拖得很长：

Larirette, Larirette, Larire...e...e...tte.

捣蛋鬼莱哥

在比达索瓦河两岸，我想没有一个矿工，没有一个打鸽子的猎户，没有一个钓鲑鱼或鳟鱼的渔民，会比帕萨赫斯和伊伦两地的爱切科帕尔公司的推销员莱哥羌台奇更出名。

所有的人都认识他，包括旅馆老板、店铺老板、缉私队士兵、测距员、打眼工……大伙儿都和他打招呼，熟悉地叫他莱哥，看他坐公共马车经过，就上去和他搭话。

莱哥身材高大，神情严肃，长长的鼻子，目光有点温柔，头戴一顶很小的贝雷帽，脖子系一条红领带。

如果系上黑领带，人家会以为他是庄稼人装束的神父。这是对他的侮辱，因为莱哥感觉自己比罗伯斯庇尔还要更加属于共和派。

莱哥在贝拉镇为人所知有若干年了。他在镇上的出现是一件引人注目的事情。

到镇上的第一天，他住在一家小客栈里，就想出一个逗乐的点子来。他从他的房间窗口抛出一根黑麻线，套到客栈的门环上。半夜里他拉起麻线，嘭！嘭！嘭！大声敲了三次门。

客栈老板从前是个边防缉私兵，来自旧卡斯蒂利亚①。他起身开门，看看没人，便嘟哝着回去睡了。

过了一刻钟，嘭！嘭！嘭！莱哥又敲了三下。

门又打开。缉私队老兵一看又没人，就来气了。他走到路上，朝着东南西北四个方向把搞恶作剧的人及其母亲骂了个狗血喷头。

莱哥这时在不出声地笑着。

到第三次，缉私队老兵没有关门。他想，这里头有什么鬼。莱哥把麻线扔到街上，不再折腾了。

---

① 旧卡斯蒂利亚，在西班牙中部偏北。

第二夜，莱哥想早早睡觉，因为一大早他就要乘汽车离开。

上床时，他看到墙角有一堆空火油箱。他脑子里琢磨着这些铁皮箱就睡着了。三点钟起床收拾好行李，他想起了那些铁皮箱。他把它们搬起来叠在和他竞争业务的房客门口。此人一头金发，鼻子塌得脸上找不到。莱哥接着又拿自己房间里的水罐朝那个推销员的房门下倒水。做完这些，他就开始喊："起火了！起火了！"然后拎着行李箱走到街上坐车走了。

那金发塌鼻的推销员听到喊声，吓得起身从床上跳下。他光脚踩到湿漉漉的地面上，心里以为这是为救火而泼的水，就赶紧点灯开门。铁皮箱轰然倒塌。

那家伙差点没有晕过去。得知这一切都是莱哥的闹剧时，他说道：

"对一个推销员可不能开这样的玩笑。"

那没有鼻子的可怜人以为推销员是什么远离人间烟火而碰不得的神圣，不可以开玩笑的。

有了这样的先例，莱哥在贝拉镇出大名也就不足为奇了。

我是一个礼拜天在小店里认识他的。那里聚了好些乡下人。莱哥在等信。忽然他带着惯常的严肃用巴斯克语对几个佃户说道：

"你们也傻到去听慈善学校派的神父做弥撒吗？"

"为什么？"一个农民问道，"难道他们不一样是神父吗？"

"慈善学校派！他们算什么神父呢！全是缉私队老兵。"后来他又补充道："说来难以让人相信，政府竟然会把那些职权交到边防缉私兵手里！"

发完这一通政治宏论，莱哥从店里出来，朝坡上走去。

几个月以后，莱哥和伊伦镇的几个人一道来赶节。一开始他严肃得很，但是天快黑时他又忍不住要瞎掰了。他手里拿着一把雨伞走出来，站到俱乐部的阳台上，开始前言不搭后语地乱说起来。

在阿佩斯特基酒家吃晚饭的时候，谁知道他又从哪里搬来一套理论，说有些人嘴对着杯子喝酒的时候，听力比平常要差。

他们为此做了无数次试验，到凌晨四点，莱哥和朋友们才回伊伦，路上高唱着《马赛曲》，一个个疯癫透了。

莱哥一直信誓旦旦地说，那天夜里是乳蛋糕害了他，不是红酒，也不是白酒。

战争刚开始那会儿，有一天，我们遇到伟大的莱哥在一个叫杨西店的地方吃晚饭。他在等汽车。一大群在附近一个水库工地上工作的承包商和工头当他的听众。

莱哥聊得正高兴。战争给了他许多瞎掰的话题，他最爱讲的是法国人和德国人的新发明。

他向听众解释一番,在塔布制造的、能炸得敌人站着就死掉的杜平①炸药是怎么回事,而在布科②造的那种神秘机器又是怎么回事。

但是,和德国人正在发明的玩意儿一比,所有这些东西就不值一提。德国人搞了空中走动的大炮、使人眩晕的炸药、毒箭,等等。而那时还正在建的则是云中战壕。

“云中?”一个工头说道,“那不可能。”

“不可能?”莱哥叫着挖苦他,“您去问问冯·克吕克③就知道了。什么云中不能安战壕!就跟地上的一样,或者还要好一点!”

“我不知道这怎么能固定住。”

“您是不知道,可是人家冯·克吕克早就知道了。是一个土耳其人或者阿尔及利亚人教会他的。鬼知道到底是哪里人。”

一个工头说,德国人大概要饿得投降了。但是莱哥很不屑地对他断言,那是不可能的。他们已经在用木头做肉,用草做面包了。他们征集了所有旧草帽,就是为了必要时把它们变成面包。

莱哥就这些新发明胡说了一通,意犹未尽的他突然又大起声来:

“法国人弄了来打仗的那些动物才吓人呢。”

“什么动物?”

“就是他们带到昂代伊,带到圣安娜山④上的那些。”

“我们可没听说。是什么动物呢?”

“什么都有。有赫马。”

“河马。”我说道。

“不,不,赫马。他们是这样叫的,饲养它们的马丁先生也是这么叫的。还有会唱歌的美人鱼和庞大的吸血蝙蝠。”

“但是吸血蝙蝠很小啊。”去过美洲的一个人跳了出来。

“小?那些可不小。您自个儿去看看吧。有些达五米高。”

“翅膀张开都像飞机了。”那个工头叫道。

“我从没见过它们张开翅膀。”莱哥回答。他又补充道:“翅膀是用在石炭酸里泡

---

① 杜平(1848—1927),研制炸药的法国化学家。

② 塔布和布科都在法国南方。

③ 冯·克吕克(1846—1934),一战时期的德国将军。

④ 昂代伊,在法国和西班牙边境,隔比达索瓦河和西班牙相望。圣安娜山,在法国昂代伊北部海边,比达索瓦河入海处。

过的纱布包起来的。”

“包起来干什么？”

“说是这边的湿气会使它们的薄皮长一种冻疮。”

“那给它们喂血吗？”我笑着问。

“从前在它们的原产地是喂血的，”莱哥回答，“给它们每只蝙蝠两到三打孩子，供它们吸血。如今却只用加了一点重碳酸苏打而且拿铅丹染红的牛乳清哄哄它们。”

“这是什么高汤！”一个里奥哈人低声嘟哝一声。

“那么吸血蝙蝠是从哪里来的呢？”我问道。

“从加尔各答，”莱哥说道，“是马丁先生和几个戴着银质眼镜、留着白花花的大胡子的印度人把它们运来的。”

“还有别的怪物吗？”

“有的，还有一些带镀锌钢鳞甲的海蛇。”

“要它们作什么用？”

“为了海上通讯用，”莱哥回答，“水里的海蛇就像空中的信鸽。我要是有钱，就从马丁先生那里买他一个。它们像狗一样，很温顺的……汽车来了。好，先生们，再见！一定要到昂代去看看吸血蝙蝠和海蛇啊。就说找马丁先生。”

莱哥带着惯有的严肃走了。

几个月以后，我在伊伦碰到莱哥，他请我去他家吃饭。我答应了，因为我很好奇，很想知道，那个一开口就瞎掰的家伙在家里是一副什么腔调。

莱哥为我一一介绍他的母亲、老婆和孩子们，然后我们就坐下来吃饭。铺上桌布，使女端出汤来。这是一位来自纳瓦拉五城地区的姑娘。她放下汤锅，看着主人低声用巴斯克语说道：

“先生，我不敢。”

“别傻了，”莱哥大声道，“说吧！”

那使女揭开汤锅盖，说道：

“今天，热月十七日。自由，平等，博爱。共和万岁！”

莱哥做了一个姿势表示赞许；他老婆把餐巾放到嘴边，哧哧笑了。

“你可真傻，莱哥！真傻啊！”她大声说。

“这些娘们儿不懂严肃正经，”莱哥大声说道，“我这是在完善那丫头的教育。我教会了她共和历，而我老婆却不感谢我。”

说这话时，那爱胡闹的莱哥还是像往常那样一脸严肃。

老不正经的米格尔·德·特拉戈里[①]

有时候，马丁的母亲差儿子到阿尔卡勒家的酒铺去打葡萄酒或者苹果酒，常常告诫他：

"如果碰到特拉戈里那个老头，你不要和他搭腔。他要是对你说什么，你就一律回答说不。"

特拉戈里是马丁的舅公，是他奶奶的兄弟。此人长得干瘦，大鹰钩鼻，灰头发，灰眼睛，嘴上总是叼着他的瓷质烟斗。在阿尔卡勒家的酒铺里他是唱主角的。酒铺正是他大展身手的用武之地，是他的活动中心。他在那轻松随意的环境里严肃认真地高谈阔论，使农民们心中因财产而生的仇恨之火不致熄灭。

老头子特拉戈里靠动歪脑筋搞一些小把戏为生，在村里有财有势的人们中间名声不佳。本质上他是一个阴鸷之人，天性快活，酒量不小，待友豪爽，而内心却相当凶残，连给人一枪子儿，甚至一把火把整个村庄烧了这样的事情恐怕都干得出来。

鉴于儿子的性格，马丁的母亲早就预感到了，儿子到头来会成为特拉戈里的朋友。她认为此人是个坏蛋。果然不出她所料。老头子得知外孙把沃恩多痛打一顿的当天就把他置于自己的保护之下，并开始对他进行生活启蒙。

和特拉戈里交上朋友的同一天，马丁也获得了马尔克斯的青睐。马尔克斯是特拉戈里的狗，长得又丑又小。有其主必有其狗。深受主人的观念、思想和坏脑筋的浸淫，它也一样东游西荡，小偷小摸；一样的老奸巨猾，愤世嫉俗，卓尔不群。此外，它和特拉戈里一起恨阔人，这在狗类中实属罕见。如果马尔克斯有一天进了教堂，那也不为别的，而是为了看看孩子们坐过的长凳下是不是留下了些许面包碎渣。它可不会心血来潮地产生什么神秘思想。尽管有侯爵这么个贵族头衔，马尔克斯(Marqués，侯

① 本文是长篇小说《冒险家萨拉卡因》(1908)的第一部第二章。

爵的意思)既不喜欢教士,也不和贵族友好。特拉戈里总是叫它马尔克什(Marquesch),按巴斯克语口音这么轻轻一转,听起来就更加亲昵。

特拉戈里拥有一个小菜园,精明的人们认为那玩意儿一钱不值。园子和他的房子成对角,要走过村堡墙上的整个平台才能到达那里。有人多次提出要买他的菜园,但是他总说祖基不能卖。再说,他的无花果树产的果子也属举世无双。那一小块地他是万万不卖的。

大家都相信,他保留小菜园是为了有权从墙上过,好伺机偷东西,而这一看法绝非远离事实真相。

特拉戈里属于加尔查戈里[1]家族,也就是红裤子家族。他的姓名和诨名押韵,这就给了教堂女司事的父亲编顺口溜的理由。这个滑稽的老头恨特拉戈里,他编的歌连小孩都唱得溜溜的,这让特拉戈里极为难堪。歌是这样唱的:

特拉戈里,
加尔查戈里,
我们这里欢迎你,
爱偷爱喝爱女人,
那个家伙正是你。

一听到这首歌,特拉戈里就皱起眉头,表情变得严肃沉重。

特拉戈里是个坚定的个人主义者。他信奉的是由特拉戈里家族的个人主义所强化的巴斯克个人主义。

“自己东西管管好,能偷多少是多少。”他常这样说。

这是他最上得了台面的理论,还有那些难与人言的理论他也就闭口不提了。

在生活上,特拉戈里谁也用不着依靠。他自裁衣服,自刮胡子,自剃头发,自做皮凉鞋。他万事不求人,无论是男人还是女人。至少他是亲口这么说的。

特拉戈里把马丁置于自己羽翼之下,把一身本事悉数传授给了他。他教他如何拧断鸡脖子而让它不出一声;教他怎样从园子里偷无花果和李子而不冒被人看到的危险;还教他通过蘑菇生长的草丛颜色辨认好蘑菇和毒蘑菇。

采蘑菇、拾蜗牛是特拉戈里的一项收入,但是更大的进账却来自另一种营生。

---

① 加尔查戈里是巴斯克神话中穿红裤子的小精灵。他们住在家家户户的针线盒里,帮主人干活又快又好。

村堡的一段城墙上有一小块看上去根本不能爬上爬下的平地，特拉戈里却找到了爬上那个犄角旮旯的通道，并且在这片隐蔽而阳光充足的地方正儿八经开辟了一座烟草种植园。他把干烟叶卖给酒铺老板阿尔卡勒。

通往老头烟叶地的路要穿过属于沃恩多家的一块庄稼地，还要经过村堡的一段壕沟。打开这段壕沟上一扇虫蛀斑斑的破门，走过几级苔藓覆盖的台阶，就到了特拉戈里的那个角落。

这条路藏在树枝交叉纠缠而搭成的隧道里，粗壮的树根形成大大小小的台阶向上延伸。

夏天，繁密的枝叶把它遮得严严实实。炎热的八月天里，人可以在树荫下打盹，而且有叽叽喳喳的小鸟和嗡嗡的绿头苍蝇为你催眠。

那壕沟对马丁来说也是一个有意思的去处，墙上覆盖着红色、黄色、绿色的苔藓，石缝间长着大戟草、天仙子和接骨草，亮闪闪的大蜥蜴在那里晒着太阳。墙洞里住着大大小小的猫头鹰。

特拉戈里一五一十地把自己知道的一切都解释给马丁听。

特拉戈里见多识广，没有人比他更了解本地，没有人能像这个玩世不恭的老头子那样对依巴亚河的地理环境，对河流两岸以及水中的动植物做到了如指掌。

到了禁渔期，他把渔网和一应渔具藏在罗马古桥的桥洞里。他会锤鱼，其方法是捶打河底的石块，然后揭起石块，被敲昏的鳟鱼就一动不动地待在石头下面。

他会开枪射鱼；他在伸入地下而一半积水的阿玛维图列塔洞穴里下圈套捕捉水獭；在河流被水坝拦截处的黑潭（Ocin beltz）里撒网。但是特拉戈里从来不用炸药炸鱼，因为他热爱自然，不愿使它变得贫乏，虽然这种爱他只是似懂非懂地感到的。

这个老头子也喜欢和人家开玩笑。他说没有什么比载有各类好消息的一张报纸更让水獭高兴的了；他还声称，如果把报纸留在河边，那些动物就会出来读报。他还讲了许多关于鲑鱼和别的鱼类智商如何高超的奇闻逸事。特拉戈里认为，狗不说话那是因为它们不想说话，而且它们和人一样聪明。他对犬类的热情驱使他说出了下面这句无礼的话：

"我和一条西班牙水犬打招呼时比和神父先生打招呼时更加毕恭毕敬。"

这句话在村里引起了轩然大波。

有人开始相信，特拉戈里和伏尔泰是现代人不敬神灵的两个罪魁祸首。

老头和小家伙无所事事的时候就带着马尔克什上山打猎。阿尔卡勒把猎枪借给特拉戈里。不知什么缘故，特拉戈里会对着狗大骂起来。骂狗的时候他总是用西班牙语：

“流氓！恶棍！老癞皮狗！胆小鬼！”

马尔克什以听似哭诉的轻声汪汪来回答辱骂，像钟摆一样摇动尾巴，而且一边走着之字步，一边四处嗅个不停。看到草中有什么动静，它便会如箭离弦般地猛扑过去。

这类情景让马丁大为开心。特拉戈里干什么都让马丁陪着，独独不要他一同去酒铺。每当天黑时分要到阿尔卡勒家酒铺去高谈阔论的时候，特拉戈里就会对他说：

“到我的园子里摘几个梨吧，就在角落上，带回家去。明天把钥匙给我。”

说着他就把一大坨铁疙瘩交到他手里，那玩意儿起码有半吨重。

马丁走过城墙上的整个平台。这样一来，某家种了洋蓟，某家种了青豆，他都一目了然。从城墙高处俯视别人的房舍园地，盘算别人的劳动，渐渐使马丁有了某种哲学和偷盗倾向。

年轻人马丁·萨拉卡因本质上是个知恩图报之人，性格脾气又好，打心底对自己的老年师傅极为敬重。这一点特拉戈里心里明白，尽管他装着不知道。作为回报，只要有什么事情他知道是孩子喜欢的，或者是有助于他的教育的，凡是他力所能及的，他都愿意效劳。

特拉戈里对周围的每个角落真是太了解了！作为一个正宗的流浪汉，他性喜观赏大自然。老头和小家伙爬到村堡高处，躺在青草和金雀花丛中，纵目远近的山山水水。春日午后的景色尤其亮丽。清澈明净的依巴亚河在山谷中蜿蜒穿行，沿着两岸极高大的杨树流经碧绿的畦田，一路在溪石间奔腾跳跃，逐渐变得开阔，然后又慢慢收窄，遇到磨坊水坝便直落而下，化作珠帘似的瀑布。一座座愁眉不展的山峰锁住视线，一座座园子里随处可见高树苍翠，果木成林。

太阳照着村堡中青盖童童的大榆树，红光耀树，给树干染上了一层铜黄。

顺着供山羊攀登的条条细路下来，可以到达傍着依巴亚河的清流蜿蜒而行的一条大路。离村不远，有些垂钓者整天下午手握钓竿坐在水边打发光阴，女人们裸腿站在水里，一边浣衣，一边唱歌。

特拉戈里远远就认出了那些垂钓客。“某某和某某在那里，”他说，“肯定什么也没钓到。”他不去和他们瞎掺和。他知道一个地点，那里的金合欢树和山楂树荫翳蔽日，笼罩水面，繁花开得香气馥郁，鱼儿在树荫下汇集。

特拉戈里考验马丁，让他跋涉，奔走，像猴子一样在林间上蹿下跳，像雪貂一样在洞里东张西望。他以自己的方式教育他。特拉戈里家族的教育法简直近乎野蛮。

其他孩子在学校里接受宗教和道德启蒙的时候，马丁却在尽情欣赏自然美景。他爬到爱罗伊查山洞里探索，洞中有若干巨大的石室，石室中住着无数大蝙蝠，它们靠膜状翅膀上的爪子把身体倒挂在石壁上。他在黑潭(Ocin beltz)里洗澡,尽管村里人都说这个深潭极其危险。他不但打猎,而且翻山越岭地走长路。

每当领着拉载客马车的马匹到河里洗澡的时候,特拉戈里就让外孙骑着其中一匹马到河中央。

"马丁,再过去一点!靠坝再近一点!"

而马丁就会笑嘻嘻地把马群领到水坝边上。

有些时候,特拉戈里会在夜里把马丁·萨拉卡因带到墓地里去。

"就在这里等我一会儿。"他说。

"好。"

半个钟头以后,他才回来,还问他:

"马丁,你害怕了吗?"

"怕什么?"

"这就对了(Arrayua)!就得这样,"特拉戈里说道,"天不怕,地不怕,永远不怕!"

佩利奥·雅尔萨

雅尔萨家老屋阴沉沉的客厅里有一幅昏暗的圣母像,圣母像前有一盏长明灯,油灯神秘地溅出火星,闪着亮光,仿佛一个日夜受难的灵魂。

*

当佩利奥·雅尔萨得知父亲去世时留下的钱就要告罄时,他决心到海外去发财。

“困难重重?那又怎么样呢?”他微笑着说。

佩利奥的母亲见儿子那么文弱,那么不好动,那么爱想入非非,心里难免七上八下。她发现儿子有时候长时间静静地望着天空沉思,有时候又关在房里吞读着药房老板借给他的书。

本镇及周边地方有节庆时,佩利奥是必不可少的人物。他舞技娴熟,即兴口占巴斯克语诗句也很有才华,这使他显得出类拔萃。在专门卖苹果酒的酒店以及码头酒馆里的赛诗会上,几乎所有的即兴歌手都以同样的叠句开腔:如今容我细细说,且把真相道分明。佩利奥总是打败种地人和渔民中最有名气的即兴歌手。

家人也好,外人也好,他们都把佩利奥看作一个孩子,他有点像是这个镇上的装饰。他从来没有试图去说服别人,或许他并不是他们想的那样。说它干吗?他很文弱,喜欢被呵护、受宠爱的感觉。

*

那天,要出门那天,佩利奥起得很早。在黎明的孤独中,他走出家门,到村里和人们道别。晨雾缭绕的村庄开始渐渐苏醒。屋子的门窗陆续打开,不断有庄稼人从牲口栏里牵出牛羊走到路上。在黎明的寂静中，耕牛张大鼻孔愉快地呼吸着湿润新鲜的空气，哞哞地叫得非常有力。

从镇上的主要通道中央大街上，通过打开的窗户，可以望见学校里面的大幅标语和粉墙上的地图。广场上，教堂黑乎乎的尖塔在雾中矗立，水珠直往下淌；因为年久潮湿而发黑的市政厅仿佛一张涂得黑乎乎的怪脸，阳台上遮着帘子，大门上方有本镇的城徽，结结实实的门上包着铁皮，钉着铁钉。

那一天，佩利奥看在眼里的一切都与平常不同，镇子，教堂，银色雾霭笼罩的山谷，在鹅卵石之间奔腾跳跃、溅着闪亮水花的河流。庄重的晨祷声在宿雾迷蒙的空中缓缓传来，甚至这祷告声听起来也充满痛苦忧伤，不似以往。

佩利奥心中一片迷茫。

啊！再也不会去朝圣了，再也不会去赶节庆了，再也不会听到广场上敲巴斯克小鼓了，再也见不到郁郁葱葱的橡树和榉树丛中半隐半现的极白极白的庄屋了。再也闻不到山坡上狼萁草的香味了，再也听不到巴斯克人特有的尖啸声（irrintzi）了。当天空如一片缀满钻石的黑幕笼罩大地，那尖啸仿佛野马对着星空引颈长嘶，而蛤蟆也同时在夜晚的幽寂里唱着水晶似的清歌。尤其是，再也见不到母亲和妹妹了，再也见不到医生家的小女儿谢勒了。那姑娘多漂亮啊！看到她，佩利奥没有一次不脸色煞白，两腿发颤。

佩利奥噙着泪水回家，他推门走进厨房。奶奶坐在矮矮的灶头边，正在往火里添柴。奶奶是一个瘦得干瘪的老太婆，穿一身黑衣服，裹着一块黑色的包头布，朝天打起一个尖结。

厨房很大，很宽敞，看起来黑乎乎的。阳光从一扇低窗射进来，在木地板上画出一方光明，两道暗线把这方块划成四个小方块。灶头一边的石凳上，铁箍木桶上的铁皮圈银光闪亮。

祖孙二人不时对看一眼，谁也没有开口。过了很久，佩利奥的母亲和两个妹妹走进厨房。奶奶早已为姑娘们准备好了两大杯牛奶和切片面包。吃过饭，姐妹俩手牵手，挎着干活用的小篮上学去了。

佩利奥的母亲双眼红肿，失魂落魄地从一个房间走到另一个房间，根本不知道自己在干什么。

"都准备好了吗？"小伙子问。

"都好了。"

上午飞快地过去了。十二点钟一到，姑娘们从学校回来了。一家人就在厨房里吃饭，冷天已经越来越近。姑娘们有说有笑地讲着学校里发生的事情，与此同时，奶奶和母亲越发痛苦地看着佩利奥。

“我们的孩子(Gure humia)!”奶奶两手捧住脸,不让人看见自己的眼泪。

终于看见大马车来了。车越走越近,时而隐没在一排树木中,时而又出现……佩利奥紧紧抱过奶奶,发疯一样亲过母亲和两个妹妹,然后爬上马车高处。

车夫一鞭子抽到马身上,马车随即就启动了。佩利奥·雅尔萨的心里犹如翻江倒海。

“再见!等我回来见!”他一边喊着,一边挥着手帕,心里头却在低声哀叹:

“哎!我再也见不到她们了!”

马车隐没在树丛中,然后又露出来一会儿,到大路拐弯处,终于消失了。

*

到达美洲没几天,佩利奥·雅尔萨在一家百货公司当起了店员。一个月过去了。好几个月过去了。佩利奥时而满怀希望,时而感到沮丧,终于,他开始明白,自己不是做生意的料。

他感到置身于自己的世界之外。他努力让自己去适应并完全融入商业的世界。但是,这一点用也没有。自己所没有的发财渴望他假装不出来。做生意他既感觉不到乐趣,也缺少野心。这方面他连一点苗头都没有。他唯一的欲望就是攒下不大不小的一笔钱回老家去。

他和别的店员交了朋友,其中有些也是巴斯克人。他们眉飞色舞地讲在陋巷角落里卖皮革,卖布,或者卖臭咸鱼发大财,讲富有冒险精神的人们怎样在股市上大胆投机,操纵别人的资本。

雅尔萨对此没有丝毫兴趣。他的心不在那些地方。那些地方只会使他的精神充满悲苦。

百货店老板有时候也对他说:“你过不了这种日子。”佩利奥确信这是对的。他想,过这种营生,需要黑心黑肺,需要有最卑鄙的激情。

生意和寻欢作乐的机会如潮水般流经他的身边,又从他身边滑过,他却没有什么感觉。有时候遇到节日,店里允许他出去,他就形单影只地在大城市的街上漫步,内心强烈而痛苦地思念着故乡。

街上的人群形形色色,有黑人、黑白混血人、桑博人①、中国人。佩利奥感到和这

① 桑博人是黑人和印第安人的混血人。

些人格格不入，尽管他也通过宗教懂得四海之内皆兄弟的道理。礼拜天的下午，走在人群中的他每每会感到悲深似海。他真想趴到地上，为了不再见到热带酷烈的太阳而把泥土撒进自己的眼睛，然后哭到死去为止。强烈的回忆仿佛高烧攫住了他的整个身体。回忆中出现了一道溪流，一片榉树林，一座山岭。回忆使他完全与那形形色色的人群，与那些无良商人的社会隔绝了。模糊不清的童年歌调，古老的梭齐科歌曲，小鼓的声音，逐渐在他的想象中纷至沓来。他慢慢相信自己就在家乡，他闻到了干草的香味，看到了河床中乱石嶙峋、水沫飞溅的溪流，听到了群山的呢喃。

有一天，佩利奥从店里走开了很长时间，店经理相信从中看出了他对老板们卑鄙行径的谴责，结果佩利奥被他就职的那家百货公司辞退了。

一个素不相识的人见他一筹莫展，便对他说：

“您为什么不到巴西去呢？那里有橡胶，如果不先送命的话，可以很快发财的。”

佩利奥得知这条生财之道，把计划仔细琢磨过一番，最后决定付诸行动。要是不送命的话，就可以赚到钱衣锦回乡了。如果死了，那又怎么样？母亲不必再为生计操劳了，妹妹们的嫁妆也会有着落了，医生家的女儿谢勒也会知道，他佩利奥原来是个英雄。

必须去巴西。他真去了。在盗匪和冒险家组成的一群乌合之众里，佩利奥以嘴上的道理和腰间的手枪赢得了别人的尊重。他来自一个多情而好战的种族。和生意人相比，他和逃犯囚徒之间更能互相理解。他在那里精神抖擞，恐怕自己都不曾想到身上有这么大的能量。

两年以后他终于成功地回到城市，并把自己辛辛苦苦攒下的钱汇到了母亲手里，但是他的身体却已经因为发烧不断而筋疲力尽，油干灯枯。他焦急地等着登船时刻的到来，可是一只脚刚踏上即将把他带往西班牙的跨大西洋客轮，就有船上的一位医生劝他打消旅行的念头。如果不想葬身鱼腹，就不要坐这趟船。这位医生习惯了和穷人打交道，说话直截了当，粗鲁无情。

佩利奥感到一种深沉的忧郁，可怕的忧郁。但是高烧和强制性的休息迅即使他的灵魂激越起来，他的心头装满了这两年来的冒险生活的回忆。而以前这些记忆却仿佛在脑中被一层浓雾紧紧笼罩着。

他有了把自己的记忆和感觉固定下来的迫切欲望，每天都飞快地，兴奋地用西班牙语和巴斯克语书写，写下自己的热情和失望，梦想和苦楚，还有爱的谵妄。他的句子含着眼泪和欢笑，犹如春天那些一边落雨一边出太阳的疯疯癫癫的日子。

当他写完的时候，他感到自己没有力气了。他叫一位同乡的神父来帮他忏悔，求得与上帝的和解。他求神父把那些文稿交给自己母亲，然后含着微笑去世了。

他把自己的心血化作金钱寄给了家人。而在最后几封信里，他为他们寄去了自己诗人和孩子的心灵。信中的话语含着眼泪和欢笑，正如春天那些一边落雨一边出太阳的疯疯癫癫的日子；又如神秘的呜啭，卑微的歌声；如溪水一路欢唱，流经两岸开遍红罂粟花的如茵碧草。

*

正因如此，雅尔萨家老屋阴沉沉的客厅里才有一幅昏暗的圣母像，圣母像前有一盏长明灯，油灯神秘地射着火星，闪着亮光，仿佛一个日夜受难的灵魂。

乌尔杜庇家的贵小姐

一、前言

“多年以前，”杨西村的医生对我（指的是本故事写作者）说，“于尔鲁涅举行节庆期间，我去拜访了达斯科纳格尔一家人，他们是我在这个法国巴斯克小镇上的朋友。”

他们照例请我吃饭。饭吃了好半天，酒菜非常丰盛，对贪口福的人来说真可谓大快朵颐。大家又是吃喝，又是唱歌，好不开怀。席间坐我边上的是一个年轻教士，他提议我和他饭后散步消食，一起朝圣让德吕兹方向走走。

我同意了。我们离开家门，走在大路上。

我觉得那教士是个和蔼可亲、开朗宽容的好人。他也是萨雷镇的风琴师，名叫迪阿尔德·达里斯蒙蒂。见过他的人会以为他不是乡下的神父，而是来自大城市的教士，承续了那些儒雅潇洒的十八世纪教士的遗风。

迪阿尔德·达里斯蒙蒂一路上和我讲他的历史学研究，讲完成研究工作的难度，讲关于巴斯克人的人类学研究。他对巴斯克人问题有兴趣，但也有好多疑问。

我们走在从于尔鲁涅去往圣让德吕兹的大路上，经过乌尔杜庇城堡时，迪阿尔德·达里斯蒙蒂对我说：

“这是我们拉布尔地区不多的城堡之一。它和位于圣佩的那座是这个地区仅剩的两座城堡。”

“但是它看上去很现代啊。”我提醒他。

“是的。这座城堡毁掉重建，推倒再来，历经多次反复，但是它的基础历史悠久。早在1170年，我们的历史记载中就出现了一座乌尔杜庇城堡。十四世纪托马斯·卡特的目录里也提到一座乌尔杜庇家族带有雉堞和防御工事的塔楼。十六世纪中叶，这座塔楼及其附属建筑毁于奉桑乔·德莱瓦之命进入法国的西班牙人之手。历史悠久的古建筑只剩下这堵爬满青藤的北墙。”

“那么乌尔杜庇家族是封建领主啰?”我问神父。

“不是的。我们巴斯克人从来没有接受过封建制。巴斯克人通过血缘和亲族获得权利和影响。乌尔杜庇家族也在西班牙活动,世世代代掌控着矗立在比达索瓦河岸的一座堡垒。这座堡垒如今已荡然无存。”

我和教士久久望着城堡和旁边气势非凡的公园。

“您要是愿意,我们可以进去,我认识它的现任主人。”他对我说道。

“谢谢,不了。可能太晚了,今夜我还想回家。”

“您现在就回去吗?”

“对。”

“从贝拉走还是从埃查拉尔走?”

“我从贝拉走。”

“那我们一起走到十字路口。”

我们二人回到于尔鲁涅,辞别主人达斯科纳格尔,骑马踏上了回程。

我和萨雷的教士讲到不少事情,其中提到纳瓦拉省部分地区巫术的名声,特别是苏加拉穆尔迪一带。

“对,这里整个地区曾经都有女巫,”迪阿尔德·达里斯蒙蒂对我说,“最奇怪的是许多巫术中心就在教堂里。乌尔达克斯的教堂,圣让德吕兹的教堂,拉仑山上的圣灵教堂,以及其他的宗教场所,这些都是巫术集中的地方。”

“那么这里的巫术到底是怎么回事呢?”我问道。

“这个我也不全明白。我看了好几个审判卷宗,其中洛格罗尼奥①的审判,在略伦特②的《宗教裁判批评史》书中有记载。而皮埃尔·德朗克雷③的《恶魔无常图》一书,也详详细细地讲了圣让德吕兹的审判。可是事情的来龙去脉我还是搞不明白。这里的巫术无疑有远古崇拜的余绪,也结合了来自贝阿恩的魔法。毫无疑问,使审判过程变得更加扑朔迷离的是,西班牙和法国的审判官都不懂巴斯克语,被审的人们也是既不懂法语,也不懂西班牙语。”

“这样他们就很难互相理解。”

“您想吧,法官既严厉又迷信,再怎么荒唐的胡说八道他们都能采信;而另一方

---

① 洛格罗尼奥,西班牙里奥哈省的省会城市。

② 略伦特(1756—1823),西班牙史学家。

③ 皮埃尔·德朗克雷(1553—1631),法国波尔多法官,1609年在拉布尔省大规模迫害搞巫术的人,共处死好几十个人。

面，那些被告都是满心惊惧，只要能无罪释放，你要什么他们就招什么！”

“对，所以事情才显得错综复杂。”

“对了。我有一本巫术小史，书中出现了一位我们刚才散步时看到的那个城堡里乌尔杜庇家族的小姐。”

“是古代的事情吗？”

“不是很古老。书是某位名叫多纳德吉的退役军人写的。此人住在萨雷镇，大革命时期和拉图尔·多韦涅①同为军人。您可能知道，拉图尔·多韦涅除了是法兰西共和国第一投弹手，还是一位区域研究的开创人。而多纳德吉则可以算在他的门徒之列。从一段记载来看，多纳德吉想用巴斯克语来写，并把书上呈给前任部长加拉。后者当时隐居在位于乌斯塔里茨的庄园里。您要是对这段历史感兴趣，下回到萨雷时提醒我，我把书给您看。”

我和教士来到分岔路口，他左拐接着从大路走，我则朝着回家的方向爬上伊巴丁山坡。

过了两年，正是圣诞节庆期间，我骑马到萨雷镇上去凑热闹。

我从来没有从这边进入过法国。我左右问路，在一个窄小的峡谷里沿着溪流前进。

来到法国，我印象中走过了好长一段路，而且不是朝北，而是在朝南走。

我走的是狭窄而寒冷的纳瓦拉山路，一出山到达萨雷镇，看见的却是一马平川的原野，清明的天空，低丘上的葡萄园，还有溪石累累的干溪，这让我大为惊讶。

到了镇上，我走进一家收拾得干净利索的饭馆。吃完饭，我向人打听迪阿尔德·达里斯蒙蒂教士。

每个人都认识他，每个人说到他时脸上都带着微笑。

他们告诉我，他大概在教区办公所，并为我指出方向。房子在镇中央，教堂旁边，靠近墓地。

我爬上台阶来到神父的办公室。

迪阿尔德·达里斯蒙蒂在一间大厅里弹着风琴，和十几个小孩子一起唱歌。

“我知道你干什么来了，”一见我他就说，“为了多纳德吉上尉的那本历史著作。”

“对。”

“我去给您拿来。您可以借走。什么时候还都可以。恕我不能招待您。今天是我一年到头最忙的一天。”

---

① 拉图尔·多韦涅(1743—1800)，法国军官，被拿破仑称为“法国第一投弹手”。

教士在书房的书柜里找书时，我从阳台上望着镇上的墓地，除了十字架和墓碑，还有凿着太阳光芒的圆形石。这是巴斯克人坟墓上特有的太阳的象征。迪阿尔德取出一个用线装订起来的本子交给我。

"您不用急着还。想看多久就看多久。"他说。

"好的，那我就不多打扰了。您接着去忙合唱吧。"

"请您原谅，"他笑着说，"巴约纳大教堂的乐师要来，我们想稍微露一手。"

我辞别教士，来到广场上。有一个片刻，我注视着墓地，听着迪阿尔德教士的琴声和他的学生们的歌声。

天一黑，舞会就渐渐开始了，我在一对农家夫妇的陪同下离开了萨雷镇。

若干天以后，我在家里一边读一边抄多纳德吉上尉所写的历史书，以下就是这本书。

二、乌尔杜庇老爷们

位于于尔鲁涅和圣让德吕兹之间的乌尔杜庇城堡虽然几经毁坏重建，却是拉布尔地区最古老的城堡之一。城堡就在边境上，这使得它每当西班牙人和法国人交战之时就频繁受到攻击。

我们这里讲的是十七世纪初的事情，乌尔杜庇城堡当时刚刚重建完毕，修葺一新，面朝大路的入口部分由两座厚重的石砌塔楼加固，塔楼上是圆锥形尖顶。

那时的乌尔杜庇是个风光宜人、赏心悦目的庄园。壮观的大花园，极美的流泉，错落有致的四周景物，再加上地理位置，使它成为一个修心养性的好去处。城堡的主人们离家不远便可以在涅维勒河中驾船航行，做到拥山控海。走得稍远一点，还可以到穆里斯科湖中泛舟。

乌尔杜庇家族在这一带的历史非常悠久，最初几代的头人称号以本姓代代相传，后来直系香火不续，姓氏换了好几回。在十五十六世纪，乌尔杜庇家的后代姓阿尔萨特，和西班牙纳瓦拉省贝拉镇和法国圣让-皮耶德波尔的阿尔萨特同宗。1608年，当时的城堡主人特里斯坦·德·乌尔杜庇年纪五六十岁光景，由他的外甥女莱昂诺尔·阿尔萨特·乌尔杜庇陪同一起生活。他是鳏夫，妻子没有生下一儿半女。但在当地众所皆知的是，他有一些私生子，其中一个是国王的火枪手，而且这个儿子很不讨他喜欢。特里斯坦·德·乌尔杜庇为人思想开放，善良正直；他所受的教育和所读的书赋予他一种宽宏大量和善解人意的性格特点。乌尔杜庇是在纳瓦拉王国的宫廷里，在爱怀疑而且有点异教倾向的胡格诺教徒中间接受的教育。他曾是战士，"贝阿恩人”[1]还年轻时乌尔杜庇就认识他，而且后来成了他的朋友和战场上的伙伴。

乌尔杜庇年轻时开朗、活跃、有决断。他从小生活的环境是纳瓦拉宫廷，那里既有政治和爱情的阴谋，也有充满暴力的游戏以及哲学方面的谈玄论道。

亨利四世登上法国王座，乌尔杜庇也跟着搬到巴黎，但是不久他便厌倦了罗浮宫和宫廷生活。

他一来感到幻灭，二来有丧妻之痛，三来得了痛风症，便决定退居自家城堡。

特里斯坦男爵带着尚在幼年的外甥女一起生活，为她请了两个家庭教师，命一位女仆担起管家的职责，自己只管一心散步，并从巴约纳求购他所听说过的值得开明人士阅读的有趣书籍。

乌尔杜庇几乎不通拉丁文，用这一语言写的书籍就只好省掉了。相反，他的意大利文和西班牙文水平不算差。

巴黎、安特卫普和阿姆斯特丹出品的印刷精美的图书一本本到了他家里，有蒙田、拉伯雷、克莱芒·马罗[2]的作品；有阿米奥翻译的普鲁塔克，还有意大利文学和西班牙文学的精华：阿里奥斯托、马基雅维利、塔索、乌尔塔多·德门多萨、洛佩·德·维迦和塞万提斯。

起初乌尔杜庇要做出很大努力才能持之以恒地专心读书，但是后来他尝到了读书的滋味。他热爱《堂吉诃德》，还和朋友们一起讨论。拉伯雷他是一段一段挑着读，高康大和庞大固埃之父玩世不恭的粗鲁笑声常常引得他也哈哈大笑。

男爵也经常读博纳旺蒂尔·德佩里耶[3]的开心故事。后者是纳瓦拉女王的秘书，文学上也模仿女王[4]。这些故事即使没有什么过人之处，对乌尔杜庇来说也非常有趣，因为作品中用作原型的宫廷阴谋和人物他全都熟悉。

乌尔杜庇沉浸在知识的海洋中，感叹自己过去光阴虚掷。一想到自己多年前曾经有缘与蒙田相见却没有深交，他就大为后悔，后悔只把当时的波尔多市市长蒙田当成了随便一个爵爷，既没有向文学家蒙田致敬，也没有向他请教。他打算同饱学之士交往，经常给自己的老朋友胡格诺派教徒阿格里帕·多比涅写信。多比涅回信鼓励他坚持钻研。男爵一直保持和阿格里帕的友谊和通信，虽然有时候那胡格诺教徒一

---

[1] “贝阿恩人”是纳瓦拉国王亨利三世(1553—1610)的绰号。他既是纳瓦拉国王亨利三世(1572—1610在位)，也是法国国王亨利四世(1589—1610在位)。他是胡格诺派的新教徒，也是波旁家族在法国的第一位国王。

[2] 克莱芒·马罗(1496—1544)，法国诗人。

[3] 博纳旺蒂尔·德佩里耶(1510—1544)，法国作家。

[4] 这里指的是纳瓦拉女王玛格丽特(1492—1549)，文学名著《七日谈》的作者。

本正经的建议会引他发笑。

“我们的缺点和弱点都是人性的一部分。”他常常笑着说。

这时候的乌尔杜庇已经显出老相，满脸皱纹，头发胡子花白。他生来中等身材，灰蓝色的眼睛很有神采，气色健康，面带微笑。

每当犯痛风时痛得厉害不过了，他就大吼乱骂。事后他会对外甥女说：

“别听我瞎说。脚痛得厉害的时候，我身上的大兵气就冒出来了。”

子爵的外甥女莱昂诺尔·阿尔萨特，即乌尔杜庇小姐，是一位气质高雅的女人。她不高不矮，身材苗条，一头偏栗色的金发，蓝眼睛，长长的鹅蛋脸。

莱昂诺尔为身边所有的人喜爱；她魅力十足，有一种小鸟般的活泼优雅；她待人亲热，虽然说算不上大美人，但是城堡四周的邻居，无论骑士还是庄稼人，都心悦诚服地肯定，整个拉布尔地区再也找不出乌尔杜庇贵小姐这样的女人。

莱昂诺尔生活得热闹开心；她常在身边一些骑士和女性友伴的陪同下骑马出游；从尼夫河到比达索瓦河之间的所有节日庆典她都赶去凑热闹。

“好好玩吧。”男爵常对她说。

乌尔杜庇小姐接受的是当时流行的教育。她从小在巴约纳上学，修女们教会了她一些女红，并灌输给了她一套略为做作的神秘主义。莱昂诺尔的性格没有什么发展，朋友们说她任性，而且过于不拘小节。

乌尔杜庇老爷想要抵消修道院尼姑们的影响，有时候就读几段纳瓦拉女王玛格丽特的《七日谈》给外甥女听。或者读布朗托姆的修士皮埃尔·德布尔代耶写的《仕女传》。这位作者无论作为加斯科尼人还是作为战士都受到乌尔杜庇的看重。

读这些放荡的小说时莱昂诺尔不无抗议，男爵不得不给外甥女解释一番。

“亲爱的孩子，”他说，“你是一个女神。你生活在星星里，至少是生活在云端。应该把两只脚踩到地上来，你可不能在最美好的日子里栽个大跟斗。我宁愿你是个勇敢大胆的亚玛宗女战士，也不愿意你成为一个假正经。”

莱昂诺尔有许多追求者。

“我外甥女把爱慕者的名字列成了一长串目录。”乌尔杜庇常笑着说。

莱昂诺尔把爱看作结婚必不可少的条件。她的一个追求者是圣佩城堡的继承人。

那位圣佩家的小伙子出身不错。他的姓氏，他的城堡，都和乌尔杜庇家的一样古老，在遥远的历史时期就已经出现在拉布尔的地方志上。

婚姻谈妥，莱昂诺尔却犹豫了。圣佩家那小子有点不走正道。听说他是个花花公子，也有人认为他不是什么好货。

莱昂诺尔一位年老的保姆,安德烈·安东尼,对她的小姐说,不应该和那个姓圣佩的结婚,因为他们和阿尔萨特家是世仇宿敌。莱昂诺尔问自己舅舅,这话到底有几分是真的。

"这是谁告诉你的?"乌尔杜庇问道。

"我的保姆安德烈·安东尼。"

"奇怪。毫无疑问,村民还记得这两家曾是冤家对头。对,这是真的。乌尔杜庇和圣佩老早以前是仇敌。他们争的是拉布尔地区的领导权。我的祖先和你姓阿尔萨特的祖先与圣佩家反复斗了好多次。我们阿尔萨特家在比利牛斯山另一边有同党;堂罗德里戈·德阿尔萨特是我们的同盟之一。他是纳瓦拉省贝拉镇一个区的头人,这个区就以他的姓名命名,叫阿尔萨特区。我们也占有比达索瓦河边的一座堡垒,并在那里设防。王位战争在西班牙境内的巴斯克地区一打响,政治形势迫使我们和甘博亚家族联合,而圣佩家族也和奥尼亚斯家族结盟。按照我们的历史记载,1413年,圣佩家有人暗杀了阿尔萨特家的一个人,后者是乌尔杜庇的领主。乌尔杜庇家人和同盟的家族汇合,在来自吉普斯夸的费尔南多·德甘博亚带领下,一路烧杀打到了圣佩,但是回师途中他们却中了埋伏,几乎所有人都被乱箭射杀,其中也包括费尔南多·德甘博亚。等到西班牙在法国的影响一消失,奥尼亚斯帮和甘博亚帮的敌对也就化解了。1514年,这两个家族抛下前嫌,达成和解。在当时,乌尔杜庇男爵路易斯·德阿尔萨特是路易十二的侍酒人,也是他在拉布尔地区的骑士。"

男爵最后说道:"我不认为历史纠葛是你不愿嫁到圣佩家的充分理由。"

"世仇是一个因素,"莱昂诺尔说,"但是另外还有别的迹象。"乌尔杜庇小姐命自己的女仆打听过她追求者的生活。从她们向她汇报的情况来看,圣佩家那小伙子专事欺骗周遭的黄花闺女,把她们弄到巫师作法场所并将她们玷污。他手下有两三个爪牙帮他把女人搞到手。鉴于这些报回来的消息,莱昂诺尔彻底与圣佩家断绝了关系。她不想听别人对她谈婚嫁之事,独自在家里关了好几天。

莱昂诺尔的幸福生活有些美中不足。她不向往大城市的生活,也不想在宫廷中出风头。要是找到一个能爱她保护她的男人,她就心满意足了。

乌尔杜庇小姐一心想当西班牙人。她自以为热情奔放,也有点神秘主义。在她看来,法国的骑士们太招摇,太肤浅;她以为在西班牙也许可以找到一个更严肃、更热烈的如意郎君。

三、巴斯克女巫

巴斯克女巫(sorguiñas)在拉布尔和纳瓦拉地区的大肆流行由来已久。巴斯克人所占的比利牛斯山地区,从富恩特拉比亚到隆卡尔,从贝阿恩到昂代,统统是女巫们的地盘。她们发号施令,治病救人,占卜算命,无所不能。

这些女巫是什么人?她们的本领和法力又来自何处?

有些人说巴斯克人的巫术是罗马人的经典巫术,从贝阿恩传到了巴斯克地区。另外一些人则认为这一邪教和巴斯克人的古代宗教实践有几分相像。

正如在欧洲所有未被闪米特人思想①控制的森林地区一样,在巴斯克地区也存在以女人为祭司的宗教崇拜,女祭司也就是女巫。在诞生于沙漠中的非洲宗教里,男人是唯一的祭司,是先知、救世主、弥赛亚马赫迪。女人被关入后宫,女人是不洁之器,是一种危险。相反,在欧洲的森林地区,女人却是成功者。她懂医术,会算命,是聪明者;她坐在神圣的三脚架上,以神明的名义说话,甚至有预知未来的本事。

在闪米特人的宗教崇拜里,女人从来就被禁止登上祭坛,她总是消极的,而且低于男人。相反,在欧洲的原始宗教里,甚至在那些最贫乏,最质朴无华的宗教形式里,女人都以伟大而胜利的姿态出现。在灿烂辉煌的希腊人的生活里,她是女祭司,是女预言家;在默默无闻、普普通通的巴斯克人的生活里,她是女巫(sorguiña)。

闪米特人对女性的敌意可以在早期基督徒身上看到。对福音书的作者来说,玛利亚无足轻重。马太、路加和马可的福音书里甚至都不提基督受难时圣母在场。他们谁也没有说到圣母的悲恸,也不提她的升天日期。

这些早期基督徒是犹太人,他们没有圣母崇拜,也不可能有。基督教必须经过欧化,被引入到一个崇拜过维纳斯、克瑞斯②和密涅娃的多神教种族里,才能产生圣母崇拜。

巴斯克人的巫术(aquelarres)中受崇拜的是黑公山羊阿盖拉(Aquerra)。这个阿盖拉是何方神圣?他有什么渊源?这公山羊绝非一个没有来历的角色。在古埃及人和古希腊人那里,牧神潘和酒神巴克斯的形体都是大山羊;印度人③在孟德斯山洞里

① 指基督教思想。

② 克瑞斯,罗马神话里的农业和谷物女神。

③ 此处有误。应该是古代埃及人。查孟德斯为尼罗河三角洲埃及城市,当地崇拜的神叫巴奈布杰代特(Banebdjedet),其形象为一公羊。

崇拜它;古代波斯人知道魔鬼和山羊之间的密切关系。马蒙尼德[①]声称,公山羊崇拜构成崇拜星辰和自然的拜星教的一部分。斯堪的纳维亚的托尔[②](Thor),他的车是由公山羊拉的。在理性主义时期,黑公山羊一定是被看作了一个宇宙学的神话;在宗教狂热和愚昧时期,就像一切东西都有所象征一样,人们在它身上看到的是撒旦。公山羊是怪诞而变幻莫测的动物。耶稣会教士马丁·德尔里奥[③]把路德是一位女巫和一头公羊所生这一点当成一个被证明的事实来接受。要是路德能够读到马丁·德尔里奥的书,我们应该问问这位伟大而性格急躁的德国宗教改革家,他认为那位耶稣会教士是谁的儿子。那肯定会很有意思。

十七世纪初,拉布尔、贝阿恩和纳瓦拉这些地方的巫术宗教突飞猛进地壮大。西班牙和法国政府不久便不得不插手了。洛格罗尼奥的宗教裁判所审判官们审讯了苏加拉穆尔迪的巫师,波尔多法官皮埃尔·德朗克雷则审讯了圣让德吕兹的巫师。

西班牙宗教裁判所的审判官们在案宗里保留了大量滑稽可笑的细节,但是他们的判决宽宏大量。波尔多的法官们优雅而做作,而且看得出来,他们更为残酷。洛格罗尼奥的宗教裁判所审判官们的性格在案中得到了如实体现:他们是一些好教士,粗笨,轻信,既没有坏心,也缺乏机智。德朗克雷先生则表现出自己是一个阅世丰富的狠心法官。

这个时期的巫术宗教蓬勃发展,最漂亮的女人都信巫术。圣让德吕兹、于尔鲁涅、圣佩和萨雷等地方的许多女人甚至在忏悔的时候也不加隐瞒。他们的集会(batzarres)是大型化装舞会,跳的是苏尔一带的牧人所跳的那种舞蹈。当地的头面人物也都戴着假面赶来。甚至连许多参加者也不清楚现场到底发生了什么。有人把它描绘成欢乐的节日欢庆,也有人说它是用奇怪的招魂仪式呼唤死者亡灵的恐怖场面。

德朗克雷法官在指出巫术发展过程时说:"从前只有朗德省的白痴们去参加,现在有身份的人也赶去凑热闹了。"

他又说道:"拉布尔地区的魔鬼和巫师数目惊人。"

产生这一闻所未闻的魔鬼大集合的原因能是什么呢?犀利的德朗克雷先生以自

---

① 马蒙尼德(1135—1204),出生于西班牙科尔多瓦的犹太哲学家,天文学家。

② 托尔(Thor),北欧日耳曼人神话里手握铁锤的雷霆闪电神,英文里"礼拜四"(Thurday)和"雷霆"(thunder)等词都由这个名字派生而来。

③ 马丁·德尔里奥(1551—1608),祖籍西班牙的比利时神学家,耶稣会修士。他的著作《魔术研究》(Disquisitionum magicarum)曾经在天主教和新教世界都很流行。1692年发生在美国的著名的"塞勒姆审巫案"审案使用的书中就有这一本。2009年,英国曼彻斯特大学出版社出版了该书英译本。

己的方式给出了如下解释。

他说，到达印度和日本的传教士把这些地方的邪恶精灵全数驱逐出境，所以邪恶精灵就逃到了巴斯克人地区。

那么魔鬼为什么选择拉布尔，而没有选择加斯科涅、阿马尼亚克、吉伦特或者图伦呢？

这是德朗克雷先生的一个秘密。

法官加强他的论证说道："实际情况是，许多英格兰人、苏格兰人以及到波尔多市来运酒的其他旅行者都绘声绘色地告诉过我们，他们在途中目睹有着丑陋之极的人类形体的魔鬼大军从法兰西经过。"

指出了邪恶精灵的可能来源之后，德朗克雷先生进一步调查为什么这一该死的族类会在拉布尔肆虐。他这样评说巴斯克人：

"他们像猫头鹰一样性喜夜行，他们热爱晚会和跳舞，不是徐缓庄重的舞蹈，而是热烈放荡的狂舞。"

波尔多人德朗克雷先生懂得如何结合职责和享受，他在审判的间歇时间弹奏鲁特琴，甚至在下令烧死女巫之前让她们在他眼前跳舞。他这样对拉布尔的女人下结论：

"她们身体轻盈好动，性格轻浮，做什么事都是快手快脚，风风火火，她们固执易怒，难以捉摸……

"总之，这个地区盛产苹果，女人们不吃别的，只吃苹果，不喝别的，只喝苹果汁，这就使她们有了经常啃噬禁果的机会。"

德朗克雷先生是嫁接到宗教裁判法官身上的一个幽默家。火刑、鲁特琴和铁笔辣手构成他折服犯人的手段。

巴斯克巫术宗教和一般的巫术有几个共同之处，但它也有许多独特之处。巴斯克巫术不在礼拜六①举行，而是在其他日子，特别是在教会有盛大仪式的日子。

巴斯克女巫曾经受到人们的敬畏。在纳瓦拉和在拉布尔一样，所有人都去参加她们的法会。在纳瓦拉，这些集会在草地上、山洞里以及别的乡间场所举行；在拉布尔，则是在庄屋和城堡里。

是什么推动人们去参加这些集会，这些巫术仪式的呢？对有些人来说是寻欢作乐、纵情声色的盼头；对另外一些人来说，是他们爱好神奇的天性。有人参加集会是

① 礼拜六是犹太人的安息日，相当于基督徒的礼拜天。人们把巫术和犹太人联系到一起，所以巫术在英语里也叫黑色安息日(Black Sabbath)。

为了从女巫手里拿到迷魂汤使别人爱上自己;有人是为了搞到咒语或毒药好去报仇雪恨。穷苦人,不幸者,还有因饥饿、绝望和愤怒而疯狂的人们,他们参加巫术则是为了侮辱国王、教会和有权有势者而不被惩罚。

这最后一个方面,即社会抗议,也许是巫术宗教最深刻的原因。所以,法国的巫术活动随着十四世纪中叶的农民暴动而复杂化,并且最终带上了无政府主义和革命性质。

巫术宗教反叛教会和世俗政权,在小康阶层也有支持者,他们这些人相信女巫的医学知识。

在纳瓦拉,受到歧视的贱民,如巴斯坦的阿哥特人①、匈牙利人和吉卜赛人,他们在巫术宗教里寻求庇护。老巫婆们炮制油膏和神药的山洞是遭司法迫害者和遭世人歧视者的避难所。

这些怪诞野蛮的巫术仪式深处跳动着人类对博爱的一种渴望,这种渴望也许比在庄严隆重、金碧辉煌的教堂里还要强烈。

四、奥隆迪铸铁厂

奥隆迪铸铁厂坐落在比达索瓦河边,就在河流和从山上冲下来的一条小溪的交汇处。奥隆迪位于一个地势低陷潮湿的地方。这是个很大的铸铁厂,年代久远,部分已经废弃,远远看去,像一座带有几个塔楼的城堡。它有一座用来蓄拦溪水的水库,一个已经废弃的旧车间,车间只剩下几个巨人似的大石柱还立在杂草丛中。它还有两个大烟囱,几堵爬满寄生植物的大黑墙。常青藤和羊齿蕨,叫花草②和海芋草,白阿福花、荨麻和药用墙草在那里密密麻麻地疯长,使得篱笆、高墙以及附近树木的树干上都为一层深绿色所覆盖。铸铁厂的旧屋顶带有金黄和银白的色调,屋顶上覆盖着一圈圈圆形的苔藓。

到了冬天,在那片冻枯的寄生植物之间,可见两个贴着水面的大圆拱,人们看它就像是魔鬼的杰作。奥隆迪附近没有一户人家,只有不远处的一座荒庙。自从那里的苦行僧被杀以后,也就不再有人居住。

奥隆迪铸铁厂主人老安东·雅克苏和小安东·雅克苏父子是打铁的好手。安东

---

① 阿哥特人(Agotes)是一个来历不明的民族,集中在西班牙北部和法国西南部的比利牛斯山一带。他们是当地的贱民,经历了至少八个世纪的歧视。参见《磨坊人家》一文第五章。

② 叫花草是一种爬藤,学名葡萄叶铁线莲(Clematis vitalba),中世纪的乞丐们用它在自己身体上制造创伤来博取别人同情,故名。

父子整天就在那座阴森森的大屋子里干活，屋子里到处都是从河里爬上来的老鼠，还有无孔不入的蜘蛛。无论白日黑夜，从奥隆迪附近经过难得不听到锻造车间里的风箱哮喘似的呼呼声和叮叮当当的敲打声。

两个安东叮叮当当的捶击声从太阳出来一直要响到太阳下山以后很久。有人言之凿凿地断定，安东父子敲打得那么使劲是为了吓唬和他们抢地盘的老鼠。不怀好意的人们这么一来就把最高的劳动美德贬低成了不名誉的勾当。

礼拜天，两个铁匠就在河里钓鱼。他们无疑是不想离家太远。

一个六月的早晨，小安东·雅克苏正在打铁间里干活的时候，来了一个城里绅士打扮的年轻人。这位小伙子从西印度来，叫马查因。米格尔·马查因出生在比达索瓦河边的一个村庄里，曾是安东·雅克苏的童年玩伴。米格尔十四岁上离家去往法国，在那里待上一段时间之后，又远走美洲。

一走进雅克苏的车间，米格尔并没有认出铁匠来，那铁匠却马上认出了他是米格尔·马查因。马查因二十四岁上下，身材高高瘦瘦，淡蓝色的眼睛，栗色的头发。他穿着一件黑上衣，白色小飞边①，棕褐色的披风。

“师傅。”马查因用巴斯克语叫道。

“什么事？”雅克苏问。

“我有一把剑，少了护手。你能帮我装上吗？”

“先看看吧。”

马查因从披风下拔出一把双刃长剑；剑身弯折如灯芯草，剑柄做工精美。

雅克苏把剑拿在手里仔细看过，然后递给马查因。

“能修吗？”他问道。

“那要看情况。”雅克苏回答。

马查因以目光征询他的意思。

“如果这把剑是你的宝贝，而且你想要我们把护手修到看不出修补的痕迹，那我们干不了。”铁匠说。

“我主要想使用这把剑。”马查因说。

“那样的话，两天就可以修好，到时候来取吧。”

马查因离开了奥隆迪的铸铁厂，走在路上，他一直听着车间里不断地传来雅克苏叮叮当当的敲打声。

---

① 飞边，旧时装饰脖子的轮状皱褶领子。

五、吉普斯夸人埃罗塔比德

两天以后，在同一座铸铁厂里，雅克苏父子干着活，锻铁车间里有一堆形形色色的农人，其中包括一个妇女。她听着一个男人说话，此人高而干瘦，蓝眼睛，一头已经花白的金发。他就是埃罗塔比德。

埃罗塔比德来取马查因留在奥隆迪的宝剑。听他口气，马查因是他的朋友。

“那个小伙子好像野心很大，”老雅克苏说，“人家要他娶纳瓦斯图雷家的女儿，可他不干。”

埃罗塔比德微微一笑。

“当然他不干。”

“那为什么？那个小伙子还想高攀什么名门吗？”

埃罗塔比德回答说，“那个小伙子的目标是把家在于尔鲁涅的乌尔杜庇男爵的外甥女娶到手。”

“那不可能。”安东父子说。

“为什么？”

“马查因不是贵族。”

“但他是个战士。马查因家的历史有可能和乌尔杜庇家一样悠久。”

“那么乌尔杜庇小姐和马查因相爱吗？”小雅克苏问道。

“是的，他们相爱，”埃罗塔比德回答道，“马查因离家以后，有两年时间在乌尔杜庇家里当牧人。就在那里，他认识了男爵的外甥女，爱上了她，并发誓要成为一个男子汉。等到机会一出现，他就上了去往美洲的船。他历经艰险，八年以后赚到钱回来了。他住到于尔鲁涅，见到了莱昂诺尔小姐，并使她爱上了自己。然后镇上开始传闻乌尔杜庇家的贵族小姐和一个冒险家之间的爱情，这话传到了男爵耳朵里。他于是命令外甥女和几个朋友一起到乌尔达克斯去住一阵子。”

“那么那位女士在乌尔达克斯吗？”老雅克苏问道。

“就在那里。”

“那马查因会怎么办？”小雅克苏问，“他准备冒什么险？他要那把剑干吗？”

两个铁匠，他们的学徒，还有那一堆农民对了解这些消息很感兴趣。见此情景，埃罗塔比德笑了。

随后他说：“马查因在乌尔达克斯待了几天，见不到乌尔杜庇家的贵小姐。他在那里打听，莱昂诺尔·阿尔萨特眼下寄住的人家到底是谁，这才得知主人是堂娜格拉西亚娜·德巴伦涅切亚及其丈夫，米格尔·德戈伊布鲁。他做了更多的调查，发现这个堂娜格拉西亚娜原来是女巫，是巫术法会上的女王。这使他大吃一惊。他不但打听到了这一点，而且也得知堂娜格拉西亚娜是圣佩爵爷的好朋友。后者爱上了莱昂诺尔，一直在追求她。马查因还调查到，堂娜格拉西亚娜想让乌尔杜庇小姐也成为女巫；她要找一个礼拜五把圣佩和莱昂诺尔都带到苏加拉穆尔迪的巫术法会上，好叫他们永远不再分开。”

“那马查因怎么办呢？”

“马查因将和我一起去法会，不让堂娜格拉西亚娜的把戏得逞。”

铸铁厂里所有的人都佩服地看着埃罗塔比德。

“对，我们两个人去，”那吉普司夸人继续说道，“萨雷镇的一位女士，堂娜米卡埃拉·德加斯特鲁，她会提前二十四小时通知我们法会的准确日子。正是她把自己的旧剑交给了马查因。堂娜米卡埃拉年轻时好像是莱昂诺尔母亲的亲密朋友。”

“就你们两个人去法会吗？”老安东问。

“我本来是要一个人去的，”埃罗塔比德回答道，“但是马查因去见了贝拉镇的教区神父，神父大人给了他一些护身符，并让他去找住在伊泽亚的军官，军官答应会借给米格尔六个最勇敢的士兵。”

两个铁匠、他们的学徒，还有农民们都吃惊地看着埃罗塔比德，然后他们七嘴八舌地讲了自己所知道的巫婆的舞会或者法会。

埃罗塔比德最了解情况。他说法会在礼拜一、礼拜三、礼拜五以及教会有大型庆典的时候举行，从九点开始，到午夜结束，因为巫师们不能听到乡间的鸡鸣。有时候他们也举行弥撒，而且法会往往以群魔乱舞而结束。

老雅克苏说，曾经有人告诉他，女巫们把入土的死人挖出来吃掉，而且她们是在墓地里干那种事。她们像举火把一样擎着未经洗礼而夭折的婴孩的胳膊，胳膊从手指部分点燃，照明如火炬。

埃罗塔比德表示，如果夜里派他去找金子却只给他点燃的婴儿胳膊所发出的亮光照明，自己怕是搞不到多少金子。

小雅克苏添油加醋地说，有一次，女巫们出来吓唬磨坊主马丁·德阿马尤。此人走在去磨坊的路上，看到她们在荆棘丛里嬉闹一阵之后就从一个水洼里消失不见了。

“那样的话，那些女巫就是青蛙。”埃罗塔比德回答说。

一个农民说，他曾经听一个内行人讲过，魔鬼会在自己选中的人身上用指甲划一道伤口，留下终身不退的伤疤，而且像盖章一样在中魔者的眼睛瞳孔上刻下一个蛤蟆形象。

关于这一点，一个老头又作了补充。他说胡安内斯·德埃查拉尔的肚皮上就有魔鬼的记号。胡安内斯是屠夫,也专门负责鞭挞那些去了巫术密会,回来又在村里乱讲那里情形的年轻人。

一个老太婆说,一个叫胡安乔的讲过玛利亚·齐皮亚和玛利亚·德尤雷特吉亚的事情。那两个玛利亚通魔法。一天夜里,她们在天上飞,飞近贝拉镇,把一些孩子从床上拖出来,把他们带到了苏加拉穆尔迪的巫婆法会。

雅克苏的一个学徒,就是年龄最小、脸色最苍白的那个,睁大了眼睛看着七嘴八舌的人们。

"你不用害怕,"埃罗塔比德对他说,"巫婆不会把你拖走的,如果她们企图这么干,你就告诉我一声。"

吉普斯夸人埃罗塔比德自以为是条汉子,说不定他也自以为有点装神弄鬼的吧。

六、旅途

米格尔·马查因早已为自己的伟大冒险行动做好了准备。他将带上伊泽亚的军官拨给他调遣的五个兵和一个中士。此外,埃罗塔比德和一个叫埃琼的年轻朋友也将陪他前往。埃琼熟悉地形。

六月二十三日,马查因接到了堂娜米卡埃拉·德加斯特鲁的通知,告诉他次日夜里,也即圣胡安之夜,将是举行巫术法会的时间。莱昂诺尔和圣佩都会去。所有人的聚会地点是苏加拉穆尔迪的山洞,然后他们会从山洞走到贝洛斯科维罗草地。

马查因通知了士兵们。埃罗塔比德把物资装到一匹马上。下午吃过饭,他们就悄悄从镇上离开了。

天气很好,六月里和煦的阳光晒着大地,一行人走在前往法国的路上。他们后来爬上一道泥泞滑脚的山坡,沿着一条溪流回溯,在一处有大树生长的山洞旁边停下来歇脚,并且小喝了一口酒。

修整完毕,再次前进。他们沿着下泄到萨雷镇的一条山溪走,一路在密林中穿行。后来他们离开溪边,爬上了一个山坡。从山坡上可以看到一个狭窄的山谷,山谷尽头就是法国的平原。

他们又一次停下来。马查因希望自己人马到达的时候不至于疲乏。从这里以后,西班牙的崎岖山区渐渐过尽,只剩下一个插入法国平原的山嘴。这个山嘴是银岩山的最后一段,山峰看似弯弯的犬牙,山脚下有一座白屋成片的小镇:苏加拉穆尔迪。

马查因和朋友们重新启程的时候,傍晚已经降临。天空阴云密布,很快下起雨来。一个因此次冒险行动而忐忑不安的士兵叫道:

“我们碰到坏天气了。”

他们躲在一个供牧人牲口避风雨的茅舍里,等了很长时间。

“得往前走。”马查因说。

“这点雨算什么,”埃罗塔比德喊道,“往前走!往前走!”

他们继续前进,雨下得越来越大。山顶上空渐渐出现大片大片紫黑色的阴云。风暴遮黑了天空,夜晚迅速降临山谷。忽然,一道之字形的闪电在银岩山的山头上划出,同样的闪电一道接着一道地照亮天空,山峰上的岩石看似熔化于白光之中。闪电过后,震雷隆隆,大雨下得越来越紧了。

寒风仿佛在和夜行的人们怒斗。九个人默默前进,一脚一脚探着可以踩稳的石头。

就在这当儿,驮运给养的马匹受到闪电惊吓而后退,失踪了。

“我去找。”埃罗塔比德二话没说就隐没在风雨交加的黑夜中。

马查因的士兵继续前进。埃琼把队伍领向凭借一点灯火远远望见的一座庄屋。

走到近前,他们听到了人语和鼓声。屋里在唱歌。

一敲门,里边唱歌的人都不出声了。

他们不想开门。马查因和埃琼好说歹说地求他们;大兵们语带威胁地要求他们开门。终于,一个女人把门打开了。这座庄屋非常寒酸,而且破旧不堪。这家人姓苏比塔特。

大家都进屋到了厨房,在灶火边烘烤。屋里的女人是个寡妇;和她在一起的是她的父亲,一个病病怏怏的老头;还有两个敲鼓的孩子、一个睡在灶火边摇篮里的婴儿。

埃琼拿出酒袋,众人饮酒。

“埃罗塔比德呢?”马查因问。

“埃罗塔比德不见了。”埃琼回答。

“怎么回事?”

“他找驮运我们给养的马去了。”

马查因出门走到屋外的平地上,把两个指头放到嘴里,吹响口哨。哨声很尖,极远的地方也一定能听见。没有人回答。略过片刻,他又吹口哨,这次听到了远处有人回答。一刻钟以后,埃罗塔比德牵着马在庄屋出现了。他把马留在马厩里。

“风雨过了,”他喊道,“咱们去苏加拉穆尔迪吧。”

“这家伙莫非就是巫师?”为这次出征而心里忐忑不安的那个战士问自己的一个伙伴。

伙伴耸耸肩膀。

马查因给了苏比塔特庄屋的孩子们几个钱，告别女人及其父亲，再次领着人马来到野外。

风雨中迷路的埃琼马上又找到了路。路很窄，他们开始排成一行前进。远处有一条狗在不停地狂吠。

“坏兆头。”那个疑神疑鬼的士兵说道。

“得了吧，”另一个反驳他，“我家周围有条狗每天夜里狂叫，这都叫了十年了，到现在也没见有什么倒霉事落到我头上。”

雨停了。夜色美丽，星空清明。

路两旁的茅草和低丘之间有一些大树。

“别往前走。”那位心虚的战士忽然说道。

“怎么了？”马查因问。

“那里，那里有什么东西趴着。白色的一大堆，是一条龙。”

“我觉得是好几条蛇缠在一起。”另一位猜测道。

马查因手中握剑，中士也拔剑在手，埃罗塔比德举着棍子走在他们前面，三人靠近那堆白色的东西。

“是一棵枯树。”马查因说。

埃罗塔比德坐到上面。

士兵们笑那个受到惊吓的伙伴。他们继续向前。树枝在温湿的夜里颤抖着发出神秘的响声，水潭里的流水仿佛在田野庄严的沉默里一路歌唱。

埃罗塔比德从胸前的口袋里掏出一支短小的土笛，吹起欢快的歌调。

忽然，他不吹了。一只夜莺在黑暗中与他唱和。埃罗塔比德停下脚步聆听，战士们也跟着他一起听。

“咱们别停啊！往前走！往前！”马查因吼道。

他们继续赶路。等到靠近苏加拉穆尔迪山洞的时候，埃琼向马查因示意，马查因又向其他人示意，提醒他们，那个神秘的山洞近了。

路从一个拱顶下通过，左边是巨大的洞口，看进去一片漆黑。等眼睛习惯了黑暗，才慢慢看得出来，地面上的水仿佛一片黑色的床单沿着整个山洞流动，这便是地狱之溪（infernucoerreca）。流水发出神秘的颤动。洞深处，有一个火把照亮黑洞，举火把的人来回走动，使得火光也晃个不停。

几只蝙蝠在他周围翻飞，不时也可以听到一只猫头鹰在拍扇翅膀，发出粗糙刺耳的尖叫声。

“这就是集会点。”埃罗塔比德说。

“我们要从这里进去。”马查因接着补充。

战士们用手画一十字，然后拔剑出鞘。

“前进！”埃罗塔比德大吼一声，跳进山洞，一边挥舞手中的棍子，一边大步前行。

埃罗塔比德似乎并不怕女巫。毫无疑问，他了解这里的角角落落，熟悉巫婆的作法场面。

七、苏加拉穆尔迪山洞

埃琼点亮一个火把在洞里前行，战士们跟在他身后。在微弱的光线下，沙子地面仿佛每时每刻都要消失，溪水也仿佛很深。然而，实际上并非如此。洞里的地面是一个平缓的斜坡，一直倾斜到溪水边。溪流一开始相当宽，而且水很浅。山洞沿着地狱之溪远远地延伸，直到溪流变窄，流向田野，而山洞也结束于一个狭窄的出口。两个老太婆在火把的照明下把藏在角落里的一把把干草拿出来。她们把曼陀罗和天仙子，疯草和槲寄生，乌头毒草和魔鬼药草等分门别类，一一放好。

“我们就待在这里吗?”士兵头目问。

“对。”

埃琼把一根棍子插在地上，把马缰绳系在棍子上，又随手在马脖子上挂了一袋玉米让它吃。

埃罗塔比德操起火把，随即在洞中消失了。回来时他扛了一大扇门板。门板曾是连接小溪两岸的过桥。见板桥被撤，那两位正在把药草堆到一起的老太婆嘀咕了一阵子。但是埃罗塔比德并不理睬她们。

“用来生火。”他一边说，一边把门扔到地上。

埃琼和战士们一阵踢打把门打碎，做成一堆木柴，然后又拿来干草，点起很大的一堆篝火。

“现在要紧的事是吃饭，”埃罗塔比德说，“开始来人的时候，为了不引起怀疑，咱们不要默不作声，相反，要使劲地大声喧哗。”

他们吃起饭来。就着火光可以看见奇形怪状的白砂岩，仿佛裹尸布包起来的一团团黑影；远处望得见篝火中升起的轻烟在高高的洞顶上缭绕，黑乎乎的小溪流闪着红光。那条小溪嗞嗞作响，与之相和的是眼泪一样从岩石上落下的水珠滴落声。

就在他们吃饭这段时间里，洞里的人多了起来。几个穿得破破烂烂的老太婆点着一把有松香味的甘草走了进来。领头的是一位带男子气的高个子女人，白发苍苍的脑袋上骄傲地带着一个用槲寄生的枝叶扎成的王冠。

刚来的一个老太婆头上顶着一捆木柴；她把柴扔到地上，生起篝火。接着，另一个老太婆走近溪流，打满一锅子水，架到两块石头中间烧。

头戴槲寄生王冠、白发苍苍的老巫婆开始把草药撒到锅里，一边撒，一边低声念着咒语。其他巫婆以她为中心围成一圈。篝火忽闪着金黄色和血红色的火焰，把那一圈巫婆照亮。

稍后便开始有三五成群的年轻男女走进洞来；人群中传出压低的笑声、窃窃私语声和黑暗中的接吻声。

那些人来自贝拉、勒萨卡、埃查拉尔、阿尼奥亚、苏加拉穆尔迪和乌尔达克斯等小镇。法国那边的巴斯克人则来自圣让德吕兹、于尔鲁涅、阿斯卡因、奥雷特、萨雷和圣佩等地。对好多人来说，这是欢乐热闹的朝圣之旅。带木柴来的人们点起篝火，围成一圈。

来人中也有一队吉卜赛人，与他们结队同行的有若干锡布尔的卡斯卡洛塔人和阿里斯昆的阿哥特人。阿哥特人的特征是他们缝在衣服后背用红布剪出来的一只鸟爪，提醒别人不要靠近。

尽管有麻风的名声，这些阿哥特小伙子却长得牛高马大，身材匀称，金发蓝眼，身上看得出来他们哥特祖先的特征。他们尽量显出果断的样子，其实特别害羞。

随着作法时间的临近，又新到了一些人：十好几个从拉布尔来的身佩宝剑的神父，还有陪同他们的相好。她们是教堂里的姐妹（sororas），法国人叫她们“得福者”。这些人准备来跳舞，来举行黑色弥撒仪式。

一位神父把帽子放到地上。埃罗塔比德戴上帽子，用巴斯克语唱了一首歌：

圣塞巴斯蒂安人来了，
从格塔里亚带来公羊。
他们把公羊放到塔楼，
我们就有了天父圣上。

埃罗塔比德接着又唱了几首歌谣，跳舞时使劲地蹦跳。

大家为他的尽情投入而拍手叫好。

接着，仿佛受到埃罗塔比德的鼓舞，几个拉布尔小伙子来了一出合唱，一些人唱高音，另外一些人唱低八度，技巧实在娴熟得很。洞中歌声回荡，如同教堂。

到了最后的时辰，苏加拉穆尔迪巫术法会的头头脑脑终于渐渐出现。先来的是苏加拉穆尔迪的市长和乌尔达克斯的圣萨尔瓦多修道院的三位修士；接着是圣佩那位爵爷和他的朋友们,他们几乎每个人都戴着面具;最后是格拉西亚娜·德巴伦涅切亚,陪同她的是她丈夫米格尔·德戈伊布鲁和三位戴假面的小姐。马查因从三人中一眼就认出了亚马宗女战士打扮的莱昂诺尔·阿尔萨特。

格拉西亚娜·德巴伦涅切亚和米格尔·德戈伊布鲁是那里发号施令的人,犹如巫术大会的王与后。他们做好准备,要给每个人喝酒。

酒杯从一只手里传到另一只手里;男人们喝葡萄酒,老太婆们喝烧酒。

米格尔·德戈伊布鲁和圣佩的爵爷捧着大罐甜饮料给女人们喝。女巫们用曼陀罗和疯草熬制这汤药,然后加上糖和香料。那两个男人正要走到莱昂诺尔跟前,早已经戴好面具的马查因一步上前拉住了她的胳膊。

"干吗?"她吓了一跳。

"别喝。"他对她说。

"米格尔!是你吗?"

"是,我在这里保护您。别怕。"

莱昂诺尔在药汤里湿湿嘴,马上又用手帕擦干。一进洞她就已经被吓得魂飞魄散;她担心自己会晕过去。圣佩男爵通过面具看着和莱昂诺尔说话的男子,他以为那也戴着面具的人是她认识的某个与乌尔杜庇城堡相邻的骑士。

格拉西亚娜·德巴伦涅切亚从那一堆阿哥特人面前经过时注意到其中一个小伙子,并且迷上了他。她很激动地靠近他,兴冲冲地和他说话,坐到他旁边,摘下面具,好让那受压迫种族的男人尽情打量她。

格拉西亚娜外貌俊俏,黑眼睛,黑头发,三十多岁,身材丰满。她穿着绿色天鹅绒衣服,眼睛和嘴唇描了浓妆。欲火似焚的女人像发情的母狮子一样看着那个阿哥特人,他却一直保持一副谦卑收敛的模样。

那两个小姐和莱昂诺尔都与格拉西亚娜分开了。一个老太婆靠近她们,她的手里和肩上都放满了蛤蟆和蜥蜴。有些蛤蟆穿着小小的带帽僧衣,腰身用绳子系住。老太婆请莱昂诺尔和她的朋友们抚摸穿着衣服的蛤蟆,她们拒绝了。

圣佩那伙人里头有一个没戴面具的年轻人。此人一张大脸,挺着一个大肚子,动个不停,喋喋不休。这个年轻人曾经当过修士;现在他正朗诵着怪诞的诗歌逗来自拉布尔的老爷们开心,以一个诗人天真的奴性拍他们的马屁。这位前修士诗人叫卡于扎克。

"阿布拉卡达布拉!阿布拉卡达布拉!(Abracadabra!Abracadabra!)"一进洞他就扯着低沉的嗓子吼道。

人们请卡于扎克喝女巫们熬的药汤,他很轻蔑地拒绝了。

“不,不,不要那漱口水;酒,只要酒,法兰诺和切库伯[1]。”他接着扬起手,用蹩脚的滑稽的拉丁语喊:

趁青春作乐寻欢,
烟云散锦绣华年,
转头空暮景凄惨,
黄泉路谁人能免!

(Gaudeamus igitur, juvenes dum sumus! / Post jucundam juventutem / Post molestam senectutem / Nos habebit humus!)

卡于扎克继续唱着他的及时行乐歌,淋漓尽致地显出他良好的僧侣背景。

“卡于扎克,你得好好来一段雄辩的祈祷。”圣佩的一位朋友说道。

“马上,”卡于扎克说,“先让我喘口气,滋口酒。伟大的魔法师和巫师的庄严的影子啊!阿波罗尼乌斯[2]、大阿尔伯特[3]、阿格里帕[4]、浮士德、梅林[5]、帕拉塞尔苏斯[6],请赐我灵感吧!”

过了一会儿,诗人将火把举过头顶,挥舞着说道:

“巴斯克兄弟们!太阳的子孙!”

“好!卡于扎克!好啊!”朋友们大喊大叫。

卡于扎克做了一个庄重的手势,示意大家安静。

“请原谅一个比阿恩的诗人来打扰你们的牧神节庆,深入到这个隐秘而神圣的山洞来向你们致敬。我是属于维庸和克莱芒·马罗一派的讽刺诗人;我是热爱乡村生活的诗人,我歌唱南妮特美丽的眼睛,歌唱雅沃特面颊上的酒窝……但是今天我的讽

---

① 法兰诺和切库伯均为意大利著名葡萄酒。

② 这里指的应该是图亚纳的阿波罗尼乌斯,新毕达哥拉斯派哲学家,公元一世纪出生在罗马帝国的小亚细亚。

③ 大阿尔伯图斯(1200? —1280),中世纪哲学家和神学家,天主教会三十六圣师之一。

④ 海因里希·科尔内留斯·阿格里帕(1486—1535),德国魔法师,秘术作家,神学家,星象学家,炼金术师。

⑤ 梅林,亚瑟传奇中的魔法师。

⑥ 帕拉塞尔苏斯(1493—1541),瑞士-德国人,文艺复兴时期医生,植物学家,炼金术师,星象学家。他是结合化学和医学的先驱之一,也是元素锌的命名者。

刺和牧歌缪斯穿上了盛装，从这个神秘山洞涌出的流水给了我希波克里尼的灵泉①……”

“……此时时刻，大自然一切生命都在冥冥中神秘跳动；万千天籁在暗中回响；小溪流水携带着悲喜交加的歌声奔向大海……一颗银色的星星在黑色的空中闪烁；可怕的林神（Basojaun）从茂密的枝叶间投来红色的目光；大蛇（Leheren-suguia）在比利牛斯山的山洞中纷纷张开邪恶的翅膀四处乱飞；乌鸦在林中发出一声声凶兆；诗人听到了飘若晨岚的孤独之声、沉默之声，并对他的臣属，对布满令人不安的黑夜帝国的可怕的生灵们说：‘仙女们！风精们！女巫们！树精们！在苏加拉穆尔迪的溪流中梳洗金发的女鬼们！巴斯克古老家园的精灵们！你们走动起来吧！在气息氤氲的拉仑山的山坡上奔跑吧！从万仞石崖上跌下去吧！从溪流上飞行前进吧！向为这林莽中的家园增色的美貌女士们致敬吧！你们这些因钻研魔法而变得苍老的睿智的女巫们，请你们从百草中提炼最甜蜜的芳香，酿出使人们忘记希腊忘忧草（nepenthes）的最销魂的神酒仙酿！请赐给我们杯底的欢乐，好让我们在牧歌诗人维吉尔的草茵上尽情嬉闹，疯狂奔跑！请给我们轻松的心灵，好让我们爱上我们的女性伴侣！请给我们微妙的才华，编织崇高的思想向她们致敬……’

“……而当丘比特和墨菲斯②合伙控制了我们美人们的灵魂，你们这些乡绅、骑士和贵人，请你们为她们守夜，为她们抵御夜中游荡的长蛇和恶龙；请你们扯下蝴蝶的翅膀并轻轻盖到她们的眼睛上，使它们免遭带有邪气的月光的损伤……”

“好，卡于扎克，好！”他的朋友们吼道，“比阿恩人说得很好。”

八、圣胡安之夜③

卡于扎克在他的上层听众面前尽情卖弄着口才和满腹经纶。这时候，挤满山洞的农民群众中渐渐掀起了疯狂、迷信和情欲的大风。

一个年轻女人滚在地上狂吼：

“他就在这里！我看到他了！他把我抱住了！来吧，我的心肝！来啊！”

一个老太婆爬到一块大石头上，滔滔不绝地说着巴斯克语把宗教和教会骂了个

① 希波克里尼指的是希腊神话中诗马踏出的灵泉。

② 墨菲斯，希腊神话中的睡梦之神。

③ 圣胡安节是源自异教传统的基督教节日，在欧洲和拉美许多国家盛行。每年夏至，人们点起篝火庆祝。因为从夏至开始直到冬至，白天越来越短，太阳越来越弱，所以才点火为太阳加热。

狗血喷头。老太婆身穿黑衣，邋里邋遢，愤愤不平，满脸邪气。人们一边听她说，一边随声应和，而神父们却听得面露微笑。另有一个驼背、痴呆而装疯卖傻的女人笨手笨脚地一边跳舞，一边打手鼓，惹得众人一阵阵大笑。一个几近赤裸的老头恬不知耻地跟在女人们身边。

格拉西亚娜·德巴伦涅切亚被女巫们的神汤刺激得兴奋起来，她开始渐渐感到曼陀罗和疯草的药效。在她憋得红扑扑的脸蛋上，张大的瞳孔大放光彩，仿佛一只猫科动物。格拉西亚娜靠近那个阿哥特小伙子，柔情万种地和他说话，亲吻过他的睫毛，又亲吻他的嘴。

莱昂诺尔看到自己朋友这副样子，嘀咕了好几声：

“我的上帝啊！我的上帝啊！接下去这里会怎么样啊！”

埃罗塔比德靠近马查因，对他说：

“要开始转圈了。我先动。你们把手抓紧。”

埃罗塔比德抓紧莱昂诺尔一只手，她把另一只手给马查因。

“无论如何不要松手。”马查因对莱昂诺尔说。

“你别松开我，米格尔。哪怕把我弄痛也不要紧。”

胡安内斯·德戈伊布鲁吹起巴斯克竖笛，敲起小鼓；胡安·桑辛开始打鼓领节奏。

“来啊！来啊！走起来！跳起来（Calejira！Carricadantza）！”年轻人不停地叫喊着。

老太婆们喊着：“阿盖拉！阿盖拉！永远要阿盖拉（Aquerra beti）！”

准备好要开始转圈了。拉着自己舞伴的圣佩试图插入莱昂诺尔和马查因之间，但是后者把他猛推开了好几回。圣佩从面具后愤愤地瞪了马查因一眼，要不是因为自己的朋友，他怕是早就拔剑袭击那陌生对手了。

洞中的喧嚣已然安静下来。男女人众成双成对，排成长队。胡安内斯·德戈伊布鲁吹起最活泼最热烈的调子；桑辛领着节拍；长长的人链仿佛盘蛇展身出了山洞；他们一边在田野上蹦蹦跳跳，一边鬼哭狼嚎，发出野性的巴斯克尖啸声（irrintzis）。月亮逐渐照亮大地。一大队人如一阵飓风扫过草地，穿经森林。女巫们手执火把走在队伍旁边；狗不停地狂吠；小鼓手戈伊布鲁不时打断并变化节奏，营造出最酣畅淋漓的热烈气氛。一堆堆庆祝夏至的大篝火在山顶熊熊燃烧，这是对太阳崇拜的可敬追忆。夜气氤氲。星星在天穹上奔走。蛤蟆的笛音时时传来，发情的猫头鹰在远处悲鸣。

埃罗塔比德走在最前面，所以他是这条巨大人链的动作指挥。他是个新奇点子层出不穷的怪人。有时候他会突然停下脚步,使一对对男女撞在一起,抱作一团,仿佛是要把他们赶回到一座庄屋里去;有时候他又一动不动,使人们绕着他围成一圈,直到圈子慢慢散开,然后随着小鼓手热烈奔放的节奏再次前进。庄屋里一个还醒着未睡的男人打开一条窗缝探头张望,他吓得浑身哆嗦;或许也有人看到了巫婆们骑着山羊,骑着扫帚柄,浩浩荡荡地在天上迅速飞过。

女巫们一靠近羊栏就打开门,把山羊和绵羊放出来。另外一些巫婆拿着棍子在灌木丛和树林里四处乱敲。人们来到开阔的草坪上,绕着一堆篝火令人眼花缭乱地跳舞转圈。他们围成一个大圈,圈子时大时小。来自锡布尔的卡斯卡洛塔人以蹦跳出众,能把腿踢到脑袋的高度。小鼓手们此时正吹出最激越、最疯狂的旋律。这以后,人们继续歌唱尖叫,哈哈大笑。这女巫之夜(Walpurgis)的温驯之月照亮了充斥着万千种呢喃和芬芳的贞洁天真的森林。这是非凡壮观的场面,是自由本能和爱情本能的欢庆……这是造反,反的是由强大专横的教会所代表的对生命之否定;这是森林和溪流的暗中抗议,抗议产生于沙漠地区的阴郁乏味的神话。

“阿盖拉!阿盖拉!永远要阿盖拉(Aquerra beti)!”老太婆们大声嚷嚷。

走出半个钟头以后,人们到了贝洛斯科维罗草地。一到那里他们就大呼小叫起来。

到这片草地需要穿过一条隐没在密林中的幽径。一走进黑暗中,叫喊声就停止了。男男女女默默走着,欲望和神秘感使他们兴奋不已。走完这条昏暗的小径,他们终于出现在公羊草地(aquelarre)上。

这是一片略带坡度的大草坪,坡上端的密林构成一道帷幕。月亮高悬森林上空,照亮草坪,却在地上留出一长条光线未及的黑影。这片黑暗部分有一堆乱石,就着带松香味火把的亮光,可见一只黑色的大公羊站在那里。公羊两边是作法大会的王与后:米格尔·德戈伊布鲁和格拉西亚娜·德巴伦涅切亚。巫婆们在他们脚下汇聚。这些人随身领着狗、山羊和绵羊,手中抓着蛤蟆和蜥蜴。

格拉西亚娜右手胳膊搂着被她选作伴侣的那个阿哥特人的脖子;戈伊布鲁脸上露出嘲弄的微笑,看着人们一步步从贝洛斯科维罗草地过来,轻盈的水汽从潮湿的地里不断升起。

神父中的一位搞了一场戏仿弥撒。弥撒持续时间不长,在人群中也没有产生期待的效应。接着,格拉西亚娜命令整队人从公羊的王座前走一遍。

受到魔鬼指点的格拉西亚娜把所有人配成对。

“你和她。”她一边指着埃罗塔比德说,一边指着莱昂诺尔的一位女性朋友。

“你和那个人。”她又一边指着莱昂诺尔,一边指着早已靠近人群的圣佩。

“这是谁指挥的?”马查因大胆问道。

“我们的主。”

马查因拔出宝剑,又拿十字架对着黑公羊阿盖拉亮了一下。见这招不灵,他握紧宝剑,祈求自己的美丽女友保佑,然后手起剑落,一下就把公羊的脑袋剁了下来。那畜生扑倒在石头上,又浑身抽搐着从石头上滚落到地里。士兵们甩开女伴,拔剑出鞘,上来保护莱昂诺尔和马查因。有人尖叫,有人喊杀,有人奔跑,有人争吵,霎时间乱作一团……圣佩试图纠集人马攻打马查因,可是根本没人响应他。

格拉西亚娜比那些男人勇敢,她向马查因扑去,根本不怕他的剑。

“上帝啊,别杀她!”莱昂诺尔说着。

一个士兵揪住格拉西亚娜的头发朝后拉,一把将她推倒在地。

格拉西亚娜紧张得不知所措,躺在地上两腿胡乱踢腾。

围着王座的巫婆们继续鬼哭狼嚎,她们操起石头和木棍,准备报复侵略者。

就在这个当儿,但听得一声公鸡啼叫,老巫婆们一转眼就都消失不见了。

马查因下令出发,莱昂诺尔和她的女伴由士兵们护送,他们再次走在山间小径上,一边走着,一边遥望山头的熊熊篝火。莱昂诺尔和马查因没有说话,他们心不在焉地仰望星空,仔细聆听着田野上充满生气的呢喃天籁,感受着在这神秘的圣胡安之夜跳动的整个世界的元气。

经过苏加拉穆尔迪山洞时,埃罗塔比德进去牵出马来;那里的好几个老太婆一看马踩扁了几只穿僧衣的蛤蟆,便使劲地大吼大叫起来。埃罗塔比德对她们报以嘲笑,老太婆们就向他扔石头报复。

几个钟头以后,马查因和他的队伍把莱昂诺尔及其朋友留在萨雷镇,堂娜米卡埃拉·德加斯特鲁的家里。

莱昂诺尔和马查因及其手下的士兵们道别,感谢他们的大恩大德。第二天,她走上了回乌尔杜庇城堡的路。

九、后记

一年以后,格拉西亚娜·德巴伦涅切亚及其丈夫,还有他们众多的男女巫师同伙,全被西班牙当局捉拿归案,投入洛格罗尼奥的宗教裁判所监狱里。他们被判处火刑,先示众,然后烧死。

莱昂诺尔吞吞吐吐,不想告诉舅舅圣胡安节那天夜里的巫术法会上她究竟出了什么事。最后,她还是说了,并且告诉他,自己爱着马查因,如果男爵同意的话,她希望能嫁给自己的救命恩人。

“想不到格拉西亚娜能这么疯。”乌尔杜庇男爵叫道，“我承认那个小伙子帮了你大忙，但是，亲爱的孩子啊，婚姻可不是喜不喜欢，感不感恩的问题，婚姻是门当户对。我把你嫁给一位绅士，然后你爱干什么就干什么。”

见莱昂诺尔坚持不让步，男爵说道：

“咱们不说这个了。六个月以后再谈吧。”

六个月到头，乌尔杜庇的贵小姐坚定如初，一心只要嫁给米格尔。

“舅舅啊，”她轻声说道，“我爱您如生身父亲，但是此事恕难从命。我只要嫁给他，要不就去当尼姑。”

“不，不能当尼姑。我宁可外甥女村野无知，也不愿她去当尼姑。既然你非他不嫁，那就去告诉那个小伙子，让他学做骑士，等他稍稍习得一点骑士风度，就来吧。”

“可是米格尔没什么要学的。他本来就是个武士。”

同一天，莱昂诺尔通知马查因到乌尔杜庇城堡来相见。男爵还以为自己要打交道的是个庄稼人，他很惊讶自己眼前原来是一位坚毅、沉着、自信的军人。马查因把自己在美洲的生活、到过的国家、经历过的冒险讲述了一番，乌尔杜庇爵爷听得津津有味，目瞪口呆。

男爵同意了他们的婚事。他想要外甥女继续住在城堡里，但是马查因更愿意有一个自己的家。

未婚夫的意思占了上风，于是他着手在村口建造一间小小的新屋。米格尔不想在正门上安置什么族徽。他只是让人刻了这条如今还能读到的铭文：米格尔·马查因和莱昂诺尔·德·阿尔萨特造于1611年。

千年派异端

读一本书常常会激活沉睡于记忆的黑暗区域之中年久淡忘的印象。今天重读一本关于千年派的法文书时,这种事就落到了我身上。

它使我想起听过的一个故事,是将近四十年前一个从美洲回来的圣塞巴斯蒂安人讲的。

当时我常常去圣塞巴斯蒂安交谊会打发时间。会所在大俱乐部楼里。

那里有西印度人[①]的聚会。这些人讲他们抛在身后的美洲,谈论财富(portuna)[②],品评阔佬,读报纸,打台球,而且大多数人都非常抠门。

我习惯于直奔阅览室而去,那里除了来写信的,几乎从来没什么人。

阅览室的雇员是一个和蔼可亲的加利西亚人,他通常把我要的书搬到壁炉边的一把椅子上。我们不时能聊上几句。我向他阐述我的革命观点,他尽管一脸微笑,却总是反对我。或许是我穿蓝上衣的缘故吧。

有时一个美洲佬也会上来和我搭腔。此人六十岁上下,哮喘,体胖,脾气很好。

我想这位美洲佬叫堂依格纳西奥,虽然我不能肯定。他对历史和文学有点兴趣,问我关于作家、书籍和宗教方面的问题。我故意斩钉截铁地回答他的问题,这引他发笑,有时候他笑得直咳嗽,甚至透不过气来。

他为阅览室雇员和我讲了一个故事。现在读着这本关于千年派的书,我又想起了这个故事。

堂依格纳西奥是个单身汉。

几年前,就在内战之后不久,我带着在智利赚到的钱回到西班牙,打算在老家找

---

① 西印度人或者美洲佬指从美洲(发了财)回来的西班牙人。

② 巴斯克人讲西班牙语有分不清[f]和[p]的口音特点。

个女人结婚。我二十八九岁，长相显老。对这里的姑娘来说，我就是个老小子(mutil zarra)。

我的老家在贝尔加拉市附近的一个镇上。我在那里没有成功。神父试图劝我娶那些脾气不好的老闺女为妻，我就说："那不行。年纪轻也好，老也好，俊也好，丑也好，我的头一个要求是老婆脾气要好。"

就在这时，一个叫堂费尔明的远房亲戚给我写信。我不说他姓什么。说他干吗？说不定你们有谁还认识这家人呢。这位亲戚到过美洲，但是当时住在杜兰戈，有两个女儿。那位好先生请我去他家。"好的，我会来的，"我对他说，"说不定这回能大功告成。"

我来到杜兰戈，在远房亲戚堂费尔明家安顿下来，认识了他的两个女儿。小女儿卡门有男朋友在毕尔巴鄂，大女儿谢勒有点倾向于神秘主义。这姑娘的年龄和背景对我合适，虽然她的性格有点忧郁。

她父亲堂费尔明对我说：

"大女儿虽有过分虔诚的缺点，却是个好姑娘。看您能不能分散她的心思，让她关心一些更加世俗的事情。"

我试了一番，根本不可能。你对谢勒说话，她好像在听，但是看得出来，她在想别的。我在镇上问了几个人，那姑娘是不是有男朋友，或者以前有过男朋友，每个人都说没有，大家听说的都是她想当尼姑。"能拿她怎样！"我心想。为了解闷，我经常四处转悠，而且走得很远。

一天傍晚，我从一座荒庙前经过，看到没有蒙头遮脸的一队人正在大声诵念着玫瑰经。走在前面的是一个女人、一个独眼小孩，还有一个头发很长、蓄着大胡子的男人。我出于好奇远远地跟着他们，看他们走近镇子。到了镇门口，他们走进一间小屋，然后关上门。

回到堂费尔明家里，吃晚饭时我把在乡间看到的讲给他们听。我感觉到我未来的女朋友谢勒有点吃惊，也有点不自在。

我把事情说给周围的人听，并问他们这到底是怎么回事。年轻的医生告诉了我问题的关键。原来几个月之前，杜兰戈来了一个邻镇的农民，领着老婆孩子。孩子是独眼。此人——那个长发汉——号称自己是圣何塞转世，老婆是圣母，独眼孩子是圣婴耶稣。被人们叫作神人或者先知的长发汉宣扬说，世界末日将近，最后审判也要来临。他教导物质财富无用，提倡共产主义。我想是共产共妻那一套吧。这位先知的追随者大多是附近的外乡人和内战中破产的农民。

有些村民听了他的教诲便撇下妻小，到杜兰戈的房子里过共产生活去了。医生肯定地对我说，神父们已经警觉，并要报告到主教那里。

过了三四天，我又回到目击先知及其门徒排队祷告而出的荒庙门口。他们在举行同样的仪式。我跟着他们；等走到镇上时，我叫住一个讨饭婆，用巴斯克语问她，这都是什么意思，因为我极为好奇，很想知道。

老太婆问我，我这样问她是不是心怀叵测。我非常严肃地回答她，我并没有恶意，只是想了解而已。老太婆于是给我讲了一堆稀奇古怪的故事。她告诉我，世界末日就要近了，将会有一个比魔鬼还要邪恶的人骑马出现，他将统治全世界。这人就像是从地狱里冒出来的假基督。地上要毒蛇横行，空中要恶龙乱飞。大灾难的迹象之一就是每个城镇的每幢房子里都会开有一爿商店。

我想，这对商业不是什么好事，但是我想不通商店和末日审判能有什么关系。这些灾难过后，上帝会降下天火，耶稣基督和圣母会在云中出现，全人类的幸福就要降临。

我谢过老太婆，感谢她与我分享福音。她为我出主意，如果想知道更多细节，可以去见先知本人。一个礼拜以后，我躺在床上听到园中有响动。我在暗中穿上衣服，打开窗户并探头出去看。是谢勒那姑娘在跟人说话。那个陌生人的声音我一下子就认出来了。正是几天前对我说了许多荒唐话的讨饭婆。

尽管我不是一个想象力丰富的人，这些神秘的东西还是激起了我的好奇心。第二天晚上，我到堂费尔明家附近的一个酒馆去喝酒，并在那里埋伏。到了十一点半到十二点光景，讨饭婆和长发汉现身了。那汉子应该就是神人或者先知。他们轻声吹响口哨，谢勒房间的窗户就开了。不一会儿工夫，她出现在门口，一行三人于是朝镇子外的小屋走去。

我马上回到堂费尔明家里，走进他房间，喊他并告诉他正在发生的事情。他仿佛一颗流星从床上一蹿而起，穿上衣服就和我出了门。我们找到一个巡夜人，三人一起来到镇外的小屋子，然后开始使劲敲门。

门开了，我们看到有十五到二十个人围着长发汉跪成一圈，这其中就有谢勒。他们在一盏小油灯的光照下念着玫瑰经。堂费尔明抓住女儿的手，一把将她拉出屋子。

第二天姑娘对我作了解释。她说她想当尼姑，不想结婚。我辞别堂费尔明，回到了圣塞巴斯蒂安。

“事情就这么完了？”一看堂依格纳西奥停下来不说话，我和阅览室雇员便这样问他。

“对我来说，到这里就完了。”堂依格纳西奥回答道。

“那姑娘，还有那些人，怎么样了？您应该有消息的吧。”

"有的。贝尔加拉的一个神父给了我有关那些异端分子的消息。那边就是这么叫他们的。看来那位先知或者神人也有很成功的时候。他奇迹般地替别人治好过病,夜里也有过宗教迷醉,眼前出现过天使。女人尤其崇拜他,也有村里的神父说他是圣徒。主教一得知消息就报告了政府,但是没有进一步的作为。正在这时候,先知病倒了。他老婆设法去见教区神父,但是神父拒绝见她。于是她去找了一个医生。先知得的是传染病,医生让把他挪到医院。经过一番苦苦哀求,他们终于求到一位神父同意来看望病人并听他忏悔。没过几天他就死了,他的家人,也就是女人和独眼孩子,被赶出了杜兰戈。"

"这一邪教就这样完了?"我问。

"当时看来好像没有完,"堂依格纳西奥回答道,"他们继续聚集在一起祷告。念经和仪式一如既往。有人猜测这一邪教渐渐带上了明显的色情作风。一个圣诞节的下午,捕盗队士兵进入小屋把聚在那里的村民一网打尽,投入大牢。这班村民里头,有些人的房子被公开拍卖了。这以后,一个圣胡安节的晚上,镇民们在附近点起了篝火。不知道到底怎么回事,是故意为之还是出于无意,反正那间先知集会的小屋子起火了。听说瓦砾堆里有被烧毁的孩子尸骨。"

"那么谢勒那姑娘又怎么样了呢?"

"那个姑娘好像从家里逃出来,跑到了法国南方的一座修道院。但是她吃不消,又得了胃病,于是就又回到家乡。过了一阵子,她又走了,到巴塞罗那或者巴伦西亚,现在还住在那里。"

今天我读着关于千年派的一本书,想起了这个故事。众所周知,中世纪曾经有过一种大众信仰,世界要在公元一千年结束。这一可怕年份的临近在人们的想象里激起了一些不祥的幻象。当时的尺牍和文件里可以读到这句阴森森的话:世界末日已近(Mundi fine appropinquante)。

千年派这一邪教糅合了神秘主义、色情,还有《启示录》里某些阴暗怪诞的说辞。堂依格纳西奥在圣塞巴斯蒂安市俱乐部的阅览室里为我们讲述的杜兰戈的异端①也是这么回事。

---

① 历史上的杜兰戈异端发生在中世纪(1442—1444),领头的教士宣扬共产共妻,结果有一百多人被判火刑。杜兰戈市位于今西班牙巴斯克地区最大城市毕尔巴鄂东南三十公里处。

钟的奇迹

数月之前的一个秋夜,我在阿佩斯特基家的酒馆里就战争这一沉重的话题与人争论了一个晚上。从酒馆出来,我碰到埃罗塔齐比和卡东二人。他们坐在医生家门口的过道上。

“嗨,你们好啊,”我和他们打招呼,“怎么?在这儿凉快呢?”

“我们在等着奇斯托美,”埃罗塔齐比说,“他到佩特里奇家小店买面包去了。我们要到埃查拉尔的鸽舍①去打鸽子。”

“好家伙!鸽群已经开始来了?”

“对。你要来吗?今夜很棒。咱们好好带足午饭。回家拿猎枪去吧。我们在穆基素桥头等着你。”

我有点犹豫,但是我没有睡意。我赶回家,开了门,操起猎枪,转身就出门,然后一直走到穆基素桥。

卡东、埃罗塔齐比和奇斯托美就在那里。

“人都齐了?”埃罗塔齐比问道。

“齐了。”

“那就走吧。”

埃罗塔齐比是个瘦老头,为人机灵,爱冷嘲热讽。他的喉结非常突出,像电梯一样在喉咙里上上下下地滑动。他的身体像石头一样硬朗。卡东主要是个哲学家。大伙在讲动员的时候,他说了:“别跟我说什么动员不动员的,我从阿佩斯特基家动到尼

① 这里说的是当地一种特殊的打鸽子方法,已有六百多年历史。每年秋天北风或东风一起,会有成群的野鸽子飞抵比利牛斯山南麓,从西班牙纳瓦拉省的埃查拉尔经过。这种古老的打鸽子方法现在成了当地的一项旅游资源。

加西奥家，从尼加西奥家动到阿古斯蒂娜家，这就得了。”除了从右边的酒馆动到左边的酒馆，卡东不懂还有别的什么动员。

至于说奇斯托美（瘦香肠），那是个精确之人。

去年我问过他：

“今年玩得还开心吗？”

“开心，”他说，“但是，在阿尔萨特总比在贝拉好。如果说在贝拉我的开心有百分之二十五，那么在阿尔萨特就有百分之七十五。”

奇斯托美（瘦香肠）既不喜欢模棱两可，也不喜欢华丽辞藻。要是有朝一日他想起来要读书了，那肯定是数学之类准确的玩意儿，而不会是里卡多·莱昂①的小说。

卡东、埃罗塔齐比、奇斯托美和我离开穆基素桥，顺着拉维亚加山的山坡朝山上爬。

星光满天，夜色美丽。拉维亚加山荦荦确确的山石在微弱的夜光中闪亮。爬到普雷莫莎坡的时候，我问奇斯托美：

“咱们大概走了多少？”

“百分之十八的路程。”他回答。

随着我们一路前进，这百分之十八一点点变成了三十五、四十、七十五，等到我们抵达马什铁涅家庄屋的草料房时，奇斯托美宣称，到鸽舍只剩不到百分之五的路程了。

“既然只差百分之五了，那我看咱们应该歇歇脚。”我说。

埃罗塔齐比反对，如果鸽舍里的人看到有人经过，他们会不高兴的。但是我们都说，这一点压根儿不用操心。

于是我们进了草料房，并且用狼萁草生了一堆火。火大得可以把那茅屋甚至整座山都点着。卡东和奇斯托美拿出几块肉还有几段香肠在火上烤。我们吃饱喝足，脚冲着火堆，身体后仰歇着。

“很久以前，”埃罗塔齐比突然说，“这屋里出过一个奇迹。”

“见鬼！”我叫道，“一个奇迹？”

“是的，先生。那时我还小。一天夜里，就像今夜，我和沙吉特从贝拉出来，扛着一杆面包师塞费里诺借给我们的旧猎枪。到这里的时候天还没亮，我们就走近这间草料屋。门锁着，为了能够进屋，我们揭了几片瓦。进来后我们躺在干草上。我们一定是睡得太死，因为醒来时太阳已经老高了。打猎耽误了。就在这时候，我们站起身

① 里卡多·莱昂（1877—1943），西班牙小说家。

并发现有一只大丑鸟在狼萁草上走动。这是一只没有毛的兀鹫,毫无疑问,它是被人关在了这里。

“一开始我们很害怕,但是我们看到它被拴住了一条腿,也就放下心来。

“沙吉特在草堆里找到一只铃铛,像是小牛系的牛铃。他说:

“‘喂,咱们把这牛铃系到秃鹫身上。’

“‘看它不把咱们撕得粉碎’。

“我们开始将一把把狼萁草扔过去,把大鸟推到墙边,制服了它,并且把铃铛系到它身上。然后我们打开屋门,把它脚上拴的绳子剪断。

“秃鹫怒冲冲地出门而去。它不停地拍打着翅膀在地上蹒跚,直到来到一个高处,终于从那里一个纵身飞了起来。我们惊奇地看着它升高。与此同时,铃铛不停地‘当啷当啷当啷’直响。

“十五天或者一个月以后,村里人开始谈论夜里听到的神秘钟声。

“亚楚莱切克博达村的一位妇女分明听到了空中的‘当啷当啷’。她坚信那是炼狱里的灵魂,所以奉献了一支两磅重的蜡烛,并且要求举行一场弥撒。加门迪亚镇另有一位女人也在天黑时分听到了天上的‘当啷当啷’,于是礼拜天的奉献她出了双倍的钱。苏加迪镇有一个老头因为风湿痛彻夜难眠,他也长时间地听到了‘丁零当啷’,因为这个缘故,他给了神父二十杜罗①的钱……

“大家都确信有鬼魂在镇上转悠。卡帕戈里,就是住在溪边,和滑稽查古的女儿结了婚的那个猎人,且说有一个礼拜天,他出门来到圣芭芭拉山上,看见有一只秃鹫,抄起一枪就把它射杀了。他很吃惊地发现那只鸟身上挂着一只铃铛。

“当他在镇上讲这事的时候,谁也不愿意相信他。教区牧师说卡帕戈里无中生有,说他玩世不恭,说他读过路德和卢梭。

“千真万确的是,从此以后人们再也没有听到过夜空钟声。但是奇迹已经造就,教区牧师举办的弥撒比什么时候都多,广场上的蜡烛店老板堂何塞·伊格纳西奥·佩罗斯特雷纳比前一年多卖掉三百二十四磅蜡烛,每磅七个半雷亚尔②……”

埃罗塔齐比那股准确劲儿引得奇斯托美(瘦香肠)露出了满意的微笑。

---

① 一个杜罗等于五个佩塞塔。二十杜罗相当于一百块钱。

② 雷亚尔,西班牙货币单位。雷亚尔历来价值多有变迁。19世纪后半叶,四个雷亚尔相当于一个佩塞塔。

大伙评说了一番埃罗塔齐比讲的故事，我对奇斯托美说：

“编这类故事的人都有百分之二十五的秃鹫。”

“而相信它们的人，”奇斯托美反驳道，“有百分之七十五的可能性挂了铃铛。”

我们把奇斯托美（瘦香肠）的概念准确性取笑一番，然后就离开了草料屋。

曙色在天边露出微笑，法国的平原一片光明，萨雷镇教堂的尖顶挺拔于全镇的屋舍之上，一群五彩缤纷的鸟儿正从蔚蓝的天边飞来……

村里的怪人

一、崇尚自然的埃切加赖

老工头兼矿工堂何塞·埃切加赖热衷于顺其自然。

“您和戏剧家埃切加赖①是本家吗?”我问他。

“不知道他是不是和我们同宗。”他回答。

埃切加赖的所有想法都与众人相反。他认为冷空气不会使人感冒,潮湿不会引起风湿症,毒日头不会引起中暑。埃切加赖吃很多色拉和西红柿,他听人家说起过维生素。他经常光着脚丫在湿草地上走,在池塘里洗澡。一天夜里,他在通往法国的大路边跳进一个牲口饮水槽里,一位村妇看到他站在水槽里,肩上搭着一条浴巾,把他当成了专吃小孩的女鬼拉弥亚(lamia),或者是巴斯克人说的水鬼(inchisua),吓得撒腿就跑。

埃切加赖常常在他所住房子的连通式阳台上光着半个身子做体操,这招来了邻近几个老处女的不满。不怀好意的人说,她们的不满来自他又老又丑,还非要暴露那黄兮兮、令人不快的臭皮囊。要是他年轻英俊,皮肤光洁,那些个老林子里的丑八怪女人(basa-andriac)就不会那么生气了。

据说有好几处矿山是埃切加赖的财产。有人说那些矿值很多钱,也有人说它们一钱不值。

---

① 何塞·埃切加赖(1832—1916),西班牙剧作家,1904年获诺贝尔文学奖。

埃切加赖频繁允许自己的顺其自然出现例外。如果有人请客,他可以一口气喝他个三四杯烈酒,眼睛都不眨一下。另一桩与其顺其自然相违背的事情,是他用相当劣质的染料把头发胡子涂黑。他老眼昏花,抹在脑袋上的沥青几乎总是落到秃顶的地方。

他住在阿尔萨特区的一间屋子里。女房东要装修屋子,埃切加赖却无论如何也不肯出来。她不得不走法庭,把他那些破烂扔到街上。其中有一些矿石样品、一枚假金币、一堆便鞋,还有一堆高级而复杂的灌肠器。

二、堂莱昂

堂莱昂住在一个巴斯克村庄里。这已经是好多年以前的事了。我想他应该已经过世了吧。他是个性情温和之人,有一定文化,但是有一点自以为是。

在这个被教士控制、宗教气氛过于浓厚的村子里,他无所畏惧地坚守着。和他一起生活的只有一个女管家。

在他那个年代,人们看他自称泛神论者,还大谈特谈什么黑格尔和克劳斯①,或许以为他是要入地狱的吧。

比他年轻的人中也有保守派;他们拿他的思想开玩笑,他就冷冷地、轻蔑地回答他们。

“那个堂莱昂是革命党……”在俱乐部里,有个年轻人当着我的面说。

“我是西班牙人,联邦共和派。”他极为庄重地回答。

“也是克劳斯派。”那年轻人讽刺他。

“对,先生,克劳斯派。”

我不知道他是从哪里传染上克劳斯主义的。我猜测,他一定是在马德里求学那会儿染上了那不足挂齿的德国麻疹。

堂莱昂离群索居。认识他以后,我看他老是被不怀好意的人们取笑,心里很是同情他。堂莱昂什么书都读。他是这么亲口对我说的。他是个百科全书派。据他自己说,这百科全书的倾向,来自克劳斯主义。

堂莱昂以为自己懂农业,可是他似乎对农业一窍不通,连蚕豆苗和豌豆苗也分不清的。他也自以为有医学和建筑学知识。但是按照保守派的说法,他这方面的水平和他的瓜果菜蔬知识一般齐。他们说的似乎并不错。

---

① 克劳斯(1781—1832),德国哲学家。他的学说在西班牙影响很大。

他问我有没有生理学方面的书，他想研究研究大脑如何工作。我有一本，就答应寄给他。他问我父亲是不是还留着微积分方面的书。

“有的，我有一本，有点旧，”我父亲回答他，“不过你恐怕看不懂的。要懂那玩意儿，数学要强。”

“嗨！哪有什么我不懂的！您就把书寄给我吧。”

我们把两本书寄给他。一个月以后我们见到他，他告诉我们，他对那两本书很感兴趣。生理学有点难，但是微积分却相反，他觉得太容易不过了。只有那些个钩子他不太明白是怎么回事。他叫作钩子的是积分符号。

堂莱昂懂得写 A 的地方读 A，写 B 的地方读 B，这一点是没有疑问的，但也就到此为止了。

可怜的村里百事通！正像司汤达希望自己坟头写上“米兰人阿里戈·贝尔①”一样，堂莱昂的坟头要是写了下面这句话，他应该是会喜欢的吧：“莱昂，姓某……克劳斯派，百科全书派，联邦共和派。”

三、挖宝人塞费里诺

塞费里诺肩宽脸方，一脸麻子。我认识他的时候，他大约五六十岁光景。他参加过卡洛斯战争，在里奥哈省干过公路承包商，也曾经以行骗和赌博为生。他在村里开了一爿面包房，所有的心思却都用在矿业上。

我认识他是在四十年前。我陪我父亲来到他家门口，他正拿着一个大糖罐喝牛奶咖啡。罐子恐怕能装一二升。

塞费里诺有几个亲戚和他住在一起。一个驼背侄子、一个单身侄女，还有一个结了婚的侄女。后者的丈夫是比利时人，村里人都叫他比利时人。比利时人是个熔炼工，他不叫塞费里诺叔叔，而是叫他爸爸。“爸！”他老这样大声叫，面包师傅就会皱起眉头，握紧拳头。

塞费里诺几乎总是脾气很大，恼怒起来凶相吓人。有一次，一个侄女回他的话态度恶劣，还嘲笑他，他抓起一把小刀子就朝她脑袋上扔去，刀子扎在门上。这时，坐在桌边的小驼背开始“嘻嘻嘻”地笑了。塞费里诺冷冰冰地问他：

“你挺着一张兔子脸笑什么呢？”

---

① 司汤达的碑文：“米兰人阿里戈·贝尔长眠于此，他活过，写过，爱过。”

有时候，塞费里诺脾气好得很，于是他就操起吉他唱歌，发出一些很是带着嘲弄的噪音。

他的一个笑话是，每当在家里请人吃饭，端上来一锅兔肉时，他就说：

“不知道那些缉私兵从哪儿搞来那么好的猫肉。”

“啊！这是猫肉吗？”

“对。”

有的时候，他又说，正在吃的肉排是狗肉。

塞费里诺迷恋采矿。他活着有一个梦想，那就是找到一个好矿藏。他的一个朋友是工头桑琼。多年前桑琼找到过一个很好的银矿，赚了很多钱。他认为桑琼是专家。

塞费里诺是个爱想入非非的人。他自以为脑子清醒，不会轻信，但是他有淘宝者的思维习惯。面包房赚来的钱全白白扔在矿上了。带着找到金山银山的梦想跟在他屁股后面的有桑琼，有一个叫特里尼的，还有后者的一个朋友。特里尼是列萨卡人，会弹吉他，他那个朋友天性非常快乐，会吹笛子。

塞费里诺破产了。把他最后那点钱骗走的人，我想是一个身穿白罩衫的法国神父。此人一本正经地说，他有一个神秘的仪器，能够发现矿脉。尽管看上去令人尊敬，这个神父肯定是一个故弄玄虚的骗子。他带着类似大雨伞的一架什么仪器，上面几个挂钩，挂起来，伞就合上了。他在里头捣鼓，谁也看不见他。

人们说，伞里头会发出一些奇怪的响声。但是有些人以为，那声音更像是他的肚子在叽里咕噜，而不是那仪器发出来的。

不管是跟法国神父还是跟别的什么人，反正面包师傅损失了最后仅剩的几个佩塞塔。他把房子一卖，就离开了村庄。

四、吓人捣怪的奥拉贝里

奥拉贝里是个乐呵呵的悲观论者。他发现世界只不过是空虚和烦恼。他只相信水硬石灰和钢筋水泥。在他看来，紧接着一切幸福美满而来的是黑暗和痛苦。基本上就是这么个代价。

“您看见那个嫁给缉私兵的姑娘了吗？”老早以前他曾带着深切的怜悯问我。

“看见了。”

“多么不幸啊！现在高兴得很，对吧？还游山玩水！到时候怕是账单就要来了。”

奥拉贝里担心的是账单。奥拉贝里是个小商人，对他来说，账单就像出现在生命筵席上的班柯[1]的幽灵。

如果奥拉贝里有点我们已故的朋友贝雷戈切的统计头脑，他就会说生活中有百分之七十五是账单。

“我告诉神父，”有一次他讲给我听，“您只需要一桶水和一个圣水掸洒器，全年到头就旱涝保收了，而且活得很好。相反，我们这些可怜的小商人，总是不断收到账单。”

奥拉贝里喜欢吓人捣怪。他在坟地里造过几座墓，迁葬过几回尸骨和埋下不久的尸体。

详细描述起这些迁葬时，他无疑感到了迷恋死亡的中世纪艺术家那样的解释热情。尸骨、地上东倒西歪的骷髅、衣服或者僧袍的碎片、棺材的朽木，等等，他讲得津津有味。为了使话题更加刺激，他极尽添油加醋之能事。

说到迁葬一具刚埋不久的尸体的时候，他的脸上一直大放光彩。现实而逼真的细节听来实在可怕，每个人都被吓得毛骨悚然。

他大讲特讲白蛆蛆、绿泡泡，最后人家不知道是恶心得打嗉好，还是笑出来好。

他自己一点儿也不觉得恶心。

“我吃过味道最好的蜗牛，”他常常说，“是在已故神父的坟里捡的。从没吃过这么好吃的蜗牛。”

① 班柯，莎士比亚悲剧《麦克白》里的人物，被麦克白派人刺杀后出现在麦克白举办的筵席上，坐在他身边。

磨坊人家

前　言

二十年前我在马德里住过一个夏天。我被一条可能有狂犬病的狗咬了一口，就到位于蒙克洛亚区的卡哈尔学院去治疗。每天上午我都去打狂犬疫苗。一日下午，我和一位编辑开车去看一处待售的山中别墅。他想买。我觉得房子孤零零的太落单。但是那个编辑很喜欢，我也就没有理由泼人家冷水。

回来的路上我们在一个小镇停留，小镇叫瓜达拉马，与山同名。镇上有一个长方形广场，广场三面由高大的建筑围起，一面开口，通向大路。

广场上有咖啡桌，编辑请我在那里坐坐，喝点什么。

“这里凉快。”他说。

“是啊，太凉快了吧。”我一边回答，一边拿起外套要穿上。

衣服我真穿上了。我们聊了一会儿天。小广场上的人渐渐多了起来，都是开着车从山上回来的。

“一会儿咱们就走。”编辑对我说。

“行啊，您看着办。”

“我看看车是不是需要加油，也要给马德里打个电话。”

我的伙伴起身走开，不过片刻，来了一男一女，毫无疑问，他们是在找座位。

男的和我搭腔：“对不起，您一个人吗？”

“不，我有个同伴，但是我们就要走了。”

“那么，我们可以坐吗？……没地方了。”

“可以，可以，您二位请坐。”

那位先生面露笑容，和蔼可亲。女士头发花白，肤色非常白皙，看上去果断敏锐，略为多疑。

编辑还没有回来。同桌的先生说道：

“您的朋友还没来，说不定有什么事吧。”

“是呀，有可能。”

“您是巴斯克人吗？”

“对。”

“圣塞巴斯蒂安人？”

“对。”

“这么说来，我知道您是谁了。这里夏天过得怎么样？您在那边有一座房子，我是说在北边……”

“对。”

我把被狗咬的事情告诉了他。

“真够倒霉的！”

“唉，可不是嘛。”

“我也是吉普斯夸省人，家在莫德里科。”

“好地方。”

“是啊。我也是医生，曾经和妻子多年住在一个巴斯克村庄里。这位女士是我妹妹。”

我和她打了个招呼。

这时候，编辑回来对我说，我们必须马上动身，因为马德里那边告诉他，天黑之前他有好几件事情需要处理。

“好，那咱们就走吧。”

“您要是不急的话，我的车可以带您，”和我们同桌的那位先生说道，“难得下午的大好时光。”

我略为踌躇。

“您自己看，”编辑说，“您觉得合适，就留下来，我想我得上路了。”

“那样太麻烦您。”

“不麻烦。”陌生的老乡说。

“我不想占别人便宜。”

“您就放心吧，我们有空位，而且车开得很慢的。”

“好，那我就留下来吧。”

我留下来，我们聊了好多事情。新结识的老乡接下来说：“我拜读过您的大作，写您当乡村医生的生活经历。我好几次想起您在塞斯托纳认识的那个女巫医的故事。”

“对，这个我写过的。”

“奇怪的是，我在我待过的村里也认识那么一位。”

“这不奇怪。一定是同类人吧。”

“我认识的女巫医没有塞斯托纳那个那么正宗。讲她的故事您会觉得没劲吧。”

“不，不，我喜欢听。反正我们也没事干。”

“那我就把记忆所及的一五一十讲给您听。我要讲的是老早以前的事情了，我的记忆和从您那里读来的故事说不定就会混淆起来。”

“那样就没劲了。”女士说道。

“不会的，怎么会没劲呢？”我说。

“我认识的巫医不瘦，不黑，也不是鹰钩鼻。她是一个无依无靠、穿得破破烂烂的老太婆……”

“您接着讲啊，我爱听着呢。”

“很好，那我就讲了。我叫胡安·萨瓦莱塔。”

“我叫……”

“您不必自报家门，我知道您是谁。”

“那行啊，您就讲吧。”

一

“多年前，我搬到了一个巴斯克村庄定居，”开车的先生对我说道，“在那以前，我在布尔戈斯省的一个小镇上住了很久，不但钱挣得少，而且生活很艰苦。”

我喜欢巴斯克地区，喜欢那里的雨雾。

“虽然小时候说过巴斯克语，”他接着说，“但是那会儿我已经把它全忘光了。后来我又学会了行医问诊必不可少的那些话，也勉强足以应付。”

* *

（以下的“我”为胡安·萨瓦莱塔）

答应帮我在巴斯克村镇里找到位置的是我父亲的一位朋友。

我到镇上的时候，那里的两个医生互相敌对。他们明争暗斗，无所不用其极；人们对他们的钩心斗角开始厌倦起来。

新来乍到，我在客栈里住了几个月。他们给我一个卧室，一个接待病人的办公室。

当时我的打算是在那里成家定居。

我的女朋友在马德里，也完成了学业。

女朋友写信让我找一处独门独院的房子。她一点不喜欢住客店。

我看了两三处很大的旧房子，觉得都太破，太阴暗。也有一处新式别墅，在一条大街上，但是我觉得有点贵。后来他们又推荐了一幢房子，在一条相对狭窄、连接村里两片住宅区的小巷里。人们管这条无名小路叫过道(estrata)，就是入口的意思，巴斯克语里这个地方叫阿尔维德。

"这房子您或许会嫌远。"他们对我说。

我去看了看。

房子正面临街朝山，略显昏暗阴沉，但是房子背后朝南，非常好。

屋后的菜园很漂亮，菜园尽头是一片苹果林，一条溪流从林中穿过。

房子朝南部分有很大的连通式木阳台开向外面，一株疙瘩百结的老葡萄藤向阳台攀爬，一到夏天就绿叶密布……

阳台前是一块绿草地，有两株椴树、一株玉兰树和一把长椅子。接着就是一直连到小溪的苹果林。

房子，我说了，很大，很旧。房子所在的小巷子里有好几座修道院。

房子正面木框石墙，不但因为湿气而发黑，而且朝着山，所以看上去阴森森的。大门比入口处的地面略高。大门两边各有一个栅窗，还有铁环。铁环是用来拴马缰绳的。

这座房子因为所处的地方而就叫阿尔维德(Arbide)，巴斯克语里是"石路"的意思。它曾经属于一位学识渊博的神父。后来我看到，他的书还有为数不多的几本留在屋里，扔在阁楼上一个破房间的角落里，供生火用。

听说神父的藏书都是从本镇以及四周买来的。去世后几个月，他的藏书就几乎荡然无存。神父的一位亲戚清理屋里的一切财物，把那些个笔记啦，纸片啦，书啦，一把火全烧了。然后他心满意足地傻笑着说：

"所有的字纸和书我们统统给烧了，一点不剩。"

我不知道那位博学的神父都藏些什么书，但是可以肯定的是，他有奇货。我想，八九十年前的一个大老粗见到书籍应该是会显出敬意的。我们这个时代的乡野村夫却不这样。他反而以为粗野是值得夸奖的优点呢。

租这个大房子，开始时我有点犹豫。我觉得它太破旧，离广场太远。我认识的人也都这么认为。

我这人不信别人的话,甚至也不听自己的意见。我手里握着表从阿尔维德走,发现从那座偌大的老房子到广场,快走也就六分钟的样子,那根本不算什么。

租金很便宜。

我打定主意,给女朋友去了一封信,把别墅示意图也寄给她看。

她回信告诉我,说就租它了。

以后等真看到房子的时候,她果然非常喜欢。很长一段时间内,她待在阿尔维德,大门不出一步。

我找了一个木匠和一个泥瓦匠来装修房子。他们活干得好,工钱也非常低,低到了实在微不足道的地步。

我找了一个雇工打理菜园,邻近一个姑娘也每天早上来收拾房间。

搬入阿尔维德三四个月的时间,房子已经大致可居住。虽然方方面面还缺一些细节,但是我和妻子会随时添加完善。

那年夏天我去了马德里,在那里完婚,然后带着妻子和岳母回到村里。

我的妻子认为要买一些老式家具来和阿尔维德般配。

"房子很好,"她说,"够远,串门的人不至于多到成为负担;而从一片住宅区穿到另一片住宅区又很快。"

妻子无疑极其喜欢乡下的劳作,这倒是我原先不知道的。不久她就负责种地,养鸡,养兔,养猪,乐在其中。

相反,我的岳母在这里不觉得自在。孤独使她无所适从。她和村里人交往,到别人家里去串门。总的来说,那些人爱闲言碎语,而且了无趣味。不久她便回马德里去了。

妻子正相反,她越来越喜欢这幢房子和后院。她时不时去圣塞巴斯蒂安买来种子,也在两地之间来回传递消息。

在我们定居之初,阿尔维德就像一间中邪的魔屋,夜里可以听到噪音。那应该是阁楼地板上猫抓耗子来回奔跑弄出来的响动。

后来药店老板给了我老鼠药,老鼠灭迹,阁楼上那片你死我活的战场最终归于一片阒寂。

阿尔维德的灶间很宽敞,带一个石砌的炉台,炉台低矮,烧饭也许不太方便,但是冬天暖脚却好得很。炉子很大,可以放好几根大树干。

我不想去掉灶间的古旧风貌。石灶上方有铁罩,炉壁铁板上绘有一些粗犷的图形,两边有凳子。

我的岳母颇具现代精神，她说我们应该另起一个经济灶。我虽然负隅顽抗，但是最后也不得不让步，因为我知道，弯着腰在一堆篝火上做饭确实很不方便。

最后，我们同意在旁边一间不大的食物储藏室里添置一座经济灶。

* *

“关于阿尔维德这幢老房子我说了那么多，请原谅，”萨瓦莱塔大夫说道，“没办法啊，这是我一辈子少有的称心如意之处，现在回忆起来仍然爱在心头。”

二

（以下为胡安·萨瓦莱塔讲述）

在阿尔维德住下来以后，我们请镇上一位木匠做了几件风格略为粗犷的家具。他要价太便宜了，简直跟白干一样。这位叫马丁·比沙拉或者叫马丁·巴尔比塔的木匠，要是脾气没那么大，人不那么固执，定会是一个理想的工人。不得不承认的是，论倔劲谁也比不过他。

让他把椅子或床头柜打得稍微轻巧一点，那根本办不到。他什么都用橡木，而且越结实越好。

他为我们打的三四把椅子从第一天起就一直待在老地方，因为要搬动它们，我和妻子都没有这个力气。

有些东西我们想要做得略为不同寻常，但是我们不可能说服这个名叫比沙拉的木匠。只能按他的习惯来做。

我和妻子很快习惯了小城镇的生活，日子过得优哉游哉，也很少离开阿尔维德。

我没有料想到，无论是妻子还是我自己，竟能做到完全适应。五六年以后，我仍然无法说服她回马德里。我甚至说，如果不想去首都，去别的城市也行。她也一样不肯。

“干吗住到一个大地方去？不值得的。那么多麻烦事，那么多蠢事。在这里我们的生活更加自然，比大地方好多了。”

您知道，那边天气不是很冷，但是有时候冬天也很严峻，田野山脉都有积雪。那种日子我们就待在灶间里不出来。

冬季天气恶劣，我当然有相当多的工作要做。而好的季节到来的时候，就几乎没有什么病人。我们夫妻和若干新结交的友人来往，照料菜园和花草，在屋子旁边的小溪里垂钓，以此逍遥度日。

我们也骑马或者远足，到阿拉拉尔山里探访古墓，到位于苏加拉穆尔迪的山洞里参观巴斯克地区闻名遐迩的巫婆作法场所。

我的妻子完全习惯了当地生活，仿佛她在那里住了一辈子似的。

换了当下这个大兴工业的时代，或许我们就做不到这么彻底地适应。那个年代还多少有点传统。

头几年过得很快，当我们想到换个新地方住住的时候，却发现自己已经和这个小镇紧密相连，搬家的念头让我们恼火。

虽然这个乡镇只是很小的生活舞台，我却有很多稀奇事可以讲给您听。所有的边城几乎总有那些怪人出没，那些可以被写入小说的默默无闻的芸芸众生。

三

我多次看到磨坊佬马科斯的母亲和一个小孩从沿着阿尔维德菜园的路上经过。那孩子无疑是她的儿子或者孙子。两个人肯定是想伺机下手，从园里摘点什么。

孩子十三四岁光景，长得瘦小。他常常一只手抱一把药草；有时候也挎一只藤篮，篮子应该是藏小偷小摸得来的赃物用的。

我向人打听那老太婆干什么营生，得知她就是本地的巫医。人们也把她视为巫婆。老太婆看上去邋邋遢遢，神情呆滞，面颊红得像肝病病人，白发稀稀疏疏，不是那种黑瘦干瘪的典型巫婆。

人们讲了她的许多怪事。有人说她吃猫肉，吃蜥蜴，用女人和男人的头发做一些神秘的勾当。也有人认为老太婆通过绳子对人们施邪，在几根绳子上反复打结解结。谁知道她搞的是什么鬼名堂。

有人断言，她把人像浸到江河湖滨里，以此惩罚像中人；她用草药做药膏，有时候把蜥蜴、毒蛇或蝎子的血掺和在里面。人们认为这种邪事伤天害理，人神同愤。这正是百姓胡思乱想愚昧无知之处。

毫无疑问，蜥蜴和毒蛇本地是有的。蝎子我想很少。即使有，也应该在巴斯克地区天热而且石头又多的区域。这类地方我倒是不熟悉。老巫婆拿来入药的很有可能是某种小型的蛛形动物，看起来像蝎子，但是没有真蝎子那么凶，也没有它的毒素。

老太婆住在一个半倒塌的磨坊里，巴斯克语里叫作下水磨坊（Errota Azpicua）。

磨坊在一座桥边，破屋子门的门环上方插了一朵刺蓟花①，知道了磨坊的方位和细节，就很容易找到它。

那又小又破的磨坊在离我家十分钟左右的溪边。沿着磨坊有一条古旧的石子路；照有文化人的说法，这曾是一条罗马古道。磨坊附近的桥制作精巧，拱洞完美，拱心石令人赞叹，和旁边一座粗制滥造的新桥反差强烈。

溪在巴斯克语里叫凫尾溪（Piru-butzango-erreca）。磨坊是一间低矮的平屋，窗户很小，门前有台阶通往溪边，屋顶扔满小石头，烟囱已经倒塌一半。

各类寄生草从墙脚一直爬上屋顶，占领了整座房子。

高处有一道深广的水渠引来溪水，水渠带一个闸门，磨坊工作时可以开合。

那里磨的面很少，甚至几乎没有。有时候，会有一个老太婆来磨半口袋玉米，但是整车拉着粮食来磨的从来就没有过。

屋里的空间一部分放置磨盘，一部分用作牲口栏，一部分住人，灶间的地面和炉子都已经残破不堪。

屋子一边的斜坡上有一个窄小的菜园，形状不规则，又晒不到太阳，看上去可怜兮兮的。雨一下，薄薄的土层就被冲走一点。

主人无疑不喜欢劳动。这里看不到绿油油的菜花或者生菜，干巴巴的坡地上只有一些白兮兮的、菜心子卷曲如蛇的长白菜，还有一些烟叶。

这家人不劳动，他们搞走私以及其他的非法活动。

老太婆的儿子马科斯人称安乔卡。他时不常把旁边水渠里的水舀干，用这竭泽而渔的办法抓了鳟鱼和鳗鱼卖给邻里。因为这件事他还和看河人吵架。那个负责看护江河湖泊的人把河啊溪啊看得跟自家私产似的。

镇上的人们经常把磨坊之家挂在嘴上，他们是本地的文学元素，为人们提供了最多的社会伦理话头。

我多次向别人打听那家人。从他们告诉我的话里来看，老巫婆非常恨医生，医生们似乎揭发过她非法行医，而仇恨所及也包括警长和镇长。后者是一个拘泥繁文缛节之人。

与世隔绝的生活使得下水磨坊那家人对许多事情都有荒唐的看法，他们不但孤僻，而且与人交往时疑神疑鬼。母亲半仙，儿子半傻，这家人的家庭氛围实在奇怪。

---

① 比利牛斯山居民的一种辟邪风俗。

四

出现在镇上的安乔夫家族的第一个人是来自巴斯丹的巴尔塔萨·艾拉赛。有人认为他是阿哥特人。巴尔塔萨和有点疯疯癫癫的马格达莱娜·艾查维利亚结了婚。他干过好几个行业。他曾经在矿上赶牲口,后来他当雇工为人家种庄稼,也做过信客[①]。

婚后他育有四子,老大赫诺维瓦是个非常漂亮的姑娘,跟人结婚或者同居后就消失得无影无踪,只留下一个孩子华金乔;老二是磨刀匠马科斯;老三玛丽·包蒂斯塔;最小的老四是个叫多纳托的半傻子。母亲马格达莱娜(安德烈·马大伦)老早开始就和三个儿女、一个外孙住在磨坊里。

玛丽·包蒂斯塔长相寒碜,镇上人给她起个绰号,在巴斯克语和西班牙语混成的当地土话里叫"番茄罐"(Tomate Poto)。

十八岁上,赫诺维瓦去了毕尔巴鄂当女仆,并在那里和一个貌似公子哥儿的爱摆阔的家伙结了婚,一年以后带回来一个小孩。她把孩子华金乔撇在磨坊里,从此便一去不返,音信全无。有人说她和丈夫分手,操起了皮肉生涯;一个人甚至断言,她在巴黎成了一伙盗匪的首领。

这个时期,老太婆马大伦就和三个孩子加一个外孙住在磨坊里。

巴尔塔萨赶起了牲口,从山上运炭,后来又在造公路的建筑工地上打短工。

当时人们已经传说磨坊里的老太婆常常念咒作法,她抓一把豆子撒在筛子上筛动,直到豆子排列成看似字母为止,以此卜知未来。

这类荒唐法术一定是古来有之。我在书上读到过,毕达哥拉斯派就不吃豆子,他们相信豆子里住着死者的灵魂。

荒诞不经的迷信思想源远流长,历久不绝,真是人间咄咄怪事。

人类对谎言的爱好使看到这类事情的正常人不但吃惊,而且叹服。

人们也说老太婆安德烈·马大伦会施行驱魔法术。她口中念念有词,叽里呱啦说一通蹩脚的拉丁语,能把魔鬼赶出身体,从而治好人和牲口的疾病。

那疯疯癫癫的一家人喝酒当然也少不了。我们多次看到那孩子背一个小酒囊,看到老太婆的藤篮里有酒瓶脖子露出来。

---

① 信客是已经消失的一种职业,我国有些地方的方言也把邮递员叫作信客。读者可参看中国作家余秋雨《信客》一文。西班牙巴斯克地区直到二十世纪七十年代还有信客这一行业。

到磨坊去的都是一些怪人，其中有一个和马科斯来往的老头。此人相信人会变成鸟、狐狸和狗。他说自己父亲变成一条狗来找他，而他自己和一个朋友则常常在月圆之夜变成猫，到邻近的庄屋里去喝新挤的牛奶。

那老头还说在伊萨拉石峰上有时候会有穿蓝衣服的小矮人出现，他们背着一小袋金子，在神秘的山洞里进进出出。

磨坊老太婆安德烈·马大伦生性孤僻。有一回，一个爱好摄影的人要给她照一张相，她坚决不要，而且大为生气。她说照相会带来坏运气。

有一次我在山上遇见她，我要她停下来和我说话。根本办不到。她总是一见我就避开。不过，有一天我终于有了和她接触的机会。

这是一个大雨滂沱的下午，我在离镇上一个钟头距离的地方被大雨淋了个正着。当时我正好从谷底一个叫巫洞(sorguiñ zulo)的山洞前经过，就进去躲雨。

这个崎岖不平的石洞里面相当宽敞。我摸到洞口，岩石之间有一道豁口，地上积水成坑。一路进去直到一个空洞，里面尽是白色和略呈红色的钟乳石，还有若干同样颜色的石柱。这赋予它某种《天方夜谭》里的仙洞魔窟色彩。

地上一汪细泉，形成一个直径两三米，几乎椭圆形的水池，水异常澄澈，一些小蝌蚪来回游动，划出闪亮的线条。

主洞深处有一些豁口，或许里头还有更多的洞。

一开始我以为亮光是通过洞顶缝隙射进来的光线，后来我才注意到，洞里头有火。我好奇地走过去，想看看那里到底是什么。原来是老太婆安德烈·马大伦和那个孩子。他们用木棍和树枝生了一堆篝火。洞壁和洞顶到处是蝙蝠。它们用翅膀上的爪子把身体倒挂在石缝间，倒挂在状似眼泪的钟乳石的不平处。老太婆将一把把干草扔到火上，火苗蹿升，蝙蝠一感到被烫就扭动身体，开始发出尖叫。

“姥姥，姥姥，”孩子吓得直叫，“火烧到它们了。”

“烧就烧吧，”老太婆狠狠地说，“这些也是坏东西。”

“为什么它们是坏东西呢？”我开玩笑地问她，“长成黑乎乎的丑八怪不是它们的错啊。”

听到我的话，老太婆猛吃一惊。

我告诉她我是新来的医生，她更紧张了。我尽力让她放心，告诉她我无心揭发她，也根本不想伤她一根毫毛。

“您就放心吧，我不会与您为敌。”我最后说道。

于是她含混不清地对我宣称，她的药膏里用的只是草药。有人说她用蛤蟆、蝎子或者毒蛇的血入药，那都不是真的。这一点对她来说一定是很重要的吧。

"没关系,外敷药里加什么都行,而口服的药水里,这些东西您都不能加,因为那是禁止的。"

从此以后,每次从我家菜园前经过看到我时,安德烈·马大伦都要把手里一把草药亮给我看。她习惯手里握一把草药以示自己清白。

我的妻子常给那孩子一些东西,饼干,李子,核桃什么的。他怯生生地接过去,但是从不开口。他两眼盯着地面,仿佛很难为情的样子。

过了一段时间,我在药铺里和人闲聊,说起自己和安德烈·马大伦在巫洞里的遭遇。他们说那个洞为了造新公路而被炸开夷平了,而且地上好像发现了古币和人骨。

当时我和妻子去了马德里,我的岳母病了。要是在镇上,我会很乐意去看看在巫洞里发现的东西。

古币被一个外乡人买走了,我们不知道是不是值钱,也不知道属于什么年代。对这些事情,当地人自然没有什么兴趣。

安德烈·马大伦有若干保护人,其中就有两位到镇上来消暑的贵夫人。她们也把那巫婆的事情讲给我和妻子听。

五

安德烈·马大伦是个寡妇。她的丈夫巴尔塔萨·艾拉赛以赶牲口和走私为生,他好像是阿哥特人。人家给他起个外号,叫他特鲁库曼(Trucumán)。这个词无论在西班牙语还是巴斯克语里都不表示任何意思,除非它是从特鲁奇曼(truchimán)一音之转而来,后者在阿拉伯语里好像是"译者"和"大胆放肆之人"的意思。

阿哥特人是一个身世神秘而遭人歧视的种族,如今已经濒临消失。巴斯克地区为数不多的阿哥特人居住在阿里斯昆附近的一个山谷里,更准确地说,是住在一个叫作波萨特(Bozate)的小山村里。

* *

(故事叙述过程中,穿插胡安·萨瓦莱塔与作者的谈话)

"这个问题您可能和我一样了解,或者比我还要了解;总之,我还是把我知道的说给您听吧,如果其中有什么新东西,那您也不亏。"

"您就放心讲吧。"

"好。这个种族和别人没有什么不同,至少从外表看来如此,可是深入到他们中间，你就能注意到他们的悲惨和潦倒，至少以前是这样。千百年来他们是遭人唾弃的贱民。”

＊＊

阿哥特人在法国被叫作卡戈人（cagots），他们在那里也是长期遭人孤立的贱民。

我不知道他们的确切来源是否已经调查清楚，也不明白为什么他们在当地被排斥。我只知道巴斯克人和加斯科尼人对他们的态度使得他们在自己和阿哥特人之间设置了一道不可逾越的鸿沟。关于阿哥特人已经有相当多的著作问世，最著名的好像有弗郎索瓦·米歇尔的《法国和西班牙境内被诅咒的民族》和罗查斯子爵的《法国和西班牙的贱民》这两本。

有些人认为阿哥特人是外来民族，是阿里乌斯派异端的后代。另外一些人则认为他们是麻风和麻痹的后代。长期以来，人们认为这些种族都搞魔法。也有说他们是由北向南侵略西班牙的西哥特人的后代，或者由南向北侵略欧洲的摩尔人的后代。不管怎么样，他们滞留在比利牛斯山山区，受人口占多数的当地人歧视。

奇怪的是，古人认为邪恶的民族，也同时被他们认为有智慧。

在中世纪以及后来的漫长岁月里，凡有这些贱民生活的地方，教堂都有单独的门、单独隔离的礼拜场所和专门的圣水池供他们使用。墓地里也有他们自己的角落。

在古代，他们的衣服背上都贴或者逢一只红布剪出来的鸟爪，让别人远远就能识别他们。

这些饱经歧视的人们有很长一段时间也不被教会接纳。和别人起了争执打官司，他们必须举出七个证人才能抵消一个非阿哥特人的证词。为了所谓的疾病不传染别人，他们也不被允许赤脚走路。

波萨特的阿哥特人和波萨特以外的阿哥特人一样，通常的行业是磨坊、木匠、石匠、纺织等等。出于爱好，他们当渔民，乐师，鼓手。

在那个年代，阿里斯昆以及周边三四里方圆的地方，小孩子们互骂时就叫对方阿哥特。而那些所谓的贱民的孩子则叫别人长毛人，因为巴斯克人古时候习惯蓄长发。

人们在街上从来看不到马科斯年迈的父亲。他似乎长时间地关在自家院子里用藤条编椅子坐垫。

尽管可以假设这家人的父母亲来自巴斯丹附近的一个小镇，他们的模样却带有某种异国情调。

马科斯也不像本地人，而且他的生活也有某种新奇之处。他从小在教堂里唱歌，因为他有音乐耳朵，嗓子也好。有时候他也当神父的侍童。长大以后他打短工，搞走私活动。

妹妹"番茄罐"在镇上帮人家带小孩。傻子多纳托不陪老太婆的时候就到街上捡破罐子，用一根绳子把它们穿起来，拖着当马拉着玩。

六

外号安乔卡的磨刀匠马科斯也像他父亲那样，被人叫作特鲁库曼。他是个精力旺盛、性格鲜明的怪人。

磨坊人家的一家保护人帮他们把马科斯送进附近的一家神学院。他在那里学了一学期，夏天一到就和其他孩子一起逃回家来。

从此人们就认为他不学好，没出息。

马科斯喜欢滑稽。年轻时他在狂欢队伍里扮小丑，还挺像那么回事。那种时候他就戴着面具，骑着毛驴，逆着春水满涨的皃尾溪走回磨坊。

下一个狂欢节他又穿一件插满羽毛的衬衣，戴一顶白铁冠亮相。

我不知道他那些个怪念头从何而来，但是我想这一切应该都有点秘术传统在里头。

有一年圣诞节他打扮成巴斯克的圣诞老人，由镇上的孩子们抬在架子上走。他们走遍家家户户，边走边唱："圣诞老人大头鬼，没脑筋，缺心眼，昨天夜里猛着灌，喝干十个大酒囊。"（Olentzero buru haundia，/ entendimentu gabea，/ bart arratzean / edan omen du，/ hamar erruko zagia.）

那些天他大街小巷地唱个不停，再加上夜里天又冷，结果病倒了。尽管我很想去为他看看，我却没有办法踏进磨坊半步。安德烈·马大伦对我说，她儿子根本没事。他们一定是以为我企图乘机到他们家里打探。某种程度上说，他们是对的，因为我很有兴趣看看那家人究竟是怎样生活的。

马科斯的古怪性格和荒唐念头一定多少继承了他的母亲。他有罕见的好奇心，而且什么事都难不倒他。他不但怪，而且没良心，说他母亲对于巫术一窍不通，说她没有这方面的素质，因为一个真正的巫婆手指长得可以反扣到手腕，而安德烈·马大伦却没有这个本事。

马科斯开始练习谋生手段，先跟一个叫所罗门的老头学作木匠，最后成了磨刀匠。从此人们就叫他磨刀匠安乔卡（Anchoca Zorrotzale）。

傍晚时分经常可以看到他扛着磨刀机，身边跟着一条捕鼠犬，沿着溪流走在回磨坊的路上。

这个荒唐的家伙说话颠三倒四，自相矛盾。在酒馆里他说神父们的坏话，在宗教游行队伍里却又一身黑衣，一脸忏悔的样子。

他一会儿说自己是自由派，一会儿又说自己是卡洛斯派。他告诉一些人自己什么都不信；对另外一些人，他又说巫婆们那些神神怪怪都是千真万确的灵验。他也说，有些动物，特别是鸟类，有的报喜，有的报凶。他的家庭传统里肯定保留了许多历经长期扭曲嬗变的古老迷信。

行为古怪、想法殊众的磨刀匠马科斯说话行事皆有别于镇上甚至自己家里的任何一个人。我认识他的时候，他大约有二十五岁的样子，矮墩墩的长得挺结实，方脸盘，红头发，鼻子略扁，罗圈腿，左撇子。他面露嘲讽，神情狡黠，戴一副银框眼镜，尽管他不戴眼镜视力似乎也好得很。

我第一次见到他的时候，他穿了一件褪色的蓝褂子，戴一顶灰帽子，胸前斜挎一个几乎呈圆柱形的金属箱，箱子用来放草药。

他的外貌和装束并不怪。他似乎也不喜欢显怪。他的样子或许会被人家以为是中欧人。他戴一般的有檐帽，不戴本地的贝雷帽，这使他看上去像外地人。他的西班牙语也比镇上的一般人说得好。

磨刀匠安乔卡在法国住过一阵子。他当过石匠、渔民，也做过木屐。他辨认草药比他母亲高明，而且会赤手抓蛇，并为此而出名。他可以单手用指头捏住蛇脖子，直到把蛇勒死为止。大部分其实并不是毒蛇，而是一些无毒的小蛇。这些所谓的毒蛇就被他母亲拿来做药膏用。

单手抓蛇的事，不管真假，听说他是从早先住在镇上的一个怪人那里学的。后者是半个博物学家，半个通灵人和素食者。人们还说他教会了安乔卡一套识别蘑菇的办法，所以，后者也吃镇民们以为有毒的各种蘑菇。这些蘑菇不但无毒，而且可以说是非常好吃。

说到毒蛇，马科斯讲过一个捕蛇者的故事。此人把蛇养在桶里，卖给药店。一天夜里，他醒来发现那些有毒的家伙逃出了牢笼。它们朝有热度的地方跑，结果把捕蛇者的身体缠了个结结实实。那人没有吓昏头。他叫来妻子，命她在卧室中间放上一口大锅，里面盛满热牛奶。毒蛇们一感到热度就开始从捕蛇者的脖子上、胳膊上和大腿上松开，直到他的身体彻底自由为止。所有的蛇都从床上游走，并一一落进了锅里。它们在锅里吃得半撑，也淹得半死。那人操起钳子，一条条把蛇从锅里夹出来，把它们脑袋剁了。

听到这一段时我就说："这故事应该加上意大利的一句成语，此说虽非真，用意颇巧妙（Se non è vero, è ben trovato）。"

尽管做过五花八门的多种工作，马科斯本质上不爱劳动，尤其是不能坚持干一行。

这当然不是使他与众不同的种族特点。他满可以拿来自比阿恩的一位古代阿哥特诗人的名句来说："阿哥特人又如何，人人皆是亚当种。（Encoère que Cagots siam，/ Nou nous en dam：/ Touts em hilho deu pay Adam！）"

一方面，像马科斯那样不爱劳动的人实属罕见；另一方面，只要是能来钱的事情，不管要投入多少时间，他都在所不惜。

他经常在溪边等着鳟鱼游过或者鳗鱼从洞里出来。他全神贯注地张望着，直到达到目的。自然，他的目的是把鱼抓到手。

走私过程中事先想不到的大大小小的困难使他兴奋。他可以雨夜在一棵树下或者一座庄屋的屋檐下整整站上一夜，然而，他不肯在车间作坊里连着几个钟头干一件活。他宣称，干活的单调使他恼火。

他也说，不管好歹，他早晚要发财致富，他才不会傻乎乎地钻在那个穷窟窿里熬一辈子，说不定哪天就远走高飞了，想去哪里就去哪里。

七

下水磨坊里的小儿子多纳托是个半痴半疯的傻子。他衣不遮体地在大路上走，后面跟着一群孩子，吼他，笑他：

"多纳托，脸像猫！"

于是他会在一个孩子前停下来，用左手食指指着人家说：

"你是马儿没尾巴。"

"那这个呢？"

"这个是蟋蟀不唱歌。"

"那这个女孩呢？"

"这个女孩是教堂女司事的瞎眼母鸡，脖子上面没鸡毛。"

马科斯教唆多纳托到附近的菜园里去偷东西，但傻子就是傻子，摘苹果摘梨跟搬一堆豆壳或土豆皮对他来说是一回事。

镇政府下了一道文件，让人把多纳托送到省城的收容所去。他就被带走了。

毫无疑问，那个荒唐透顶的家庭让磨刀匠马科斯恼火，但是他并不采取积极作为来停止这种悲惨潦倒的生活，却反而怪罪起人家来。这个"人家"也包括自己家里的所有成员。他觉得他们都荒唐离奇，他受不了他们。这在他对家人的冷嘲热讽里可以得到印证。

马科斯极可能有弗洛伊德一派所说的自卑情结，要不然就不好理解他对镇民的怨恨。大部分人和他并没有什么过节。他觉得四处挑起不和是一种壮举，并以此向每个人报仇泄愤。

他有许多使自己发财、使别人倒霉的宏图大计，这些计划尽管大多无法实现，却使他颇为兴奋。他也有若干有些荒唐的政治图谋。

天气好的时节，马科斯带着磨刀磨剪的机器出门闯江湖，但是他不像别的同行那样把机器扛在肩上，而是驮在一辆小轮车里，由一匹毛茸茸的小马拉着走。他号称走遍天下，足迹所到之处，有时候远至卡斯蒂利亚，甚至安达卢西亚、加里西亚和葡萄牙。

四邻八舍都认为磨刀匠是个心术不正之徒。人们言之凿凿地说他写匿名信和告密信，在邻里之间挑起不和与争执，说他什么坏事都做得出来。马科斯及其全家在家乡免不了遭人嫌弃。

有些礼拜六的夜里，村里的小后生从离下水磨坊不远的小酒馆出来，走到磨坊门口的时候就去敲门，还扔石头，有时候还唱一首《安德烈·马大伦》，歌是这样唱的：

马大伦太太，马大伦夫人／我打半个铜板油／我娘会把账结清／我爹做工钱到手。／磨坊的夫人马太太／请您快把门开开／灌满一肚皮便宜酒／您的男人已回来。（Andre Madalen, Andre Madalen：/ Laurden erdi bat olio. / Aitak jornalak irabastea, / ama pagatuko dio. / Andre Madalen errotakoa. / Ireki nazazu atea, / zure senarrak datorrelako / ardoaz ondo betea.）

很多次，听到这样又唱又喊，磨刀匠安乔卡就从破屋子的一个小窗里探出脑袋来回敬他们，滑稽得像演木偶戏：

“醉鬼！可怜虫！滚到别处去嚷嚷！”

听到他这话，吵闹声也并不消停。即使不再朝磨坊的门窗扔石头，他们也还继续报以更多的尖叫和歌声。

几天之后遇见瞎起哄的任何一个年轻后生，磨刀匠就会上前对他说：“笨蛋！可怜虫！下次再冲我家乱吼乱扔石头，我就拿猎枪打死你们，叫你们一个也不剩。流氓！白痴！”

秋天树叶枯萎橡林变黄的时候，常常可见老太婆和小孩背着满袋满袋的蘑菇到店里去卖。镇上的人说，他们俩知道什么地方的蘑菇又多又大又好。

自从和我在巫洞邂逅以后，安德烈·马大伦想必很看重我和妻子。那孩子有时候提一篮蘑菇来我家，妻子给他一些钱和水果，他走的时候都是一副欢天喜地的样子。

姥姥和外孙也捡橡子，卖给别人喂牲口。

有时候，我傍晚时分从山上出诊回来，路过磨坊，看见窗户总是半开着，心想准是那老太婆在暗中察看，就喊上一嗓子：

“再见，安德烈·马大伦。晚安！”

一看自己被发现，她赶紧从窗口溜开。

我知道老太婆很好奇，知道她在盯我的梢。她也很可能在那里猜测，这周围庄屋里生病的人会是谁。

八

磨刀匠的妹妹玛丽·包蒂斯塔，也就是有“番茄罐”这个不雅绰号的姑娘，她长得胖胖方方，鼻子扁扁，皮肤雪白。她和哥哥一样，长得也像外国人：清澈的绿眼珠，金发，皮肤布满雀斑。她也戴一副眼镜，身上无疑穿了好几层裙子，似乎是为了使身体更显得丰满。镇上人叫她“番茄罐”正为这个原因。

玛丽·包蒂斯塔在好几户人家带过孩子，但是她脾气臭，心眼坏，好像还动手打她照顾的小孩，结果到哪儿都是被主人家赶走。

“番茄罐”和一个风度翩翩的边防缉私兵好上了，可是人家拒绝和她结婚。有人说这个边防兵在一个刑事法庭求过空缺的刽子手一职，这事引起了全镇人的大惊小怪。

失望之余，“番茄罐”远离家乡，到法国巴约讷附近的一个巴斯克村庄，和一个既会正骨术又会熬制迷魂汤的老巫婆住了一阵子。

人们说“番茄罐”的墙上贴了一张那个边防兵的照片，两枚针钉在他的眼珠上。

从法国老太婆那里，“番茄罐”学到了好多秘招。其中之一是让病人通过伸展胳膊来治疗一种疑难胃病。毋庸置疑，经过伸懒腰疗法治疗以后，某些内心紧张的病人感觉会好一些。

除了这套体操，“番茄罐”也学会了一些别的奇怪医术。

回到村里的时候，玛丽·包蒂斯塔整个人都变了。她收拾得干干净净，不但化妆，而且衣着讲究。她还一如既往地说别人坏话，特别是镇上的姑娘们的坏话。她恶毒无耻地说她们在男人面前没个正经，说她们疯疯傻傻。

整日陪在老太婆安德烈·马大伦身边的孩子华金乔和舅舅姨妈大不一样。他像姥姥，身材瘦长，鹰钩鼻，黑眼睛，头发是偏黑的栗色。要不是天天衣不蔽体、邋邋遢遢的样子，应该是一个眉清目秀的孩子。

下水磨坊人家传出来的从来都不是好事。不是坑人蒙人，就是冒险走私，明抢暗偷，等等，不一而足。不是狡黠的磨刀匠把人骗了，就是传闻玛丽·包蒂斯塔试图堕胎；不是什么春药或迷魂汤把服用的人弄病了，就是安德烈·马大伦在大街上和警察或者邻居大叫大吵，引得众人侧目。

九

"一天夜里我正烤火读着阿尔维德原主人，也就是从前那个神父留下来的书，"萨瓦莱塔大夫继续说道，"突然有人紧着敲门。"

"谁啊？"我说着走到阳台上。

"大夫在吗？"

"我就是。什么事？"

"我是警长。"

"噢，出什么事了？您请进来吧。"

警长进来了。

"有个老太太死在凫尾溪上那家磨坊的水渠里。法官说让您去。"

"好，这就来。"

我穿上靴子，拿起雨伞，和警长一起离开了家。

老太婆的尸体被人从水里捞了出来。

我们走近她，就着灯笼一看，见到白头发和撕破的黑衣裳就全明白了，死者就是下水磨坊的安德烈·马大伦。

一切都为时已晚。从尸体的冰冷和僵硬程度来看，老太婆已经死了三四个钟头了。

"会是自杀吗？"法官的秘书问道。

"我看不是。"我说道。

"为什么？"

"我想，她恐怕是在溪边采她的草药，眼神不好，脚一滑，就跌到水里了。"

"您认识她？"

"对，她就是磨坊里的安德烈·马大伦。"

她的右手紧握着一把草药，这一点可以证明她沿溪采药、脚滑落水的假设。

法官承认这极有可能。警长随后到镇上的酒馆里找到掘墓人，一个冥顽不化的老酒鬼。两个人把尸体拉到墓地，停在小教堂里。

十

翌日我必须去做尸体解剖。

我在警长和掘墓人的陪同下正准备停当，马科斯和他的妹妹“番茄罐”赶来了。

马科斯问我是否要把他母亲打开。我告诉他，这类情况法律要求三腔必开，不过，既然死因明显，证据确凿，我就不必这样做了。

兄妹两人一方面显得很好奇，一方面又显得无动于衷，竟然毫无悲痛之感。他们问母亲的衣服是不是可以留下。

“你们可以留下。”

扒衣服给我留下了很坏的印象。看得出来，他们什么也不想留给尸体，哪怕是最不值钱的东西。他们拿走了几件寒碜的黑布衣衫，一些铜板，若干徽章和护身符串起来的项链，还有一本小书。我看那像是一本破旧不堪、油污斑斑的教义问答手册。

兄妹两个走后我也回家了。

镇上爱看低俗小说的人们说，出事那天马科斯和母亲走在一起，是他把她推到溪里去的。

这是造谣，纯属胡扯。即使在磨刀匠这样一个名誉扫地的人身上，这种事也不会是真的。

也有人言之凿凿地说老太婆是自杀死的。

人们一直讲，马科斯家的磨坊里多年前曾有一个女人，不是他姑姑就是奶奶，企图在树上上吊自杀。好像是有人及时用刀砍断绳子救了她，几个月后她才死。

有一天，因为和自己儿子吵了一架，安德烈·马大伦本人也于绝望之中肩搭一根绳子走到橡林里，想要自杀。

十一

过了大半年，也许将近一年的光景，我都没有听到安德烈·马大伦一家的消息。忽有一天，家里来了个女人，叫我到磨刀匠住的下水磨坊去看从前和老巫医相依为命的小孩子华金乔。

孩子病了。舅舅和姨妈待他很差。他们叫他一刻不停地干活，不给他东西吃，搬进来和马科斯同居的一个叫女拿破仑的女人还天天打他。不知道这女人为什么有这么个绰号。此人既不是本镇人,也不是本地的巴斯克人。

这个女人长得矮墩墩的,圆脸庞,浅色眼珠,头发盘成一圈,像个面包卷。她说起话来尖声刺耳,是卡斯蒂利亚中部地区常有的那种声音。

她不懂巴斯克语,对四邻八舍怀着深仇大恨。这种仇恨是相互的,也许没有什么明确的原因,但是在她和周围人的身上,这种仇恨却是根深蒂固的。

女拿破仑和马科斯一言不合就会动手。听说他们很凶,厮打起来不可开交。

黄昏时分,我来到下水磨坊。磨坊与其说是房子,不如说是覆盖在杂草丛中的一块大石头。寄生的攀缘植物盖满屋顶,只有破烟囱还能露出脑袋来。寄生草和荆棘从屋檐上披挂下来。磨坊的小水库在寂静中唱着神秘的哀歌。

我敲门。女拿破仑开门让我进去。里边又脏又破。进门的厨房里部分铺着石板,部分是泥地。一面墙上有一个带铁罩的炉灶,两边是木柴和树枝。女拿破仑在火上点亮一支蜡烛,把我请进一个房间,里面有一张桌子,一张床,墙上挂着两把猎枪。这应该就是马科斯的房间。

从这窗口面溪的第一个卧室,我们走近一个面山的阴暗角落。华金乔和衣躺在那里,身上还盖了几个口袋。他发高烧,满脸通红,人很瘦。不必打扰他,因为一眼就看得出来他得了什么病。

女拿破仑问我要不要到厨房里坐下来歇歇。我过去了。女人把火拨亮,树枝开始烧得噼啪作响。

火光照亮墙壁,我看到墙上有一张石版彩绘的圣徒像和一张素斋夫人插图,素斋夫人不是两只脚,而是有七只脚,这无疑是四旬斋七礼拜的象征①。这幅画马科斯很可能是从外地搞来的,因为我无论在本镇还是在整个巴斯克地区都没有见过这类图画。

女拿破仑让我稍等,说马科斯很快就会回来。他果然来了。我对他说,家里的孩子没有人管,最好送他去医院。他无所谓地坦承自己忙不过来,无法照顾孩子,也不知道女拿破仑或"番茄罐"有没有打过他。于是我告诉他,我会去对镇长说,让把孩子送到医院去。

"很好,"他回答道,"您帮了我一忙,去了我一件麻烦事。"

"那好,他们会来找他的,这里真是糟得不能再糟了。"

---

① 从狂欢节后一天开始到复活节前一天结束是四旬斋,也叫大斋节。四旬斋在美术传统里表现为女性形象,就是素斋夫人;斋戒前的狂欢节也表现为男性形象,就是肉荤先生。四旬斋,顾名思义就是斋戒四十天,但是斋戒日不包括礼拜天,所以斋期共长四十六天,跨七个礼拜。

他们告诉华金乔,要送他去医院,孩子伤心地哭开了。

“孩子啊,”我对他说,“你在那边要比这里好多了。他们会给你一个干净的小房间,一张软软的床,想吃什么他们就给你吃什么,修女们会和你说话,会给你讲故事,而且你的病会治好。”

孩子安静不下来,但是一见到医院,他就开心了。我去那里看望过他。

他没有治好。他的急性肺痨已经到了晚期,不久即吐血而亡。

在这件事上人们也造了许多谣言,说是他被姨妈和女拿破仑打得身上伤痕累累。我检查过他好几次,根本没看到什么。

磨刀匠马科斯、妹妹“番茄罐”,还有那个人们叫女拿破仑的,他们在镇上闹出了不少好戏。他们不是喝得醉醺醺,就是互相打骂。而马科斯总是搞些歪门邪道,要不走私,要不就是坑蒙拐骗。

十二

大约一年以后,发生了一件使全镇人激动万分的大事,参与其事的也有马科斯。

事关一家矿业公司,公司由三个人合开。一个是所谓的法国神父;一个是人称“狂欢节”的家伙,此人原是工人,后来听说还做过贩卖人口的生意;另外一个是到过非洲的德国冒险家。

附近一座山上废弃的旧矿被确定是富矿,这三个人要用一种新方法来重新开采。这个镇会变富,一条运矿铁路已经在设计之中。

其时已在村里盘下一爿小店的磨刀匠马科斯具体负责发工钱和督促生产。开矿持续了不到三四个月。合伙人里头最怪的是“狂欢节”。此人是到过这个小镇的最有意思的人物之一。不知道他是本地人还是外省人。有人说他是本地人。

他的西班牙语说得像马德里人;巴斯克语说得像一个阿斯佩蒂亚人;说起法语来,或许词汇不多,但是听发音却像个巴黎人。好家伙!他真是无所不知,无所不晓。无论讲到巴塞罗那或里斯本,伦敦或纽约,他都能头头是道地说出令人震惊的细节来,仿佛脑中有一张地图,准确得令人叹服。

我不知道“狂欢节”的真名,也没有和他说过话。他又高又白,长相滑稽,又白又软的脸庞令人想起青蛙。人人都说他风趣而讨人喜欢,说的话人人爱听。他似乎是个幽默家,说过的名言和给人家起的绰号在镇上广为流传。他起的绰号真是准得惊人。没人能像他那样击中要害,把每个人的滑稽之处揭出来。

“狂欢节”早先是附近一家工厂的工头。他不光机智俏皮,而且尽干一些得利不出力的便宜事。他玩世不恭、阴阳怪气地说出来的俏皮话往往让最机灵的人也无所适从，谁也猜不透他到底什么用心。

所谓的法国神父也是一个怪人。有人说他根本不是什么神父，而是一个冒险家。真相如何，终究也没人知道。

好多人肯定，他们后来在附近的法国城镇上见过那个所谓的神父。在那边，他说自己是在找油矿。他搞了一个野营帐篷，神秘兮兮地把自己关在里面，点一盏灯，出来后告诉人家这里有或者没有石油。

马科斯、"狂欢节"和那个法国人的矿业公司开门不过四五个月，随后这些人都变戏法似的消失了。

听说工人们的最后几次工钱是马科斯支付的。他帮人家把钱存入银行，结果钱是假的。他和一个工头动枪干起来，把人家打伤了。

开始采矿那会儿，手头有钱的马科斯租下一个店房，开起了百货店。他什么都卖：弹药、鞋子、图画、家具，等等，应有尽有。商店也附带一个磨刀铺，有一个小后生在其中磨刀剪。

马科斯和妹妹以及女拿破仑都断绝了关系，自己一个人住着。他可不管家里人的死活。

假币的事好像是马科斯在"狂欢节"的撺掇下干的，干得很巧妙。他从走私圈里很有影响力的一个人手里逃税买进一批机器、马匹和骡子。那人要价很高，马科斯答应了。他用假币付账，然后马上转手把机器、马匹和骡子卖掉。

没人知道假币是从哪里来的，不过有人说是"狂欢节"从外国带进来的。此人的生意也做得最大。

走私客核实磨刀匠付他的钱都是假钞，但是他也不敢告官。因为一打官司，他就不得不在法官面前说明，自己收他那笔钱做的是什么买卖。

因为开枪伤人，马科斯蹲了几个礼拜班房。他在里头生活得像个王公贵族，去探望他的人，他一律请人家大吃大喝。刑期一满，他就离家去了法国。

十三

马科斯在法国巴斯克地区住了一阵子。他过的无疑是花天酒地的生活，因为他很快又成了穷光蛋。他东躲西藏地从一个城镇转到另一个城镇，然后在皮埃尔菲特当起了石匠。眼看着日子又要红火起来时，他被抓进了监狱。法国有四五个叫皮埃尔菲特的地方，不知道他住过的是哪一个。

后来,他对欧洲感到厌倦,就去了美洲,在那里以施行驱魔辟邪的法术为牛羊治病而赚钱。我们知道,他肯定在心里暗笑自己那些个把戏。好几个人问他,靠这么原始低级的骗术发财是不是真的,他言之凿凿地说是真的,他的第一桶金就是这样淘来的,他还加上一句:“哪里的人都一个样,全都是蠢驴。”

马科斯赚下足够的钱,得以成家立业,还在美国和墨西哥边境的一个小镇上开了一家旅馆。此人的旅馆是冒险家和恶棍歹徒的聚会点,后来又成了革命者以及共产党的活动中心。不管谁来,马科斯都能左右逢源,大赚其钱。

发家伊始,他就住到了美国。这个国家的禁酒令期间,他贩卖私酒,一转眼他的财富就大增特增。他学会了讲英语,说起话来瓮声瓮气,活像西部的美国佬。

他的衣着,他的表情,他笑起来露出两颗金牙的样子,都赋予他一种经典的美国乡巴佬气质。

他无疑有罕见的模仿才能,因为他居然更像个美国人而不像西班牙人了。

他是在那个时期结的婚。十五到二十年以后,也即将近六十岁的时候,他犯起了思乡病。他回到村里,住进一个客栈。

与他同来的有他的老婆和两个女儿。老婆看长相是德国人,两个女儿白肤金发。老大埃万赫丽娜像父亲,浅色眼睛,一脸放肆。小女儿马格达属于悲伤忧郁型,她无疑像奶奶。

那两个孩子也长成了大姑娘,埃万赫丽娜不但说谎成性,而且风骚撩人,总是和男人七搭八搭。相反,马格达几乎从来不出家门。

人们见马科斯经常和埃万赫丽娜开玩笑,就造谣说他和她有不伦之情。

马科斯已经到了六十岁,还像以前一样爱冷嘲热讽,不高兴时还是一脸怒气和凶相。

他经常穿一件浅色衣服,草帽向上推,一直碰到后脖梗子。他在客栈门口看着车马来来去去,和人家聊着天,指手画脚地评这个评那个,或者请人家同喝一杯。

他吹自己如何如何有钱,如何如何胆子大。

现在大家都叫他美国佬,安乔卡这个称呼已经抹掉了。

他变得脾气很暴躁,动不动就觉得别人得罪了他。他说起话来凶巴巴的,一开口就难听得像在骂人似的。鸡毛蒜皮的小事也能让他龇牙咧嘴地大动肝火,不但露出满口金牙,而且还掏枪威胁着要杀人。

毫无疑问,多年的仇恨还埋在他心中,没有消解。为什么?这可不容易搞明白。同时,他脑子里还有一些异想天开的宏图大计。哪天一高兴他就会把计划在别人面前抖搂出来。那么能是些什么计划呢?谁也不知道。他只是越来越显得自高自大,越来越爱吹牛。

唯一一位在某种程度上能制服他的是一个老相识,绰号叫苏杜乔的鞋匠。苏杜乔(Sudurcho)在巴斯克语里是“小鼻子”的意思,而鞋匠却有一个超级大鼻子。

苏杜乔是马科斯的童年伙伴,他信任马科斯,所以在后者心中有威望,虽然安乔卡屡屡否认,说根本没有那种事儿。

马科斯的老婆来小镇不久便死了。他买了一座位于大路边的房子,把房子修葺一新,在楼下开了一家酒馆。

房子他自己住一层,他的妹妹玛丽·包蒂斯塔,绰号叫“番茄罐”的女巫医,住另一层。她也老了。听说她发明了一种特殊的伤膏,药力介于神秘和科学之间。

人们从四面八方赶来。除了外地来的各色古怪人等,酒馆也是镇上的流氓恶棍、醉鬼地痞和走私客们的避难所。

底层由鞋匠苏杜乔开了一爿鞋店。

马科斯在那里活得开心,讲他自己在美洲取得的丰功伟绩,讲自己用枪杀了多少多少人。他讲了好多有关墨西哥的故事,里面涉及马德罗、潘乔·比利亚和卡勒斯等墨西哥大人物。他每天的日子就是起床、喝酒、吹牛、发狂,实在累了,就去睡觉。

有时候,人们发现他滚在床边,圆睁着一双充血的眼睛。

马科斯和附近一家工厂的工人中开始出现的社会主义者争论时,说话很尖刻,很难听:

“瞎说什么公平不公平的!生活中从来就没有什么公平。有人胃口好却没饭吃,有人坐拥肉山酒海却没胃口。有人可以一口气睡十二个钟头,有人却翻来覆去怎么也合不上眼。有人年轻英俊腰缠万贯,人虽傻,却活得好好的;有人虽然聪明机灵,却又老又丑,身无分文,只能等着饿死填沟壑。讲生活中公平不公平,那是犯傻气。最多只能讲运气和偶然性。别的都是瞎掰。你运气好?那你爱干什么就干什么,一切都会顺手。你没有运气?那好,哪怕你比所罗门还有智慧,照样是寸步难行。所以说啊,别和我讲公平,因为我觉得那是犯傻。”

马科斯一家臭名远扬。大女儿埃万赫丽娜搭上了厂里的一位员工。她频频留他过夜,没过多久肚子就搞大了。

马科斯试图用手枪解决这个问题。那个男朋友也缺心眼,他以为,这是向美国佬狮子大开口多要嫁妆的大好机会。两人吵起来,马科斯给了他一枪。小伙子伤势严重,过了许久才痊愈。

等他好了,埃万赫丽娜却不干了。她提出不想和他结婚,还说他是笨蛋。

马科斯坐了牢。奇怪的是,他根本就无所谓。他被关了一段时间,不久便获得减刑以及很快让他自由的允诺。

两个女儿中的小女儿马格达见自己孤单一人，决定进阿里斯昆一个阴森森的修道院去当尼姑。

大女儿埃万赫丽娜跟一个有钱的承包商走了，住在圣塞巴斯蒂安的一家旅馆里。听说后来她又和承包商带来的司机勾搭，于是和前者闹翻了。最终她住在市郊的一幢别墅里，生活得像个贵夫人，显得聪明大方，和蔼可亲。

从别人口中听来，磨坊的马科斯在坐牢期间彻底变了个样；等他出狱回家时，人家都认不出他来了。他像是得了肝病，脸黄得像柠檬，目光混浊，嘴唇又肿又没有血色。

他不再喝酒，也不想见任何人。

酒让他反感。他的朋友苏杜乔说，他整天就念一本从美国带来的英文《圣经》，特别是其中的《福音书》。

十四

“那段时间我的岳母病重，我和妻子必须到马德里来。”萨瓦莱塔先生最后说。

我在镇上找了一个替补医生，心想自己也就走开一个礼拜，结果我一走就是好几个月。妻子不想离开这个小镇，于是我们又回来了。等我们回到镇上的时候，几乎已经没有谁还记得磨坊的马科斯了。此后不久，我在药店闲聊，人们说的那些事让我吃了一惊。

马科斯似乎捐了一大笔钱给医院和学校。两个女儿以及在他家里开店的苏杜乔，他也留了钱。

“番茄罐”想到哥哥没把钱分给她，心里很不是滋味，就怒气冲冲地从镇上离开了。

我和妻子在村里住了二十多年才回到马德里来。她得到了不少遗产。我也有点儿。这样我们还能过下去。再说，我在这里也开始工作，并且有病人群体了。

乡下的房子我们保留了一段时间，心里想着还回去住。但是，年复一年，我们都没有去成。阿尔维德的屋主想把房子推倒重建。我们请人收拾好属于我们的不多的几样家具，给我们送到马德里来。

妻子从此失去了对那座房子的热情。对她来说，村里的生活已成了她不愿意提起的遥远往事。不久以后，她去世了。我一个年老多病的鳏夫，在京城一住又是二十多年。终于，我有了到圣塞巴斯蒂安去看望一位病人的机会。一次饭后，一位有汽车的同行对我说：

“您年轻时行医的小镇，想必好多年没回去了吧。”

“对，好多年了。”

“您想去吗？我开车带您去。”

“去干吗？我早就没有兴趣了。”

“也就一会儿工夫，有什么要紧的？”

“行啊，那就去吧。”

我们去了。很快。说到就到。那是一个礼拜天。

一切都变了，变得面目全非！河里造了更多的水坝。我们的家阿尔维德消失了，代之而起的一座砖头水泥的大建筑，简直就是村里的摩天大楼，起码有六层。

马科斯的磨坊也消失了，替代它的是一家刷得花花绿绿的小旅馆，旅馆带一个坡上的花园，园中以沙铺路，种了一些绣球花。从花园可以下坡直达凫尾溪。

我们在广场上稍作停留。一支铜管乐队正在演奏，这里似乎也不再有人敲巴斯克小鼓。

“咱们回去吧，这让我心里难过。”

于是我们赶紧回来了。

秋三章[①]

一、秋天:拟古寓言体

依我看来,不论城里还是乡下,秋天都是最宜人的季节。经过八月里害得人快快无力的闷热之后,第一丝秋凉叫人心喜。第一阵秋雨悠然飘落,温柔地滋润大地。观看这初秋之景,呼吸这初秋之气,仿佛都是叫人耳目一新的赏心乐事。

秋天,多么值得赞美的季节!

* *

秋天是一位性喜冒险的夫人,遍尝爱的果实。在盛产葡萄酒的南方,秋天的化身是鲁本斯画中丰腴的维纳斯,巴洛克风,灿烂辉煌,浑身金色的阳光,葡萄藤和葡萄叶装饰着秀发。在北国,她少了一分富态,多了一分婉约和矜持,她是一位白皙的草地仙子,身上戴满鲜花,走在被飘移的雾霭所沾湿的高高的草丛中。

秋天是看灿烂晨光从纠缠山谷的似纱白雾中崭露头角;是接受已入病态、到了中午却有一种甜蜜温热的阳光的轻抚;是黄昏时呼吸山中的佳气。秋天是干草的颜色,是草地上的收刈季节。秋天是一个宁静而闪亮的阴天看窗外细雨飘落;是听风过林梢;是走在大路上听着脚下黄叶嚓嚓作响;是在秋叶褪尽的林间听祈祷的钟声敲响远方;是在路旁用枯枝败叶生起一堆篝火。

秋天是明净深邃的夜里在大穹下漫步;是通过悄然眨眼的星星在灵魂深处追随宇宙的节奏;是领略秋夜这位流浪的贵妇人无处不在的幽灵,岩石上,溪流中,池塘

① 本文选自散文集《孤独的时光》(1918)。《秋三章》这一标题为译者所加。

里，苍劲的树干上，到处都是她故作神秘的幽灵之光。

秋天是看来自别的气候带的五彩缤纷的飞鸟从我们头上经过；是目送在高空排成三角形的鸟群发出一阵阵凄厉的叫声渐飞渐远。秋天是在阁楼上收藏金灿灿的谷物以及挺着大肚子模样怪丑的葫芦；是把香喷喷的大苹果排放在核桃木的食柜里。

秋天是在夜色笼罩的小镇广场上驻足于一座灯火明亮的阳台前，聆听车尔尼的一支练习曲的音符争先恐后地逸出钢琴。秋天是怅望尖形的墓地翠柏，并感受时光之箭分分秒秒扎在我们的心头。秋天是手挽一位神情慵懒的女人漫步黄昏，是和她谈论人生，提及昔日的梦想和希望，看萤火虫在草丛里神秘闪烁。

多么浪漫，多么值得赞美的季节！

初秋伊始，尚有夏的余味；但是十月很快就赶到了。秋气冷清，秋色热烈，慢慢地，山脚被抹了一层金粉，树被刷成了鲜红色，而路上的落叶褪成了银色。

夜里要生炉火了，而这总会叫人大吃一惊，仿佛看到火焰也是一件什么新鲜事。

* *

在巴斯克语里，秋天叫作"夏尾"，也就是说，它没有自己的本名。很有可能的是，巴斯克人在古代只说冬夏两季。欧洲北边不少民族好像也这样。种植葡萄对秋季概念的形成似乎有相当大的影响。

毫无疑问，秋季在南方和收获葡萄紧密相连。一串串葡萄渐渐变成金色，变成紫色，这标志着太阳热力的终结。葡萄收获及祭酒神的节庆正和秋分期吻合。

巴斯克地区不产葡萄，秋天也没有酒神气氛；秋天是一个慵懒、温和、晚到的夏天。

二、圣特尔莫城堡

秋日的海滨实在大有魅力。晴天的景致颇有妙处：海滩上的白沙不再刺眼，海面上也不再有那种晃得人睁不开眼的反光，水和天也不再是单调的蓝色，秋天的水和空气变化频繁，带来的效果也是千千万万。

* *

大海是一位我不想见其总在我眼前晃悠的朋友。于是，当我偶尔远远听到它的歌声，我就想：“在那儿呢！”心里有说不出来的高兴。

习惯了山谷的狭窄天地，于黄昏初临之时坐在海边是一种极大的享受。满眼是变幻不定的颜色，看日落，看天上的火山和蛟龙，看云中聚散离合的岛屿和宫殿，看燃烧的河流。

* *

海斯基贝尔山的终点是伊格尔海岬，在海岬的尖头上，比达索瓦河入海口，有一座濒海的破败古堡。城堡里尚存若干塔楼，堡内的房间和地牢可以从外望见。

这座城堡建于菲利佩二世时代，是为了打击海盗活动而建的。

城堡大门上尚存奥地利王室[1]的大盾徽，刻着一道拉丁铭文，如下：

> 西班牙暨西印度国王菲利佩二世
> 特为打击海盗掠劫
> 敕令建此圣特尔莫城堡
> 主历一五九八年
> 其时本省总督大人为堂胡安·贝拉斯克斯

我曾经在这座城堡里徜徉良久，如今它已成了一处微不足道的民居。整座城堡空无一人，里头的居民要不在散步，要不在田间劳动。

从城堡上看到的风景很有气势。大海茫茫，法国一边的加斯科涅海湾一望无际。比达索瓦河入海口，昂代市矗立着两座石峰，既叫双坟山，也叫姐妹山。更远处是昂代的阿巴迪城堡、比达尔海边的悬崖峭壁、比亚里茨、巴约讷，最后是远成一道白线的法国海岸。

几乎就在圣特尔莫城堡脚下，海中有一道防波堤，也是一个避风港。我看到一艘满载的小船从这里出发，返回到伊格尔海岬去。

我不禁遥想我们那些以海为生的祖先的危险生活。他们自古以来捕猎鲸鱼，远至纽芬兰大浅滩追逐鱼群。尽管他们的时代野蛮粗犷，谁知道他们的生活是不是比我们的更加美好，更加愉快！这种对文明的不信任一直留在我们巴斯克人身上。巴斯克人不是善于交际的一类人，我们的灵魂里隐隐约约地跳动着崇尚个人主义和冒

---

① 统治西班牙帝国的哈布斯堡家族是奥地利人。

险精神的古老民族的本能。

离残破的古堡稍远是伊格尔海岬的灯塔,灯塔旁边是缉私队的兵营,海岬尖头上有一个小岛,叫阿穆科岛。

海斯基贝尔山的另一侧是西班牙的布拉瓦海岸。我坐在草地上观海。不易理解为什么对狂野的大自然的观照会那么深得我心。毫无疑问,这里头也有一点遥远的本能残余。

我从一片悬崖上探头下望,不禁一阵晕眩,不得不赶紧缩回来。

三乡村感秋

秋天的乡村为我们提供了新的意趣。秋天必须采集果实,必须施肥拔草,焚烧枯枝败叶。

烧篝火自有它的魅力。看着篝火燃烧也一样。

草中冒出的烟有时候是黑色的,有时候是泛着红色的。风忽然把烟吹到你脸上,又忽然把烟吹开,仿佛要在空中将它藏匿起来。绿色的根株在火中噼啪作响。这一切年年如此,年年有新趣。从远处看去,黄昏的篝火带上了一点宗教般的神圣庄严。

* *

今年秋天我很少出门,整天就是在园中漫游。所以说,今秋的落日黄昏我看了个够。天黑下来需要很长时间。太阳藏身在附近高处,使整个花园处在阴影之中。落日余晖从山谷中渐渐退去,然后爬过西边的山冈。

风停了。这是寂静的时刻。我们早已忘记了太阳,却蓦然发现它还在远处一座山峰的橡林叶梢上闪烁。

母亲和家里的一位朋友马克西米娜小姐栽培摆弄菊花。再过几天她们将做好菊花花环,万圣节那天带到墓地里去。菊花状如星星,很好看,很好闻,就是有点悲伤。

我这么对母亲说时,她笑道:“哪里还有什么悲伤的香气!”

“没有吗?我认为是有的。谁也不会说肉桂或者橙子的香气悲伤,但是菊花的香却是一种悲香。”

母亲耸了耸肩膀。

“我想,菊花之所以悲,是因为它秋天开花,到了万圣节那天被人们带到墓地里去。”

“道理上如此,但还有一个感觉上的原因。”

“是什么?”

“这些花的香气和甘菊相似,而甘菊是拿来治胃痛的。这就是悲悲相感了。”

母亲摇摇头,仿佛是说,这种事情也值得胡思乱想,瞎开玩笑!

* *

有时候,天亮时一觉醒来,我便听到远远传来提示人们做祷告的教堂钟声。这是一口敲起来声音凄凉的破钟。尽管那声音哀哀切切,却并不能打动我。在我听来,这钟声像是特拉普派耳熟能详的口头禅:“兄弟,人终有一死。”

人的构造组织使我们只有在危险逼近时才能感到它的危害。对一个眼下身体健康的人说“人终有一死”,就如同对一个正在大嚼特嚼的吃货说有痛风、中风、胃黏膜炎等等疾病。

我们有一种美好的无意识,使得我们只有在大祸临头的最后时刻才感到害怕。要不然生活会无法忍受,我们会活不下去。我自以为在钟声里听出来的“兄弟,人终有一死”只能使人类坦然微笑,至少我是如此。相反,如果是“兄弟,我们得受苦受难,”那才会叫我胆战心惊。

埃切帕雷的花园[①]

一到比达尔,阿维拉内塔当即就得知埃切帕雷已经过世了。伊图尔维德庄屋大门紧锁。

阿维拉内塔走近附近一座叫贝基贝尔切内亚的庄屋,这家的女人拿了一串钥匙从屋里出来,为他开伊图尔维德庄屋的门。

"您是加斯东先生的外甥吗?"女人问道。

"对。"

"您打算怎么处理这幢房子?"

"我?"

"这么说您不知道自己是继承人?"

"我不知道。"

"您到圣让德吕兹去找公证人;他们会把遗嘱读给您听的。"

"好,我会去的。"

贝基贝尔切内亚家女人和阿维拉内塔一起走进伊图尔维德庄屋。阿维拉内塔在大小房间里走过一遍,在书房里略作停顿,然后下来走到他舅舅散步的花园。

埃切帕雷的花园非常美。园子在一座临海沙丘的南坡上,四面有围墙,北边和西边的墙较高,能抵挡寒风和海风,保护园中草木。

园丁埃切帕雷的设计是为了保护花园免遭海风侵袭,但是他无疑也想欣赏海景。两堵高墙的角上有他多年前建的一座小亭子,犹如瞭望台。亭子破败不堪,木材已经腐朽,只有一株老紫藤树的树干像蛇一样紧缠着它,使它不倒。

从凉亭外望,海岸线一览无余。可以看到昂代的石岛在海上渐行渐远,然后是伊

---

① 本文选自长篇小说《一手握笔,一手握刀》(1915,系列长篇历史小说《一个行动家的回忆录》第四部)。

格尔海岬及其夜间闪烁的灯塔；更远处，是西班牙境内的巴斯克海岸，格塔利亚岛和马齐恰科海岬。

朝陆地一边看，可见比利牛斯山的起点；附近是孤峰突兀的拉伦山，拉伦山背后是在雾中逶迤起伏的纳瓦拉的群山。

沿着朝海一面的围墙，一整排松柏构成一道挡风屏障。

花园低坡处是最暖和的部分，埃切帕雷在此处种菜。

围墙四角，还有大大小小的角落以及阴暗处，埃切帕雷种满了玫瑰、爬藤、金银花，等等。这些花花草草盖住整堵围墙，满墙头是茂密的绿叶和五颜六色的小钟铃花。

花园一边耸立着一株高大的玉兰树，满树是大朵的白花；另一边是一株叫桃金娘的灌木，树冠几乎成圆形，此时正花开千朵万朵，仿佛一只雍容华贵的大红球。

阿维拉内塔在园中纵横的小径上徜徉，他懂得了埃切帕雷老人对土地的热爱，懂得了他对草木和百花淡淡的泛神论式的崇拜。

埃切帕雷的生活多么令人赞叹啊！他没有野心，热爱自然，观照万物，在那里度过了平安幸福的一生。

也许他的心里对一段古老的爱情记忆犹新；也许他在呢喃的清风中听出了爱人的絮语，在一片孤云或者一朵海浪里瞥见了爱人的倩影。

沉思的老者埃切帕雷经常在海边的悬崖上漫步。他没有社交。他的朋友就是树木、玫瑰、空中微笑的流云、在远处眨着红眼睛的灯塔……

贝基贝尔切内亚家的女人急欲说话，她把埃切帕雷临终前的情景都告诉了阿维拉内塔。共和国老兵是在一个晴朗的下午平静地离世的。从巴黎来的贵夫人陪伴他度过了生命中的最后几天日子。

起先她试图让他忏悔，但是最后她让步了。贝基贝尔切内亚家的女人常常看到他俩坐在园中红树下的一把长椅子上不停地说话。

秋天温和，美妙，有着巴斯克秋天的所有辉煌。树叶悠然飘落之际，孤独的老者踏上了他的最后一次征途。

老人弥留之际，贵夫人一直在哭泣，家里只有医生和一个革命时期当过兵的管家。

第二天他们安葬埃切帕雷入土，贵夫人便消失了。

阿维拉内塔离开伊图尔维德庄屋，在日落时分走进比达尔的墓园，去拜谒舅舅的坟墓。

秋高气爽，碧空中有大朵辉煌的红云。阿维拉内塔一番寻找，找到了舅舅的墓

穴。翻过的泥土犹新,崭新的墓碑上写着:

共和国战士加斯东·德埃切帕雷长眠于此。1760 年—1822 年

这位叛逆者在四邻中占据了他自己的位置,他的身体将在那里等待着化作他如此热爱的黄花绿草的原料。

世事挽歌

老者与歌

我肩搭外衣，天色微明就出门而去。我走在路上，并无目的，也浑然不知什么原因。公鸡正叫得刺耳，仿佛喊着冲杀奔赴战场，云雀也在田野上振翮高飞。

无论是八月的似火骄阳，还是十二月的凛冽寒风，我日夜兼程，并无目的。有时候，自己脑中无中生有的危险使我徒受惊吓；有时候，面临现实的危险我却岿然不动。

为了排遣寂寞，一路上我边走边唱；我吹着口哨，哼着歌调，或悲伤或欢欣，全视情绪和环境在心中的反映而定。

有时候，从路旁的一间屋前经过，我会更大声地唱着，吼着，或许不无自得，心里指望着有人听见。

“有窗子会打开，有一张友善而快乐的脸庞会出现。”我这样想着。

没有窗子打开，没有谁出来。我天真地坚持，唱着，吼着；这时，所到之处络绎冒出了恼怒的脸色，敌意的目光，瘦骨嶙峋的手中紧握棍棒、满心戒备的人们。

我在心里犯嘀咕：“说不定我得罪了他们；这些人不想和我有丝毫瓜葛。”我肩搭外衣，继续前进，并无目的，也浑然不知什么原因，一路唱，一路哼，一路吹口哨……

长久以来，因为这种寂寞，也因为猫头鹰的呼喊，狼的嗥叫，我感到苦恼，失去了内心的安宁。于是我试图靠近城市，但是刚要进去，人们就会把我挡在门口。作为接纳我的条件，他们要我把梦想卸下，把那比生活本身还要美好的梦想丢在身后。

“不，不，我情愿回到路上。”我低声说道。于是我肩搭外衣，继续前进。我信步走来，并无目的，也浑然不知什么原因，一路唱，一路哼，一路吹口哨。原野上众响齐鸣，万籁纷呈，溪流水声哗哗，乌鸦聒噪凶兆，使我心中惊悸。

到后来，人们开始让我进入城市，不再讲什么条件。但是走在街上，我感到窒息，局促，难以呼吸，于是我又回到了野外……

今天，有位朋友对我说：

“就在这里休息吧。为什么不生活在人群中呢？这里有宁静的港湾，有安身的角落，人们也并不一脸凶相地互相仇视。”

“朋友啊，”我回答道，“我是一个过客，是变动不居而无处扎根的浮萍。风中一丝风，海中一滴水。”

我就像自以为偶然闯进高山深壑的行者，奋力跻攀，终抵绝顶；待回首俯见所历微径，才恍然领悟，尽管走过弯路，也曾误入歧途，自己出于本能原本就有计筹。

事物瞬息万变，追求自己的最终形式（黑格尔的“流变”）。如今，在万物不舍昼夜的滚滚浊流中，我看得清楚，我的存在是大化流行之一端，是一种生成。

如今，我不会为孤独而悲伤，原野的神秘竽籁和乌鸦的聒噪也不能使我心惊。如今我已深知，树上有夜莺为我歌吟，空中有星星暗自对我迴望。我已然觉得，烈日寒冬和骤雨劲风本亦温柔，孤烟一柱飘升天际的静谧黄昏更是无限美好。

就这样，我肩搭外衣，继续走在并非我自己选择的路上，一路唱着，哼着，吹着口哨。

命运之神要中断这生命之路，我也只是顺其自然；尽管可以抗议，我却不会抗议……

巴罗哈自画像[1]

食教条者

当有人问我对于宗教有什么想法时，我就说我是不可知论者。我喜欢在市侩面前显出学究气。现在我要补充一点，我是食教条者。

对于眼前的教条，不管是宗教的、政治的还是道德的教条，我的第一动作就是看怎么咀嚼并消化它。

对教条贪得无厌的危险之处在于消耗太多胃酸，结果落得终生消化不良。

在这点上我的喜好大于节制。我有一种难以治愈的食教条症。

伊壁鸠鲁之猪

我也是伊壁鸠鲁猪圈里的一头猪；我喜欢这位和弟子们论道园中的智慧老者。贺拉斯愤然离伊壁鸠鲁者而去时抨击他们的话简直太绝了。

一切高贵的灵魂都为老者伊壁鸠鲁唱过赞歌。“啊，伊壁鸠鲁，希腊的光荣！”卢克莱修在他长诗[2]的第三卷里说。

“我要为伊壁鸠鲁报仇，为这位真正神圣的哲人、至高无上的天才报仇。”卢西安在他的《假先知亚历山大》里坚称。

朗格[3]在他的《唯物论史》里把伊壁鸠鲁归为德谟克利特的门徒和模仿者。

我的古典文化不足以确论伊壁鸠鲁在哲学上的价值。我关于他以及古代哲学家

---

① 此文节选自自传体散文作品《青春·自我崇拜》(1917)一书，题目为译者所拟。

② 指《物性论》。

③ 朗格(1828—1875)，德国康德主义哲学家。

的全部知识来自第欧根尼·拉尔修的书[1]。

关于伊壁鸠鲁,我读过贝勒[2]《历史批判辞典》里的精彩文章,还读过皮埃尔·伽森狄[3]的《伊壁鸠鲁行状》(De vita et moribus Epicuri)。凭此学识,我忝列大师门徒之列。

学者们会说,我没有权利自诩伊壁鸠鲁的门徒。但是当我想到自己的时候,贺拉斯在《书信集》里给伊壁鸠鲁一派的粗俗称号便自动出现在我的脑海中。我觉得这粗俗荒唐的称号简直就是一种荣誉:伊壁鸠鲁之猪(Epicuri de grege porcum)。

太监的乐观主义

拉蒙-卡哈尔[4]写给晚辈学者的治学指南伪善得令人反感。这位组织学家作为思想家从来都是绝对的平庸之辈。他在书里说年轻学者应该如何如何,就跟 1812 年宪法讲西班牙公民应该如何如何一样。

我们知道一个青年学者应该怎样:沉着、乐观、冷静……然后口袋里有十个到十二个铜板。

一些朋友告诉我,马德里的自由教育学院[5]打算给学生一些艺术方面的引导,很讲策略地把艺术按重要性做了一个分类;首先是绘画,然后是音乐,最后才是文学。

仔细琢磨这个次序里可能含有的意图,可以看出其目的是不让学生有理由悲观。当然,无论观赏用亚麻籽油涂抹过的旧布,还是听一点叮叮当当,都不至于让人心生不满的。但是,怎么说呢?我以为,在西班牙这样一个国家里,不满现状的青年比穿着非常整洁利索的蓝衬衣去实验室,谈论格列柯、塞尚和第九交响曲,却从不抗议的中规中矩的公子哥儿要好。因为在这种雅正后面可以看到的是太监的乐观主义。

---

[1] 第欧根尼·拉尔修(200—250),罗马帝国时期的古希腊哲学史家。书指他的名著《名哲言行录》。

[2] 皮埃尔·贝勒(1647—1706),法国启蒙思想先驱,怀疑论者。

[3] 皮埃尔·伽森狄(1592—1655),法国哲学家,持原子论,复兴伊壁鸠鲁学派。

[4] 拉蒙-卡哈尔(1852—1934),西班牙病理学家、组织学家、神经学家,1906 年诺贝尔生理学或医学奖得主,现代神经科学之父。

[5] 自由教育学院(1876—1936),是受克劳斯主义启发的世俗化私立教育机构,对西班牙的教育进步和文化事业复兴产生过重大影响,培养了众多的学者和文化名人。

旅途的始点和终点

我曾经自以为年轻,有原生质的活力,对外在形式也不怎么在乎,直到我和一些俄国人交谈为止。从那时起,我就觉得自己比原来想象的要更加利索有型,更像拉丁人,更古老。

“我觉得您是属于旧制度(ancien régime)的一类人。”一位法国夫人在罗马对我说。

“我？不可能。”

“就是的,”她坚持道,“一位谈笑风生之人。不是衣冠楚楚风度翩翩的教士,但确实是有点玩世不恭而且脾气不佳的教士,喜欢在沙龙舒适的环境里感觉自己山野散漫。”

这位法国夫人的话让我思索。

我要一直在阿波罗神殿的周围转悠而不迈入大门吗？

我的文学生活也许不过是一场从酒神山谷前往日神圣殿的旅行。有人会想,跨上阿波罗神殿的第一级台阶,艺术家就起步了。的确如此。在第一级台阶,我就完了。

批判意识和成熟

当我的批判意识变得尖锐的时候,我常常想:我这些书的缺点如今也看得清楚了,如果现在我必须写的话,我大概是不会再动手了。然而,我还在继续写别的书,它们也有同样的老毛病。感觉强度始终如一,形式完美的那种精神的成熟会有到来的一天吗？我想不会的。如果我达到了雕琢表达形式的地步,极有可能已经没什么话说了,那么我会闭嘴。

感　性

在我的书里,如同在几乎所有的现代书里,可以注意到一股反对生活和社会的怨恨之气。

怨恨生活比怨恨社会更古老。

前者一直是哲学家的陈词滥调。

生活荒唐,方向难以把握,生活像是一种疾病,大部分哲学家都这么说。

当人怨恨社会时,他就有赞美生活的意思了。他说,生活是好的,人自然是宽宏大度的,使人变坏的是社会。

我相信生活不好也不坏;它就跟大自然一样:它是一种必然。社会也一样,既不好,也不坏。对相对于其所处时代感性太多的人来说,社会是坏的。对于和环境达成协调的人来说,社会是好的。

一个黑人可以赤身裸体走在森林里,林中的每一滴水里都聚集着几百万的疟疾细菌,虫子咬你一口都会化为脓肿,林中的温度哪怕在树荫下也能达到五十多度。

一个习惯于受城市保护的生活方式的欧洲人,在赤道的大自然面前,如果没有防卫手段,他将死路一条。

人一定要有他的时代和环境所需要的感性。感性少了,他会活得像个长不大的孩子;感性足够,他会活得像个成年人;如果太多了,他会是一个病人。

食神教

听说哲学家阿维洛伊①常常惊叹:"基督教是啥教派!吃自己的上帝!"

看起来这种神食应该会使人成神。没那回事!他们是凡人。人性,太人性!就像尼采会说的那样。

毫无疑问,南欧人是世上最活泼、最有活力、最坚强的种族。伟大的征服者都出自他们。基督教必须降服他们的时候,给他们打上了一针闪米特病毒。但是这病毒不但没能削弱他们,反而使他们更加强壮了。他们从亚洲思维中取其所宜,把宗教造就为一种战斗武器。这些强梁残暴的种族只是多亏日耳曼人的渗透才逐步变得温和。而当斯拉夫人主宰欧洲的日子到来之时,他们会最终温和。与此同时,他们继续在我们的国家里发号施令。

"他们还能有什么害处?"一些人说。

"得了吧!现在他们也会像从前一样,把布鲁诺烧死。"

这些吃定上帝的人仍然火气很大。

---

① 阿维洛伊(1126—1198),西班牙穆斯林哲学家。他传承亚里士多德的哲学,是西欧世俗化的先导。

无政府主义

在毕尔巴鄂的杂志《赫尔墨斯》发表的一篇文章里,萨拉维利亚[1]以为,我虽然治愈了我的无政府主义,但是为了留住我的文学顾客,却继续保持着负面的无政府主义倾向。文学顾客之说是不对的。首先,我几乎没什么顾客;其次,一小群保守顾客比一大群无政府主义顾客要有效得多。我渐渐疏远了牧神庆典和酒神崇拜。这一点是对的。但这并不是要内在或者外在地以耶和华或摩洛克崇拜来替代。不不,对闪米特的传统我没有什么热情。我不能像萨拉维利亚那样钦佩富人仅仅因为他们是富人,钦佩高位者仅仅因为他们占据高位。

萨拉维利亚以为我暗中热衷于光鲜的上流社会、将军们、行政官们、美归阔佬(indios)[2]、自信满满的阿根廷人。我对这些人的爱和对家门口大路上晃悠的母牛之爱是一样的。对于前者我不会是富基埃·坦维尔[3],对于后者,我不会是屠户。对于值得钦佩的东西,我倾向于小,我更喜欢波波里[4]而不是凡尔赛的花园,更喜欢威尼斯和佛罗伦萨的历史而不是印度的历史。

大国、大将军、大王、大神,他们使我感到的是冷淡。他们属于那些有大河穿过的平原人类的,埃及人啦,中国人啦,印度人啦,德国人啦,法国人啦……

我们比利牛斯山和阿尔卑斯山的欧洲人只喜欢小国、小河、可以以"你"相称并亲切交谈的小神。

萨拉维利亚说我害怕变化。这个他也搞错了。我一点不怕的。变化是我的天性。我愿意自我发展,愿意从此到彼;如果我的感觉和思想发生了变化,愿意让自己的文学和政治立场转个圈。除了乏味的书,我什么书都不排斥。除了傻里傻气的戏,什么戏我也不想中途退场。对于正襟危坐和始终如一,我也不以为然。这种姿态反而使我难为情。如果能感到自己还可以发展变化的乐趣,我甚至愿意付出一点代价,仅仅为了表明我有能力做出真诚的立场转变。

---

① 何塞·玛丽亚·萨拉维利亚(1873—1940),西班牙作家。

② 指从美洲发财归来的西班牙人。

③ 富基埃·坦维尔(1746—1795),法国大革命时期的革命法庭公诉人,先后把王后、吉伦特派和罗伯斯庇尔等送上断头台,后来也被处死。

④ 波波里是佛罗伦萨最有名的花园。

希望式的爱国主义

我显得不太爱国;其实,我爱国。我不能使西班牙人或巴斯克人的身份成为我审度世界的唯一范畴。如果我认为采取一种国际主义立场可以获得一种新的概念,那么我会暂停西班牙人和巴斯克人的自我感觉而不觉得这有什么不方便。

尽管如此,一般来说我希望我的国家有最大的美好,但是我没有那种说谎的爱国主义。

我希望西班牙是世界上最好的角落,巴斯克地区是西班牙最好的角落。

这种感情是那么自然而且普遍,不值得解释的。

图赖讷和托斯卡纳的气候、瑞士的湖、莱茵河及其两岸的城堡,这些欧洲最美好的东西,我愿意把它们都挪到比利牛斯山和直布罗陀海峡之间。同时我也将令莎士比亚、狄更斯和托尔斯泰脱离原籍,成为西班牙人;我愿最好的法律和最好的习俗统治我们的土地。但是,现实就在这希望式的爱国主义身边。掩饰能改善什么?我想什么也不能。

对许多人来说,唯一的爱国主义是说谎的爱国主义。我认为它更是一种冠冕堂皇的说辞,不是真情实感。

造假的爱国者经常和造假的国际主义者吵架。

“只有我们的才是好的。”前者说。

“只有别人的才是好的。”后者说。

被美好愿望和同情心所热烈加温的本国真相,我认为这才是爱国主义。

有人会说:“您的爱国主义不过是利己主义和功利主义的一种发挥。”那当然!难道还有别样的爱国主义吗?

手风琴的颂歌[①]

你们可曾于某个星期日的黄昏，在坎塔布连海边随便哪一个落寞冷清的小港，看到三五成群、头戴贝雷帽的人们，在黑色双桅船的甲板上，或者在小货船的船舷上，静静地听一个见习水手拉响破旧的手风琴？

说不清为什么，在那海阔天空的黄昏时分，从一道道漫无终止的伤感的旋律里，流出了一种肃穆悲凉。

有时候，旧手风琴会停下来，如同哮喘病人的喘气；有时候，会有一个海员随着琴声低吟浅唱；有时候，涌上码头台阶又轰隆隆退去的海浪盖过了琴声和歌声……

但是那琴声和歌声旋即再次响起，平凡的调子和熟悉的过门继续一点点充盈那节日黄昏的寂寥。

村里的绅士老爷们已经散步归来；农家小伙们的球打完了；广场上的舞跳得更热闹了；酒吧里和专卖苹果酒的铺子里的人越聚越多了；因年久潮湿而发黑的小巷子里，疲惫的电灯开始在家家户户突出的屋檐下亮起来了；去念玫瑰经或做九日斋礼拜的老婆婆们裹着大披巾正打路上走过。这时候，在黑色的双桅船里，在装满水泥的小货船里，手风琴继续吐露着悲伤的音乐，把耳熟能详的平凡的旋律缓缓送入落寞冷清的黄昏。

啊！那破嗓子多么悲伤！从那平民的肺里，从那没有一点浪漫情调的乐器里喊出来的无精打采的声音，多么悲伤！

这声音诉说的是某种单调的东西，如同生活本身；一种不优美，不高贵，也不古老的东西；它缺少的是伟大和非凡，有的只是渺小和平凡，如同日复一日的劳作和痛苦。

---

① 本文选自长篇小说《帕拉多斯为王》(1906)。

啊！那平凡之物令人称奇的诗意！

那让人无聊，让人疲惫，一开始还让人不快的卑微的乐声，一点点揭示出藏在它音符中的秘密。声音变得清晰，变得透明。它展示了粗犷的水手们和不幸的渔民们生活的悲惨；展示了在海上与风浪斗、在地上与机器拼的人们所吃的苦，所遭的罪；展示了一切把可怜的蓝色工作服穿旧穿破的人们苦涩的内心。

啊！朴素的手风琴！可爱的手风琴！你们不像华丽的吉他讲述伟大的诗歌谎言；你们不像排箫或风笛吹出牧歌的传奇；你们不像威风的战鼓或者叽里呱啦的喇叭，在人们的脑子里灌满烟雾。你们属于你们的时代：卑微、真诚、平凡得美丽，也许平凡得有点滑稽；但是你们诉说的生活，或许就是生活的本来面目：一曲普通、单调、平庸的旋律，飘荡于苍茫的天地之间……

老式旋转木马的赞歌[①]

请给我老式的旋转木马。

那些有电影可看、有辉煌华丽的帐篷和台子的高级游艺会不能使我兴奋。那些大得像教堂祭坛后的组画屏风、画了画的、金色的、锃亮的管弦乐琴[②],也不能让我动心。那玩意儿科学得太过夸张。你们看那些扭曲得蚯蚓似的所罗门式圆柱;你们看那些穿着燕尾服和短腿裤,一边手握锤子击钟打拍子,一边俏皮地转动脑袋的年轻女子形象;你们看那些手中套着一个花环,优雅地单腿旋转的舞女;你们听那发自机器内部的乱哄哄的音乐,这音乐混着锣声、鼓声、笛声,刺耳而且嘈杂。我不想贬低它的优点,但是……请给我老式的旋转木马。

那些新式的旋转木马不是我的最爱。它们由蒸汽机驱动,里头是琳琅满目的镜子、电灯和电弧,拖着种种装饰得花里胡哨的动物:高耸着长鼻的大象啦,身体上下拱动、动作带着无耻、嘲讽和玩世不恭的大白猪啦……我不否定过山车的优点,它们快得让人眼花缭乱,带着铁的噪音和女人欢乐的尖叫,但是……

请给我老式的旋转木马。

请你们给我经典的旋转木马,那儿时梦中的旋转木马,那表演女体炮弹[③]的摊子和蜡像摊子之间的旋转木马。你们会说它丑,说它的颜色,蓝色也好,红色也好,黄色也好,并不是真马的颜色。但是,那又有什么关系呢?孩子的想象力能够弥补一切。请你们好好看看这些摇摇马的高贵姿态。不错,它们肚子很大,但是它们有不寻常的威风和神气。它们头颅高昂,却没有虚假的傲慢;它们的眼睛活灵活现地看着你,等

---

① 本文选自长篇小说《帕拉多斯为王》(1906)。

② 管弦乐琴,能模仿管弦乐队各种音色的机械乐器,貌似管风琴。

③ 人体炮弹是马戏团的表演节目之一。马戏团演员被从炮筒里发射出来,抛过空中落到安全地带。大炮的原理其实是一种空气压缩的弹簧装置,为了视听效果,马戏团也使用火药。1877 年发射的第一枚人体炮弹不是男人,而是一个十四岁的马戏团女演员。

待着以一种高雅而略有不适的姿态驮着你旋转。你们要说了,它们不会上下跃动,没有什么大本事,但是……

请给我老式的旋转木马。

啊！高贵的马！诚实可爱的马！孩子们、保姆们,还有战士们,他们都热爱你们。你们威猛的外表下藏着一颗善良的心,谁又能讨厌你们呢？你们走到哪里,哪里一片欢乐。你们围成一圈,通过一根杆子,悬挂在一个吱吱呀呀的机械上,当你们在大大小小的城镇现身,所有的人都笑了,所有的人都乐了。然而,你们的命运是残酷的,很残酷啊。你们像人一样奔跑,绝望地、一刻不停地奔跑;你们跑得像人一样,没有目的,没有尽头……

请给我老式的旋转木马。

秋　兴[1]

秋到巴黎。一个温柔可爱的秋天，灰色的天，浓浓的雾。

只要天气允许，堂福斯托和他的邻居总是到近郊的小镇去，去凡尔赛，去圣克劳德，去枫丹白露。

两人爱到那些气派的公园里漫步，喜欢走在铺满落叶的小径上；傍晚时分，回到城里以后，他们也喜欢透过迷雾看远方的灯火，看车灯和路灯在灰蓝色的空中闪烁。

丰沃的秋天，果实累累的季节，却有悲秋之名。这是未曾于树叶泛黄之际在乡间行走过的爱哭鼻子的诗人们宣传出来的名头。

秋天几乎总是给人一种现实感，一种圆满和生命的印象。相反，春天更加忧郁。秋天是欢快的，因为面对似乎正在死去的大自然，人类感到自己的强壮。春天是悲伤的，因为它是辉煌灿烂的装饰，可是它几乎从不需要人类的任何参与。

五月的日子是壮丽的：阳光灿烂，草茵含笑，伟大而冷漠的自然带着和前一年春天同样的力量重新焕发了青春；但是人类却发现自己渺小悲哀，因为他感到了自己的无足轻重，他看到一年流逝他的生命就少了一年，他看到自己并不如树木逢春而荣，也不似溪流由枯而丰，或者山顶积雪消而复现。他身上死去的东西再也不会重新勃发。

不，秋天并不悲伤。白日里，天空显得温和，多姿，可爱，灵活；黄色的太阳在泛红的树冠上涂抹着金晖，落叶在脚下快乐地发出沙沙的响声……

堂福斯托和邻居越来越喜欢乡村。两人都是受骗的丈夫，也都是通达的哲人。一个为平静的生活和能在圣拉扎尔火车站漫步而心满意足；另一个为荣誉军团十字勋章而陶醉；两人都认为自己在世界上的使命业已完成。

---

① 本文选自长篇小说《怪诞的悲剧》(1907)。

他们已经达到了一种开始参透人世虚妄的高度，他们领会“万物皆有时”这个道理，对他们来说，愤怒的时间已经过去了。

他们拥有了这个真理，只是一心专注于观照自然。

他们时常坐在长椅上聊天。

云朵间不时露出一片苍天，如一种温存的抚摸。仿佛贫血的黄太阳从云中漏出缕缕光线。有时候，一队队飞鸟从空中穿过，黑色的形体画出一个人字。喜鹊在枝头发出叽叽喳喳的嘲讽。乌鸦一声惊啼在近处飞掠而过，紫色的翅膀在澄明的空中显得一清二楚。火车痛苦的吼叫在远处回响。

在那些偌大的公园里，在公园中一座座精心照料的花园里，尽管有四季常绿的碧草，却能随处感到秋天的脚步。秋雨打湿成堆成堆的黄叶；另外一些被风吹落的泛红的大叶子，在铺了沙子的林荫道上奔跑嬉戏。一个个偌大的水池里止水宁静，只有若干气泡从水底的淤泥里升起，在安详的水面上破灭。落叶在清澈的水中一无动静。石雕的水仙子和大胡子的河伯们展露着它们因苔藓而变绿的躯体。树林中，有些树看似铜色；另外一些树赤裸裸，黑乎乎，在灰色的氛围里，它们的轮廓仿佛贴着地面悠然漂移的轻烟；而光秃秃的枝头上也常常会有一只早已空空的巢穴。

堂福斯托的邻居是个天堂般天真幼稚的人。他对乡间事物的无知可谓闻所未闻。最简单不过的农活，像剪枝和嫁接，都使他由衷惊叹。

在他身边，堂福斯托比维吉尔①笔下的一个人物还要像农民。堂福斯托说着睿哲之言，向邻居解释，面临严冬的威胁，一切生命和万事万物如何采取一种新的姿态。

“在那深居简出的季节到来之前，”他对他说道，“我们仿佛感到一种对忙忙碌碌的怀念，一种准备巢穴的欲望，是不是这样？田野开始吓跑恋爱中的男男女女，人们乐于躲到城里，而且连橱窗里的瓦斯灯光在他们看来也仿佛有了新意。”

“是这样，是这样。”邻居低声喃喃。

两人于是回到巴黎。空气潮湿；傍晚时分，浓雾在塞纳河上弥漫，远处依稀难辨。

堂福斯特使他朋友注意到，林荫大道比任何时候都更加喜气；熙熙攘攘的大街小巷上又如何能感受到热烈的欢乐气氛。他也为他一一指点顾客满堂的餐厅和那些最刺激诱人的女士。

最后，堂福斯特和邻居回到家里，在楼梯口分手道别。

堂福斯特溜进自己房间，并点上灯火。

妮妮伺候他用晚餐。饭后他在壁炉边读报纸。他时不时地拨亮炉火；多少次，他

① 古罗马诗人维吉尔作有《牧歌集》和《农事诗》。

就这样望着火焰出神。上床就寝时,他随手关上木窗,同时瞥一眼街上,看见一盏可怜的瓦斯路灯在迷雾中忍受着寒风的肆虐……

他从床上听着烟囱里传来的雨滴和风声。

他想,这是秋天的声音,这是明智的声音,这秋声在作着如下诉说:

无家可归者多么不幸!此时此刻睡在被窝里的人们多么幸福!不要操心你们的妻子或朋友会做什么。面对如同过眼云烟的人生世代,那又算得了什么?你们所有或大或小的经营终将被狂奔如飞的时间之风扫荡干净。品味当下的时刻吧!享用生命吧!每一天都是从环绕我们的深渊上得来的赢利。尽情榨取吧!抛下不可能的烦恼吧!把你们的计划缩小到存在的局限之内。既然生命短暂,你们就别制定太过长远的计划。

堂福斯特常常聆听着这一明智之声,渐渐进入梦乡。

灶　火

又是一年当中天寒地冻的时节。我开始在房间里点上炉子,也怀念起乡间又大又矮的老式炉灶。

暖气片舒适,但是沉闷无声,而且黑乎乎的,比较压抑;煤炉子有危险;火盆又显得穷酸,悲惨,门房里才用它。

没有什么比得上带铁罩的炉灶里的火苗。那是世上最有意思的东西之一。我喜欢它,胜过咖啡馆、剧场和电影院。

一定得有野蛮人的趣味才能体会到这一爱好。我就有这种趣味。

带大铁罩烧木柴的炉灶并不完全舒适,脸和胸烤热了,后背却还是冷飕飕的。

遇上潮湿沉闷的日子通风也不经常流畅。相反,天气晴冷的时候通气又太畅,一大团热气从烟囱逸出,从门缝下灌进来的冷风有时候声如牛吼,把柴火扇得旺旺的。

穴居的原始人类,从他们的洞穴来看,应该不会为柴烟操心吧。浓烟一定不会让他们不爽,也一定不会呛得他们流泪。毫无疑问,他们不像我们这样多愁善感。

炉灶通气不畅令人恼火。有个来自第戎市,名叫埃布拉尔的法国人写过一本《管道研究》,专门研究炉灶怎样避免滚滚浓烟。

在乡下,妇女们已经不喜欢烧柴禾的低灶,觉得不方便。她们更喜欢那种叫作经济灶的黑铁箱。

我要是有点抒情的本事,一定要热情讴歌现代家庭所产生的带铁罩的低炉灶。对很多人来说,这肯定不是什么高明的诗歌主题。

普林尼讲到一个叫普雷库斯的颇有才华的画家,靠画微不足道的家常题材出了名。他画木匠鞋匠干活场面,画厨房内的场景。人们愤愤于这位画家如此这般亵渎艺术的神圣庄严,就给他起了一个外号加以蔑视,叫他下品画家。

这些愤慨者里头肯定有不少那个时代的邓南遮①派。而我辈中人却以为后者的特点乃是几近做作的低俗。

北方的画家，特别是佛兰德人，似乎全都是下品画家，他们有滋有味地画厨房、鞋匠铺子、客栈、旅店、酒馆以及这些地方常见的小人物。

我觉得我自己也有点下品的意思，因为对我来说，作为艺术材料，穷人的生活要远比富人的生活典型得多。

如今有些人热衷于旧思想和新生活，他们大多是保守派。他们在收音机和暖气片旁边温情脉脉地怀念费利佩二世或者托尔克马达②。我们的立场正相反，我们是新思想的朋友，也对旧的生活方式抱有同情。对我们来说，围着乡间低矮的炉灶坐论阿列纽斯的有生源说③不啻人生一大乐事。

从前的老式炉灶多美啊！有些是方的，这是大多数；有些是圆的，像窑炉。有些深，有些浅，大多数是黑的。室外的砖砌炉灶我在西班牙没有见过，至少没见过老式的。这种式样我只在英国和荷兰见过。位于纳瓦拉省的小村布尔格特的炉灶最令人称奇。炉灶包括整个厨房，整个厨房就是炉灶，烟囱安设在中间。这个纳瓦拉小村的厨房在一场火灾以后大多已经消失了。

柴禾不同，烧出来的火也不同。橡木、栎木、松木、枝丫、葡萄藤，它们烧出来的火各有区别。橡木和栎木烧得悠然、庄严、可敬，留下的是白灰；松木的火焰晃得更加活泼；葡萄藤仿佛南方人叽里呱啦的聊天，一下子就收场了。

在莱万特，也就是西班牙的东部沿海地区，过去有非常干净的贴瓷砖的炉灶，却并不用来烧火。这类灶我想以后也一定会有的吧。住在这种房子里的人们在院子里烧柴草做饭。

灶间里贴瓷砖和不点火在地理上的类似关联并不是我第一个提出来的。对我来说，生活中少有的几桩赏心乐事之一正是这柴烟。灶贴瓷砖就像雄辩术一样令人反感。

我在国外的一些城堡里见过豪华而富于装饰，带有雕塑和柱子的炉灶；但是那些并不是我所怀念的，它们似乎只属于博物馆。

---

① 邓南遮（1863—1938），意大利诗人，作家，曾经风靡一时，主要风格属于糅合唯美主义和象征主义的颓废派。

② 托尔克马达，应该指的是西班牙第一任宗教裁判所所长托马斯·托尔克马达（1420—1492）。

③ 阿列纽斯（1859—1927），瑞典科学家，1903年诺贝尔化学奖得主。有生源说认为地球上的生命来自太空。

在瑞士乡间，高出屋顶的烟囱很有特点。它们拐弯抹角地扭上好几圈，形状稀奇。无疑，山上袭来的风会卷起旋涡，瑞士造烟囱的工匠们才想出了这种样子奇怪的管道来抵挡旋风。

那些阿尔卑斯山地区的城市，屋顶以下那么正统平庸，那么干净利索，屋顶以上却正是其妙处所在。在朦胧的暮色和晨光里，在笼罩万物的雾霭之中，屋顶上影影绰绰地现出一排僧侣，一列士兵，一群白色和黑色的贵夫人，一些排列成行的骑士。一堆神秘的怪人。

这群人白天看着平淡无奇，暮色里或月光下却又显得怪诞不经。照料并监视他们的是烟囱清洁工。你可以看到这类工人踩着自行车在瑞士城市的大街小巷奔走，他们满脸墨黑，样子就像不戴高筒礼帽的小丑。

在英国乡间，屋顶上经常可以见到戴帽子的烟囱，这帽子能转动，有风标，风标多为小天使、公鸡、狮子，或者兔子。这类烟囱赋予英国乡间鲜明的个性。

位于圣让德吕兹附近的乌尔杜庇城堡在十五世纪属于一位来自贝拉的教士，此人是我的一位远祖。城堡里有一个房间，墙脚排放着五六十片壁炉的铁板门。不知道是谁的馊主意，铁板上漆的是银粉。

我在卡斯蒂利亚、拉曼查、埃斯特雷马杜拉和阿拉贡等西班牙省份乡间的炉灶边度过了非常美好的时光，看着女主人或者女仆添柴，拨火，搬砂锅，挪三脚炉架。

最近的一次印象得自莫雷利亚，那地方我是四年前和外甥胡利奥①一起去的。我们在小客栈吃过晚饭后走进带矮灶的厨房，在灶火光中和人们攀谈。在场的有一位来自巴伦西亚的先生，还有一位来自托尔托萨的教士。我们谈论的是当地人记忆中尚有残存的内战往事。

给我印象最强烈的灶火是在塞斯托纳，四十年前我行医的地方。

有多少次，我等待着新生命来到世上，坐在庄屋的厨房里一边就着灶火暖脚，一边抽烟打发时间。

那种时候我总会想起一首歌来，歌词和曲调给人一种强烈的巴斯克乡间生活印象。歌的名字叫《小鬼小鬼》(Mutil mutil)。

在这首歌里，庄屋主人无疑是躺在床上和仆人说话。

“小鬼，小鬼，快起来，看看天亮了没有。”

小家伙不愿意起来，便回答道：

“好的，东家。天亮了。公鸡正叫着呢。”

---

① 胡利奥·卡罗·巴罗哈(1914—1995)，作家妹妹的儿子，西班牙著名人类学家。

主人还接着问：

“小鬼，小鬼，快起来，看看天下雨了没有。”

“好的，东家。下着呢，咱们家的狗也淋湿了。”

歌词第三段是这样唱的：

“小鬼，小鬼，快起来。看看火灭了没有。没呢，东家；咱们家的猫还热着呢。”（Mutil, mutil, / jaique ari / sube o te dan / beguira ari. / Nagusiya / suba ba da / gure catua /beroa da.）

冬雨绵绵的日子里，庄屋生活显得多么孤独肃杀，那种悲寂之感很难传达得如此完整。

每次从那种偏远的地方回到镇上，我都觉得像进了大城市一样。

我在塞斯托纳借住的第一家是教堂司事的房子。房子在教堂旁边，在奥克拉街上。我占的房间以前住的是一位公证员，屋里有一些法律和宗教方面的书。那些书不吸引我，我想，我甚至都没有翻开过。

后来我搬到从前的一位大夫家里。他三四十年前在这个小镇上行医。

这幢房子带一个面临乌洛拉河的花园，旁边有一条街，街面是铺成扇形的石子路，临河有一株盘虬的大树，枝叶直伸到河面上。

室内是伊莎贝尔女王时期的风格。餐厅一面墙上贴的墙纸是一整幅画，画中场面是尼亚加拉大瀑布，水边有一辆敞篷马车，车上坐着几位头戴兜帽的女士，还有一些贵夫人带着身穿号衣的黑人随从。

有时候，我必须不分昼夜地顶着雨雪，骑着马，到偏远的庄屋去访诊。严冬酷寒。有时候，在四面闭塞的山里，月光下的岩石、树干和树根使人仿佛看到幻象。

也有不用出诊的日子。那种时候我就在厨房里烤火打发晚上的时间；木柴烧着，扑克牌打着。

整幢屋子里的人都聚在一起，有何塞法和马塞丽娜这两位姑娘，还有一位来自阿斯佩蒂亚的已婚女人。此人住在地下室，说一口地道的巴斯克语，长得细巧而有棱角，仿佛达·芬奇笔下的女性。

炉灶的铁罩下挂着铁链和铁钩，铁钩上挂着砂锅，锅子不时被火焰照亮。有时候，替代砂锅的是用来烤板栗的边鼓形黑铁盒，铁盒身上是密密麻麻的小孔，板栗在里边噼噼啪啪地爆响。

一把长凳上摆放着三只箍铁木桶，桶身上的铁皮圈亮光闪闪。两条狗常常睡在火边。它们分别叫迪安娜和约克，热气使它们舒服得直哼哼；猫也和它们和睦相处，亲如兄弟，虽然时不时会冲它们挥舞一下爪子。

每个人在那里讲自己所知道的事情，讲自己的所见所闻。城里的故事和乡下的故事混在一起；很多时候，古老的迷信带着现代的外表登场。

有些夜里也有男男女女的邻居来串门。男的聊天，女的就坐在那儿织袜子。

到了该睡觉的时间，何塞法就叫那两条狗，用巴斯克语对它们下命令：

“咱们走吧。”

两条狗耷拉着耳朵跟她走到牲口栏里。

我怀着离开灶火的惆怅走进自己房间，躺到床上睡觉，经常是刚一入睡就听到有人叩门环。我走到阳台上问：

“谁啊？”

一个声音问道：

“医生在家吗？”（Medicua echian al dago?）

于是我只好起床，很不情愿地穿上衣服，心里想的是热被窝和灶火。

江湖骗子

我是一个十足的傻瓜,喜欢目不转睛地看各色街头好戏,特别是江湖骗子的好戏。我会津津有味地听他们说话,并感到心满意足。

江湖骗子种类繁多:有学院里的和大会上的,有大街小巷和小广场上的;有些固定,有些游走;有些室内,有些露天。我对学院里的、大会上的以及室内的压根没什么兴趣。

随着俱乐部和文艺会社里的江湖骗子增多,小广场上的江湖骗子减少了。也不知什么缘故,他们竟是成反比的。我这辈子去国会也不过两三次,而且只要看到街上有被人围观的江湖骗子,我都会停下来。

这是大城市中的傻瓜的一大乐趣。只要我到了大城市,我就全身心地投入,冒傻气,干傻事。

能在一座陌生的大城市里百无聊赖,在我看来是开心事。

有些人去巴黎、伦敦或者柏林,他们每天都有一个安排得满满当当的日程表。九点起床,然后去博物馆,然后去百货商店,然后吃午饭,喝咖啡,拜访一位同胞朋友,给家乡每个人买一样东西,看一场电影,吃晚饭,听一场音乐会或看一场戏,然后回旅馆。我不这样。我懒洋洋漫无目的。我出门,手头捏着十三四个钟头,没有什么计划。我很阔,是时间的百万富翁。我会瞅瞅古玩店的橱窗;然后瞥一眼书店的橱窗;我会在教堂大门口观看正在举行的仪式,管它是葬礼还是婚礼;我会瞩目河流,看河水是清是浊,我会目送驶过的舟船渐行渐远;如果遇见两个人吵架,我也会凑过去,听听他们到底骂些什么;如果有一位画家在画布前聚精会神地画着风景,我会看着他画;如果有个醉鬼慷慨陈词,我也会听他滔滔不绝。

要是听说某堵墙内发生过什么,傻瓜就可以几个钟头望着它出神遐想。不知道有谁会为此感到莫名惊诧。我倒是觉得这没什么。富恩卡拉尔大街杀人案审判期间，当伊希尼娅·巴拉格尔①被押往法庭时，我们这些傻瓜就在法庭大楼周围张望。

记得我到过巴黎拉罗凯特广场附近，旁边有一座棚子，听说里面放着断头台。我对着门足足看了半个钟头，孩子们用粉笔在门上画着吉约坦博士所发明的那造福人类的机器。关于小广场上的江湖骗子，我作为傻瓜的往昔记忆有很多很多。首先是儿时在潘帕罗纳的游艺会，那已是半个世纪以前的事了。在那个年代，蜡像、女人炮弹、凹面镜、算命先生和幻灯这些东西还很有市场，为众人所喜闻乐见。摊亭里吆喝的卖艺人嗓音如钢。他们说话听起来像锣鼓；总体上他们并不好玩，只是让观众迷茫。其实这正是他们的目的。

叫卖形形色色玩意儿的人们更有意思。他们有些严肃庄重，有些讽刺幽默。严肃者中间我记得一位卖响尾蛇蛇膏的。他把摊子铺在塔孔内拉广场，从一辆漆成红色的大车上一本正经地吆喝。我听得惊奇不已。他太能说会道了。他有一副咄咄逼人的教授派头，物理、化学、天文学和政治学的种种奥妙，他把一切能解释的都解释得一清二楚。

头几天他的蛇膏卖两个佩塞塔一盒，后来一个佩塞塔，再后来卖两个雷阿尔②。

为了制作他的蛇膏，那人得杀掉多少响尾蛇啊，为了捕捉这种危险的家伙——自然史上它有一个吓人的名字：森林响尾蛇（Crotalus horridus：本义“可怕的响板”）——得有多少印第安人丧生啊！我当时这么想的时候，心里觉得好可怕。

多年以后在法国南方一个小镇，人们指给我看一位捕蛇人。此人戴一副银框眼镜，留着长胡子，样子像一个疯子。

那人坚称，蝰蛇他杀死以后晒干卖；别的蛇他提取油脂，用来治疗其他蛇类的咬伤。治疗理论的基础是哈尼曼大夫的顺势疗法。类病类治，以同治同（Similia similibus curantur）。

法国乡村的生活我不了解；但是据我有限的见闻，我想其中的神秘兮兮之人和西班牙的一样多，或者更多。

这里有江湖郎中，有勘探水源的，有用水为人治病的。在巴斯克地区的各个角落里还有女巫。法国农民里还有好多神汉。前不久，在法国的巴斯克地区，在奥莱塔，他们还在施展自己的法术，而巴约讷附近就连现在也还有一种包治百病的圣徒。

另一位和蛇膏客水平比肩的严肃型江湖骗子是个叫马丁内斯的人。三十多年前他在马德里的大广场上卖一种除涤虫的万能灵药。

---

① 马德里一起著名的凶杀案，女犯人被处以死刑。

② 一个佩塞塔相当于四个雷阿尔。

马丁内斯常常在马车驾驶座上摆一块板，板上放上一些装着白虫和涤虫的玻璃罐和多少有点天方夜谭的各类文凭和证书。马丁内斯慷慨激昂，巧舌如簧，众人被他说得服服帖帖，所以那种特药他能卖掉很多瓶。马丁内斯经常由一位风度翩翩的女士陪伴，他把样品和文凭往车上摆放的时候，两只眼睛会阴沉威严地扫视观众，镇住场面。

现在回想起来仍然让我开心的一个欢乐型江湖骗子是伦敦白教堂区的一位书贩子。我看到他这么个人也是差不多在三十年前。认识他时我正和恩里克·马拉特斯塔和塔里达·德尔·马莫尔这两位无政府主义者一起散着步。书贩子在这个区的一条主街道上设了一个流动小摊位，卖《圣经》、小说和诗集。

他五十来岁，已经半花白的金发，看上去像个小丑，穿一件黑色长大衣，戴一顶圆筒礼帽。他爬上一把凳子，随便操起一本书就开始赞不绝口。他说得太生动太滑稽，观者无不被他逗笑。好多人最后都买他一本《圣经》或者别的什么书。塔里达花几个便士买了一本。过了几天我又回去看那个书商，我很想跟他套近乎，和他好好聊聊，因为我觉得他像狄更斯笔下的一种人物。可惜他是那种听别人不和他们一样说话就认为人家荒唐无趣的英国人。

那不勒斯的卡普阿门广场上的江湖骗子也非常精彩。那个那不勒斯的旧货市场里什么都卖。衣服、信、从教堂流散出来的羊皮纸、烧熟的鱼和肉，还有二手的奶酪块。其中的一位我见过好几次，觉得他是天才。他轮流着卖帽子、折叠式小刀、酒瓶起子。有一回我看到他卖女人头发，一些很漂亮，有金色的，黑色的；另外一些是老太婆的头发，看上去实在太寒碜，觉得哪怕白送也没人会要。

这位那不勒斯的江湖客冷嘲热讽，滑稽可笑，实在太有感染力了。他说话时两眼放光，不只是手在动，而是每根手指都有动作。

还有一位令我惊叹的江湖骗子几年前也常在阿托查门显露身手。他说话有力而严厉，稍微带点加泰罗尼亚口音。我听过一次他的雄辩宏论，其中的开场白是这样结束的："无知的观众把一切像我这样勇于创新的人都叫作江湖骗子。苏格拉底和哥白尼被叫作江湖骗子；帕拉塞尔苏斯①和哥伦布被叫作江湖骗子；瓦特和史蒂芬逊②被叫作江湖骗子……沿着这条路，人类一味盲目固执地走下去，你们也会把我主耶稣基督叫作江湖骗子。"

---

① 帕拉塞尔苏斯（1493—1541），文艺复兴时期医生，植物学家，炼金术师，星象学家。他是结合化学和医学的先驱之一，也是元素锌的命名者。

② 乔治·史蒂芬逊（1781—1848），英国人，火车头的发明者。

现在我也回想起另外一些其重要性并不逊色的街头演说家。其中一位出没在偏远的小广场、旧货市场，还有马德里的西班牙广场上。他身穿大衣，头戴一顶红色的圆筒菲斯帽。他在面前摆一只小箱子，箱子上放一块披肩布，一边敲小铃铛，一边手上变着难不到哪里去的戏法。他说自己叫鲁道夫・德尔・卡斯蒂略。但是据他自称，因为在法属阿尔及利亚住过很长时间，人们就叫他"木屑"鲁道夫，或者，就"木屑"。

他信誓旦旦地说，法语里先生确实是叫"木屑"的。这位"木屑"有一个模仿者，也是穿一件大衣，戴一顶红色的圆筒菲斯帽，地上摆一个小箱子，但是周围放上一些薄片子，类似奥拉维德大夫①的皮肤病模型，看得人毛骨悚然的。假"木屑"手里拿一些纸片变戏法，然后他卖牙膏。

还有那位贩卖智慧鸟的江湖骗子，虽然他严肃少言，但也是演说家。

巴斯底广场、海德公园、白教堂区、阿托查门和卡普阿门广场上功夫高超、滑稽可笑的江湖骗子们；卢森堡公园的木偶剧院和罗萨莱斯大道上的吆喝者们；叫卖草药、铅笔、钟表、牙膏、酒瓶起子、套伞环、顶呱呱的儿童玩具的街头贩子们；依然使大街小巷充满风情的大名鼎鼎的货郎们……我以一个游手好闲之辈以及一个十足傻瓜的同情之心向你们致敬。

① 欧亨尼奥・奥拉维德（1836—1901），西班牙第一位皮肤科医生。

耍蛇人

三十年前，我下榻在伦敦的一个小宾馆里，那儿也住着一位工程师。此人在印度几乎度过了一辈子。他四五十岁的光景，高个子，金头发，头发如麻布，皮肤被太阳晒得褪色。

他是苏格兰人士，来自爱丁堡附近。不知是性格冷淡还是身体有病的缘故，他常常显得心不在焉。他很少出门，下午一般会到吸烟室里，坐在大沙发椅里，眼前放一杯柠檬饮料，牙齿咬住一个烟嘴。

工程师会说点法语，但是他说得既吃力又单调，大家都觉得没意思。我没什么要紧事，就听着他说，倒没感到不耐烦。而对大部分的人却不能这么说。有一个爱尔兰女人，脸似红苹果，黑眼珠，略微有点卖弄风情。她责怪他那副冷静模样，拿他开玩笑，可是这在那苏格兰工程师身上没起到什么效果。

看得出来他满脑子种族偏见。一次有两个从巴西的帕拉省来的穆拉托①前来和我们搭腔，讲给我们听开发橡胶的冒险者的奇闻趣事。他们说，在巴西亚马孙河及其支流附近的森林里，六个月就可以发财。

工程师无动于衷地听着故事，并不开口。等他们起身离开之后，我问他：

“您对那些人不感兴趣吗？”

苏格兰人不回答，只用左手做了一个不快的手势，仿佛在把一只碍手碍脚的猫赶走。

这是他表示反感时常有的手势。

一天，他对我说了自己不结婚的原因。他说殖民地的英国女人脾气太坏，让人受不了。

---

① 穆拉托（mulato）是黑白混血人。

“那么印度女人您不喜欢吗?”我问他。

工程师用左手做了同样的一个表示不快和反感的手势。可是他的动作太生动了,再加上他那股冷淡劲儿,我不禁扑哧一声笑了出来。

苏格兰人讲在他生活过的各个国家里的奇闻逸事,说得有鼻子有眼。他说曾经和一位祭杀派暴徒讨论过问题。那些恶棍崇拜死亡,出于虔敬之心而杀人①。他也详述了两人交锋的论点。他们的对话奇妙有趣。英国式的明智面对一个东方人的矛盾百出时的反差程度到了非常滑稽的地步。

工程师也说到了托钵僧:他们有些把自己活埋起来,只露出脖子以上,就这样坚持几个月甚至几年;另外一些自我惩罚高举胳膊,最终因为肌肉萎缩胳膊再也收不回来;也有人任凭各种虫子咬自己,或者嚼玻璃,吞火炭,诸如此类。

关于这些,近来人们已经讲了许多咄咄怪事,有的夸张,有的是胡扯,所以他说的也没让我觉得有多别扭。

宾馆吸烟室里常有一个银行职员跟我和工程师凑在一起。他是一个快乐的英国胖子,不太机灵,爱笑,而且努力显出不轻信别人的意思。这位英国人会说法语和西班牙语。他以为我和工程师是两个不着调的怪人。

我给他一本我的书,他评论道:

“荒唐,完全荒唐。这里只有爱尔兰人才会喜欢。”

“为什么只有爱尔兰人呢?”

“因为他们是名誉西班牙人。”

一天下午,工程师告诉我们他在耍蛇人(maya)②中间看到的一种仪式。

我们住在乡下,一间孤零零的屋子里,有几个仆人。夜里常有蛇爬到我们院子的围墙边来。其中一位仆人对蛇的恐惧超出了这种自然危险的限度,因为他把那些个爬行类家伙当成了妖怪、魔鬼、半神。那仆人对蛇唱一些特殊的圣歌,搞一些怪事。他从左到右绕屋子画几条线,还把一种叫魔鞭草的驱魔植物嫩枝倒插在地上。杀了山羊或小绵羊,他会把内脏分放在屋子周围。他说身体这个部位理所当然对应于蛇

---

① 祭杀派是古印度专事谋财害命的一个宗教流派,英语里的“恶棍”(thug)一词即来源于此。他们以杀人方式供奉自己崇拜的女神,杀人的方法往往是若干人合伙在远离人烟的地方乘夜间或途中休息时谋杀同路旅行者。他们至少存在过450年。统治印度的英国殖民政府从19世纪30年代开始决心清理他们,到19世纪70年代这一教派被基本消灭。

② “Maya”是印度哲学和宗教里的重要概念,在梵语里有许多不同意思,可以是幻觉、非现实、欺骗、巫术、魔术等。

鬼蛇神。

可怜的仆人做梦也见到蛇。他在梦中对它们百般辱骂，而且大声地乞灵于一种专克蛇类的大鸟。这鸟叫什么名字我不记得了，但它好像是太阳的一种象征，能够降魔。

我的仆人认识各种各样的眼镜蛇，能说出来它们各自不同的本事和恶毒之处。这些乡下的东方人不能轻易区分亲眼所见和胡思乱想；他们把什么都搅成一团，什么都接受，只要好玩就行。

一天他对我说，我家附近要来马亚了。

“马亚是什么人？”我问他。

“就是耍蛇的。”

“你要去看吗？”

“先生，我不敢去，但是另外那几个仆人想去。”

“行啊，那就让他们去吧。我也去。”

我骑马和三个仆人一起走到很远的地方。

我们来到一片草地，看到那里有一圈耍蛇人，被附近一个村庄的男女老少团团围住。人们说好戏已经开始有一会儿了。

耍蛇人中领头的是一个面黄肌瘦的印度人，当时正好轮到他表演。耍蛇人的圈子中间放着一只当地一种藤条编的篮子。

那人开始吹笛子，一条浑身花花绿绿的大眼镜蛇从藤篮里爬出来，然后开始随着音乐拍子起舞。这条蛇身后又出来一条蛇。笛子吹的调调越来越欢快，两条蛇尾巴互相纠缠，不时张嘴吐出蛇信子，煞是吓人。亮光似乎激怒了它们。那人开始拿一根小棒轻轻地敲打它们。突然，那些蛇朝耍蛇人扑来，开始在他身上到处乱咬。

耍蛇人于是发出一声大叫。他唱起歌来，而且在蛇身上轻轻地咬。两条蛇的身体于是慢慢分开，仿佛因受惩罚而感到羞愧，先后爬回到藤篮里去了。那人身上的伤口鲜血直滴。他把一条燃烧的木棒按到伤口上，一会儿工夫就没事了。表演结束，我们回家。

工程师一讲完，银行职员就叫道：

“您看到的那玩意儿有猫腻。”

“我也没说没有啊。”苏格兰人答道。

“即便是毒蛇，它们的毒牙一定都拔掉了，不会中毒。”

“很可能。”

“我见过和这一样奇怪，甚至更加奇怪的。”我对他们两个说。

“那您得讲讲。”

1902年初，我在摩洛哥的丹吉尔，是被马德里的《环球报》派去的。作为记者我没什么事情好做。从加迪斯出发的旅程太可恨了。我们遇上大风浪，一般情况下只需两三个钟头的横渡结果我们耽误了十三四个钟头。我们坐的是一艘很差劲的小船，船名莫加多尔。几个美国佬一开始很活跃，后来都像麻袋一样滚在床上；一个自称不晕船的德国人把甲板吐得一塌糊涂。一个可怜的魔术师也仿佛死人一般，在甲板上从一侧船舷滚到另一侧，浑身裹在自己的胃液里。

我们狼狈不堪地抵达丹吉尔，直奔大陆宾馆而去。那里有几位记者和一位医生，后者日后是苏丹穆雷·哈菲德①的御医。

潮湿、寒冷和晕船害得我无所适从，我没能彻底缓过劲来。我骑马出去遛了几圈，但还是没有情绪。唯一让我喜欢的是，我们到斯帕特尔海角转悠了一圈。医生在那里用威士忌灌醉了一只公鸡，结果有点喜剧色彩。

我经常出门往市场上跑，那里有穿白衣的摩尔人，穿黑衣的犹太人，还有骆驼。那种闹哄哄的市面并不让我激动。所有那些花里胡哨的玩意儿和夸张古怪情调都让我觉得做作。

我多次见过观众围着耍蛇人看。其中一次看到的是一位外表非凡之辈。他剃个光头，留着黑胡子，青铜肤色，目光炯炯有神。此人不像是摩洛哥人，一定是个货真价实的耍蛇人（Psylle），就是古埃及的那种。

观众早已围成一个圈子。耍蛇人有两个皮袋子，他从一个袋子里掏出两条蛇，笛子一吹蛇就跳舞。然后，他把它们收进皮袋，拿起另一只袋子，揭开盖子，抓住尾巴掏出一条一米半长的黑蛇。蛇一掉到地上就开始怒气冲冲地蜷身张嘴。

那人在蛇前面放一根小棒，蛇就不停地怒咬。他又放上一些小石块，蛇照样怒咬。人们的阵阵笑声仿佛刺激了那畜生，它变得更加狂乱。

正当蛇变得怒不可遏的时候，驯蛇者捏住七寸，把它放到自己嘴边。我还以为他会咬那条蛇，结果不是这样。正好相反，他竟伸出了舌头。说时迟，那时快，蛇扑过去猛地咬了他的舌头一口。

耍蛇人用手指挤压着舌头，使人们可以看到尚在滴血的蛇牙印。

做完这个动作，他把蛇扔到地上，蛇自己爬进了皮袋。接着，那人四处找来一些草屑。他一边让观众看明白，手上没有别的东西，一边把草屑放到嘴边，双唇之间。等嘴边的草放得满满当当，他就开始吹气，直吹得满脸通红。突然，所有的草屑一下

---

① 穆雷·哈菲德（1878—1937），摩洛哥苏丹，1908年—1912年在位。

子都烧着了,纷纷落到地上。

"又一个猫腻。"银行职员说。

"我也这样想。不知道他怎么做到的。但这是我亲眼所见,这个我没有疑问。后来我问过好几个在摩洛哥不同地方住过的人,没有谁说见过这种把戏。"

"有可能是您做梦了。"

"什么做梦!我肯定见过,就如我现在肯定是在和您说话。"

工程师说他无法想象蛇的口液有什么动物学家们所不了解的性能;耍蛇人也不太可能嘴里含着某种化学物质,比如说在液态的水里会分解燃烧的钾或者钙。

"哪里啊!那就是个猫腻。"银行职员带着一种愚蠢的固执坚称道。

"没人怀疑这一点;没人相信这是个奇迹,"我说道,"它只不过是一种自然现象,因为对我来说,一切现象都是自然的。"

又过了几天,那个银行职员好像在非常有把握地告诉宾馆里的一位先生:

"巴斯克人和苏格兰人是两个异想天开的家伙。"

八音盒

一、古董画家

十九世纪末，西班牙人在巴黎随处可见，我认识其中一人。此人来自里奥哈，我们都叫他纳赫拉①人路易斯。他常常讲起纳赫拉这个城市，那想必就是他的老家了。路易斯的法语没有好到能使饭店服务员为他顺利服务的程度，但他还要显出一副爱使唤别人，爱挑剔的样子，好像人家越听不懂他说什么，他就越要人家伺候似的。

他认为讲法语是某些任性的人执意要开的坏玩笑，讲西班牙语则来得容易多了。

这家伙似乎出身富家，能花钱，而且性格果断。他讲的一桩往事显出他这果断的性格来。不久之前，他在伦敦的一家西班牙人公寓里住过。有一天，在一家饭店里，一个非常漂亮的姑娘冲着他微笑。他一句英国话也不通，她也听不懂西班牙话。但是他想对那小姐表明自己的倾慕之情。

路易斯出手很快，他电话打到居住的公寓里，并做到了让那英国姑娘拿起话筒。里奥哈人甜言蜜语的奉承话一点点从公寓里传到就在他旁边哈哈大笑的姑娘的耳朵里。毫无疑问，她被西班牙人的行事方式和想象力震惊了。

一天下午，我在大街上遇到那个里奥哈人。他告诉我，他想要卖掉一件珐琅工艺品。他对我解释，那是他从纳赫拉老家带来的。他要求我陪他到拉丁区的几家古玩店去。

“好吧，”我对他说，“我反正也没事干。这就陪你去。”

我们在圣日耳曼大街上逛了好几家店。那珐琅品略为粗糙，但是自有它的价值。古玩商们出价在两千法郎左右。不能再多了。在雷内大街上的一家店里，管事的甚

① 纳赫拉市在里奥哈省。

至出价高到两千五百法郎。

“您看怎么样?”纳赫拉人问我。

“我不懂那东西值多少,”我回答他,“根本不懂。您自己看着办吧。”

他下定决心,留下珐琅品,拿了钱,并按古玩商的意思开始写一张收据。

我乘机浏览了一些古董,其中有一个老式的八音盒,有五个会动的洋娃娃,还有两个在钢丝上滑动的舞女。

“那样东西很漂亮,”我对店主说,“值多少钱呢?”

“我还没给出定价。不过这件不卖,只是拿来展示的。”

“噢!”

“您二位是西班牙人?”古玩店里的人问道。

“对。”

“我也是西班牙人,但是在巴黎这边已经住了很久。”

“啊!您也是西班牙人?”纳赫拉人问,一边把收据递给他好拿现金。

“对,我是。”

“您愿意跟我和这位先生一起吃晚饭吗?”

“多谢!家里人等着我呢。”

“就一个晚上有什么要紧!”

纳赫拉人再三坚持,那古玩店老板只好答应了,并说店打烊后会到他指定的地方去。

“我想到一个好一点的饭店去吃饭。”纳赫拉人说。

“我们有几个同行经常去马雷饭店。”古董商指出。

“我不知道在哪里。”

“在大马路上。”

“那里什么价位呢?”

“十五到二十法郎吧。”

“不多。”

“得了吧!您放心,您的法郎很快就会用完的。”

“好。那咱们就去马雷饭店。随便一个车夫就能把我们送到那里吗?”

“是的。”

“那我们八点钟等您来。”

从古玩店出来时,我看到展览窗上写着:

八音盒

特列斯-费拉里

纳赫拉人和我去了圣日耳曼广场的一个咖啡馆。纳赫拉人喝过啤酒,说起话来滔滔不绝。约定的时间快到了,我们坐上一辆马车,跨过河,在马雷饭店前下车。

我们被领到一个单间里,很高的天花板,并且带有某种故意炫耀的豪华,就像第二帝国①。店家似乎意识到了我们手头有钱。那古玩商没多久也到了。他叫安赫尔·特列斯。他看上去不错:苗条,挺直,一头已经花白的黑发,脸色白皙。他穿一身黑衣。他的文静礼貌有点夸张,和里奥哈人的吵吵闹闹形成了反差。

我们点了菜,美美地饱餐了一顿。

"现在我们要去找个戏院,去看看漂亮女人。"纳赫拉人说。

"我不能待到十一点钟以后。"特列斯提醒道。

"您有足够的时间。"

古玩商把我们领到一个广场,然后我们走进一个戏院。我想是女神游乐厅②。

看完一出活报剧③,我们在林荫路边坐下。

夏夜燠热。

几个女人朝我们走过来。一听我们讲西班牙语,她们便嚷嚷道:

"啊! 西班牙人! 噢咧④!"

最成功的是古玩商特列斯。

没过一会儿,我们看到纳赫拉人搭上了一个漂亮姑娘,她自称是西班牙的巴利亚多利德人。在该城市上过学的路易斯激动得不能自已。他把帽子压到脑后,又是喝酒,又是语无伦次地说个不停,随后从我们眼前消失了。

"咱们这位老乡的珐琅钱怕是顷刻就要荡尽了。"古玩商说。

"对,他那钱持续不了多久。"

"好,我走了。"

"您是朝左岸吗?"

"对。我住在卢森堡公园附近。"

---

① 第二帝国(1852—1870)指法兰西第二帝国,习惯上这么叫是为了区别于拿破仑一世建立的法兰西帝国。

② 女神游乐厅(Folies -Bergére),十九世纪末至二十世纪初巴黎著名的夜总会。

③ 活报剧,一种戏剧形式,就是"活的报纸",以戏剧的形式迅速反映时事,达到宣传目的。活报剧一般篇幅短小,形式活泼。

④ 噢咧,西班牙语特有的叹词。用于斗牛、足球和其他体育项目,相当于我们说加油。

“我也是。您愿意的话,咱们一起走吧。”

“很好。”

我们从戏院出来,走到大街上,经过塞瓦斯托波尔大街,穿过河,上了圣米歇尔大街。夜色温柔美丽。

“这小子的钱四五天就会花完。”特列斯说。

“很可能。”

“也许他需要这笔钱。”

“我跟他一点不熟。”

“我跟您说,我的家业就是从偶然得到的一尊珐琅品开始的。应该说不是我得来的,是天上掉下来的。如果您不觉得无聊的话,我就把事情给您说说。”

“怎么会无聊呢!”

看得出来,古玩商喜欢讲西班牙语。他无疑是要叫人们信服,自己还记得乡音。

二、放浪生涯

听我说,十年前,我住在卢森堡公园对面沃吉拉尔街上的一个阁楼里。房子从外面看很气派,带一个宫廷式庭院,通到二楼有一部精美的楼梯,从二楼到三楼有一部旧而窄的小木梯。

我是画家。我在马德里美术学校上过学,有家乡市政府给的小小一笔助学金。

我住的陋室月租三十法郎,有一个屋顶上带小阳台的卧室,还有一个屋顶带天窗的角落,被我用来做书房。

卧室里有壁炉,书房里有煮饭菜的炉灶。

冬天酷寒,夏天热得白天不能在屋里呆。冬天好在还有一招,就是钻在床上把所有被单和衣服盖在身上。夏天等热时辰过去后,我就开门窗透气,要是不能彻底凉快下来,还可以爬到屋顶上去睡。

当时还没有电灯,工作时我用一盏煤油灯,睡觉前就点蜡烛。当时我有点野,以为自己谁也不用依靠。安鞋掌,缝纽扣,补衣服,我样样都会。我几乎不会讲法语,也不在乎。

冬天我自己煮饭,夏天我在饭店里吃一块钱和一块一毛钱的饭菜,我还挺开心。很多时候我每天就吃一顿。

我心无旁骛,我行我素,脑子里只有绘画,讨论起绘画来态度激烈而固执。我有几个熟人,我和他们一起在卢森堡公园里散步。

尽管如此，我却不赶时髦。当时的时髦是做印象派画家，留大胡子和长发，抽烟斗，使用大量的颜料画风景。我既不喜欢留大胡子和长发，也不喜欢抽烟斗，而且我画的画规矩而含蓄。我的画法有点学院派。我对色彩没什么感觉。这一点我是过了好久才明白的，但是我终究是明白了。同伴们说我是消防队员①，这让我有点生气。但是我或多或少能卖掉几幅画，这让我得到了补偿。

我恪守义务，交房租，付裁缝工钱，从不糊弄人家。

就像我对您说的，后来我明白过来了，我不是一个艺术家。总的说来，艺术家行事离奇，并没有什么真知灼见。

几乎每个礼拜六晚上我们都去苏弗洛街和圣米歇尔大街交叉口的一家小餐厅。我想它应该叫万神殿酒家。一天晚上，我们十几个文艺青年在一起聊天，其中有很多人蓄长发，留大胡子，嘴叼烟斗。这群人里头有四五个姑娘，其中一个是雕塑模特。这位姑娘是希腊人，有着古典的体型。她当时和一个矮小秃顶的意大利艺术家住在一起，或者说一直同居到了那时为止。

“那个意大利雕塑家，在哪儿呢？”有人问希腊姑娘。

“那是头猪猡。”她答道。

“噢？他干什么了？”

“他没付房租就走了，那些意大利人全是猪猡。把他们全干掉才好呢！”

“人太多了，斩尽杀绝谈何容易。”

希腊姑娘还在对意大利人骂不绝口的时候，我们看到了邻桌的两个人。一个脸色苍白的姑娘陪着一位白胡子老先生。老头变得满脸通红，他难过而又愤愤地看着陪他的姑娘，站起来付过钱就和她离开了。

“您侮辱了那个可怜的老头，他一定是个意大利人。”一个人提醒道。

“为什么他不抗议呢？我们本来可以辩论的嘛。”希腊姑娘说道。

“是啊，你们可以讨论意大利人从罗穆路斯和雷穆斯②以来直到三国联盟③做过的所有事情。”有人语带嘲讽地说。

“我不知道谁是罗穆路斯和雷穆斯。”希腊姑娘说。

“自然。知道它干吗？”

“但是应该承认，说话辩论能增进人与人的互相理解。”

---

① 消防队员艺术（L' art pompier），当时对学院派绘画的一种贬称。

② 罗穆路斯和雷穆斯，罗马神话中缔造罗马的孪生兄弟。

③ 三国联盟，指的是1882年德意志帝国、奥匈帝国和意大利王国结成的同盟。

“也有人以为正好相反。”

“也必须承认，不付房钱的并不只是意大利人，全世界都有。”一个画家说。

我们忘了这桩事，又继续讲我们自己的事情。希腊模特很快找到了一个罗马尼亚人为伴。

几天以后，在卢森堡公园，我看到在饭店里坐我们旁边，被希腊姑娘气走的意大利老头和那个脸色苍白的姑娘在一起散步。

三、洛伦索·博尔达

老头是个加里波第①类型的意大利人：一大把白胡子，长头发，宽边帽，领带飘在外面，大衣外面套一袭短斗篷。小姑娘的样子像圣母，脸蛋长得细巧，表情可爱。

我跟着他们两个。她马上意识到了。他们住在我旁边的一间屋子里。

我盯上了这一老一少，并发现他们光顾巴克街上的一家古玩店。我到店里找店老板说话，表示能修补古董。言谈之间我问到那个意大利老人和年轻姑娘，打听清楚了他叫洛伦索·博尔达，她是他外孙女，叫卡洛塔·费拉里。他们以做玩具和修补玩具为生。

知道了她的名字，我就给姑娘写信。我打算把信留给门卫，但是看门女人却说，她有命令，不得为那两个房客收信。

有一天，我琢磨着能不能从旁边的屋顶上看到卡洛塔·费拉里的房间。我爬出去像猫一样躬着身探路，结果从一个镀锌平顶上看到了卡洛塔在窗前干活。

她也看到了我，显得非常吃惊。我拿出一张纸向她比画，让她知道有一封信给她。她点点头表示接受了。第二天我在散步的时候把信交给她，我们就这样开始恋爱了。

不久，卡洛塔·费拉里让巴克街的店老板正式把我介绍给洛伦索·博尔达，就是那个意大利老头，姑娘的外公。从那时候开始，我就开始陪他们一起散步，再后来我就登他们的家门了。

洛伦索先生有时候爱猜疑，有时候又很信任别人。

意大利老头和外孙女除了做机械玩具，还修补家具和瓷器。他们以此为生。当时他们几乎只为巴克街上的古玩店干活。我开始为他们帮忙；作为对我合作的回报，他们留我在那里吃饭。

① 加里波第(1807—1882)，意大利将军，爱国者，现代意大利国父。

洛伦索先生和外孙女的住房很小，窗户开到屋顶上，屋里有烧饭的小火炉，有工作桌，有两个带天窗的逼仄的卧室。卡洛塔的卧室总是关着的，老头洛伦索的卧室里放一张破床，一把椅子，还有一个装满金属零件的大箱子。

您已经知道，在巴黎这样一个大都市，举目无亲而且语言不通的外国人是怎样生活的。短短几个礼拜他们就能亲如一家了。不过这些人的友谊速来速去，吵架后永不相见也和他们交朋友一样容易。

洛伦索老人把他的生活对我讲了一番。他说的法语混着意大利语，正和我混了西班牙语的法语旗鼓相当。洛伦索的父亲临终前给他留下一家钟表店，店开在帕维亚城的一条主要街道上，叫新门大道。洛伦索·博尔达热爱自己的城市，谁说帕维亚是个不起眼的小地方他就跟谁过不去。

"呵，我没说它有巴黎那么大，那么热闹……"

"显然没有。"外孙女笑着说。

洛伦索年轻时参加过革命者马志尼的秘密活动。他的钟表店曾是烧炭党人碰面的一个地点。他的女婿费拉里，也就是卡洛塔的父亲，是来自布雷西亚的一名律师。他卷入政治旋涡，为了躲避迫害，就跑到了马赛。已经丧偶的洛伦索·博尔达生活中离不了卡洛塔。他盘掉钟表店，带上钱也来到马赛。费拉里死了，于是一老一少搬到巴黎居住，靠自己的劳动过着简朴清苦的日子。

意大利老头总是感叹生活太艰难。卡洛塔和我的关系日见亲密。我们最大的梦想就是可以一直在卢森堡公园漫步。

洛伦索说不好法语。对他来说，说好法语已经不可能了。卡洛塔说话倒像个巴黎人，而且不像一般百姓，而是像有文化的阶层。

卡洛塔说服我应该学好法语。她每天强迫我学习夏多布里昂的一篇文章或者拉辛的几行诗，为我纠正发音。我们也上奥黛翁戏院去看戏。巴克街古玩店老板有时候会送我们戏票。

就这样，有一天我们在巴比伦大街上一家古玩店的橱窗里发现了一个带洋娃娃的八音盒。这本来不足为奇。可是自从看到它以后，那外公却开始一天到晚讲他帕维亚老家的一个八音盒。那个盒子可了不得！八音盒在他妹妹马蒂尔德手里，但不完全属于她，而是他们两个人共同拥有。八音盒和别的家具他们都是平分继承的，但是他一样东西也没拿走。

他的妹妹马蒂尔德是一个店员的遗孀，为人有点吝啬。她告诉洛伦索，八音盒定价一千里拉，如果他给她寄去一半的钱，也就是五百里拉，东西就归他。

"值这么多钱吗？"我问他。

“哦，值！值很多钱！”

老头极其认真地把那东西描述了一番。

“哪来的？”

照洛伦索的说法，他的舅公保罗在奥地利军队里当过军医，拿破仑战败时他和盟军一起到过法国。听说他在那里买了许多值钱东西。这些值大钱的东西没有露过面。洛伦索的父亲，也就是军医的外甥，只不过继承了他的几幅画、几本书和几块表，并没有什么重要的东西。

洛伦索揣摩那八音盒大概有什么秘密。

“哎，我要是有五百里拉寄给我妹妹就好了！”外公常这么说。

这感叹听得多了，我也开始多了一个心眼。我对卡洛塔说：

“你看值得要那个八音盒吗？”

“不知道。外公已经很糊涂了……”

“我倒是存了五百法郎。”

“怎么说呢？我从来没有见过那个八音盒。”

“要是真值钱呢？”

我打定主意告诉洛伦索先生，我可以借给他五百里拉。那老外公高兴疯了。

他给妹妹去信，马蒂尔德回信说，如果先汇给她五百里拉，她就把八音盒以应有的办法托运过来。

“我妹妹很小气，很小气。”洛伦索反复强调。

钱到了马蒂尔德·博尔达太太手里，她给哥哥寄来几封信，还有托运票据。

时间过了，八音盒却没有到。我们去了车站好几次。什么也没有。我们做了一桩亏本买卖。外公变得垂头丧气。

“是我的命不好。”他说，“倒霉啊。什么好事也轮不上我。”

他唉声叹气，难过极了。

我和卡洛塔常去铁路公司存放来自意大利和法国地中海地区的货物仓库里去看。

一个半月以后，经过三番五次到铁路公司无功而返的查询，八音盒终于现身了。东西在仓库一个角落里，装在一个又黑又破、用烂绳子捆扎住的一个旧箱子里。无疑，谁也没有注意过这只破箱子，也没人想要将它据为己有。那玩意儿肯定是被扔在途经车站的角落里被人遗忘了。工作人员把那落满灰尘的破烂箱子放到我们眼前时，对我和卡洛塔开了几个玩笑。坐马车时，我们把那小箱子放在驾驶座里，车夫也语含讽刺地问我们，那是我们的行李还是我们的嫁妆。

听到这种笑话，卡洛塔生气了。

回到家里，我在姑娘的帮助下用力把箱子杠到阁楼上。

取出八音盒，它糟糕的外观让我们大失所望。盖板上的洋娃娃东倒西歪，破了许多部件，圆铜柱上的刺也没了，所以唱起来很难听。

“这玩意儿一钱不值，我们无疑是做了亏本生意。”我心想。

外公看着他的八音盒，露出兔子般的微笑。

他先看能不能把它修好，结果发现不行。他把它送到巴比伦大街上的一家修理店里；店主是他朋友。后者用了将近一个月的时间才把它修好。缺刺的圆铜柱装上了刺，奏乐的洋娃娃和两个舞女的部件也换过一新。

修理工的账单上写着要收二百法郎，这钱也不得不由我来付。

“这生意我们要亏死了。”卡洛塔对我说。

“是啊，看来是这样。”

外公入魔一样要把机械部分弄到尽善尽美的地步，还要把洋娃娃的脸、手和衣服也恢复如初。结果那八音盒看着很好，就像你看到的那样。

老头不再干活，我只好替代他。卡洛塔和我做玩具的速度很快。洛伦索先生整天把着那个宝贝八音盒看个没完，听个没完，捣鼓个没完。他不是把一根摇杆磨光，就是把一个轮子换掉，不是装一根吉他弦，就是把洋娃娃身上掉漆的地方重新涂上。那个东西简直让他激动疯了。

四、公主

走到圣日耳曼大街的时候，古玩商特列斯邀请我到花神小酒馆的露台上坐坐，喝一杯黑啤酒。夜色温和。特列斯继续讲他的故事。

“不知您有没有注意到我的八音盒，盒盖上有五个玩偶音乐家，它们一字排开，穿着19世纪30年代到19世纪50年代的衣服，或许更晚一些。中间那个是乐队指挥，蓝色燕尾服，金年代纽扣，白坎肩，大胡子，长头发。它两边一个拉小提琴，一个拉大提琴，两端分别是两个黑人，一个吹长笛，一个敲鼓。两个舞女围着它们跑动旋转。

八音盒既没有厂家商标，也没有生产日期。盒子前面一块玻璃下压着一张大卡片，上面是手写的曲目，有帕格尼尼的《威尼斯狂欢节》，还有罗西尼歌剧《塞维利亚的理发师》里的唱段《看天空在微笑》。

这两个曲子我和卡洛塔都听腻了。洛伦索老先生却不知疲倦，他总是睁大眼睛迫不及待地看着洋娃娃们做动作，想看它们动作是否完美，或者有什么地方不对劲。

我不知道是不是巴比伦大街那家店里的修理工告诉了别人，还是别的什么原因，一天下午，家里忽然来了一位外表不俗的先生。他身穿黑衣，一头白发，戴一个单眼眼镜，说是想见识见识那个八音盒。

我们把八音盒试给他看，结果他说可以出三千法郎。外公说他不能卖，需要和妹妹商量。

“好。您慢慢商量吧。我最高可以出到三千五百法郎。”

那位先生走的时候留下了名片。看了名片我们得知他是一位子爵，住在香榭丽舍大道。卡洛塔告诉外公，除了卖掉八音盒没有别的办法，因为现在正缺那么一笔钱。

老头说他不想卖，他先要试试。

“试什么？”卡洛塔问道。

“拧开螺丝，拆开箱子。我舅公保罗在一封信里叮嘱不要卖掉八音盒，如果出于急难不得不卖，那也要先把它拆开了再说。”

“他在哪儿说的？”姑娘问。

“这里。”

外公从上衣表袋里掏出一个旧钱包，又从钱包里掏出一张发黄的信纸。信是用意大利语写的，墨迹黑中带灰。写信人是奥地利军队的军医保罗，信写给他的外甥，即洛伦索的父亲。他在结尾处写道：

“如果你们没有找到这个玩偶八音盒的秘密，就不要卖掉。把它拆开。对你们来说，散的要比整的好。”

这就有点神秘，并且给人一种印象，里头有什么秘密。

外公想过好多次，会不会玩偶们的姿势有某种特殊的意思，能让人找到关键？会不会关键就在那张卡片上所写字母的组合里？他绝不愿意做的就是把八音盒卖掉或者打碎。

为了不让东西被卖掉，老头干脆把它塞进摆在自己房中的一个箱子里，用锁锁住。

我和卡洛塔继续干活。坏的是自从讨论过八音盒的去留问题之后，洛伦索先生变得惶惶不安，干什么事也没有心思。终于，他病倒了。

我们一天一天地把日子挨过去，家里的钱一点点用完了。

“怎么办？”我问卡洛塔。

“再等一个礼拜看看吧。”

我们等了一礼拜，不可能再多等了，于是我们对外公说，除了卖八音盒别无他法，因为不卖的话，我们只能把他送到收容所，而我们并不想这么做。

洛伦索先生嘟嘟哝哝地叫我们别烦他，让他安安静静地死去。他还把箱子的钥匙压在枕头下面。

第二天一早，卡洛塔找外公说话了。

“外公，他们付我们的工钱不多，这你是知道的。安赫尔和我挣的钱不足以养活带个病人的三口之家。我打心里不愿意叫你去收容院，我们应该把八音盒当掉或者卖掉，好弄几个钱。你又不愿意。可是两者必须选一，要么去收容院，要么把八音盒卖给那位先生。你决定吧。”

老头自怨自艾地叹了半天气，除了求过圣母，他把所有的圣徒也求了个遍。他无可奈何地说：

“好吧。把我送走或者把东西卖掉之前，你们先去找一位意大利女士，她是我的熟人，看她能不能来这里，借给我一点钱。”

“谁是那位女士？”

“她是奥雷瓦诺-维斯孔蒂公主。过去我在她位于帕维亚的宫殿里为她修理钟表。”

“现在她住在巴黎？”

“对。”

“什么地方？”

“住在学院路。”

他说了门牌号码，下午我和卡洛塔就到她家去，但是没有碰到公主。在这种情况下，我们留下了洛伦索先生的地址。

第二天，我和卡洛塔正在做玩偶，忽然听到门外有人声。出现在我们眼前的是一个古怪得不能再古怪的老太太。

她长着一张洋娃娃脸，弯钩鼻，尖下巴，浅色眼睛，白头发。她说起话来活像一只鹦鹉。她身穿一件灰色丝衣，戴了好多珠宝首饰，脖子上挂一副长柄眼镜。

她就是奥雷瓦诺-维斯孔蒂公主。

公主说找洛伦索先生，就是到帕维亚的宫殿里为她修理钟表的可怜的钟表匠。“可怜的人！天哪！”她说道。

卡洛塔问她是否想见他。她回答说是，是想见他。

我女朋友把她领到卧室，公主和钟表匠在里头说了半天话。

然后他们叫我。毫无疑问，解决向公主借钱这个难题的时间到了。

公主想先看看八音盒。

洛伦索先生很不情愿地交出箱子钥匙,我和卡洛塔取出八音盒,我把它放在工作桌上,然后我们上紧发条。

公主夸张得滑稽。她认为那玩意儿好极了。

“最简单的办法就是我把它带回家。我会叫一个内行来,他说是多少钱,我就付多少钱。”

洛伦索先生说不行。他已经病了,唯一的安慰就是看洋娃娃,听音乐,这能使他回忆起帕维亚这座心爱的城市。

“可是洛伦索先生,那钱怎么办呢?噢,那不可以的!天哪!那样不行。”

“公主陛下,您是个好人,您可以给我们一笔钱,算是八音盒的价钱,如果我们还不出钱,那个八音盒就归您。”

“多少钱呢?”

“有一位先生出三千五百法郎。”

“这么多?”

“那位先生出的就是这个价,我们没给他八音盒是因为外公不想卖。”

公主略一思索就说道:

“好。我没带钱。到家后我给你们一千五百法郎,如果一个月之内不还钱,我再给你们两千,八音盒就归我。”

“好。我们来写个条子。”

公主对卡洛塔口述交易合同,条款非常符合商业规范,非常精明。她让洛伦索先生和卡洛塔在上面签字。

“您也把名字签上。”老夫人对我说。

我签了名。

“现在,你们随便谁跟我来我家,我给钱,条子留给我。”

我们决定由卡洛塔去。我留下来陪老头子。他又开始长吁短叹起来。

“公主真吝啬。一个姓奥雷瓦诺的!一个姓维斯孔蒂的!我原来还以为她会借钱给我!她那么有钱,再说还是帕维亚人!”

“您也是帕维亚人,”我接着他的话说道,“但是您也不会借钱给每个向您开口的老乡吧。”

可怜人开始东拉西扯起来。忽然,他问我:

“八音盒你们放好了吗?”

“放好了。”我回答,可实际上并没有。

“那就锁上箱子,把钥匙给我。”

我把箱子锁上,把钥匙给他,他把钥匙塞到枕头下面。

一会儿工夫卡洛塔拿着钱回来了。

“钱在这里,”她说,“我们可以还债并接着过日子了。但是公主的钱怕是不可能还得上,八音盒就得归她了,因为我看那位夫人比谁也不傻,精明得很。”

“对,我也这么想。”

一看八音盒还在桌上,她便问我:

“这就留在外面了?”

“对。”

“外公没叫你把它放到箱子里吗?”

“他说了。他问我有没有收起来,我说收好了。他要钥匙,我就把钥匙给他了。”

“你把八音盒留在外面干什么?”

“想看看它究竟有没有秘密。”

“哪怕不得不把它打破?”

“当然,哪怕不得不打破它。”

五、秘密

为了瞒过洛伦索先生,卡洛塔不断向他要箱子钥匙,要看八音盒。

“钥匙不能给,等到公主来要八音盒了,我们再想办法。”

“我们只能把东西给她吧。”外孙女说道。

“好好,到时候再看吧。”

“我要把八音盒带到我的画室,这样如果我们需要把它带走,把它拆开,你外公不会知道。”

“好啊,你带走吧。”

我找来一部手推的小车,费了老劲把盒子搬下去,再把它搬上我的阁楼。

“这个破烂要把我们逼上绝境了。”我把它放到桌上时这样想着,浑身已经筋疲力尽。

我仔细察看,并在心里做了种种设想,试图找到这个秘密的蛛丝马迹。谁也不会相信,那位意大利老医生在信中说那话是为了拿自己的后人开玩笑。

我想出来的所有假设,包括复杂而带点巧妙的某些想法,都没有任何结果。

于是我找到一个小伙子,就是巴比伦大街上那家修复八音盒的铺子里的修理工。我让他下班后到我家来一个钟头,帮我一起拆开盒子和洋娃娃,我付他五块法郎。我告诉他我的想法。小伙子答应了我的提议。

“您指望里头有什么。”他问我。

“谁知道。或许有什么说明书,或许有什么珠宝,”我回答他。

我不想把盒子弄破。我们费了老劲才拧开所有洋娃娃身上的摇杆,可是什么线索也没有。我怀疑带刺的圆铜柱里有什么,结果也是一无所有。

“我们把盒子也拆开。”

盒子拆开了。板分开后,我们发现底板有两层。上层的木板和其他木板材料不同,而且已经有虫蛀了。

“好,明天我们再看那里是否有什么。”我这么说是想自己一个人看。

修理工走了,我独自看着桌上的木板。

我先拿起钻头,在一个角落上试了试。钻透一个孔,我发现钻尖碰到了金属。

我为要不要把削笔刀片塞进木板的缝隙里而犹豫不决。最后,我拿定了主意。

“这木板即使拉破了,换一块也费不了多少钱。那就……上吧。”

怕万一削笔刀的刀尖会弄弯,我在木板缝隙里塞的是一把调色刀。我顶起木板,看到角上有螺丝。我慢慢拧开螺丝,揭开木板,才发现盒底有用粗布包起来的一块东西,从重量来判断,是金属。会是什么呢?

我把布褪下,然后又打开一张发黄的纸片,一块略呈红色的铜板出现了。我把它翻过来。原来是完好无损的一板珐琅。我拿湿布一擦,珐琅画露出了鲜亮的色彩。

画面上是圣母加冕场景。画中人物身披蓝袍,头戴金冠,色泽晶莹,美轮美奂。围绕着圣母有一圈玫瑰,四个角落上有四个更小的画面,分别是天使报喜、避难埃及、牧人来拜和耶稣诞生等四个故事。

一想到钻子可能在上面留下了一个痕迹,我的心就开始怦怦乱跳。还好。钻痕落在后面,不在珐琅部分。粗布里有一页纸。毫无疑问,这是那位奥地利军医保罗舅舅写的字。他在其中讲述,拿破仑垮台时他随盟军进入法国,并在一座名叫索恩河畔沙隆的城市里用五百法郎购买了这件珐琅工艺品。接着他又说,人家向他肯定,这件物品价值非凡。因为生逢乱世,战争和革命接连不断,他才把它从挂在墙上的框子里取下,放到了八音盒里。

“这东西一定值很多钱。”我自言自语。

我提心吊胆,睡不好觉。必须非常小心才行。我怕东西被偷走。

第二天,我用纸包起珐琅画,来到卡洛塔家里。我把东西给她看,并告诉她我是在哪里找到的。

告诉外公好,还是不告诉他好?怕就怕他说不能卖。

“最好还是你收着。”卡洛塔说。

我把它放进自己一幅画的画框里，盖上一块布头，挂到墙上。看门的女人有时候会进屋来打扫，但是我什么也没有提醒她。

接下来的几天里，我和那年轻的修理工把八音盒重装回去，又把它带回卡洛塔家里。

我想准确知道珐琅画的价值，去了右岸好几家古玩店，解释并描述给他们听。他们让我把实物拿去给他们看。我终于打听清楚，这是一件利穆赞出产的珐琅画，这类作品里最重要的几件藏在罗浮宫里。

“如果你对我描述的珐琅画不是假货，”一个古玩商对我说，“我出十五万法郎收购它。”

我去过罗浮宫，并确信那珐琅画是真品。

我有个熟人是摄影师，我到他的摄影室里为我的宝贝拍了好几张照片。当然，我一刻也没有和它分开过。

我想把照片随同卡洛塔用英文和法文写的信件分别寄给几家博物馆。

这段时间里我整天焦急不安。

洛伦索老头已经病入膏肓。他忘了借奥雷瓦诺-维斯孔蒂公主的钱，只想把那八音盒放在眼前，听它唱，看洋娃娃们跳舞。

期限一到，公主就会来催他们还钱或者把八音盒拿走。卡洛塔和我想到一个主意，我们可以去找那位曾经出价三千五百法郎、住在香榭丽舍大道的子爵，随便编个故事给他听，要他预付一笔钱，再把欠公主的钱还上。我们就是这么干的。

我们告诉子爵，洛伦索老人愿意卖八音盒，但是东西不全是他的，也属于他的妹妹，需要她的同意。而她要先看到钱，否则就不同意卖。

子爵同意借两千法郎，并告诉他们，万一洛伦索的妹妹不想卖了，一个月之内他们应该还钱给他。如果她愿意卖，那他再付给他们一千五百法郎，八音盒就归他。

我们的境遇越来越困难。洛伦索老人已经到了生命的终结。寄了信和照片的博物馆也没有回音。

忽有一天，来了一位大英博物馆的代表。他爬上我的阁楼，来看珐琅画。我到工作室找挂在墙上的画框……没在那里。被偷了。我差点儿瘫倒在地。我冷静下来，想到看门的女人有时候会进来清理那个角落。也许她挪动了画框。果然，珐琅画所在的那幅框架被她拿去盖冲着屋顶的一个小洞了。

我找到了我的宝贝，把它给大英博物馆的代表看。他用一叶镜片仔细看过，说道：

“对,确实是真品。您开什么价?”

“定的是二十五万法郎。”

“我不知道您能找到谁出这个价。”

“那就看看吧。”

“我可以出二十万。”

“八天以后您再来吧。我会把情况告诉主人。”

大英博物馆的代表走了。过了四天,又来了纽约一家博物馆的一个代表。他不愿意出二十五万,但是我坚决不让步,最后他只得同意了。

这事办完的同一天,洛伦索·博尔达去世了。把二十四万五千法郎存进一家银行之后,我才赶到他的葬礼上。我们还清欠子爵的钱。没过几个礼拜,我和卡洛塔结婚了。

我们买下一家小小的古玩店,后来又换了一家大的。那个八音盒一直就像是我们的旗号。

毫无疑问,古玩商特列斯对自己在处理助他淘到第一桶金的那些事情上所显露出来的聪明才智颇为得意。那些手段给人一个印象:古玩商有犹太人的精明。

“那您太太呢?还活着吗?”我问他。

“没有。那可怜的女人死了。”

“您有孩子吗?”

“有,一儿一女。”

“您会把店留给他们吗?”

“留给儿子。女儿我会好好给她一大笔嫁妆。”

“那么,古董这一行业里有很多犹太人吗?”

“您为什么问这个?”他警觉地问我。

“我也不知道。我觉得在古董这类行业里,他们中应该有能人。”

“对,是有的。”

我的问话仿佛在古玩商和我之间划了一道鸿沟,我们冷冷地道声别,便各自回家了。

人性的善恶[①]

人性之恶与卢梭的中国人

我既不信人性大恶,也不信人性大善,同样不信我们可以置生活的问题于善恶的彼岸。我们将超越罪孽观,我们已经超越了。但是我们永远超越不了善恶观,因为这将相当于在地理学里超越西北东南。崇高的诗人和非凡的心理学家尼采相信我们可以在超越善恶的彼岸这块跳板上蹦跃前进。

无论是通过这块跳板还是任何别的跳板,我们都逃不脱道德生活的南北。

尼采是最严重的悲观主义的产物,本质上是个好人。在这方面他是卢梭的反面。卢梭此人,尽管谈论美德、敏感的心、精神的崇高等等不绝于口,实际上是个卑劣之辈。

那日内瓦的博爱者常常会露出狼尾巴。他说:“如果你是一个见所未见、闻所未闻而且住在最遥远的中国之一角的富翁的继承人,如果按一下按钮就足以使他一命归阴,我们中有谁会不按下这个按钮呢?”

卢梭以为我们都会去按那个按钮。他错了,因为大多数真正文明开化的人是不会这样做的。我认为这也并不意味着人性是善的。它只意味着,卢梭不论是对人类满怀热情还是心存反感而说的那些话,准头都很差。人性之恶不是那种积极的、戏剧化的、关涉利害的邪恶,而是消极、笨拙、生自人这一动物深处的邪恶,一种几乎不是邪恶的邪恶。

---

① 本文选自《青春·自我崇拜》,《人性的善恶》这一标题为译者所加。

无涉利害的邪恶的根源

告诉一个人他的知心朋友倒了大霉,他的第一冲动是高兴。他自己并不清楚地知道这一点,他甚至意识不到这一点。然而,内心深处他体验的是一种心满意足。这个人可能对朋友倾囊相助,如果他有钱财的话。甚至可以献出自己的生命。但是这一切都不能阻止他得知自己友爱之人不幸时的首动之念是非常接近快感的一种暧昧。

这种无涉利害的邪恶感情在父母和儿女,丈夫和妻子的关系之中可以观察到。有时候,它不但无涉利害,而且是反功利的。

这种人性的固有之恶之所以没有名称,乃是因为心理学更多建立于语言而不是这一心理现象之上。

对流行道德来说,它既没有价值,也没有意义。法官自然认为,只有事实才算数。对于更为深刻的宗教来说,意图是重要的。对打算更进一步深入人心的心理学家来说,重要的是意志的产生过程。

人身上这种无私之恶的本性从何而来?很可能是一种远古的残余。普劳图斯指出,人乃人之狼。这一点也为霍布斯反复强调。

这种无涉利害而消极的邪恶本性在文学中鲜有表达,因为只有意识的才是文学的。莎士比亚在《奥赛罗》——我从来就觉得这出戏虚假荒唐——中既突出伊阿古无涉利害的邪恶,又赋予他一种超出常人的积极作为的性格;而为了使观众认可这一人物,又另外赋予他一个动机,使他爱上苔丝狄蒙娜。

维克多·雨果在《笑面人》里努力塑造一个类似伊阿古的典型而发明了巴基尔费德罗这一人物。后者是无涉利害而积极的邪恶的化身,有的是情节剧里坏蛋的那种邪恶。

人性中行藏暧昧的另一种无目的的邪恶,那种不活跃、无作为的邪恶,不要说不能挥舞匕首,甚至无力写一封匿名信的那种邪恶,只有陀思妥耶夫斯基给予了揭示。同时他也揭示了心灵中那种一无用处的懒惰的善良。

美好的自私

在一位非常善良和蔼的夫人家的客厅里，我们好几个人围在壁炉前，谈论着毛拉和西尔维拉①，聊着天气以及其他无关紧要的事情。

他们介绍我认识了一位风度翩翩的先生，但是他叫什么名字我不记得了。他面带微笑地对我说：

"您不知道我有多么喜欢冬天。"

"您觉得冬天舒服？"我问他。尽管他显得很有派，看得出来，他不无疲倦。

"不是的。我经常犯风湿病。"

"那您有什么计划，有什么事要忙吗？"

"哦，没有！我不差钱，不用干活。"

"那您想找点乐子？"

"您别以为……"

"您不喜欢看戏吗？"

"不。我几乎不进戏院门。"

"毫无疑问，您经常去聚会，去跳舞，对吗？"

"不，不。我不去。"

"那您待在家里读书打发晚间时间？"

"不！怎么会呢！"

"那您有什么计划？"

"噢！什么计划也没有。"

"这个人为什么冬天来了就高兴呢？"我在心里纳闷。

---

① 毛拉（1853—1925），西班牙保守派政治家，曾经担任首相。西尔维拉（1843—1905），西班牙保守派政治家，曾经担任首相。

我们一起出来到了街上。迷雾寒冷彻骨,电灯在高高的支架上透过一层蓝色的薄雾射出光芒。

街上有几个野孩子在游荡,他们光着脚丫子,胳膊交叉围在胸前,蹦蹦跳跳地暖和身子,活像猴子。

“您知道我喜欢冬天什么吗?”那位彬彬有礼的先生带着天真的微笑问我。

“什么?”

“钻在热被窝里想到有人在挨冻,坐在饭桌边想到有人在挨饿。有点傻,对不对?”彬彬有礼的先生微笑着又问道。

“不,这不傻。”

“您真的觉得不傻吗?”

“我怎么会觉得傻呢!我觉得很好,很好!”

彬彬有礼的先生和我交换了一个最亲切的微笑,然后分手道别。

该死的形式

我们是好朋友，都学医，被派到同一个病房里当见习医生。

我们聊天，辩论，从不疲倦。我读过康德、费希特、黑格尔，暗自以为要比全世界一半的人高明；他经常到达克斯①附近他母亲拥有的一间乡间别墅里去度夏，也熟悉法国现代作家的作品。

“相信我，”我对他说，“理念即一切。除了本体，别无所有。”

“形式即一切。”他反驳道。

当时我们的病房里有一例非常奇怪的粘连性心包炎。装心脏的口袋出了鬼，它一点点收缩，直到变成一道紧紧的纤维状表皮，眼看就要不让关在里面活蹦乱跳的机器动弹。

病人占十三号病床。此人沉默寡言，也不见有谁来探望他，想必已是举目无亲。

故事很普通，非常非常普通。他在郊区一家酒馆里跑堂，而且把所有积蓄都借给了店老板。后来打算结婚的时候，他一而再，再而三地要求还钱。但是店老板很精，不但不还钱，还把他撵了出去。他威胁老板，要对他不利，老板说他是傻瓜，老跑堂的就用铁棍砸扁了他的脑袋。

他在马德里的单人牢房里服刑，被关了几个月。见自己被囚禁于四壁之内，一股势不可挡的忧郁和回到加利西亚美丽故土的强烈欲望顿然向他袭来。在乡愁和虐待之间，就像他带着口音所说的，他开始没完没了地咳嗽，出狱的时候连路都走不动了。

一个演说家准会说，这个人的可怕生活就此开始了。他饥肠辘辘，虚弱不堪，可是又没有坏到腐肉充斥的济贫院能收留他的地步，也找不到一个角落可以容身。也许他骂了上帝，可是上帝并没有忘记他，就在他已经离死不远的时候把他送到了我们

① 达克斯，在法国西南。

的病房。

他的故事悲伤凄凉。他是在一个快乐的冬天上午讲给我和我的朋友听的。我们边听边兴奋地用听诊器听着他肺里的噪音。他那肺就像一只八音盒。

听那人讲我们应该感动,对不对?可是我们没有,压根儿就没有。并不是我们麻木不仁。这么说的一个证据就是,我的朋友朗诵雨果的诗篇时,他会声音带颤,而我也直想哭泣。

那位病人在讲述自己不幸的时候,不懂得如何找到恰到好处的手势和符合当时场合的音调变化。再说,我们脑子里想的是解剖他尸体的好处。

过了一段时间,病人去世,育婴堂的一个小孩子占据了他的病床。世上找不出比这孩子更悲惨的人了,惨得耸人听闻。看到他你会感到某种怜悯;但是比怜悯更多的是反感。这一点必须承认。

有一天,我们真的对他产生了怜悯。这天是东方三圣节。孩子在床上玩着几个火柴盒,深凹而狐疑的眼睛不时向我们投来老人的目光。

医生那天感到了浪漫情怀;他想起有钱人家的孩子在那个节日期间有玩具,有礼物,还有母亲的爱抚……啊!啊!母亲的爱抚!……这话说得多好!我们在场的每一个人都贡献了一点感情。我们感动了。

我们怀着满腔慈悲走出医院。街上有一个可怜鬼烦我们,对着我们唱"家有老母病妻还有七个孩子"的老调。那家伙一脸粗相,面孔上有些许红斑,我们毫不迟疑地认定他是个酒鬼。

"这副面孔就不应该出来乞讨。"一个人开玩笑道。

说得对。为了乞讨,为了激起同情,脸蛋应该准备一下,身姿也应该拿捏一番。我见过一位母亲在儿子尸体旁边哭得披头散发,满地打滚。她儿子从脚手架上摔到了地上。看得出来,观望着她的人们只有一种无动于衷的表情,冷漠中还掺和着一种怪别人说话不算数时的恼怒。同样是这些人看一部煽情戏可能早就哭成泪人了。

就像我朋友说的:"形式即一切。"为了让自己感动,我们需要艺术化的痛苦,需要光鲜的面颊上透明的泪水。我们真是可怜。

又过去一段时间,我来到一片乡下的诊疗区,而我的朋友和他母亲一起住在达克斯。我没有他的任何消息,直到他忽然有一天来信,说自己得了脊髓痨。我读了他的信,觉得言辞陈腐,了无意趣,也就没有回信。几个礼拜以后,我得到了他的死讯。我们真是可怜。千真万确。说到底,谁又在乎什么呢?

告别文艺生涯

拉蒙,30 岁

特里妮,25 岁

一个侍者,50 岁

一个楚佬,20 岁

一个读《信使报》的老先生

一个穿披风的先生

若干争论的青年

侍者:(向读《信使报》的先生。)昨天他们待到很晚。然后堂胡利奥来了,他们回家时恐怕已经快两点钟了。

读《信使报》先生:噢,快两点了?

侍者:对,快两点了。(在一群艺术家中间。)

一个艺术家:埃尔·格列柯,贝拉斯克斯,戈雅……那些才叫画家。

另一个:还有潘多哈·德拉·克鲁斯和桑切斯·科埃略……

拉蒙:(坐在读《信使报》先生附近的一张桌子边,喝着咖啡。他身材瘦小,留着胡子,戴一顶软帽,脖子系一块手绢。)怕是不会来了!又失望一回。还是她自己约我来的呢。(朝门那边张望。)不,不是她。不会来了。(门开了。)不,又不是她。或许真的不来了。

穿披风的先生:(他进门穿过店堂。向拉蒙。)嗨,您在这儿呢!好久不见。

拉蒙:我已经不上这儿来了。您呢?

穿披风的先生:我也就到上面打一局牌,然后早早回家。您怎么样?

拉蒙:能怎么样?活着呗。

穿披风的先生:您等人吗?

拉蒙:对,等一位朋友。

穿披风的先生:噢,那就失陪了。再见。很高兴见到您。

拉蒙:再见。(又独自一人。)怕是不来了。(看表。)十点一刻(门又开了。)噢!来了!

(特里妮进来,她打扮入时,披一个大披肩,头上包一方头巾。读《信使报》的先生注视着她。)

特里妮:你好!

拉蒙:你好,特里妮!坐吧,你终于来了。

特里妮:哎!早来不了。(坐下。)我兵营里的弟弟来了……

拉蒙:你弟弟!……那大名鼎鼎的无赖说什么?

特里妮:无赖!你才是呢……无家可归的大侯爵。

拉蒙:肯定是冲你们要钱来了,我没看见也知道。

侍者:晚上好。

特里妮:安东尼奥,您给来点咖啡。(向拉蒙。)那又怎样?冲我们要钱来了,又怎么样呢?好像没有管你要吧。

拉蒙:都一样。就算我有,也不会给他一个子儿。

特里妮:小气鬼!

拉蒙:你那小兄弟就爱占便宜!可你们还真给他……真是缺心眼!

特里妮:就算是,关你屁事?

拉蒙:我?……压根儿没我什么事……那是你的钱,是你辛苦挣来的。

特里妮:缺德鬼!说话积点德!你也来挖苦我。你知道的……一个子儿也没给。你还笑,混账!

拉蒙:(笑。)笑你真逗。

特里妮:我觉得你一点也不逗。(恼怒。)笑什么笑?

拉蒙:我笑我们吵得像以前一样,那时我们相亲相爱。

特里妮:这倒是真的。

侍者:(端着咖啡壶。)要咖啡吗?

特里妮:好的,够了。您给加点牛奶。行了。(把糖块放到口袋里。)我把糖给伊内斯的孩子留着,我外甥……小家伙长得可好看了。(啜一口咖啡。)这么说,佩特拉把你甩了,呃?

拉蒙:有什么办法?现在她和一个花花公子搭上了……得活下去啊。

特里妮：那你，什么事也没有？

拉蒙：我能怎样？

特里妮：你不是爱她吗？

拉蒙：我想是的。爱了她几天……六七天……七八天吧。

特里妮：你爱……佩特拉？太逗了！

拉蒙：逗什么逗！这也没什么。

特里妮：对。她，她老公，还有你，你们这帮人真是一点不害臊。

拉蒙：谢谢。

特里妮：就是！你们就一起凑合在那间屋子里，一帮鸟人！

拉蒙：就缺你一个，你要在那儿，可就全齐了。

特里妮：我的天哪！真恶心！哪怕我是个……

拉蒙：什么？

特里妮：我是说，虽然我是这样一个……女人，我要是有那娘们的运气，能嫁为人妻，就不会为了你这么个小无赖，或者哪怕一个比你强得多的男人，而去背叛自己老公。

拉蒙：那你为什么不结婚呢？

特里妮：为什么？关你屁事！

拉蒙：没我事儿，你不是在抱怨吗……你姐姐伊内斯嫁出去了，你也可以呀……

特里妮：对，可是伊内斯结婚那会儿爸爸还在厂里干活，家里有钱。后来他病了，怎么着？……连水都喝不上了。米拉格罗斯和我开始到画室里当模特，可你们这些个画家全是不要脸的玩意儿……

拉蒙：那时你没有男朋友吗？

特里妮：行了，别给我讲这些……说起来是我亲娘，可是她对我做的坏事，有时候我真想亲手拧断她的脖子。

（读《信使报》的先生吃惊地看。）

拉蒙：跟你开玩笑的。应该想开点儿，像我一样……我得提醒你一下，你这话可就说得没分寸了。

特里妮：我才不在乎呢。那种活法，还不如死了好。（一手托住脑袋。）

拉蒙：别往心里去……想开点儿。咱们去遛一圈？夜色真他娘好！

特里妮：不了，等会儿米拉格罗斯到这里来找我。

拉蒙：那随你便。

特里妮：咱们不说我的事了。你找的工作，怎么说？

拉蒙:嗨！工作嘛,没戏。

特里妮:这么说,你就要走了?

拉蒙:看来是啊。我能怎样?回老家种地呗。

特里妮:太遗憾了！你本来可以成为一个大画家。

拉蒙:(苦笑。)得了吧！你还真懂了！

特里妮:就是！我们同居那会儿,他们都这么说。拉蒙是个艺术家,拉蒙会成功的。

拉蒙:可现在你已经看到,他们全搞错了。

特里妮:嘿,那幅画怎么样了?……我一手放在胸口,面露微笑……

拉蒙:被我烧了……那可是我画得最好的人物画……再也画不出能与之匹敌的东西了……需要时间……宁静的心绪……可你知道,没有时间,没有心情,也没有钱。那些人试图买走那幅未竟之作,我就说:"不行,他妈的！我要把它烧了……"我就真烧了。毁掉它我心里也不好过啊。我不想再碰画笔了。(一直定定地看着地面。)

特里妮:瞧见没有?现在你难过了吧?

拉蒙:真是的,我忘了自己是想得开的人。过的什么破日子啊！(他从上衣口袋里掏出两三张油迹斑斑的卷烟纸,把一张纸拉直,一点点从所有口袋里抠出烟丝,直到够卷一支烟。)

特里妮:你说你这人真没劲！

拉蒙:我?我怎么啦?

特里妮:你一点烟丝也没有了,却以为向我要一个雷亚尔买盒烟会有损自己身份。

拉蒙:我确实有嘛。

特里妮:瞎说。

拉蒙:不浪费。

特里妮:大傻蛋！你从来没有珍惜过什么。混账！倒霉蛋！

拉蒙:没有烟,但是我有钱啊。

特里妮:是啊,也就够付咖啡吧。

拉蒙:还要多一些。

特里妮:多什么呀你。(向侍者。)喂,安东尼奥！拿香烟来,要好牌子。(把一个杜罗扔到桌上。)

拉蒙:别瞎折腾了,特里妮,留着自个儿慢慢花吧。

特里妮:我愿意。嘿,你有钱的时候不是也为我破费吗?

拉蒙:可是……

特里妮:没什么啦。

侍者:(拿来一盒雪茄。)怎么?您二位又好上了?

拉蒙:你都看到了……怎么?安东尼奥,那些人不再奏乐了?

侍者:(朝里头看。)会的,马上就会开始的。堂拉蒙,这可是好烟哪。

拉蒙:哪个?

侍者:就是我给您这盒。

拉蒙:多谢,安东尼奥!是特里妮请客。这里是咖啡钱……

特里妮:不,都由我来吧。

拉蒙:让我最后请你一次客。虽然悲惨,请让我有一个幻觉,此时此刻我并不可怜。

特里妮:好,好。随你便。

(侍者擦亮一根火柴交给拉蒙。咖啡馆里的钢琴和小提琴开始奏响歌剧《乡村骑士》的序曲。拉蒙和特里妮听着音乐,一句话也不说。只听到歌声和观众抗议有人说话的嘘声。)

拉蒙:这歌声多么让我想念那段时光啊!你还记得我们的画室吗?

特里妮:记得。冷得很,呃?

拉蒙:简直是极地!尽管那么冷,我们过得很快活,不是吗?

特里妮:是这么回事。

拉蒙:你记得我们打赌吗?我赌可以把你抱上楼,你赌我做不到。

特里妮:对。

拉蒙:我赢了!可是那个常来这里的记者却说我不知是从谁那儿学来的。咱们学人家?!咱们别出心裁的新点子可野了去了!

特里妮:对,你是那样。你一直就有点疯疯癫癫……有点不落俗套吧。

拉蒙:你也一样。记得你在那里度过的第一个晚上吗?你说我眼睛发亮,像一只雏鹰……

特里妮:对。有这么回事。

拉蒙:那时我爱你。

特里妮:得了吧!

拉蒙:确实是的。我觉得你从不相信。

特里妮:那咱们去蒙克洛阿宫那天下午呢?

拉蒙:对……不知怎么搞的,再也没有那天那样的下午了。走到佛罗里达大道,那里有一个大水坑,你记得吗?你不想跨过去,不想弄湿你的漆皮鞋,我把你抱起来,引得那些无赖大呼小叫,这样抱着你的时候,你就一直笑吟吟地看着我……

特里妮:那会儿我爱你。

拉蒙：也许有一点吧，但是比我爱你要少多了……还有那位病诗人来家那次，记得吗？

特里妮：记得。

拉蒙：我看着他进来，外面在下雪，我们正围着炉子和一个女邻居说话。那可怜人浑身抖得像筛子！“咖啡馆里一个人也没有，”我记得他牙齿不停打着战对我们说，“要是不太麻烦的话，我就在这里待一会儿。”你请他吃晚饭。他对我们说，好久没有在床上睡过觉了，你就让他睡到我们床上。你自己躺到沙发上，我抽着烟坐了一夜。看着你睡觉的样子，我心里就想：这是个好女人，非常好的一个女人。你看，后来我们吵了几回架……

特里妮：就几回吗？

拉蒙：不。好多回。我们吵架的时候，我就想：对，她有这样那样的缺点，但是她是个好女人。

特里妮：（手伸过来。）你对我也很好。

拉蒙：（把她的手捧住。）不，我不好。

特里妮：那个可怜人，那个诗人，后来怎么样了？

拉蒙：死在了医院里。

特里妮：他的诗真的写得很漂亮吗？

拉蒙：我不知道……我从来没有读过他写的任何东西。但是一个天才就这样孤零零死在医院里，死得像个可怜鬼，这也太不公平了。

特里妮：那个蓄长发的加泰罗尼亚雕塑家呢？

拉蒙：我想他改行了。当了模具师傅。现在有饭吃了。档次下去了，营养上来了。

特里妮：另外一个呢？那个法国人，留着山羊胡的瘦个子，又是唱歌，又是做手势的……

拉蒙：在街上朗诵保尔·魏尔伦诗句的那个人吗？我相信他死了，在巴黎被车撞死了。

特里妮：那个无政府主义者呢？

拉蒙：那人当了警察。

特里妮：另外那个留八字胡的呢？

拉蒙：噢，对了！那个家伙！我记得他和另外一个朋友争论。那会儿他俩都衣衫褴褛，邋里邋遢。两人争在高级晚会上谁穿燕尾服会更潇洒，结果说着说着互相骂起来了。那个留八字胡的，后来爬得很高。他穿的裤子不同流俗。那裤子只有两个裤管包住大腿，不知道裁缝店里怎么叫那玩意儿。他用腰间几根带子把裤管绑住，再用一件破外套遮住那复杂的奇观。他也一直保留一根没有包头的拐杖。那拐杖磨损得太厉害，为了让尖头碰到地面，他必须低着脑袋把胳膊歪下去。即使打扮成这副样子，他也不是什么佩特罗尼乌斯①。有一次我和他在卡斯蒂利亚大街上走，他指着坐在马车里的贵妇们对我说："那些太太在轻蔑地看着我们……真让人纳闷。"

特里妮：纳闷！太逗了！

拉蒙：可怜人，他抱着多大的憧憬啊。

特里妮：也死了？

拉蒙：对，死了。我们以前在这里聚会的人几乎全都消失了，谁也没有混出名堂。另外一些满怀憧憬的年轻人替代了我们。他们也像我们一样怀揣梦想并谈论爱情、艺术和无政府主义。一切依旧，只有我们变了。

特里妮：不，不是一切依旧。可见你没有去看过我们的老房子。

拉蒙：我怎么去啊！房子已经被拆，这我早知道了。那天我朝地基上看，那里一无所有，只有一个很大的洞，大得和我心里的空洞一样。我不知道，你别在意啊，我想当时我哭了。

特里妮：好几次经过那里时，我也哭了。

拉蒙：每个人都想要和记忆有关的东西永存下去。就这一点来说，我们的生活太微不足道了。（有人从外面敲窗户，玻璃窗后露出一张脸。）

特里妮：是米拉格罗斯和那个家伙，他们找我来了。

拉蒙：你要走吗？

特里妮：对。

拉蒙：说起来难以相信，我们竟要这样告别。到头来，你在这里，留在马德里，比我好。你会很快忘记我的。

特里妮：你会把我忘得更快。你还有前途。在家乡你会结婚……你可以有妻子……儿女……而我相反……我这样一个女人还有什么？济贫院……填沟壑……（起身。）

拉蒙：（握紧她的手。）不，特里妮，不。我不能这样把你撇下。你曾经是我的女人。社会和权贵可以说我们曾经姘居，我不在乎；他们蔑视我们，我不在乎……我和你一样身世卑微……我的父亲是庄稼汉……一个可怜的乡下农民……你就是我的妻子，我不能这样撇下你，不行。

---

① 佩特罗尼乌斯（27—66），古罗马尼禄时期的朝臣，是当时的时尚权威。他被认为是长篇小说《讽世录》的作者。

特里妮：那你能做什么呢，小可怜？要钱你没钱。和我结婚吗？可是我不想结婚，你知道吗？因为我虽然没有成为一个更好的女人，我有良心，有廉耻……不像另外那些女人……我已经失去的，无论是你还是谁，都无法再给我了。（他们又敲窗玻璃。特里妮伸出手来。）那么……

拉蒙：我再也不会听到你的消息了？

特里妮：干吗要听到呢？

拉蒙：你对我很残酷。

特里妮：我对自己更残酷。（她眼睛看着地面不说话。一个穿披风戴宽边帽的小楚佬进来，走到桌旁。）

楚佬：（手碰碰帽檐。）晚上好！

拉蒙：晚上好。

楚佬：（向特里妮。）到底来不来？那些人在等着我们呢。

特里妮：来了。再见！（把手伸给拉蒙。）

拉蒙：再见！

（特里妮跟着楚佬走了，走近门口，她略一迟疑回过头来，见拉蒙低着脑袋，便叹口气出去了。拉蒙毅然起身要去追她。）

读《信使报》的先生：（扯拉蒙的衣服。）您要干吗？要是她自己不愿意，也就不会走了。

拉蒙：真是的，您说得对。（他又坐下。侍者走过来撤走杯盘，用抹布擦大理石桌面。）

侍者：您别难过，堂拉蒙。一个女人走了，另一个女人就来了。

拉蒙：走的不是女人啊，安东尼奥。是青春……青春……不会再来了。

侍者：确实如此。可是又能怎样呢？生活就是这样，要有耐心……因为一切都要过去，而且就在转眼之间，不管您信不信。

读《信使报》的先生：（点头表示肯定。）我信。

侍者：（向拉蒙。）怎么，少爷您要走吗？

拉蒙：对，我去散步，走得远远的……非常非常远。（起身并用帽子向那位读《信使报》先生致意。）晚安。

读《信使报》的先生：（和蔼可亲地。）晚安！（拉蒙穿过店堂，走到街上。）

一位艺术家：埃尔·格列柯！那才叫画家！……

另外一位艺术家：论技巧，我看哪，谁也比不过提香。

末章快板:一个圣诞雨夜的幻想

一、夫妻为敌

马德里一个中产之家的餐厅里。一个核桃木碗橱,里面放着酒杯、咖啡杯,还有瓷器和银器。房中央摆着一张餐桌,餐桌铺着白色的桌布。桌上一盏电灯,灯上用电线挂着一个铃。墙上挂着若干画,不大不小。地上一块地毯,稍稍褪了一点颜色。

房间带阳台,阳台玻璃窗上有小帘子,窗内有深颜色窗帘。这是圣诞日。下午两点。可以听到小孩们在街上尖声而走调地唱着,喊着,敲着鼓,摇着手鼓。

堂爱德华多和妻子堂娜路易莎坐在餐厅里。堂爱德华多六十岁,他的妻子堂娜路易莎五十四岁。堂爱德华多染了头发胡子。他身材中等,一脸皱纹,眼睛下方有紫色的眼泡。堂娜路易莎神情憔悴,脸色难看。她涂了厚厚的脂粉,镶着假牙,穿着一件白色的梳妆衫。

堂娜路易莎:(向丈夫。)你去医院了吗?

堂爱德华多:没有,我下午去。

堂娜路易莎:你也没有去保险公司吧?

堂爱德华多:没呢。

堂娜路易莎:他们已经通知过你了。

堂爱德华多:没办法!没去成。我起来晚了!

堂娜路易莎:当然!你睡觉都什么时候了!

堂爱德华多:睡不着。我有什么办法?开始要睡着了,然后一咳嗽……完了。我不得不吃一片吗啡,即便这样也没有睡着。

堂娜路易莎:你应该去萨瓦莱塔那里,看他怎么说。

堂爱德华多:他能告诉我什么呀!什么也不能。我知道自己得的是什么病。

堂娜路易莎:对,你什么都懂……别的医生懂得和你一样多,人家也去看专家……要是你不想去萨瓦莱塔那里,那就找加西亚·莫雷诺看。

堂爱德华多:干什么?那家伙不行,假模假式。

堂娜路易莎:对,你看他们全是假模假式,可是加西亚·莫雷诺远近闻名,而且赚好多钱,总归是有缘故的吧。

堂爱德华多:嗨!病人多和能赚钱压根儿就不意味着一定有学问。

堂娜路易莎:对你来说,别人什么也不是。你真是狂妄自大……你就是这样。不想再吃点吗?

堂爱德华多:不了,不想吃。(从桌边起身。)

堂娜路易莎:现在干什么?你不会是去睡觉吧?

堂爱德华多:我确实是要睡一会儿。

堂娜路易莎:然后你又说晚上睡不着。

堂爱德华多:是真的。我有什么办法?夜里不困,现在眼睛倒要合上了。

堂娜路易莎:你到哪里吃晚饭呀?

堂爱德华多:找个小馆子随便吃点呗。

堂娜路易莎:注意别喝酒。

堂爱德华多:不会喝。我知道酒伤身体。你到你妹妹家里去?

堂娜路易莎:对,你要去吗?

堂爱德华多:去干吗?那儿太无聊,如今这世道没法跟年轻人说话。

堂娜路易莎:为什么?

堂爱德华多:青春对年轻人来说是美好的,可是对老年人来说,它冷漠残酷。

堂娜路易莎:难道我们没有年轻过吗?

堂爱德华多:当然,我们年轻时也和他们一样吧。

堂娜路易莎:那就没什么好抱怨的。

堂爱德华多:抱怨是失败者、斗败者和老年人的办法……我就这样……好了,我去睡一会儿。

堂娜路易莎:这么说,你不去我妹妹家了?

堂爱德华多:不,我不去。

堂娜路易莎:随你便吧。

堂爱德华多:我别无所求。

堂娜路易莎:(一阵痛苦袭来。)上帝啊!我们这叫什么家啊!什么家啊!

堂爱德华多:谁的错?命不好,运气也差……你也走了。

堂娜路易莎：我走了，因为我不想一个人待在家里。天天都是以泪洗面。

堂爱德华多：好，好。我们又吵又争图什么呢？这事我们已经说过多少次了，从来也没有取得一致。

二、在书房里

堂爱德华多离开餐厅，走进自己书房。这是一个带两个阳台的房间，若干玻璃槅板上摆着各种仪器，两个书橱里放满精装书，墙上有好几幅画，还有一帧大照片。照片上是1893年在圣卡洛斯医学院完成学业的医科学生。他们围着教授们，教授们身穿博士袍，头戴博士帽，样子像演戏。学生中间可以看到堂爱德华多，短胡子，浓头发，额前带点刘海。医生的办公室有点凌乱。堂爱德华多在长沙发上躺下，脚上盖一块毯子。

堂爱德华多：我老婆总是一个样子。让我泄气，使我失去希望。让我压抑，使我陷于悲伤。安的什么心！讨厌！可恨！然后又说她这是爱我。她是要活活气死我。我活不下去了，太窝囊！我要死了。我老了，没人理我。谁都比我聪明。年轻人不在乎我。对，对。我早就知道，万年青夫人。但是我要抗议所有这一切。我老婆非常细心，总是惦记着帽子啦，袖口花边啦，破掉的或者弄脏的墙纸啦，可她从来想不到我……我睡不着……想起这些事情，我就睡不着。从前，我多么喜欢这个房间啊，我的书房！那时候在这里多好啊……我读书，还借助字典读英文和德文杂志。可是现在这房间让人讨厌。胸口闷得真让人受不了；不知道是因为心脏，还是纯粹是神经的问题……难受死了。

（堂爱德华多在沙发上辗转反侧，最后，他总算睡着了。）

三、梦境

堂爱德华多听到有人打电话。问他是不是一个人在家。

堂爱德华多：电话通知我。真稀罕！电话已经撤掉了，但是这几天就会来重新装上的。哎！谁？我听不清楚……菲菲……菲菲，要来……好，好，那就来吧。

菲菲：（进来。）是我，菲菲。我来让您为这位姑娘检查一下，是我侄女。

（菲菲色如枯叶，眼睛周围是黑眼圈。骨骼清晰可见。菲菲的侄女小罗莎里奥是一个标致姑娘。）

堂爱德华多：让姑娘坐下，把衣服脱了，我这就检查。

(姑娘露出胸和背。)

堂爱德华多:(端详着她。)这身体!这皮肤!丝一样柔滑。

(堂爱德华多拿起听诊器,为姑娘听诊。他听到非同寻常的可怕声响,仿佛瀑布轰鸣。他从来没有诊听到过类似的声响。他看那姑娘。她微笑。他看菲菲,发现她很老。他看到镜子里她的影像,突然有了一种印象,菲菲的脑袋是一个骷髅。)

堂爱德华多:从没见过这么稀罕的!

暗我:所有这些女人都不过是空幻,梦境。

堂爱德华多:菲菲居然这么老,脸都成了骷髅,真叫人吃惊。她其实没这么老,也就我这个年龄吧。

菲菲:(声音沙哑。)这姑娘怎么了?

堂爱德华多:这姑娘的右肺尖上有呼噜呼噜的杂音。

菲菲:声音大吗?

堂爱德华多:大如飓风。到萨瓦莱塔那儿去看看吧……开春到山区去住六七个月,会对她有好处的。

罗莎里奥:到山上?不行,那我宁愿死。这样更好玩。

堂爱德华多:(向菲菲。)别由着她胡闹。

菲菲:我不知道能不能搞定她。

堂爱德华多:不顾一切正是青春的特点。生病很好玩,死亡的念头令人发笑。

菲菲:要是这样的话,我们也爱莫能助。今天我们到利兹饭店吃晚饭。到时候你来吧。

堂爱德华多:再说吧。这些日子真叫人心烦。动不动天就黑了……

菲菲:你在忙点什么?老见不到你。

堂爱德华多:我儿子学医,可他自杀了。这小子为什么要自杀呢?他看来总是高高兴兴的样子。他是个好学生,没理由痛苦……压根儿没什么!就在这旁边的房间里,一天早晨我看到他死了,从这个架子上拿了几颗可卡因药片,把自己毒死了……(堂爱德华多开始啜泣。)

菲菲:好了,爱德华多!天哪!拿出点男子气来。

罗莎里奥:这老头真滑稽!

堂爱德华多:(抗议。)凭什么说我滑稽?你以为你会一直像现在这样年轻吗?不会的。你也会老的,人家也会看到你的骷髅,像看到你姑妈的骷髅一样。

菲菲:非常感谢用这种方法指点她。

罗莎里奥:真蠢!

堂爱德华多:你以为一个父亲悲叹自己儿子的死是愚蠢吗?

菲菲:好了,爱德华多,别这样。

堂爱德华多:你要我怎么样啊!我就这样。然后我那老婆,我开玩笑叫她万年青夫人。她不在家里守着,整天和她妹妹在一起。她只关心一些鸡毛蒜皮的事情:串门啦,洗碟子啦,刷帽子啦。使我们凑合着过下去的不过是孩子。现在没有什么使我们分不开了。是我的错。这我承认。尤其是小爱德华多死后,我成了脱缰野马,我赌钱,酗酒,胡闹……

菲菲:(冷漠。)所以成了现在这样。

堂爱德华多:要是我和你结了婚……

菲菲:对呀。那咱们就是保尔和薇吉妮①,或者说不定就是特鲁埃尔情人②。

堂爱德华多:那时候你多可爱啊。

菲菲:而你想找个有钱的老婆。

堂爱德华多:你还是那么开心吗?

霏霏:是的,开心得不能再开心了。

堂爱德华多:你还唱那些法国歌吗?

菲菲:唱,肚皮痛的时候唱。

堂爱德华多:(旁白。)真不要脸!真是厚颜无耻!谁都不把我当回事。除了稍微喝点,读读我的工程师朋友堂马丁借给我的连载小说,简直就没有任何乐趣。更妙的是,我已经病入膏肓。萨瓦莱塔大夫替我查过了,他对我说:“再不当心的话,可就不妙了。”

菲菲:(冷漠。)我们大家都有点什么毛病。岁月不是白白流走的。那么,这个小姑娘,你怎么说?

堂爱德华多:让她春天到……山上去。她会多晒到太阳,甚至会更漂亮。

罗莎里奥:(笑。)不,不,我宁愿死掉,我在这里有许多事情要忙。

堂爱德华多:(向菲菲。)别让她胡闹。

菲菲:我不知道能不能搞定她。我们走了,午安吧!再见,爱德华多!

堂爱德华多:再见!

---

① 保尔和薇吉妮,同名小说《保尔和薇吉妮》中的男女主人公。这是一部十八世纪法国小说名著,描写远离文明的孤岛上一对青梅竹马的恋人的纯洁爱情和他们的悲惨遭遇。

② 特鲁埃尔情人,指迭戈和伊莎贝尔爱情传奇,故事发生在中世纪西班牙的特鲁埃尔城,相当于西班牙版本的梁祝故事或罗密欧与朱丽叶故事。

四、男人醒来

堂爱德华多：（慢慢醒来。）所有这一切只是大梦一场吗？奇怪，印象好深，仿佛和真的一样。那姑娘可真漂亮啊！她不在乎自己死活。菲菲真的像我梦中看见的那样吗？她那样子实在太可怕了。岁月能把人糟蹋成这样，听来像不是真的。从前她多漂亮啊！那个布斯塔曼特劝我不要和她结婚，说菲菲在认识我之前有过好多男朋友，甚至还有传言，说她生过一个孩子。要是我和她结了婚，谁知道我会怎样！也许会好，也许会更糟！命运一片漆黑。几点了？五点。（他站起来，又从一个阳台上探身。）这天气真恶劣！已经到夜里了。我要穿上套鞋，到咖啡馆去。（出来到过道上。）拉莫娜！

拉莫娜：先生您叫我？

堂爱德华多：我很可能就在外边吃晚饭，夫人已经走了吗？

拉莫娜：对，她说要和她妹妹一起吃晚饭。

堂爱德华多：那您几位，干点什么呢？

拉莫娜：我们，尼古拉萨和我，我们要去贝尼塔家里。

堂爱德华多：征得夫人同意了吗？

拉莫娜：是的，先生。

堂爱德华多：这么说，今晚家里没人了？

拉莫娜：没人。

堂爱德华多：好，好。那行。把门钥匙给我吧。

拉莫娜：喏，给您。

五、责怪朋友

（堂爱德华多穿上靴子，套上鞋套，披上大衣，戴上围巾，拿上伞。他步下楼梯，走到街上。天上飘着雨夹雪。堂爱德华多穿过伊莎贝尔二世广场和阿雷纳尔大街上的人群，朝太阳门方向走去。）

堂爱德华多：我两腿无力，耳朵嗡嗡地叫得人心烦。站着也很吃力。要是看过萨瓦莱塔就好了！不行。萨瓦莱塔从来就是个没心没肺、自私自利的家伙。那天他对我说："衰竭有所挽回，但没有完全好。你知道应该怎样：戒酒，戒烟，戒大吃大喝，戒鞑靼酱龙虾，我知道你喜欢这玩意儿。忌大喜大悲。女人呢，看都别看。蔬菜、一点鱼、奶、有节制的锻炼，一个月四到五天，服洋地黄酊，别的什么也别吃。这样你还能凑合下去。要不然,朋友啊,你这情况只会越来越糟;说不定哪一天,咔嚓,你就上那边去了;或者苟延残喘,拖上几个月。如果你下决心遵守那种饮食习惯,一个月以后再来看我;要是做不到的话,那就随心所欲吧。"那个萨瓦莱塔从来就是个没心没肺、自私自利的家伙。除了赚钱,从来就不考虑别的。他那点成绩我也能做到。竞考医院职位,我成绩比他好,可我后来栽了……后来那小家伙一死,我就全完了。那小子,为什么要自杀呢?……明明看他挺快活,挺开心的。如果死于伤寒或者痨病,那倒要另说了……可是自杀!……太糟糕了……搞不懂,他对我们有什么不满。我们一心一意养育他,溺爱他……可是……没什么,没什么。最好忘掉。

六、在咖啡馆

堂爱德华多摇摇晃晃、跌跌撞撞地走进咖啡馆。他走到一个角落坐下。

服务员:您好啊,堂爱德华多!您把大衣脱了,一会儿出去会冷的。(帮他脱掉大衣。)天气不好啊。

堂爱德华多:很糟。

服务员:您喝点什么?咖啡?

堂爱德华多:不……我喝一杯雪利酒。这酒毫无疑问是很好的。

暗我:你不应该喝酒。酒会伤你身体。记住萨瓦莱塔说的话。

(堂爱德华多做了一个手势,像是打发一个讨厌的念头。他拿起晚报,报纸比平时出来得早。他掏出眼镜,开始读起来。)

服务员:堂爱德华多,您知道吗?我们就差一个数字,差点儿中了彩票。

堂爱德华多:哦,那太遗憾了!您知道吗?我不信彩票,从来没中过。

服务员:我倒是信。

(堂爱德华多继续读报。)

七、学生们

学生一:国会里不设下议院,却瞎搞什么国民协商大会①,真丢脸。

---

① 西班牙国民协商大会(1927年10月10日—1930年2月15日),普里莫·德里维拉将军独裁时期设置,是两次世界大战之间欧洲第一个协商议会。国民协商大会不是众议院,不立法,不分享主权,只能和政府协商合作。

学生二:设了这个或者那个就一定更倾向于自由了？这我可没看出来!

学生一:当然,对你们来说,什么都一样。首先要当一个好公民。

学生二:得了吧！那也太蠢了。不是说住在阿拉瓦卡大街,或者住在卡拉班切尔大街,你就是公民了。

学生一:你必须是一个男子汉,如果做得到的话,一个有文化的男子汉。

学生二:喂,堂爱德华多,您觉得独裁怎么样?

堂爱德华多:您想让我觉得怎么样？没觉得怎么样。如果通过暴力能把事情做好,那我就觉得好。如果做不好,那自然就不好。

学生一:您也是属于九八年代吗?

堂爱德华多:九八年代都是老皇历了,我生于七十年代。

学生一:您那一代人,现在发生的事情你们要负很大责任。

堂爱德华多:我们？未必吧。

学生一:就是你们,你们无动于衷,怀疑一切,不关心国家大事。

堂爱德华多:得了吧!

学生一:你们在政治上一无所成。

堂爱德华多:你们还不是一样?

学生一:我们会做出一番事业来的。

堂爱德华多:那要到时候再看。我不懂为什么要为我们没有犯的过错而指责我们。我们的所作所为也和所有人一样。人人钦佩自己时代才有的美好事物,这也是从来如此。我们读我们认为最好的书,我们去听歌剧,看话剧。或许我们的判断有误,可是谁不犯错误呢?

学生一:对。但是作为公民……

堂爱德华多:每个人都有他的时代。所有这些公民呀、权利呀什么的,我看全是律师们的玩意儿。

学生一:那您认为您的时代比我们的要好?

堂爱德华多:也许我的时代算不了什么,但是在我们之前,特别是十九世纪初,那实在值得钦佩。欧洲有多少人才啊！贝多芬、康德、歌德、拜伦勋爵、戈雅、叔本华、华尔特·司各特……如今人们喜欢新生事物,这无可厚非,但并不总是公平。

学生二:看来老头挺有学问,说得不差。

学生一:对,但他是个呆子,讨人嫌。咱们走吧。(离开。)

服务员:堂爱德华多,您看这些小伙子怎么样?

堂爱德华多:自以为是,什么也不是……我们当年也是这样。

服务员:这些都是好孩子。只有一个人欠了我几个佩塞塔;不过,我还是相信他会还我的。

八、作家们

(堂爱德华多继续读报,而且反复停下来看时间。从附近一家电影院出来的一对对男女陆续进来;男的昂首挺胸,女的几乎一个个都化着浓妆,看着像洋娃娃。)

年轻人:你觉得电影怎么样?

她:不喜欢。

年轻人:为什么?

她:因为那些恋人太不给劲了。他们只接吻三次,而且一点没有派头。

作家一:很奇怪,有人竟然相信描写爱欲就是天才的文艺。弗洛伊德和电影观众都同意这一点。一公一母配一对就能产生一个莎士比亚段子,一个充满诗意的、理想化的故事。

作家二:早晚要为妓院平反,把妓院变成神庙,刻上铭文,就像巴黎的先贤祠那样。

作家一:很明显,将来的文学要以色情为基础。对危险和战争题材的热情正在消失。从今往后为文学定调子的将会是犹太人,他们和平、胆怯、喜欢色情。不择手段地赚钱和搞女人将会是一种理想。以前的文学着意于塑造冒险者;而今后的冒险者将会是性反常者。这就是未来艺术的根本。

作家二:真是猪狗不如。

堂爱德华多:这帮人太夸张了,不过他们说的也许有点道理。

服务员:这些人是记者,他们对什么都说坏话。

堂爱德华多:对,棒打一切的批评。这些叛逆者和革命者,等到他们自己开始在严肃的报纸上写起文章来,就都变了。到时候整个世界在他们看来又无比辉煌了,一切又都变得值得尊敬了。

九、堂爱德华多失去了耐心

堂爱德华多:(向服务员。)喂,您!

服务员:堂爱德华多,怎么?

堂爱德华多:您把菜单拿来吧。

服务员:您这是要吃晚饭?

堂爱德华多:对,简单吃点儿。

服务员:您喝酒吗?

堂爱德华多:唔……好吧……来半瓶里奥哈淡红。

服务员:您要不要来一打牡蛎?我们有很新鲜的。

堂爱德华多:好吧。还能吃点什么?

服务员:我们有烤腰花串。

堂爱德华多:好久没吃过了。也来吧。

服务员:再来一个鞑靼酱龙虾……

堂爱德华多:也来吧。我们要和这一切做最后告别了。

暗我:我的朋友,你这是在瞎胡闹啊。这些坏得不能再坏了;这全是富含嘌呤的毒药啊。

堂爱德华多:见鬼!今天是圣诞节,定要轻轻地抽风一下。

(堂爱德华多开始津津有味地吃起来。他又要了半瓶里奥哈酒,把腰花和龙虾狼吞虎咽地送到了肚子里。)

服务员:堂爱德华多,要咖啡吗?

堂爱德华多:要,也来一杯白兰地。

(堂爱德华多喝了咖啡,喝了酒,点燃一支雪茄。服务员帮他穿上大衣,然后他出来到了街上。)

十、从蒙特拉街到格兰维亚大道

街上。

堂爱德华多:现在好多了。腿脚有力气,也不觉得冷。人可真多!这么多小孩子!(他走上蒙特拉街,来到圣路易斯广场时停了一会儿。)

堂爱德华多:曾经有一阵子这里开了一家辉煌咖啡馆,我常常来和一个歌女说话。她经常唱《哎呀妈妈!看那夜色!》,还有哈瓦那舞曲《最后的辉煌》。那时的我自以为是一个萨丹纳帕路斯[①],真天真啊!实际上我的青春可怜得很。没钱,没爱

---

① 萨丹纳帕路斯,亚述帝国最后一位伟大的国王。在他统治期间,亚述文化达到鼎盛。他自己本人则是古代少数几个有文化的国王之一。传说中的萨丹纳帕路斯之死是浪漫主义喜爱的题材,诗人拜伦,画家德拉克洛瓦和音乐家柏辽兹等人都有以此为题的作品。

情，没朋友！只有菲菲还算有点意思……可她又那么风骚！

街上一个女人：您想买一张圣婴彩票吗？

堂爱德华多：不，不。（继续他的独白。）青春所唯一拥有的，就是眼中有阳光。在当时我的眼里，马德里就是一件熨得笔挺光鲜的衬衫；而如今的它就像一件洗好后挂在太阳下晒得皱皱巴巴的衬衫。一个可怜的婊子当时在我们看来就是阿斯帕西娅①或者芙里尼②。

一个妓女：您来呀！

堂爱德华多：不，不，我老了。

一个妓女：那有什么关系？

堂爱德华多：让我走吧。

（堂爱德华多在一个橱窗前停下。）

堂爱德华多：真奇怪！想想看！我那时候还充当征服者。征服什么了？什么也没有征服。可是，我却在朋友中间以此来炫耀。现在回头眺望，那些事情算个屁啊。几个无足轻重的女人，一事无成，活着也不快乐……以为那几个女人就算是征服，井底之蛙……还有，其他方面也是这样的。偶然诊断准确，我不是也被人家夸奖过吗？真理，真理谁也没有掌握。一个人靠表面活着，也就够了。

女乞丐：少爷，您买我一份《信使报》吧。

堂爱德华多：不，我已经读过了。

十一、幻灭街

（堂爱德华多拐进格兰维亚大道，然后走向幻灭街。）

堂爱德华多：哎呀！看着这条街我却想不太起来它从前的样子。哈瓦那人咖啡馆就在这里，真悲哀。我带了一个爱瞎混的姑娘到这里来吃晚饭，后来才发现，其实她出身好人家。那倒霉的女人会有什么样的故事呢？这以后，关于她我就一无所知了。我记得当时的一家画报上有一幅很糟糕的漫画，画的是一个学生和一个女模特，还有下面这段对话。

她：你说你爱我。

---

① 米利都的阿斯帕西娅，公元前五世纪古希腊名伶，伯利克里的情妇。她的家是当时文化名流的聚会场所。她的座上客包括菲迪阿斯，苏格拉底，色诺芬等人。

② 芙里尼，希腊名伶，约生于公元前371年，曾被用作美神阿弗洛狄忒雕像的模特。

他：我确实爱你。

她：那咱们就去哈瓦那人咖啡馆啊。

他：不行的，这时候女士不让进了。

我们觉得很有意思，太绝了！那学生因为没钱而编的借口，多天真！多蠢！（向一群人靠近。）怎么？出什么事了？

一个人：没什么……是一个男的，出事了。

另一个人：是个醉鬼。喝多了。

一个人：这里不懂什么叫尊重人，那个人其实是中风了，而人们却以为他是喝醉了。首先要搞搞清楚，不能二话不说就败坏人家名声。

十二、月亮咖啡馆

堂爱德华多：我要走过去到月亮咖啡馆看看。我们经常礼拜六在那儿碰面。就在这里。也关门了。我们那聚会！三个朋友，三个人互相憎恨。布斯塔曼特、科尔，还有我。总是互相过不去。布斯塔曼特住的那叫什么公寓啊！那房子可真是破烂，样子古怪极了！还有那家伙的结局！他爱好邪恶，有点撒旦的味道。常常挂在嘴边的可不仅仅是"起恶念，你就对了"，而是"作恶，你就对了"。好一个自私的家伙！可就是这么个自私自利的人，有一次他竟然想到去陪一个过不了马路的老太婆从人行道横穿到路对面，等他一回头，一辆卡车开来把他撞死了。也许那是他唯一的一次利他举动。布斯塔曼特和我互相把对方视为风月场上的对手。真是滑稽啊！有一回，为了让我们见识见识他的征服事业，他带了一对姐妹到这儿来，就是这个咖啡馆。那是两个又老又丑、衣着恶俗的女人，她们为了掩盖年老色衰，把自己打扮得花里胡哨……那所谓的征服女人其实是个神话。过去我常去我母亲老家度夏，那里是一个外省的省城。当时只有一个十七八岁的少年有女朋友，小丫头又漂亮又爱出风头。我们都很眼红那个小伙子。那仿佛是人间真有爱情的一个活生生的证据，小说里描写的那种爱情。多年以后，和那个幸运的老朋友说起这事，他却告诉我："没有，我和她并不相亲相爱。""真的？""真的。""那你太可气了。""为什么？""因为在我们眼里，你代表的就是全部的青春冒险。"

（走到月亮街和席尔瓦街的交叉路口时，有一男一女两个卖报人在吵架。）

女：走啊！酒鬼！下流坯！

男：不想走。不愿意。

女：走啊！我们得早点睡。

男:就是不愿意。

女:流氓!恶棍!把钥匙给我。

男:钥匙?喏!

(他把钥匙丢进了阴沟洞里。)

堂爱德华多:这家伙也像埃尔南·科尔特斯①一样破釜沉舟了。也许这是最稳妥的办法。

十三、安恰街

(堂爱德华多从月亮街下来到安恰街上。)

堂爱德华多:真是的,朋友三人这都是什么结局啊!布斯塔曼特被卡车碾死。那个科尔,那么浪漫,那么注重荣誉和骑士风度的一个人,一天见不到女朋友他都活不下去,结婚二十年以后,却心安理得地和妻子只隔着一堵墙生活。她和情夫,他和自己女儿。这叫什么事啊!人间的丑恶真是五花八门!美丽高贵何其罕见!多么令人悲哀!可事实就是如此。难道仅仅是这里吗?极有可能到处都一样。有的地方太阳多点,有些地方太阳少点;鼻子上穿一个戒指,或者眼睛上戴一个单片眼镜,多多少少都一样;靠近赤道也好,靠近北极也好,洞穴里也好,沙龙里也好,都差不多。

(堂爱德华多从一家炸糕店前面经过。炸糕人裸着胳膊在一口烟雾腾腾的大锅旁干着活。)

这让我想起我的一次丰功伟绩:炸糕店里的艳遇。一天晚上,布斯塔曼特、科尔,还有我,我们把见习医生穿的罩衫撩起来塞进裤腰,就去了圣伊沙贝尔街上的一家炸糕店。我们正在那里坐着,来了两个风度翩翩的妙龄女郎。她们是两位歌舞杂耍演员。和她们同来的是两个花花公子和一个年老的小品喜剧演员。老头子声音嘶哑,一脸玩世不恭的嘲弄神情。两个女演员中更加年轻的那个在温习一出叫《光与影》的戏;她演的是蜡烛,唱歌的嗓音像母猫:

在所有的灯火中,
我的光明最美丽(chic)。
我是漂亮的蜡烛,
声名传遍马德里。

---

① 埃尔南·科尔特斯(1485—1540),征服墨西哥的西班牙征服者。破釜沉舟指他从沿海征服墨西哥内地时的毁船事迹。

她不会发“西克”(chic)这个法语词,只能发成“思克”(sic)。她的名字叫皮拉尔·冈萨雷斯。现在她怎么样了呢?这两个女演员,另一个大概有三十岁的光景,而皮拉尔还是个孩子。布斯塔曼特、科尔和我与她们攀谈起来,向她们炫耀我们作为见习医生的生活,炫耀我们在解剖室里做的尸体解剖。“您几位是见习医生?”“对。”“这工作很辛苦。”我滔滔不绝地大讲特讲血淋淋的手术。无疑,是酒精使我有点兴奋。这时候,那个小姑娘皮拉尔含糊其辞地对我说:“你太辛苦了。愿意的话,就别干了,到我家来吧。我住在自由街上,几号几号。这是我家钥匙。你等着我吧。”然后就真把钥匙给了我。我大吃一惊。过了一会儿,两个演员中年长的那位把我叫到一旁:“您把那家伙给的钥匙给我吧。别理她。她是小说看多了。”这以后,我再也没有碰到过类似情况。这毫无疑问就是青春的魔力。那个姑娘一见倾心的背后或许也有点虐待狂的倾向。

十四、梅毒宫

(堂爱德华多继续走路,一个浑身圆鼓鼓、脸如大月盘的胖子把他拦住了。)

巴伦廷:喂,堂爱德华多,您好啊!

堂爱德华多:您好,巴伦廷!

巴伦廷:今天咱们到这里乐一乐。一天是一天嘛。堂爱德华多,咱俩去喝一杯。

堂爱德华多:我不应该喝酒。医生禁止我喝。

巴伦廷:谁去理会什么医生?您肯定不会。我自己是医生,我也不会。咱们从这儿进去。

堂爱德华多:走。

巴伦廷:您知道他们怎么叫这个酒吧吗?

堂爱德华多:不知道。

巴伦廷:梅毒宫。

堂爱德华多:得了吧。那也是胡说八道。这里的梅毒病人不一定就比别处多吧。

巴伦廷:有道理。

(两人喝酒,然后离开酒吧。)

堂爱德华多:现在您去干什么?

巴伦廷:现在要去给一个闹痛风的老头打一针。

堂爱德华多:他住哪儿?

巴伦廷:住在阿托查街。

堂爱德华多：那您有得走了；我陪你走。

（两人互挽着胳膊，向太阳门方向前进，边走边聊天。在王子胡同，他们到一个酒吧里喝了几杯。他们来到阿托查街上，走到巴伦廷要进去的那间屋子，才发现门关着。巴伦廷叫门房，然后唱歌。）

巴伦廷：管门的太太，
　　您把门开开，
　　我跳舞回来，
　　喝得也痛快。

堂爱德华多：（也唱。）
　　哎呀哎呀哎呀呀，
　　老公爱喝葡萄酒。
　　哎呀哎呀哎呀呀，
　　还有白酒樱桃酒。

巴伦廷：哎呀哎呀哎呀呀，
　　老公喜欢罗姆酒。
　　哎呀呀哎哎呀呀，
　　还有白酒便宜酒。

门房：（很快出现。）喂，晚上好！

巴伦廷：您好，门房！

门房：今夜好凉快！（忙着找钥匙，勉为其难的样子。）我看看。

堂爱德华多：（向巴伦廷。）您还打得了针吗？

巴伦廷：能。我好着呢！

（门房打开门，在门口点亮一根长蜡烛，并交给医生。）

堂爱德华多：再见，巴伦廷！

巴伦廷：再见，堂爱德华多！

堂爱德华多：（独自。）现在干什么？去哪儿？回家，不。我老婆应该还没回来。去咖啡馆，也不行。如果再多喝一杯，我就要醉倒了，要出洋相了。可是我就想一醉方休，忘掉一切。那些所谓衰竭不衰竭的全是医生的假学问，我们这么说只是为了证明我们知道点儿什么。

暗我：你很清楚，你说得不对。

堂爱德华多：我要买上一瓶白兰地，到医院去。至少那里把我当个正经人，我要请那里的见习医生喝酒。

(堂爱德华多走上安东·马丁广场,进了一家灯火通明的食品杂货店。)

有时候,我常来这儿给小爱德华多买英国饼干……那小家伙为什么要自杀呢?……好,好,不提那事了。老想起过去,我简直成了一道讣告。

暗我:那是你的伤口,永远不会愈合的。

(堂爱德华多拿起白兰地,付了钱,把酒揣在大衣口袋里。然后他朝综合医院方向走去。)

十五、医院

(堂爱德华多走进医院,爬上昏暗的楼梯,来到大厅里。有值班医生、见习医生和神父在场。)

值班医生:您好啊,堂爱德华多!怎么了?

堂爱德华多:在这附近出诊,看一个病人,我带了一瓶白兰地。

值班医生:好主意啊!

神父:咱们来开一局。

堂爱德华多:好,玩什么?

值班医生:抓四K。

堂爱德华多:那就是它吧。

(神父发牌。)

一个男护士:(进门朝见习医生走来。)您几位能不能到疯子病房里看看。他们闹翻天了。

值班医生和见习医生:这就来。

堂爱德华多:我和您二位一起去。

神父:我也要去处理一个病人。

值班医生:您可别和他太啰嗦了。

(值班医生、见习医生和堂爱德华多经过长长的走廊,直到疯子住的病房,走了进去。)

一个老疯子:喂,大夫。

值班医生:怎么回事?

一个老疯子:我看这里全是二姨子,咱们可是身处险境啊。但我不是二姨子,我是男子汉大丈夫,因为我服了植酸和甘油磷酸钠,我壮实得很。

一个披头散发的女人:哈哈!恶心人的糟老头!他连我的奶子都不想碰!

老疯子：夫人，我不老；我二十五岁，年轻得很。我浑身是辐射力，浑身是磁流，因为我服了植酸和甘油磷酸钠。您要是跟我来，咱们马上就搞他个孩子出来，只要二十五个钟头，二十五分钟，两千五百万个四分之一秒就行了。

一个年轻女人：（头上搭了一方头巾。）真不要脸！恶心人！都以为自己是谁啊？这里的女人，难道我们都是骚狐狸？猪猡！猪猡！以为自己是谁呀？在我面前说脏话，我可是奥地利王后，俄国王后，捷克斯洛伐克王后，西伯利亚王后。

一个外国女人：（头戴一顶破帽。）先生……先生……

值班医生：（向护士。）没事。如果有人闹得厉害，就给冲个澡。堂爱德华多，咱们接着打牌。

十六、一夜混乱

值班医生：再来一小杯？看来不会再烦我们了。

（发牌。）

堂爱德华多：（结结巴巴，满脸通红。）四十年前我在女犯人病房当见习医生，有商店扒手、其他各类女贼、骗子、帮人流产的接生婆……

值班医生：现在还不是一样！堂爱德华多，您没有专心打牌。您有二十点金杯花①。

堂爱德华多：无所谓啦！当时那个女看守是一个连载小说家的妻子。我常问她："您要来点酒精吗？""工业酒精？""不是，喝的酒。""好，来吧。"我给她倒上一杯，她就喝着，而且非常优雅地用手背擦擦嘴。"我可怜的丈夫活着的时候，"她对我说，"我们常常在家里大搞聚会。他买上一瓶白兰地，口述两三章小说，然后一瓶酒也喝完了。时代不同了。"她很肯定地说道。

神父：是啊。

值班医生：堂爱德华多，您的牌打得很差劲啊。

堂爱德华多：嗨！都一样。

一个杂役：（进来朝神父走去。）第二病房三十七号快不行了。（向值班医生。）送来一个受伤的病人。

神父：那么，我们要连着杀人了。

（值班医生、见习医生和神父起身离开。）

---

① 西班牙扑克有棒花、金杯花、剑花、金元花等四种花色。

值班医生：堂爱德华多，您就待在那儿；今晚我们要忙不完了。

堂爱德华多：好，不用为我操心。我是医院耗子。

见习医生：您要是困了就躺下睡吧。

堂爱德华多：见鬼！咱们还得喝一杯！

值班医生和见习医生：咱们到那儿去吧。（喝酒。）

杂役：（哼唱。）

要是去巴黎，哎呀我的爹，
你可得小心盗匪来打劫。

十七、影子队列

（只剩下堂爱德华多一个人了。）

堂爱德华多：（听到护士在唱歌。）真难听。我那时候的歌才叫好玩呢！（声音嘶哑地唱。）

乳臭未干的小后生，
走火入魔他丢了魂，
见一个富婆年半老
竟想和人家百年好
看到那后生穿泳装
肥婆心中却大失望。

（堂爱德华多兴奋地站起来，又唱。）

我们学会了用法语问候，
晚上好，先生！（Bonsoir，monsieur）
我们也会在溜冰场
单腿溜冰，
如果老师叫我们求
未知量，
我们发现她跳舞时
好看多了。

我不知道这歌哪儿来的。已经记不得了。嗯！我的脑袋转了几圈。

（他重新坐下，胳膊肘支撑在桌子上，片刻茫然。）

杂役：怎么，您要睡吗？

堂爱德华多:对,我可能要小睡一会儿。

杂役:堂爱德华多今天醉得厉害。

堂爱德华多:(自言自语。)今晚是怎么了?所有那些从前的教授,我还以为他们都死了,可他们却在医院走廊里走动。莱塔蒙迪在那里,还是一头浓发;还有穿燕尾服的卡列哈;还有卡尔沃·伊·马丁。他对我们讲了上百次,卡夫雷拉兵临马德里城下时,他是民兵。堂贝尼托·埃尔南多低声告诉我,砷一点用处也没有。行嘛,砷和我有什么关系?咱们再来一杯。我要像胡里奥·鲁易斯那样唱歌。小可怜,我想,他死在了医院里。

(堂爱德华多试图唱出来,他一阵咳嗽,在椅子里动了一下,重新用手托住脑袋发呆。胡安修士到了他跟前。)

堂爱德华多:嘿!您是胡安修士。您在这里干什么?

胡安修士:我一直就在这里呀。

堂爱德华多:见鬼!您都干什么了?

胡安修士:我去了阿根廷,我当过护士……后来我开了一间酒吧。

堂爱德华多:非常好的主意……现在没有旁人,您告诉我,您到底是什么鬼东西?神秘者?……受虐狂?……同性恋?

(胡安修士把一根手指放到嘴上,然后消失了。)

堂爱德华多:他不想透露他的秘密。

十八、美好的圣诞夜

(堂爱德华多再次用手托住脑袋,然后睡着了。他开始听到远方传来教堂的钟声,钟声敲响通知人们去望午夜弥撒。)

堂爱德华多:这些话音真奇怪!我不懂他们在对我说什么。什么?您说什么?我那孩子没死?

声音:(如雷霆。)没有。

堂爱德华多:我感到如释重负。

小爱德华多的声音:你好,爸爸!我在这里。

堂爱德华多:这么说你活着?你活着?

小爱德华多的声音:对。

暗我:这是幻听。

堂爱德华多:我一直想问问他,为什么要自杀?……但是如果他没有自杀,这问题就太蠢了。没什么,没什么。我不难过,我不伤心。欣快……欣快……这音乐太棒了!多好听的快板!是世纪咖啡馆的钢琴师,就是他!状态多好啊!欣快,平静。

暗我:这是死亡,是谵妄的幻觉。

(一座大剧场在堂爱德华多眼前开放,剧场红金两色,灯火辉煌,舞台上出现一些华服绚美的人物。)

堂爱德华多:这像是我年轻时的戏剧舞台。

暗我:这就是我们生活的书末目录,终点(finis)。

堂爱德华多:嘿,菲菲在唱。

菲菲:(菲菲现身,她盛装打扮,开始唱。)

昨天看见个老太婆,
她的狗穿绫又戴罗,
我走上前去把话搭:
"您听我说呀老大妈,
您为狗想得真周全:
可偏偏忘了一把伞,
这要是晴天还好办,
下雨就成了落汤犬!"①

堂爱德华多:很好,菲菲。很好!你正处于最佳状态。现在,现在来的是谁?嘿!是穿着披风演《夜猫子》的胡利奥·鲁易斯。

(胡利奥·鲁易斯演一个马德里泥水匠,手里玩着披风,声音嘶哑地唱。)

胡利奥·鲁易斯:

婆娘沉沉入梦乡,
九霄云外畅游欢。
且把好酒拿出来,
有滋有味尝一尝。
菜蔬豆荚塞得饱,
一阵一阵肚子疼,
我用冷盘治胃痛,

---

① 这是一首法语歌,原文见下:Hier, voyant le chien d'une vieille dame, / Vêtu d'un paletot flambant, / Je dis: À votre toutou, madame, / Il manque quelque chose assurément. / Il n'a pas de parapluie, / Ça va bien quand il fait beau! / Mais quand il tomb, de la pluie, / Il est trempé jusqu'aux os!

外加老酒四大升。

哪个朋友不仗义,

说我喝酒伤身体,

我就这样回答他,

今朝有酒今朝醉。

(胡利奥·鲁易斯用披风做了一系列动作,直到把自己遮盖起来,然后消失了。)

堂爱德华多:好样的!胡利奥!他正在巅峰状态。现在谁出场?是冈萨雷斯。皮拉尔·冈萨雷斯,我手中的猎物。

冈萨雷斯:(唱。)

在所有的灯火中,

我的光明最美丽,

我是漂亮的蜡烛,

名声传遍马德里。

堂爱德华多:她还是没有学会说"chic"。她说话像儿语,含混不清。这另一个过来的是谁?是蒙特斯。多漂亮啊!她使我们多激动啊!

蒙特斯:

有一位美丽少女,

爱上个军营班长,

爱之火烧得太旺,

班长害她把命丧。

暗我:这一切都相当粗俗。

堂爱德华多:那有什么!这就是青春。现在是《格兰维亚人道》里的雷蒂罗小水手的合唱。

小水手们:不慌不忙,跨过大海……

暗我:这一钱不值。

堂爱德华多:现在,是帝国咖啡馆的卡内内。

卡内内:

草编师傅命归阴,

塞城之人痛煞心。

京城迢迢传尸体,

尸体来自马德里,

可怜一路步不停,

直送英雄进坟地①。

堂爱德华多:唱点别的。《卡门》里的《花之歌》……《波西米亚人》里的《华尔兹》。

暗我:全都甜得起腻。

堂爱德华多:现在是《女武神》②里的《春之歌》。多美啊!多么浪漫!

暗我:也可能是西班牙轻歌剧里的。

堂爱德华多:怎么会呢!那多棒啊!

暗我:这就是你的生活?没别的了?真可怜!你这辈子啥也不是!

堂爱德华多眼前现在是一个电影屏幕,一个布娃娃慢慢写上"Nada、Niente、Rien、Nihil、Nitchevo、Nichts"这么几个单词③。

就在这当儿,堂爱德华多的身体一阵收缩,脑袋耷拉到了桌子上。

十九、完了

值班医生、神父、见习医生和护士进来。

值班医生:哎,堂爱德华多!冷了。这人怎么了?

护士:没什么,他完了。

神父:咱们看看还能帮他做点什么。

护士:(笑。)只有尸体解剖。

见习医生:可怜的人!他是个好人啊。

马德里,1929年12月

---

① 十九世纪有个绰号草编师傅的塞维利亚斗牛士,在马德里斗牛时被公牛挑死,年仅二十九岁。他是当时最有名的斗牛士。绰号的由来是他的父亲在塞维利亚以开草编店为业。

② 《女武神》,德国作曲家瓦格纳的歌剧作品。

③ 这几个词分别是西班牙语、意大利语、法语、拉丁语、俄语和德语,意思都是"虚无"。